특성 없는 남자 1

나남
nanam

한국연구재단 학술명저번역총서
서양편 424

특성 없는 남자 1

2022년 3월 5일 발행
2022년 3월 5일 1쇄

지은이   로베르트 무질
옮긴이   신지영
발행자   趙相浩
발행처   (주) 나남
주소   10881 경기도 파주시 회동길 193
전화   (031) 955-4601 (代)
FAX   (031) 955-4555
등록   제 1-71호 (1979. 5. 12)
홈페이지   http://www.nanam.net
전자우편   post@nanam.net
인쇄인   유성근 (삼화인쇄주식회사)

ISBN 978-89-300-4089-1
ISBN 978-89-300-8215-0 (세트)

책값은 뒤표지에 있습니다.

'한국연구재단 학술명저번역총서'는 우리 시대 기초학문의 부흥을 위해
한국연구재단과 (주)나남이 공동으로 펼치는 서양명저 번역간행사업입니다.

한국연구재단
학술명저번역총서
424

특성 없는 남자 1

로베르트 무질 장편소설

신지영 옮김

Der Mann ohne Eigenschaften

by

Robert Musil

소설의 배경인 1914년의 유럽 지도

옮긴이의 말

1995년 미국에서 로베르트 무질의 《특성 없는 남자》가 출간되었을 때 〈월스트리트저널〉(*Wall Street Journal*)은 "《율리시스》와 《잃어버린 시간을 찾아서》와 더불어 20세기 문학의 삼위일체를 이루는 작품의 영역본이 드디어, 마침내 나왔다"라고 적었다. 1930년 무질의 《특성 없는 남자》제1권이 출간된 지 92년이 된 2022년 '드디어, 마침내' 소설의 한국어 번역본이 나오게 되었다. 이 번역서는 영역본과는 다른 의미에서(위 영역본은 무질 생전에 출간되지 않은 유고까지 포함한다) 완역이라 할 수 있는데, 한국에서는 그간 두 권의 《특성 없는 남자》 번역본이 출간되었지만 둘 다 부분 출간이었기 때문이다. 2010년에 나온 《특성 없는 남자》(고원 옮김, 이웅과리을)는 제1권 74장까지, 2013년, 2021년에 나온 《특성 없는 남자 1~3》(안병률 옮김, 북인더갭)은 제1권까지 번역되었는데, 이는 쪽수로는 원본 1,041쪽 가운데 각각 320쪽, 665쪽에 해당하는 분량으로 대충 원본의 3분의 1, 3분의 2 정도다. 본 번역본은 무질 생전에 출간된 부분의 완역이다. 하지만 영역본처럼 유고를 같이 출판하지는 못했다. 무질 연구자로서,

역자로서 아쉬움이 남는 부분이지만 다음 기회를 기약한다.

이 소설은 의심할 바 없이 세계문학의 고전이지만 한국에서 그간 소설의 완역본이 나오지 못한 것은 무엇보다도 1,600쪽이 넘는 방대한 분량과 어려운 내용 탓이 아닐까 한다. 상업적인 성공을 기대할 수 없어 전문 번역가가 선뜻 나서기 어려운 번역 작업은 결국 무질 연구자의 몫이 되었다. 하지만 오로지 번역 작업만 한다 해도 3년 이상이 걸릴 일이라 연구와 강의를 병행해야 하는 연구자로서도 커다란 도전일 수밖에 없다. 옮긴이의 경우 번역본이 나오기까지 거의 15년의 시간이 걸렸다. 물론 이 가운데 몇 년은 아예 번역에 손도 대지 못했다. 공백까지 낀 긴 작업 시간은 번역본의 질에도 영향을 미쳤다. 특히 앞부분과 뒷부분의 문체상의 차이와 상이한 단어 사용 등은 교정 작업을 거치면서 가장 신경을 써서 고친 점이었지만 전체적으로 통일성을 기하지 못하지 않았나 하는 걱정은 마지막 순간까지 떠나지 않았다. 역시 마지막 순간까지 고심한 것은 제 1장의 제목, 제 2부의 제목 등 내용상 작품해석이 전제되어야 하는 부분이었다. 최선을 다한 작업이긴 했지만 아쉬움은 남는 것은 어쩔 수가 없다.

오래전에 시작한 작업이었음에도 연구와 강의로 바쁘다 보니 끝을 보지 못했던 번역 작업에 막판 스퍼트를 할 수 있게 물심양면으로 지원해 준 한국연구재단의 '명저번역지원'에 감사를 드린다. 끝으로, 번역원고를 깊이 있게 읽어 주시고 수정해 주신 나남출판사의 이윤지 편집인님께 진심으로 감사드린다.

2022년 2월

신 지 영

차례

— 1권 —

제1부   일종의 도입부

3권

5 권

등장인물 소개

울리히   이 이야기의 주인공인 특성 없는 남자. 군인과 공학자를 거쳐
                   수학자가 되었다.

레오나   바리에테 가수이자 울리히의 연인.

보나데아   유명 법률가의 아내이자 두 아들의 어머니. 울리히의 연인.

발터   울리히의 학창 시절 친구.

클라리세   발터의 아내이자 울리히의 친구.

모스브루거   세간에 화제가 된 살인자.

울리히의 아버지 특성 있는 남자인 법학자.

라인스도르프 평행운동의 창시자. 현실정치가를 자처한다.

디오티마   평행운동을 이끄는 귀부인. 울리히의 사촌.

투치 국장   디오티마의 남편. 시민계급 출신의 외무부 국장.

슈툼 장군   국방부 군사 및 일반교육과 과장. 울리히가 소위였을 때
                   중대를 지휘했다.

아른하임   프로이센의 대부호이자 대저술가.

라헬   디오티마의 몸종.

졸리만   아른하임의 하인인 흑인 소년.

레오 피셸   로이드은행의 지점장 직무대행.

게르다 피셸 레오 피셸의 딸. 한스를 비롯한 청년 모임과 어울리며 아버지와
                   충돌한다.

한스 젭   반유대적인 청년 모임의 주된 인물.

아가테	울리히의 여동생.
하가우어	아가테의 두 번째 남편.
슈붕	법의 입안을 두고 울리히의 아버지와 대립했다.
포이어마울	인간은 선하다고 주장하는 시인.
지그문트	클라리세의 오빠이며 의사.
마인가스트	클라리세와 발터의 옛 지인인 예언자.
린트너	김나지움 교사.

일러두기

1. 번역에 사용된 원본은 1978년 아돌프 프리제가 로볼트 출판사에서 펴낸 무질 전집 1권 Robert Musil: *Der Mann ohne Eigenschaften*. Herausgegeben von Adolf Frisé (*Gesammelte Werke in zwei Bänden. Band I*). Reinbek bei Hamburg: Rowohlt 1978이다.
2. 원본은 1, 2권으로 분권하여 1권은 1부(1~19장)와 2부(20~123장), 2권은 3부(1~38장)로 구성되었으나 번역본은 5권으로 분권하였다.
3. 모든 각주는 옮긴이가 단 주석이나, '역주'라고 따로 표기하지 않았다.

제 1 부

일종의 도입부

1
주목할 만하게도, 여기서는 아무 일도 더 일어나지 않는다

대서양 위에는 저기압이 자리 잡았다. 저기압은 동쪽으로, 러시아 위에 진을 친 고기압 쪽으로 움직였고 북쪽으로 이 고기압을 비켜 가려는 기미는 아직 보이지 않았다. 등온선(等溫線)과 등서선 탓이었다. 한 해의 중간 기온, 가장 추운 달과 가장 더운 달의 기온, 달마다 불규칙하게 나타나는 급격한 기온변동을 고려해 볼 때 기온은 정상이었다. 해와 달의 뜨고 짐, 달, 금성, 토성 고리의 조도 변화, 그 밖의 많은 중요한 현상들이 천문학 달력의 예고와 일치했다. 공기 중 수분 증발량은 최고였고 습도는 낮았다. 좀 구식이긴 하지만 이 사실을 아주 잘 표현하는 한마디로 말하면, 1913년 8월 어느 화창한 날이었다.

자동차들은 좁고 깊은 거리에서 얕고 밝은 광장으로 튀어 나갔다. 어두운 색의 보행자 무리가 구름 같은 띠들을 형성했다. 완만한 속도의 이 띠들은 속도가 더 붙은 굵은 획들이 가로질러 달리는 곳에서는 잠시 두꺼워졌다가 그 후 더 빨리 흘러갔고, 몇 번 진동을 겪은 다음 다시 규칙적인 맥박을 되찾았다. 수백 개의 소리가 꼬여 한 가닥 소음 철사를 만들었는데, 여기서 하나씩 삐져나온 뾰족한 소리가시는 철사의 날카로운 모서리를 따라 달리다 다시 잦아들었고 분명한 소리는 파편이 되어 날아갔다. 오랫동안 이 도시를 떠나 있던 사람도 이 소음을 들으면 무엇이 특별한지 설명할 수는 없겠지만 눈을 감고도 여기가 제국의 수도이자 황궁이 있는 도시 빈(Wien)임을 알아차리리라. 도시도 인간처럼 그 움직이는 모양새에서 정체를 알 수 있다. 눈을 뜨면 그는 어떤 특별한 개별사항보다도 거리가 움직이는 모양새를 통해 훨씬 더 빨리 이를 알게 되리라. 그럴 수 있다고 상상하는 것뿐이라도 해로울 것은 없다. 어디에 있는가라는 질문을 지나치게 중시하는 것은 목초지를 기억해야 했던 유목시대의 산물이다. 중요한 것은 붉은 코를 보면 너무나 부정확하게 그것이 붉다는 것에 만족하고, 그것이 파장을 통해 마이크로밀리미터까지 정확히 표현될 수 있는데도 어떤 특별한 붉은 색인지 결코 묻지 않는 이유를 아는 것이리라. 반면에 체류 중인 도시와 같이 훨씬 더 복잡한 것은 아주 정확히 어떤 특별한 도시인지 알고 싶어 한다. 이로써 더 중요한 것은 도외시된다.

그러니까 도시 이름에 특별한 가치를 부여해서는 안 된다. 모든 대도시들처럼 이 도시도 불규칙, 교대, 진보, 낙오, 물건들과 사안들의 충돌, 그 사이에 점점이 흩어져 있는 바닥없는 정적, 닦인 길과 닦이지 않은 길, 규칙적 리듬의 큰 소리, 모든 리듬의 영원한 불협화음과 변위로 이루어졌고, 전체적으로 집, 법칙, 규정, 역사적 전통이라는 내구성 소재로 만들어진 용기 안에서 끓고 있는 거품과 비슷했다. 물론 이 안에서 북적거리는 대로를 걸어 올라가는 두 사람은 전혀 이런 인상을 받지 않았다. 이들은 특권층으로 보였는데, 옷이나 자세, 서로 대화를 나누는 모습이 고상했고 자신들의 이름의 이니셜을 의미심장하게 속옷에 수놓아 다녔으며 역시, 즉 밖으로 내보이지 않는 의식의 고급 속옷 층위에서도 자신들이 누구인지 그리고 자신들이 제국의 수도에 있음을 알았다. 이들이 아른하임과 에르멜린다 투치라고 가정해 보자. 하지만 이는 틀린 말이다. 투치 부인은 8월에는 남편과 함께 바트아우스제1에 있었고 아른하임 박사는 아직 콘스탄티노플에 있었으므로 이제 이들이 누구일까라는 수수께끼가 생긴다. 호기심 많은 사람들은 길거리에서 매우 자주 이런 수수께끼를 마주한다. 주목할 만하게도, 이 수수께끼는 50보를 더 가는 동안 이 두 사람을 전에 어디서 보았는지 기억할 수 없으면 잊힘으로써 풀린다. 그때 두 사람은 갑자기 발걸음을 멈추었다. 사람들이 몰려가는 것을 보았기 때문이었다. 바로 직전에 뭔가가 열(列)에서 튀어나와 길을 가로막았다. 어떤 것이 제자리에서 한 바퀴 돌더니 옆으로 미끄러졌는데, 급제동을 건 매우 육중한 트럭이었다. 보다시피, 이제 트럭은 바퀴 하나를 보도 턱에 걸치고 좌초되었다. 벌집 구멍 주위의 벌들처럼 순식간에 사람들이 작은 지점 주위로 그 한가운데는 비워 두고 모여들었다. 트럭에서 내린 운전사가 백지장처럼 창백한 얼굴로 그 안에 서 있었고 엉성한 몸짓으로 사고를 해명했다. 몰려온 사람들의 시선은 그를 향했다가 조심스럽게 구멍 아래쪽으로 내려갔는데, 그곳에는 한 남자가 보도 턱 옆에 죽은 듯 누워 있었다. 그가 부주의했기 때문에 화를 당했다는 것이 중론이었다. 사람들은 교대로 그 남자 옆에 무릎을 꿇고 앉아 무슨 수를 써 보려 했다. 그의 외투를 열었다가 도로 여몄고 그를 일으켜 세우려고 해보거나 반대로 다시 눕히려고 해보았다. 사실 모두 이로써 구급차가 오고 자격을 갖춘 전문가가 도움을 줄 때까지 시간을 때우려 했을 뿐이었다.

귀부인과 그녀의 동행인도 가까이 다가갔고 머리와 굽힌 등 너머로

---

1 오스트리아 중부 슈타이어마르크주(州)에 위치한 휴양지이다. 이하 각주는 모두 역주이다.

누워 있는 사람을 관찰했다. 그 후 그들은 뒤로 물러서서 머뭇거렸다. 부인은 명치에 불쾌감을 느꼈는데, 연민이라 여겨 마땅한 것이었다. 그것은 우물쭈물하며 꼼짝도 못하게 만드는 감정이었다. 신사는 잠시 침묵한 뒤 그녀에게 말했다. "여기서 운행되는 이런 육중한 차는 제동거리가 너무 깁니다." 부인은 이 말에 마음이 가벼워짐을 느꼈고 주의 깊은 눈길로 감사를 표했다. 그녀는 이 단어를 이미 몇 번 듣긴 했지만 제동거리가 무엇인지 몰랐고 알고 싶지도 않았다. 이로써 이 끔찍한 사고가 어떤 질서 속에 편입되고 더 이상 그녀와 직접 관계 없는 기술적 문제가 된 것으로 충분했다. 그때 벌써 구급차 사이렌 소리가 들렸고 기다리던 사람들은 모두 그 신속한 출동에 만족했다. 이 사회적 설비들은 경탄할 만하다. 부상자는 들것 위로 옮겨졌고 차 안으로 밀어 넣어졌다. 유니폼 같은 것을 입은 남자들이 그를 보살폈고 흘깃 본 차량 내부는 병실처럼 청결하고 규정을 잘 지킨 듯 보였다. 사람들은 합법적이고 질서에 맞는 사건이 일어났다는 정당한 인상마저 받고 자리를 떴다. "미국 통계에 따르면", 신사가 말했다. "거기서는 해마다 교통사고로 19만 명이 죽고 45만 명이 다칩니다."

"그가 죽었다는 말인가요?" 그의 동행인은 여전히 특별한 것을 체험했다는 부당한 감정을 갖고 물었다.

"살아 있기를 바랍니다." 신사가 대답했다. "차 안으로 옮겨질 때는 정말 그렇게 보였습니다."

2

특성 없는 남자의 집과 방

이 불행한 작은 사고가 난 도로는 도시 중심부에서 방사형으로 뻗어
나가 외곽의 구(區)를 통과하여 교외로 빠지는 길고 구불구불한 교통
의 강 가운데 하나였다. 이 우아한 남녀가 이 도로를 따라 한참을 더
갔다면 그들은 확실히 마음에 들 뭔가를 보았으리라. 그것은 아직 일
부 형태를 보존하고 있는 18세기 또는 17세기 정원이었다. 이 정원의
단철 창살 옆을 지나가면 정성스럽게 깎인 잔디 위에 짧은 익랑(翼廊)
을 가진 조그만 성(城) 같은 것이 나무 사이로 보였는데, 이전 시대의
사냥용 또는 밀월용 성이었다. 정확히 말해, 둥근 지붕은 17세기 것
이었고 정원과 위층은 18세기의 면모를 지녔고 정면은 19세기에 개축
되어 약간 망가졌다. 그래서 전체는 상이 겹쳐서 찍힌 사진처럼 그 의
미가 모호했다. 하지만 누구나 멈춰 서서 "오!"라고 말할 수밖에 없는
모습이었다. 귀엽고 아름다운 흰색 건물의 창이 열리면 사면 벽이 책
으로 가득하고 고상한 정적이 감도는 학자의 방이 보였다.

이 방과 집은 특성 없는 남자의 것이었다.

그는 창문 뒤에 서서 정원 공기의 연초록색 필터를 통해 갈색 거리
를 내려다보며 10분 전부터 시계로 자동차, 마차, 전차, 멀어서 얼굴
을 알아볼 수 없는 보행자 수를 세고 있었고 이것들은 그의 시야를 소
용돌이치는 분주함으로 채웠다. 그는 속도, 각도, 지나가는 무리의
생동하는 힘을 가늠해 보았다. 이들은 번개처럼 빠르게 그의 시선을
끌었고 붙잡았고 다시 놓아주었다. 이들은 잴 수 있는 단위가 없을 정

도로 짧은 시간 동안 억지로 그의 주의력을 버티게 했고 떨어져 나가게 했고 다음 것으로 건너뛰어 거기에 몰두하게 했다. 한동안 머릿속으로 계산한 후 곧 그는 웃으면서 시계를 주머니에 집어넣었고 어리석은 짓을 했다고 결론지었다. 주의력이 옮아가는 것을, 눈 근육이 하는 일을, 영혼의 진자운동을, 거리의 흐름 속에서 똑바로 서 있기 위해 한 인간이 해야 하는 모든 노고를 측정할 수 있을까. 추측건대—그는 이렇게 생각했고 불가능한 것을 계산하려고 놀이 삼아 시도해 보았다—엄청난 수치가 나올 테고 이와 비교했을 때 아틀라스가 지구를 떠받치는 데 쓰는 힘은 미미하다. 이를 통해 오늘날 아무 일도 하지 않는 한 인간이 벌써 얼마나 엄청난 일을 해내고 있는지 추정할 수 있으리라.

특성 없는 남자는 이 순간 그런 인간이었다.

그렇다면 뭔가를 하고 있는 인간은?

"여기서 두 가지 결론을 내릴 수 있다." 그가 중얼거렸다.

한 시민이 하루 종일 묵묵히 볼일을 보면서 하는 근육활동은 하루에 한 번 엄청난 무게를 들어 올리는 운동선수의 그것보다 훨씬 크다. 이는 생리학적으로 입증되었고 일상의 작은 업적도 사회적 총량으로 합산되면 영웅적 행위보다 훨씬 더 많은 에너지를 세상에 방출한다. 사실 영웅적 업적은 그지없이 작아 보인다. 누군가 어마어마한 망상에 빠져 산꼭대기에 얹어 놓은 한 개의 모래알처럼. 이 생각은 그의 마음에 들었다.

한마디 덧붙이자면, 이 생각이 마음에 든 것은 가령 그가 시민적 삶을 사랑했기 때문은 아니었다. 반대였다. 지금과는 달랐던 자신의 옛 성향에 훼방을 놓는 것이 좋았을 뿐이었다. 어마어마하고 새로우며 집단적이고 개미 같은 영웅주의의 시작을 예견하는 사람이 바로 속물일까? 이것은 합리화된 영웅주의라 불리며 아주 멋있다고 생각될 것이다. 오늘날 누가 그것을 미리 알 수 있는가?! 하지만 대답되지 않은 이런 매우 중요한 질문은 그 당시 수백 개나 있었다. 공기 중에 있었고 발아래서 불탔다. 시대는 움직이고 있었다. 당시 아직 태어나지 않은 사람들은 이를 믿으려 하지 않겠지만 이때 벌써 시대는 낙타처럼 빨리 움직이고 있었다. 오늘날에서야 그런 것이 아니다. 단지 어디로 가는지 몰랐을 뿐이었다. 어디가 위고 어디가 아래인지, 무엇이 앞서가고 뒤처지는지도 제대로 구별할 수 없었다. "누구나 하고 싶은 일을 하면 돼." 특성 없는 남자는 어깨를 으쓱이며 중얼거렸다. "이렇게 힘들이 펠트뭉치처럼 엉켜 있는 곳에서는 뭘 하든 전혀 상관이 없어!" 그는 포기하기를 배운 사람처럼, 사실 거의 모든 강렬한 접촉을 꺼리는 환자처럼 몸을 돌렸다. 그러나 그가 바로 옆 의상실을 지나가며 거기 매달린 펀칭 볼에 날린 한 방은 굴복의 분위기나 나약한 상태에 어울리지 않게 빠르고 강했다.

3
특성 없는 남자에게도 특성 있는 아버지가 있다

특성 없는 남자는 얼마 전 외국에서 돌아왔을 때 실은 오만과 평범한 집에 대한 혐오 때문에 이 작은 성을 세냈다. 옛날에 이곳은 성문 앞에 있는 여름별장이었는데, 대도시가 성문을 넘어 자꾸 커가자 그 용도를 상실했고 결국 활용되지 못한 채 땅값이 오르기를 기다리는, 아무도 살지 않는 토지에 불과했다. 덕분에 임대료는 낮았지만 모든 것을 수리하고 오늘날 기준에 맞추는 데는 예상 밖으로 많은 돈이 들었다. 그것은 모험이 되었고 그 결과 그는 아버지에게 도움을 청하지 않을 수 없었는데, 독립을 사랑한 그로서는 결코 유쾌한 일이 아니었다. 그는 서른두 살, 아버지는 예순아홉 살이었다.

노인은 경악했다. 기습을 당하듯 갑작스러웠기 때문만은 아니었다. 물론 이것도 한몫을 했다. 경솔한 행동을 혐오했으니까. 지불해야 하는 비용 때문도 아니었다. 근본적으로 그는 아들이 가정과 자신만의 질서에 대한 욕구를 알려온 것을 받아들였으니까. 하지만 '작은'이라는 수식어가 붙기는 했어도 어쨌든 성이라 부르지 않을 수 없는 건물을 구입한 데 대한 거부감이 그의 감정을 상하게 했고 재앙을 초래할 월권행위였기에 그를 불안하게 했다.

아버지 당신은 백작 집안의 가정교사로 일을 시작했다. 대학생 때도, 젊은 변호사 서기일 때도 그 일을 계속했는데, 사실 궁핍해서가 아니었다. 아버지의 아버지도 부유한 사람이었으니까. 나중에 대학교 강사가 되고 교수가 되었을 때 그는 가정교사 일을 한 보람이 있었다고 느꼈다. 이 인맥을 잘 유지한 덕분에, 이제 정말로 더 이상 부업이 필요 없게 되었음에도 그는 차차 고향에 있는 거의 모든 봉건귀족의 법률고문으로 승진했으니까. 사실 이렇게 벌어들인 재산이 오래전에, 아들의 일찍 죽은 어머니가 갖고 온 라인강 유역 기업가 가문 결혼지참금과 맞먹게 되었지만 그가 젊은 시절 쌓아서 장년에 공고히 한 인맥은 끊어지지 않았다. 이 존경받는 학자는 이제 본연의 법률행

위에서 물러나 가끔씩만 고액 감정서를 썼지만 그의 옛 후원자들과 관련된 사건은 모두 여전히 그의 손으로 세심하게 기록했고 아주 정확하게 아버지에게서 아들을 거쳐 손자로 넘어갔다. 수상, 결혼식, 생일, 성명축일에는 빠짐없이 존경과 공동의 기억이 다정하게 섞인 그의 편지가 수신인에게 축하의 말을 전했다. 이에 역시 어김없이 매번 짧은 감사의 답신이 이 사랑스러운 친구이자 존경받는 학자에게 당도했다. 그래서 그의 아들은 거의 무의식적이지만 확실히 따지는 오만이라는 귀족의 재능을 소년 시절부터 알았다. 그것은 친절의 양을 정확히 재는 재능이었다. 어쨌거나 정신적 귀족인 한 인간이 말, 토지, 전통을 소유한 자에게 보이는 비굴함은 늘 아들을 화나게 했다. 하지만 아버지로 하여금 이를 느끼지 못하게 한 것은 계산속이 아니었다. 그는 오로지 본능에 따라 이런 식으로 성공가도를 달렸다. 그는 교수가 되었고 여러 학술원과 수많은 공공 학술위원회의 회원이 되었을 뿐 아니라 기사훈장, 상급십자훈장, 심지어 대십자훈장을 받았으며 국왕폐하는 마침내 세습귀족으로 그의 신분을 상승시켰고 그 전에 이미 그를 귀족원 의원으로 임명했다. 여기서 이 탁월한 남자는 때때로 귀족에게 반대 입장을 취한 자유주의적 시민계급 편에 동참하긴 했지만 특이하게도 그의 귀족 후원자 가운데 이를 괘씸하게 여기거나 놀라워하는 사람은 없었다. 그에게서 신분상승을 꾀하는 시민계급의 정신 말고 다른 것을 볼 수 없었기 때문이었다. 늙은 신사는 전문가로서 법률제정에도 열성적으로 참여했으며 표 대결에서 시민계급 편에 가담해도 다른 편에서는 아무도 그에게 원한을 품지 않았고 오히려 그들이 그를 초대하지 않았다고 느꼈을 뿐이었다. 그가 정치판에서 한 일은 한창때 그의 직무였던 것과 다르지 않았다. 그것은 우월한 지식으로 가끔씩 상냥하게 상대의 잘못을 고쳐 주는 동시에 그래도 그의 개인적 충성은 믿어도 된다는 인상을 심어 주는 것이었다. 아들의 주장대로, 그는 아무런 근본적 변화 없이 가정교사에서 귀족원교사로 출세했다.

성 이야기를 들었을 때 그는 이것을 법으로 정해져 있지는 않지만 그렇기 때문에 더욱 주의 깊게 존중해야 하는 경계를 해친 것으로 보았다. 그는 아들에게 이전에 했던 수많은 비난보다 훨씬 더 가차 없는, 사실 이제 막 시작된 나쁜 결말에 대한 예언처럼 들리는 비난을 퍼부었다. 그의 삶의 근본적 감각이 모욕을 당했다. 중요한 일을 해낸 많은 남자들에게서 보이는 이 감정은 사심과는 거리가 멀고 이른바 보편적이며 초개인적인 유용성을 향한 깊은 사랑, 달리 말하면, 이익의 토대가 되는 것에 대한 진심 어린 경배로 이루어지는데, 경배는 이익을 얻는다는 데서가 아니라 이익을 동시에 조화롭게 그리고 이로써 보편적 원칙들에 근거하여 얻는다는 데서 생긴다. 이것은 매우 중요하다. 혈통이 좋은 개라면 발길질에도 아랑곳없이 식탁 아래 자리를 잡는데, 개의 비천함 때문이 아니라 의리와 충성심 때문이다. 아무리 계산속이 밝은 사람도 삶에서는 적절하게 혼합된 심성을 가진 사람, 즉 이익이 되는 인간과 상황에 정말로 깊이 감사할 줄 아는 사람의 절반만큼도 성공을 거두지 못한다.

4
현실감각이 있다면 가능성감각도 있어야 한다

열린 문을 무사히 통과하려면 문에 단단한 틀이 있다는 사실에 유의
해야 한다. 노교수가 살면서 항상 지켜 온 이 원칙은 사실 그냥 현실
감각을 가지라는 요구일 뿐이다. 하지만 현실감각이 있다면, 이 감각
을 가져야 할 이유를 의심하는 사람은 없을 것이고 그렇다면 가능성
감각이라 부를 수 있는 것도 있어야 한다.

　가능성감각을 소유한 사람은 예를 들어, 여기서 이런저런 일이 일
어났다, 일어날 것이다, 일어나야 한다와 같은 말을 하지 않는다. 오
히려 여기서 어떤 일이 일어날 수 있을 텐데, 일어나야 한다는데, 일
어나야 할 텐데 등 새로운 것을 발명한다. 그리고 어떤 것이 어떠하다
는 설명을 들으면 그는 그것이 어쩌면 다르게 될 수도 있으리라 생각
한다. 이처럼 가능성감각은 있을 법한 모든 것을 생각하는 능력, 어
떤 것의 현 상태를 그것이 되지 않은 상태보다 더 중요하게 여기지 않
는 능력이라 정의할 수 있으리라. 보다시피, 이런 타고난 창조적 소
질의 결과는 특이할 수 있고 유감스럽게도 사람들이 경탄하는 것을
잘못된 것으로, 금지하는 것을 허용된 것으로, 심지어 둘 다 상관없
는 것으로 보이게 하는 경우가 드물지 않다. 이런 가능성 인간은 이른
바 더 섬세한 고치, 즉 안개, 공상, 꿈, 접속법의 고치 속에 산다. 사
람들은 이런 경향을 보이는 아이들에게서 이 경향을 단호히 몰아내고
그들 앞에서 이런 인간을 몽상가, 공상가, 약골, 현학자 또는 혹평가
라고 부른다.

칭찬하고자 하면 이 바보들을 이상주의자라고 부르지만, 그럼에도 불구하고 이로써 현실을 파악할 수 없거나 우는 소리를 하며 현실을 피해 가는 그들의 약한 면모만 포착된다는 것은 명백하며 이때 현실 감각의 결여는 정말 어떤 결함을 의미한다. 하지만 가능성은 신경이 약한 사람의 꿈뿐만 아니라 아직 깨어나지 않은 신의 의도도 포괄한다. 가능한 체험이나 가능한 진실은 실제 체험과 실제 진실에서 실제 존재가(價)를 뺀 것과 같은 것이 아니라, 적어도 그 추종자들의 견해에 따르면, 매우 신적인 것, 즉 불꽃, 비상(飛上), 건축의지, 현실을 피하지 않고 과제나 발명해야 할 것으로 취급하는 의식적 유토피아주의를 담고 있다. 결국 지구도 전혀 늙지 않았고 여태 이렇게 복된 환경을 가져 본 적이 없어 보였다. 현실감각을 가진 사람과 가능성감각을 가진 사람을 손쉽게 구별하려면, 일정한 액수의 돈을 한번 생각해 보라. 예를 들어, 1천 마르크에 내재된 모든 가능성이 우리가 이 돈을 소유하느냐 소유하지 않느냐에 상관없이 존재한다는 것은 의심할 여지가 없다. 나라는 사람 혹은 너라는 사람이 이 돈을 소유하고 있다는 사실이 이 돈에 더할 수 있는 것은 한 송이 장미나 한 여인에 더할 수 있는 것만큼이나 적다. 하지만 현실적 인간은 이 돈을 양말 속에 숨겨 놓는 사람은 바보고 유능한 사람은 이것으로 뭔가를 해낸다고 말한다. 심지어 한 여자의 아름다움도 이 여자를 소유한 사람이 강화하거나 감소시킬 여지가 있다는 것은 부인할 수 없다. 가능성을 깨우는 것이 바로 현실이며 이 사실을 부인하는 것보다 더 잘못된 일은 없으리라. 그럼에도 불구하고 총액과 평균에서는 늘 동일한 가능성만 남고 반복되리라. 실제로 일어난 일에 생각해 낸 일보다 더 많은 의미를 부여하지 않는 인간이 나타나기 전까지는. 그는 새로운 가능성에 비로소 그 의미와 목적을 부여하는 사람이고 그가 이 가능성을 깨운다.

하지만 이런 남자는 아주 간단한 문제는 아니다. 그의 생각은, 한가로운 몽상이 아닌 한, 아직 태어나지 않은 현실이나 다름없으므로 그도 당연히 현실감각이 있다. 하지만 이것은 가능한 현실을 보는 감각이며 대부분의 사람들이 갖고 있는, 현실적 가능성을 보는 감각보다 훨씬 더 천천히 목표에 다가간다. 그는 이를 테면 숲을, 다른 사람들은 나무를 원한다. 그리고 숲은 말로 표현하기가 아주 어려운 것인 반면 나무는 몇몇 세제곱미터의 특정한 목재를 의미한다. 또는, 달리 더 잘 표현하면 평범한 현실감각이 있는 남자는 낚싯줄은 보지 못하고 미끼를 덥석 무는 물고기와 같은 반면 가능성감각이라고도 부를 수 있을 만한 현실감각이 있는 남자는 물속에 낚싯줄을 드리우지만 거기에 미끼가 달려 있는지는 모른다. 그는 미끼를 무는 삶에 대한 특이한 무관심과 아주 미친 짓을 할 위험을 다 갖고 있다. 이 비실용적인 ― 그렇게 보일 뿐만 아니라 실제로도 그러하다 ― 남자는 다른 사람과의 교제에서 믿을 수가 없고 예측이 불가하다. 그는 다른 사람들과는 다른 의미에서 행동하겠지만 그것이 비범한 이념으로 통합되기만 하면 아무 걱정도 하지 않는다. 게다가 그는 오늘 일관성과는 한참 거리가 있다. 가령 그는 타인에게 해를 입히는 범죄를 범죄자가 아닌 사회제도가 책임져야 하는 사회적으로 잘못된 행동으로 볼 가능성이 높다. 이에 반해 자신이 뺨을 맞으면 그것을 사회적 치욕으로 여길지 아니면 적어도 개에게 물린 것처럼 그렇게 비개인적인 것으로 여길지는 불확실하다. 그는 우선 상대방의 뺨을 때리고 그 후 그러지 말았어야 했다고 생각하리라. 더 나아가 애인을 빼앗기면 오늘도 여전히 이 사건의 현실성을 완전히 도외시하지 못하고 뜻밖의 새로운 감정으로 이를 보상할 수 있을 것이다. 이런 발전은 아직 현재진행형이며 개별 인간에게는 약점인 동시에 힘이다.

특성을 소유한다는 것은 그 특성의 현실성에서 오는 일정한 기쁨을 전제하므로, 이는 자신과의 관계에서도 현실감각을 불러일으키지 못하는 사람은 어느 날 갑자기 스스로를 특성 없는 사람으로 여기게 될 것임을 예상하게 한다.

5
울리히

이 이야기의 주인공인 특성 없는 남자의 이름은 울리히이며, 울리히의 — 이제 얼핏 알게 된 사람을 계속 세례명으로 부르는 것은 마음 편한 일은 아니다! 하지만 성(姓)은 아버지를 생각해서 언급하지 않겠다 — 성정을 보여 주는 첫 사례는 소년기에서 청년기로 넘어갈 무렵 학교에 낸 애국심 고취를 과제로 한 작문이었다. 애국심은 오스트리아에서는 아주 특별한 테마였다. 독일 아이들은 오스트리아 아이들의 전쟁은 그냥 경멸하라고, 프랑스 아이들은 수염이 덥수룩한 독일군 한 명이 다가가면 수천 명이 도망가는 신경쇠약에 걸린 탕아들의 손자라고 배운다. 역할을 바꾸고 원하는 대로 약간 변화를 주어 똑같은 것을 전쟁에서 자주 승리한 프랑스, 러시아, 영국 아이들도 배운다. 아이들은 허풍선이고 도둑과 병정놀이를 좋아하고, 위대한 X라는 골목에 사는 Y라는 가족이, 그들이 우연히 이 가족의 일원이면, 늘 세상에서 가장 위대한 가족이라 여길 태세다. 따라서 아이들에게 애국심을 갖게 하기란 쉽다. 하지만 오스트리아에서는 이것이 조금 복잡하다. 오스트리아인은 역사상 있었던 모든 전쟁에서 승리하긴 했지만 전쟁이 끝난 후 대개의 경우 뭔가를 양도해야 했기 때문이다. 이는 생각할 거리가 되었고 울리히는 애국심에 관한 작문에서 진정으로 조국을 사랑하는 사람은 결코 조국이 최고라고 생각해서는 안 된다고 썼다. 특히 아름다워 보이는 섬광이 번쩍이는 가운데 그는, 물론 그 속에서 무슨 일이 진행되는지를 보았다기보다는 그 광채에 눈이 멀었지만, 이 수상한 문장에, 어쩌면 신도 그가 만든 세상을 가정법으로 설명하는 것을 가장 좋아하리라(*hic dixerit quispiam*: 이에 대해 이의를 제기할 수도 있겠지만…)라는 두 번째 문장을 덧붙였다. 신은 세상을 만들고 동시에, 다르게 만들 수도 있다고 생각하기 때문이다. 그는 이 문장에 굉장한 자부심을 느꼈지만 자신의 생각을 이해하기 쉽게 표현하지는 못한 모양이었다. 이 때문에 큰 소동이 벌어졌으니까. 그리고 그의 주제넘은 발언을 조국모독으로 볼 것인지 신성모독으로 볼 것인지 결정할 수 없었지만 그는 학교에서 제적당할 뻔했다. 당시 그는 국가의 우수한 기둥을 배출하는 명문 테레지아 기사아카데미 김나지움2에서 교육받고 있었는데, 그 아비에 그 자식이라는 말이 무색하게 아들이 안겨준 수치에 화가 난 아버지는 울리히를 타국으로, 벨기에에 있는 작은 사립학교로 보내버렸다. 이 학교는 이름 없

---

2 독일의 인문계 중등교육기관이다.

는 도시에 있었지만 밝은 장삿속으로 운영되어 싼 수업료에도 불구하고 탈선한 학생들에게서 큰 매상을 올리고 있었다. 여기서 울리히는 국제적인 범위로 다른 사람의 이상을 경멸하는 법을 배웠다.

그 이후로 구름이 하늘을 떠다니듯 16년 내지 17년이 흘렀다. 울리히는 이 세월을 후회하지도, 자랑스러워하지도 않았고 서른두 살인 지금 그냥 놀라서 돌아볼 뿐이었다. 그는 그사이 여기저기에 있었고 가끔씩 잠시 고향에도 있었으며 어디에서나 가치 있는 일을 했고 쓸데없는 짓을 했다. 그가 수학자임은 이미 암시했고 아직은 이에 대해 그 이상을 말할 필요는 없다. 돈 때문이 아니라 좋아서 하는 경우, 모든 직업에는 지나가는 세월이 무(無)로 치닫는 듯 보이는 순간이 오니까. 이 순간이 한참 지속되자 울리히는 사람들이 진정한 토양에 뿌리를 내리게 해 주는 신비한 능력을 고향에 부여한다는 사실을 상기했고, 금방 일어서리라는 것을 예감하지만 영원히 앉아있겠다고 생각하고 벤치에 앉는 방랑자의 심정으로 고향에 정착했다.

그러면서 성경에 쓰여 있듯이 집을 구했을 때, 그는 사실 기다리기만 했던 일을 경험하게 되었다. 그는 자신의 퇴락한 작은 소유물을 자신의 뜻대로 속속들이 새로 꾸며야 하는 기분 좋은 처지가 되었다. 기존 양식에 충실하게 재건축하는 데서부터 아무런 고려도 하지 않는 것까지 모든 원칙을 사용할 수 있었다. 아시리아 양식에서 입체파에 이르기까지 모든 양식이 역시 그의 정신에 제공되어 있었다. 무엇을 선택해야 할까? 현대 인간은 병원에서 태어나고 병원에서 죽는다. 그러니 또 병원에서처럼 살아야 한다! 이런 요구를 얼마 전 한 선구적 건축가가 제기했고 또 다른 실내장식 개혁가는 미닫이 벽을 제안했는데, 인간은 다른 인간과 함께 살면서 신뢰를 배워야지 각자 따로 문을 걸어 잠가서는 안 된다는 이유에서였다. 당시 막 새로운 시대가 시작되었고 (새로운 시대는 매 순간 새로 시작되므로) 새로운 시대는 새로운 양식이 필요하다. 다행히 울리히가 발견할 당시 그 작은 성에는 이미 세 가지 양식이 겹쳐 있어 시대가 요구하는 것을 실제로 다 시도해 볼 수는 없었다. 그럼에도 불구하고 그는 집을 꾸며야 한다는 책임감에 엄청난 충격을 받았고 '어떻게 사는지 말해 주면 네가 누구인지 말해 주겠다'는, 예술잡지에서 여러 번 읽은 협박이 머리 위에서 맴돌았다. 이 잡지들을 자세히 살펴본 후 그는 차라리 자기 손으로 인격개조를 하겠다는 결정을 내렸고 미래의 가구를 직접 설계하기 시작했다. 하지만 육중하고 인상적인 형태를 생각해내자마자 그 대신 기술적이고 효율적이며 기능적인 형태를 쓸 수 있으리라는 생각이 떠올랐고 힘을 다 소진한 철근콘크리트 형태를 설계하노라면 13세 소녀의 3월 같이 마른 몸매가 떠올라서 그는 결정하는 대신 꿈꾸기 시작했다.

이것은 ─ 솔직히 그다지 애착이 가지 않는 일에서 보이는 ─ 그 유명한, 착상의 산만함과 중심 없는 확산으로 현시대의 특징이었고 아무런 단위 없이 백에서 천으로 커지는 현시대의 독특한 산술이었다. 결국 그는 회전방, 만화경 같은 실내장식, 영혼을 위한 위치전환장치 등 실행가능성이 전혀 없는 방만 고안할 수 있었고 그의 착상은 점점 더 내용이 없어졌다. 마침내 그는 막다른 상황에 내몰렸다. 아버지라면 이 상황을 대충 이렇게 표현했으리라. "원하는 것을 하도록 허락받은 사람은 혼란 때문에 금방 난관에 부딪힐 것이다. 또는 원하는 것을 성취할 수 있는 사람은 곧 자신이 무엇을 원해야 할지 더 이상 모르게 된다." 울리히는 이 말을 음미하면서 되뇌었다. 조상의 이 지혜가 비범하도록 새로운 생각인 듯 여겨졌다. 구속복을 입은 정신병자처럼 인간은 자신의 가능성, 계획, 감정에서 우선은 선입견, 전통, 어려움, 온갖 종류의 제약을 통해 운신의 폭이 좁아져야 한다. 그 후에야 비로소 그가 해낸 일은 아마 가치, 성숙, 지속성을 얻을 것이다. 이 사고가 의미하는 바는 사실 거의 예단할 수 없다! 고향에 돌아온 특성 없는 남자는 이제 자신을 외부, 즉 삶이 형상화하도록 두 번째 걸음도 내디뎠다. 생각이 여기에 이르자 그는 집을 꾸미는 일을 그냥 천재적 납품업자들에게 맡겼고 그들이 전통, 선입견, 제약에 신경 써 줄 것임을 단단히 확신했다. 그 자신은 전부터 있던 옛 선들, 작은 홀의 흰색 궁륭 아래에 걸린 어두운 사슴뿔, 살롱의 밋밋한 천장만을 새롭게 단장했고 그 밖에 목적에 맞고 편리하게 여겨지는 것도 전부 보탰다.

일이 다 끝나자 그는 설레설레 머리를 흔들며 자문했다. 이것이 내 것이 될 삶인가? 그가 소유한 것은 매력적인 작은 궁전이었다. 거의 그렇게 불러야 했다. 그것은 그와 비슷한 것을 생각할 때 떠오르는 그런 것이었고 각 분야에서 선두를 달리는 가구회사, 양탄자회사, 설비회사가 상상하는 거주자를 위한 고상한 취향의 저택이었으니까. 빠진 게 있다면 이 매력적인 시계에 태엽이 감겨 있지 않다는 것뿐이었다. 그래서 훈장을 단 높으신 분과 고상한 귀부인을 태운 마차들이 성 진입로로 들어왔다면, 마차발판에서 뛰어내린 하인이 울리히에게 의아해하며 물었으리라. "이보게, 주인은 어디 계시나?"

그는 달에서 돌아왔고 곧 다시 달에서처럼 집을 꾸몄다.

6
레오나 또는 관점 바꾸기

집을 구했으면 여자도 구해야 하는 법이다. 이즈음 울리히의 여자 친구는 작은 바리에테3에서 일하는 레온티네라는 이름의 가수였다. 큰 키에 날씬하고 풍만하며 짜증이 날 만큼 활기가 없는 여자였다. 그는 그녀를 레오나라고 불렀다.

그녀가 그의 눈에 띈 것은 축축한 검은 눈동자, 이목구비가 뚜렷한 아름답고 긴 얼굴의 고통스러우리만치 정열적인 표정, 외설적 노래 대신 부르는 서정적 노래 때문이었다. 이 짧은 구식 노래는 모두 사랑, 고통, 정절, 고독, 술렁이는 숲, 번쩍이는 송어에 관한 것이었다. 키 큰 레오나는 작은 무대 위에서 뼛속까지 외롭게 가정주부의 목소리로 참을성 있게 청중을 향해 노래를 불렀고 간간이 발생한 성적 도발은 이 처녀가 사람의 마음이 가지는 비극적이고 익살맞은 감정들을 애써 하나하나 몸짓으로 강조했으므로 더욱더 허깨비 같아 보였다. 울리히는 곧 오래된 사진이나 까마득한 옛날 판 독일 가족잡지4에 나오는 아름다운 여인이 떠오름을 느꼈고 이 여자의 얼굴에 몰입하는 동안 여기서, 현실일 리는 없지만 이 얼굴의 본질인 작은 특징들

---

3 노래, 춤, 곡예 따위의 버라이어티 쇼를 상연하고 술과 음식을 제공하는 극장식 술집을 말한다.
4 19세기 전반 비더마이어 시대에 유행한 잡지들로 삽화가 들어 있고 비정치적인 내용과 계몽을 목적으로 소설, 시, 기술의 발전이나 새로운 연구소식 등을 실어 온 가족이 볼 수 있었다.

을 꽤 많이 알아볼 수 있었다. 물론 시대마다 온갖 종류의 얼굴이 있다. 하지만 늘 한 얼굴이 운 좋게 시대의 취향에 따라 선호되어 미의 기준이 되고 반면에 다른 얼굴들은 모두 이 얼굴과 닮으려고 애쓴다. 그리고 못생긴 얼굴도 헤어스타일이나 패션의 도움으로 대충 이 일을 해낸다. 하지만 이제는 추방된 이전 시대 왕실의 이상적인 미가 아무런 유보 없이 진술된, 이상한 성공을 거둘 운명인 얼굴만은 결코 이 일을 해내지 못한다. 이런 얼굴들은 이전 시대 욕망의 시체처럼 공허한 매춘사업을 전전한다. 한없이 지루한 레온티네의 노래에 하품을 해대고 자신들에게 무슨 일이 일어나는지 알지 못하는 남자들의 콧구멍을 벌렁거리게 하는 것은 탱고 머리를 한 작고 뻔뻔한 가수 앞에서 느끼는 감정과는 아주 다른 감정이었다. 그때 울리히는 그녀를 '레오나'라고 부르기로 결심했고 그녀는 모피공이 박제한 커다란 사자모피처럼5 탐을 낼 만해 보였다.

하지만 그들이 알게 된 후 레오나는 또 하나 시대에 맞지 않는 특성을 발달시켰는데, 그녀는 엄청난 대식가였고 이는 이미 오래전에 유행이 지난 악덕이었다. 기원을 따지자면 그것은 그녀가 가난한 아이였을 때 맛있는 음식을 향해 품은 동경이 드디어 해방된 것이었다. 이제 그것은 마침내 새장을 부수고 주인이 된 이상(理想)의 힘을 지니게 되었다. 그녀의 아버지는 존경할 만한 소시민인 듯했고 그녀가 숭배자와 외출할 때마다 그녀를 두들겨 팼다. 하지만 그녀의 행동에는 그녀가 평생, 작은 다과점의 뜰에 앉아서 지나가는 사람들을 쳐다보

---

5 레온티네(Leontine)라는 이름은 그리스어의 사자(leon)에서 유래했다.

면서 고상하게 아이스크림을 떠먹기를 좋아했다는 한 가지 이유밖에 없었다. 그녀가 관능적이지 않았다고 주장할 수는 없겠지만, 이렇게 말해도 된다면, 그녀는 다른 모든 일에서 그랬듯 이 일에서도 게을러 움직이기를 싫어했다는 것은 사실이었다. 그녀의 축 늘어진 육체 속에서는 어떤 자극이든 뇌에 도달하기까지 놀랍도록 오랜 시간이 필요했다. 한낮에 눈이 이유 없이 풀리기 시작하는 반면 밤에는, 마치 파리라도 한 마리 관찰하듯, 미동도 없이 천장의 한 점을 향하는 일도 있었다. 마찬가지로 가끔씩 아주 조용한 순간에 웃기 시작하기도 했다. 며칠 전에 이해하지 못하고 가만히 들었던 농담을 그제야 이해했기 때문이었다. 따라서 특별히 그 반대일 이유가 없으면 그녀의 행실은 아주 발랐다. 도대체 어떻게 지금의 직업을 갖게 되었는지 그녀에게서는 절대 알아낼 수 없었다. 그녀 자신도 더 이상 정확히 알지 못하는 모양이었다. 그저 그녀가 가수라는 활동을 삶에 꼭 필요한 부분으로 여겼고 예술과 예술가에 대해 들어온 모든 위대함을 이 활동과 연결시켰으므로, 밤마다 담배연기가 자욱한 조그만 무대에 나가 감동적이라고 알려진 노래를 부르는 것을 단연코 올바르고 교육적이고 고상하다고 여긴다는 것만큼은 알 수 있었다. 물론 이때 바른 행실을 활성화하기 위해서라면 경우에 따라서는 바르지 못한 행실을 군데군데 섞는 것도 결코 마다하지 않았지만 그녀는 황실 오페라단의 프리마돈나도 꼭 같은 일을 한다고 단단히 믿었다.

물론 보통 그렇듯이, 전 인격이 아닌 육체만을 제공하고 돈을 받는 것을 굳이 매춘이라 부른다면, 레오나는 기회가 있을 때마다 매춘도 했다. 하지만 레오나가 열여섯 살 때부터 그랬듯이, 최하급 노래지옥에서 받는 돈이 적음을 알고, 의상이며 속옷 값, 공제되는 돈이 얼마인지를 꿰고 있고, 인색하고 제멋대로인 주인을 상대하고, 기분이 좋아진 손님의 식음료 값과 근처 호텔의 방값에서 본인이 부담해야 하는 몫과 매일 씨름하고, 그 때문에 다투어야 하고, 장사꾼처럼 셈을 하는 일을 9년이나 하다보면, 아무것도 모르는 사람들이 사치라고 기뻐할 만한 것을 제공하는 일이 논리, 객관성, 계급법칙으로 가득 찬 직업이 된다. 매춘이 바로 위에서 관찰하느냐 아래에서 관찰하느냐에 따라 큰 차이가 나는 일이다.

성 문제에 있어 레오나의 견해는 완전히 객관적이었지만 그녀도 나름대로 낭만이 있었다. 단지 그녀에게는 모든 과잉, 허영, 낭비가, 자부심, 질투, 쾌락, 명예욕, 헌신이라는 감정들이, 간단히, 인격과 신분상승의 추진력이 자연의 장난으로 이른바 심장이 아니라 식사과정(*tractus abdominalis*)과 연결되었다. 그런데 이들은 예전 시대에는 서로 정기적으로 연결되었으며 이는 오늘날도 원시인이나 크게 흥청거리는 농부들에게서 관찰할 수 있는데, 이들은 성대하게 그리고 온갖 부수현상을 보태 과식하는 연회를 통해 고상함이나 인간만이 가지는 온갖 다른 것들을 표현한다. 그녀가 일하는 싸구려 술집의 테이블에서 레오나는 의무를 다했다. 하지만 그녀의 소망은 어떤 신사가 그녀와 관계를 맺고, 계약이 된 술집에서 빼내어 고상한 레스토랑의 고상한 메뉴판 앞에 고상한 자세로 앉아 있게 해 주는 것이었다. 그런 일이 생길 때면 그녀는 메뉴판에 있는 요리를 한꺼번에 다 먹어치우고 싶어졌지만 동시에 그녀가 어떻게 음식을 고르는지, 엄선된 메뉴를 어떻게 배열하는지 안다는 것을 보여줄 수 있음은 그녀에게 고통스럽게 모순적인 만족감을 안겨주었다. 작은 후식이 나오고 나서야 그녀는 이 공상을 놓아버릴 수 있었고 보통, 일반적인 순서와는 반대로 두 번째 긴 저녁식사가 이어졌다. 레오나는 블랙커피와 자극적인 양의 음료로 수용력을 복구했고 열정이 사그라질 때까지 뜻밖의 음식으로 식욕을 돋우었다. 그러고 나면 그녀의 육체는 고상한 것들로 가득 차 터지기 일보 직전이었다. 그녀는 환한 표정으로 느릿느릿 주위를 둘러보았고 결코 말이 많지 않은 그녀도 이런 상태에서는 막 먹어 치운 귀한 것들을 되돌아보기를 좋아했다. 그녀는 토어로냐식 폴모네라든가 멜빌식 사과라는 말을, 다른 사람들이 이런 이름의 영주나 귀족과 이야기를 나누었음을 일부러 슬쩍 언급하듯이 들먹였다.

레오나와 함께 사람들 앞에 나타나는 것이 딱 울리히의 취향은 아니었으므로 그는 보통 집에서 그녀를 먹었다. 여기서 그녀는 사슴뿔과 고가구들을 함께 음미할 수 있었다. 하지만 그녀는 이로써 사회적 만족감이 사라졌음을 알았고 특성 없는 남자가 간이음식점에서나 배달될 법한 이름도 모르는 요리들로 외로운 과식을 자극할 때마다 그녀는 영혼 때문에 사랑받는 것이 아님을 알아차린 여자처럼 학대받는 느낌이 들었다. 그녀는 아름다웠고 가수였고 자신을 숨길 필요가 없었고 그녀가 옳다고 말해줄 남자가 수십 명씩 매일 저녁 그녀를 탐했다. 하지만 이 인간은 그녀와 단둘이 있고 싶어 했지만, 그녀의 신사들에게서 익히 보아오던 대로, 그녀를 바라보기만 해도 "예수 마리아, 레오나, 너의 궁⋯가 나를 행복하게 해!"라고 말하거나 입맛을 다시며 콧수염을 핥을 줄도 몰랐다. 물론 레오나는 그에게 정절을 지켰지만 그를 약간 경멸했고 울리히도 이 사실을 알았다. 게다가 그는 레오나와 함께 있으면 무엇을 해야 하는지도 알았지만 그런 말을 입에 올릴 수 있었을 시절, 그의 입술이 콧수염을 달고 있었던 시절은 너무 먼 과거였다. 그리고 아무리 어리석은 일이라도 예전에는 할 수 있었던 일을 더 이상 할 수 없다면 그것은 뇌졸중이 손으로, 다리로 지나간 것과 똑같다. 요리와 음료로 머리까지 채워진 여자 친구를 바라보노라면, 그의 눈동자는 흔들렸다. 그는 그녀의 아름다움을 조심스럽게 그녀에게서 분리할 수 있었다. 그것은 셰펠의 에케하르트[6]가 수도원 문턱을 넘어 안고 간 공작부인, 장갑 위에 매를 앉힌 여기사, 무겁게 땋아 올린 머리카락을 왕관으로 쓴 전설의 황후 엘리자베스의 아름다움이었고 이미 죽은 모든 사람에 대한 도취였다. 정확히 말해, 그녀는 주노 여신도 생각나게 했지만 불멸의 영원한 주노가 아니라 이미 지나 버린 또는 지나가고 있는 시대가 주노답다고 불렀던 그것이었다. 이렇게 존재의 꿈은 물질 위에 그냥 느슨하게 덮어씌워져 있었다. 하지만 레오나는 고상한 초대에는, 비록 초대한 사람이 아무것도 원하지 않더라도, 보답을 해야 하며 주인이 뚫어지게 바라만 보도록 해서는 안 된다는 것을 알았다. 그래서 일어설 수 있게 되자마자 그녀는 자리에서 일어섰고 느긋하게 하지만 큰 소리로 노래를 부르기 시작했다. 그녀의 남자 친구에게 이런 저녁은 마치 책에서 찢겨 나온 페이지처럼 느껴졌다. 이 저녁은 온갖 착상과 사고로 활기찼지만 맥락에서 찢겨 나온 것이 모두 그렇듯 미라가 되었고, 영원히 멈춰 선

---

6 독일 소설가 요제프 빅토어 폰 셰펠(Joseph Victor von Scheffel)이 쓴 10세기를 무대로 한 역사소설 《에케하르트》(*Ekkehard*, 1855)의 주인공이다.

것들이 갖는 그 횡포로 — 이것이 활인화7의 섬뜩한 매력이다 — 가득
찼다. 마치 삶이 갑자기 수면제를 먹은 듯. 그리고 이제 삶은 뻣뻣이,
안으로는 의미심장하고 외부와는 뚜렷이 구별되지만 전체적으로는
너무나 무의미하게 거기 서 있었다.

7
나약한 상태에서 울리히가 새 애인을 얻다

어느 날 아침 울리히는 심하게 부상을 입고 집으로 돌아왔다. 옷은 찢
겨 너덜거렸고 타박상을 입은 머리에는 물수건을 올려놓아야 했으며
시계와 지갑이 없어졌다. 그와 싸운 세 남자가 훔쳐갔는지, 그가 잠
시 의식을 잃고 보도 위에 누워 있는 사이 어느 조용한 박애주의자가
훔쳐갔는지 그는 몰랐다. 그는 침대에 몸을 뉘었고 축 늘어진 사지가
다시 포근히 들려 안기는 느낌이 드는 가운데, 다시 한번 이 모험에
대해 곰곰이 생각해 보았다.

 머리 세 개가 갑자기 그의 앞에 서 있었다. 인적 드문 밤거리에서
그가 그들 중 한 명을 살짝 건드린 모양이었다. 생각이 산만했고 다른
일에 골몰해 있었으니까. 하지만 이 얼굴들은 이미 분노할 준비가 되
어 있었고 일그러져 가로등 불빛 안으로 들어섰다. 그때 그는 실수를
하나 했다. 겁이 나는 척 당장 뒤로 물러서면서 뒤에 선 녀석을 등으

7　회화나 조형작품의 장면을 살아있는 인물로 재현하는 구경거리로 18세기 후반에
　유행했다.

로 강하게 밀치거나 팔꿈치로 배를 치고 동시에 재빨리 달아나려고 시도했어야 했다. 장정 셋에 대항해서는 도무지 싸움이 되지 않으니까. 그 대신 그는 한순간 망설였다. 32세라는 나이 탓이었다. 이 나이가 되면 적대감과 사랑이 발동하는 데 시간이 조금 더 걸린다. 그는 그 밤 갑자기 분노와 경멸에 사로잡혀 그를 바라보는 이 세 얼굴이 돈만 노린다고는 믿으려 하지 않았고 그를 향한 미움이 합쳐져 사람의 형상이 되었다는 느낌에 사로잡혔다. 부랑자들이 그에게 욕설을 퍼붓는 동안, 그는 이들이 부랑자가 아닐 것이고 약간 술에 취한 나머지 자제력에서 해방되었을 뿐 그와 같은 시민이라 여겼으며, 오히려 이들이 지나가는 자신의 모습에 주목했고 미움을 풀어놓았다는 생각에 기뻐했다. 그것은 대기 중의 폭풍우처럼 그를 향해 그리고 다른 모든 낯선 인간들을 향해 끊임없이 준비되어 있는 미움이었다. 그도 이와 유사한 것을 때때로 느꼈으니까. 애석하게도 오늘날 너무나 많은 사람이 너무나 많은 다른 사람과 적대관계라고 느낀다. 한 인간이 자신의 영역 밖에 사는 다른 한 인간을 깊이 불신한다는 것, 게르만인이 유대인을, 뿐만 아니라 축구선수가 피아노 연주자를 이해할 수 없는 하찮은 존재로 여긴다는 것, 이것이 문화의 기본특징이다. 결국 사물은 자신의 경계를 지킴으로써만 그리고 이로써 환경에 맞서 어느 정도 적대적으로 행동함으로써 존재한다. 교황이 없었다면 루터도 없었고 이교도가 없었다면 교황도 없었으리라. 따라서 한 인간이 동료 인간에게 갖는 깊은 의존성은 그의 거부행위에 있다는 것은 부인할 수 없다. 물론 그는 이렇게 자세히 생각하지는 않았다. 하지만 그는 우리 시대의 대기를 가득 채우는 막연한 적대감의 기운이 존재한다는 것을 알고 있었고 이것이 세 명의 낯선, 나중에 다시 영원히 사라질 남자들 속으로 갑자기 몰려들어 천둥번개처럼 터져 나온다면 차라리 홀가분했다.

어쨌든 그는 세 부랑자와 관련해 생각을 너무 많이 한 모양이었다. 첫 번째 부랑자가 덤벼들었을 때 울리히는 뒤로 풀쩍 물러나서 그의 턱에 한 방을 날리기는 했지만 그 후 재빨리 해치웠어야 했을 두 번째 부랑자는 주먹으로 살짝 건드리기만 했다. 그사이 뒤에서 무거운 물체가 울리히의 머리를 거의 박살이 나도록 내리쳤다. 그는 무릎을 꿇었고 붙잡혔지만 보통 한 번 쓰러진 뒤에 육체가 부자연스럽게 맑아지는 바로 그 현상 때문에 다시 한번 일어나 낯선 육체들과 뒤엉켰고 점점 더 많은 주먹세례를 받으며 거꾸러졌다.

이제 그가 저지른 실수가 확정되었고 이 실수가, 한 번 너무 낮게 점프하는 일이 있듯이, 스포츠 영역에서만 있었기 때문에, 여전히 탁월한 신경을 소유한 울리히는 의식이 나선형으로 아득히 붕괴될 때 오는 도취를 느끼며 편안히 잠이 들었다. 그것은 그가 패배하는 동안 이미 아련하게 느꼈던 것과 동일한 도취였다.

다시 깨어났을 때, 그는 부상이 심하지 않음을 확신했고 다시 한번 그의 체험에 대해 곰곰이 생각해 보았다. 주먹질은 늘, 말하자면, 너무 서둘러 허물없어졌다는 불쾌한 뒷맛을 남기고, 울리히는 공격을 당했다는 것과는 상관없이 적절치 못하게 처신했다는 느낌이 들었다. 그런데 무엇에 적절치 못한가?! 300보마다 경찰관이 서서 아무리 사소한 것이라도 질서를 어기는 일을 처벌하는 거리 바로 옆에 있는 다른 거리는 정글에서와 같은 힘과 생각을 요구한다. 인류는 성경과 총기를, 결핵과 투베르쿨린을 만들었다. 인류는 왕과 귀족이 있으면서도 민주주의적이다. 교회를 짓고 교회에 반대하여 다시 대학을 짓는다. 수도원을 병영으로 만들지만 병영에는 종군성직자를 배치한다. 물론 인류는 동료인간의 육체를 때려 병들게 하라고 부랑자의 손에 납이 채워진 고무튜브를 쥐어주고 학대당한 고독한 육체를 위해서는 나중에 오리털 이불을 준비해 준다. 이 순간 엄청난 경의와 배려로 채워진 듯 울리히를 감싸고 있는 이불도 그 중 하나다. 이는 삶의 모순, 비일관성, 불완전성이라는 잘 알려진 사안이다. 사람들은 이에 미소를 짓거나 한숨을 쉰다. 하지만 울리히는 그러지 못했다. 그는 포기와 맹목적 사랑이 뒤섞인 이런 삶의 자세를 미워했다. 이는 노처녀 이모가 어린 조카의 개구쟁이 짓을 봐주는 것처럼 삶의 모순과 불완전성을 봐주는 것이다. 침대에 죽치고 있는 것이 인간사의 무질서에서 득을 보는 것임이 드러났지만 그는 곧장 침대에서 뛰어내리지는 않았다. 전체의 질서를 얻으려고 애쓰는 대신 개인적으로 나쁜 일을 피하고 좋은 일을 한다면, 이는 여러 가지 의미에서 일 자체를 희생한, 양심과의 섣부른 타협이고 합선(合線)이며 사적인 것으로의 도피니까. 원치 않았던 경험 이후 울리히는 여기서는 총기가, 저기서는 왕이 폐지되고 크고 작은 진보가 어리석음과 악을 줄일 수 있다 해도 그것은 절망적일 만큼 가치가 없다는 생각마저 들었다. 역겨운 일과 악한 일은, 마치 세계의 한 다리(脚)는 다른 한 다리가 앞으로 나아간다 해도 늘 뒤처지듯이, 금방 다시 양적으로 새로 보충되니까. 그것의 원인과 숨겨진 메커니즘을 알아야 하리라! 당연히 이것이 낡은 원칙에 따라 선한 인간이 되는 것과는 비교할 수 없을 정도로 중요하리

50

라. 그래서 도덕에서 울리히는 선행이라는 일상의 영웅주의보다는 참모부 일에 더 끌렸다.

그는 이제 다시 한번 간밤의 모험이 어떻게 진행되었는지 되살려보았다. 불행하게 끝난 주먹질 후 그가 다시 정신을 차렸을 때, 택시 한 대가 보도 옆에 정차했고 운전사가 낯선 부상자를 어깨를 잡아 일으키려 했으며 천사 같은 표정의 귀부인이 부상자 위로 몸을 굽히고 있었다. 의식이 깊은 곳에서 솟아오르는 이런 순간에는 모든 것이 동화책 속 세계처럼 보인다. 하지만 곧 이 무력감은 현실에 자리를 내주었고 그를 돌보는 여인의 존재가 오드콜로뉴8 향기처럼 은근히 그의 의식을 깨웠다. 그래서 그는 곧 크게 부상당하지는 않았음을 알았고 품위 있게 일어서려 했다. 하지만 이 일은 금방 그의 바람대로 되지 않았고 귀부인은 도와줄 사람이 있는 곳으로 태워주겠다고 걱정스럽게 제안했다. 울리히는 집으로 데려다 달라고 부탁했고 그가 정말 아직 정신이 없고 무력하게 보였으므로 부인은 이 부탁을 들어주었다. 이어 차 안에서 그는 곧 정신을 차렸다. 그는 어머니에게 느낄 법한 감각을, 기꺼이 남을 도와주는 이상주의의 포근한 구름을 옆에서 느꼈고, 그가 다시 남자가 되어가고 있는 동안 이 구름의 온기 속에서는 이제 경솔한 행동을 한 것이 아닌가 하는 의구심과 걱정의 작은 얼음결정이 생기기 시작했으며 이 결정들은 내리는 눈처럼 부드럽게 공기를 메웠다. 그는 자신이 겪은 일을 이야기했고 그보다 약간 아래일 것

---

8   지금은 농도가 옅은 향수를 총칭하는 용어이나, 독일 쾰른에서 생산된 향수가 그 기원이다.

으로, 그러니까 서른 살쯤으로 보이는 아름다운 부인은 인간의 야만성을 한탄했으며 그가 끔찍이도 가엾다고 말했다.

당연히 이제 그는 이 사건을 활기차게 옹호하기 시작했고 옆 좌석에 앉아 깜짝 놀라고 있는 어머니 같은 미인에게 이런 싸움의 체험을 성공여부에 따라 판단해서는 안 된다고 설명했다. 이 체험의 매력은 정말이지, 평소 시민적 삶 어디에서도 볼 수 없는 민첩성으로 거의 지각할 수 없는 신호에 이끌려 그토록 많은 여러 가지 힘찬, 그럼에도 불구하고 아주 정확하게 서로 맞물려 있어서 의식적으로 감시하기가 전적으로 불가능한 그런 움직임을 찰나에 수행한다는 데 있다. 반대로 스포츠맨이라면 누구나 시합이 있기 며칠 전에는 연습을 중단해야 함을 안다. 다름이 아니라 그렇게 해야 근육과 신경이 의지, 의도, 의식이 없거나 끼어들지 않은 상태로 서로 마지막 조율을 할 수 있기 때문이다. 행위의 순간도 늘 이렇다고 울리히가 설명했다. 근육과 신경이 튀어올라 '나'〔我〕를 펜싱 검처럼 휘두른다. 이 '나', 온몸, 영혼, 의지, 민법상으로 환경과 구분되는 이 전체 주(主) 내지는 전(全) 개인은 마치 황소 등에 앉은 에우로페9처럼 그냥 그들에게 업혀간다. 그렇지 않으면, 즉 불행히도 조금이라도 숙고의 빛이 이 어둠 속에 비치면 보통 그 행위는 실패한다. 울리히는 열성적으로 말했다. 이것은 근본적으로 — 그는 주장했다 — 즉 거의 완전한 도취 내지는 의식적 인간의 중단이라는 이 체험은 근본적으로 모든 종교의 신비주의자들

---

9 황소로 변신한 제우스에게 납치되어 크레타섬으로 온 페니키아의 공주. 그녀의 이름에서 지금의 '유럽'이라는 지명이 유래했다.

이 익히 알았던 잃어버린 체험과 유사하다. 그래서 어떤 의미에서는 영원한 욕구에 대한 우리 시대의 대용물이다. 질이 나쁘긴 하지만 어쨌든 하나의 대용물이다. 그리고 이를 이성적 체계 안으로 집어넣은 권투나 이와 유사한 스포츠는 일종의 신학이다. 물론 이 사실을 일반적으로 통찰하기를 바랄 수는 없다.

울리히가 이렇게 활기차게 말을 한 데는 아마 동반자로 하여금 그를 발견한 당시의 비참한 상황을 잊게 하려는 허영기 어린 소망도 조금은 작용했을 것이다. 상황이 이러했으므로 그녀는 그의 말이 진담인지 농담인지 구별하기 어려웠다. 아무튼 그가 스포츠를 통해 신학을 설명하려 한 것은 근본적으로 아주 당연해 보였고 흥미롭기까지 했다. 스포츠는 시대에 맞는 것이고 반대로 신학은, 아직도 정말 교회가 많다는 사실은 부인할 수 없겠지만, 전혀 모르는 것이니까. 어쨌든 그녀는 행복한 우연이 그녀로 하여금 아주 교양 있는 남자를 구하게 했다고 생각했고, 물론 간간이 그가 혹시 뇌진탕을 일으킨 게 아닐까 자문했다.

이제 이해하기 쉬운 것을 말하려고 울리히는 이 기회를 틈타 무심코 사랑도 종교적이고 위험한 체험이라고 지적했다. 인간을 이성의 품에서 끌어내 정말로 바닥없이 떠다니는 상태 속에 옮겨 놓기 때문이라고.

그렇다 ― 귀부인이 말했다 ― 그래도 스포츠는 거칠다.

확실히, ― 울리히는 서둘러 동의를 표했다. ― 스포츠는 거칠다. 아주 섬세하게 분배된 보편적 미움이 방향을 바꾸어 격투기 속에 표현된 것이라고 말할 수 있다. 물론 그 반대라고, 스포츠가 사람들을 연결시키고 많은 이들을 동지나 뭐 그 비슷한 것으로 만든다는 주장도 있지만 근본적으로 이것은 야만성과 사랑이 크고 화려하지만 울지 못하는 새의 두 날개만큼도 떨어져 있지 않음을 증명할 뿐이다.

그는 날개와 화려하지만 울지 못하는 새를 강조했다. 별 의미 없는 생각이었지만 조금은, 삶이 무절제한 육체 속에서 모든 경쟁적인 대립들을 만족시키는 데 사용하는 그 막대한 관능으로 가득 찬 생각이었다. 이제 그는 옆에 앉은 여자가 이를 조금도 이해하지 못했음을 알아차렸다. 그럼에도 불구하고 그녀가 차 안에 퍼뜨리는 부드러운 눈빛은 더욱 짙어졌다. 그때 그는 그녀에게로 완전히 몸을 돌리고 물었다. 육체와 관련된 이런 문제들에 대해 말하는 게 거북한지? 육체가 하는 대로 놔두는 것이 정말로 아주 유행이고 근본적으로 이는 끔찍한 감정도 포함한다. 매섭게 훈련받은 육체는 우위를 점하게 되고 어떤 자극에도 아무런 질문 없이, 자동적으로 갈고닦은 움직임으로 너무나 분명히 대답하므로 그 소유자에게는 사후점검이라는 불가사의한 감정만 남는 반면에 육체의 일부분은 인격의 통제를 벗어나게 되기 때문이다.

실제로 이 질문은 젊은 여자의 마음에 크게 와닿은 듯 보였다. 그녀는 이 말에 흥분했고 가쁘게 숨을 쉬었고 조심스럽게 약간 거리를 두고 앉았다. 숨이 가빠지고 피부가 빨개지고 심장이 두근거리는 등 방금 묘사한 것과 비슷한 메커니즘과 아마 몇몇 다른 메커니즘이 그녀 내부에서 작동을 시작한 듯했다. 하지만 바로 그때 차는 울리히의 집 앞에 멈춰 섰다. 그는 할 수 없이 미소를 지으며, 감사 인사를 하기 위해서라며 은인의 주소를 청했지만 이 호의가 베풀어지지 않아 놀랐다. 어안이 벙벙해진 울리히의 뒤에서 검은 단철 창살이 닫혔다. 추측건대, 이어 오래된 정원의 나무들이 전등 불빛 속에서 크고 검은 모습을 드러냈고, 창들이 밝아졌고, 규방처럼 아담한 성의 나지막한 두 익랑이 짧게 깎은 에메랄드 같은 잔디 위로 펼쳐졌고, 그림과 줄지어 늘어선 다채로운 책으로 덮인 벽들이 약간 보였고, 작별한 그녀의 동승자는 기대 이상으로 아름다운 집 안으로 사라졌을 것이다.

그런 일이 일어났고 울리히가, 이미 오래전에 질려버린 이런 사랑의 모험에 시간을 내야 했다면 얼마나 불쾌했을까 하고 여전히 곰곰이 생각하던 차에, 한 부인이 방문했다는 보고를 받았다. 부인은 이름을 밝히기를 원치 않았고 면사포로 온통 얼굴을 가리고 집 안으로 들어섰다. 이름과 주소를 말하지 않았던 그녀 본인이었다. 그녀는 그의 근황을 살핀다는 핑계를 대며 이렇게 낭만적이고 자비로운 방법으로 그 모험을 독자적으로 이어갔다.

2주 후 보나데아는 벌써 14일 전부터 그의 연인이었다.

8
카카니아

재단사나 이발사와 관련된 모든 일을 여전히 중요하게 여기고 거울을 들여다보기를 좋아하는 그런 나이에는 또 자주 생을 보내고 싶은 장소나, 개인적으로는 그다지 머무르고 싶지 않다고 느낄지라도 적어도 그곳에 머무르는 것이 멋이 있는 그런 장소를 상상한다. 벌써 오래전부터 일종의 초미국적 도시가 이런 사회적 강박관념이 되었다. 이

곳에서는 모두가 손에 스톱워치를 들고 서둘러 가거나 가만히 서 있다. 하늘과 땅은 개미집을 이루고 여러 층의 교통로가 관통한다. 공중기차, 기차, 지하철, 인간수송용 기송관(氣送管), 화물차량이 줄줄이 수평으로 질주하고 고속승강기는 인간들을 대량으로 한 층에서 다른 층으로 수직으로 퍼 올린다. 사람들은 환승지점에서 한 교통수단에서 다른 교통수단으로 바꿔 타고 아무 생각 없이 그 리듬에 빨려들어간다. 이 리듬은 굉음을 내며 출발하는 두 고속기관차 사이에 당김음, 10 휴지(休止), 20초라는 짧은 틈을 만들어내고 사람들은 이 보편적 리듬의 틈새에 서둘러 한두 마디 말을 주고받는다. 질문과 대답은 기계 부속품처럼 서로 맞물려 작동한다. 모든 인간은 각자 정해진 일만 한다. 직업들도 정해진 장소에 분야별로 모아진다. 사람들은 움직이면서 먹는다. 오락도 도시의 다른 구역들에 모아지며 또 다른 곳에는 여자, 가족, 축음기, 영혼이 있는 고층건물이 있다. 긴장과 이완, 일과 사랑이 시간적으로 정확히 분리되고 실험실에서 철저한 검증을 거친 후에 할당된다. 이런 일을 하다 어려움에 봉착하면 그냥 그 일을 방치한다. 다른 일을 찾거나 경우에 따라서 더 나은 방법을 찾고 그것도 아니면 누군가 딴 사람이 그가 놓친 방법을 찾아내기 때문이다. 이런 것은 전혀 해롭지 않은 반면에 공동체의 힘을 가장 많이 탕진하는 것은 특정한 개인적 목표를 위해 매진할 사명을 받았다고 생각하는 교만이다. 여러 힘들이 관통하는 공동체에서 어떤 길이든 너무 오래 망설이고 숙고하지 않는다면 좋은 목표에 다다른다. 목표는

---

10 두 자음 사이에서 생략되는 모음을 말한다.

짧게 설정된다. 하지만 삶 또한 짧고, 이렇게 해서 우리는 삶에서 최대치를 얻어낼 수 있고 인간은 행복해지는 데 그 이상이 필요하지도 않다. 거둔 것은 영혼을 빛지만, 원하지만 성취하지 못한 것은 영혼을 삐뚤어지게 할 뿐이니까. 행복을 위해서는 원하는 것이 무엇인가는 별로 중요하지 않고 오직 그것을 얻는다는 사실만이 중요하다. 게다가 동물학은 천재적 전체는 약화된 개인의 총합이라고 가르친다.

미래가 이럴 것이라는 확신은 전혀 없지만 이런 상상은 여행에 대한 꿈의 일부이며 이 꿈들에는 우리를 끌고 가는 쉼 없는 움직임의 감정이 반영되어 있다. 이런 상상은 피상적이고 불안정하며 짧다. 정말 미래가 어떨지는 신만이 아시리라. 사람들은 우리는 언제라도 새로 시작해야 하고 모두를 위한 계획을 세워야 한다고 말한다. 빠른 속도로 진행되는 일이 마음에 들지 않으면 다른 일을 하자! 예를 들어, 아주 느린 일을, 바다달팽이처럼 신비로운, 베일처럼 부풀어 오르는 행복을 느끼며, 일찍이 그리스인이 동경한, 소처럼 커다랗고 그윽한 눈길로. 하지만 상황은 전혀 다르다. 일이 우리를 수중에 넣었다. 우리는 이 안에서 밤낮으로 움직이고 이 안에서 다른 일도 다 한다. 면도를 한다, 먹는다, 사랑한다, 책을 읽는다, 직업에 종사한다, 사면 벽이 가만히 서 있기라도 하는 듯. 무시무시한 것은 우리가 모르는 사이 그 벽이 더듬더듬 휘어지는 긴 실 같은 선로를 놓는다는 것이다. 어디로 향하는지도 알 수 없는 선로를. 게다가 우리는 가능하면 우리 스스로가 시대의 기차를 모는 힘이기를 원한다. 이것은 아주 불명확한 역할이고 가끔씩 한참 쉬고 난 후에 내다보면 풍경이 바뀌어 있다. 저기 휙 지나가는 것은 휙 지나간다. 어쩔 수 없기 때문이다. 하지만 무조건적 순종에도 불구하고, 목적지를 지나쳤거나 길을 잘못 들기라도 한 것처럼 불쾌한 감정이 점점 더 큰 힘을 얻는다. 어느 날, '내려야 겠다! 뛰어내리겠다!'는 걷잡을 수 없는 욕구가 생긴다. 이것은 억류, 답보, 정체, 잘못된 선로로 들어서기 전의 지점에 대한 향수다! 오스트리아 제국이 건재했던 그 좋은 옛 시절에는 이런 경우 시대의 기차에서 내려 보통 철로 위를 달리는 보통 기차를 타고 고향으로 돌아갈 수 있었다.

거기 카카니아! 오래전에 몰락한 국가, 이해받지 못한 국가, 인정받지 못했지만 많은 점에서 모범적인 이 국가에도 템포는 있었지만 지나친 템포는 아니었다. 타국에서 이 나라를 생각할 때면, 구보행군을 하던 시절, 특별초소가 있던 시대에 닦인 흰색의 넓고 부유한 도로들에 대한 기억이 너무나 자주 눈앞에 아른거렸다. 도로는 질서의 강처럼, 군복의 밝은 띠처럼 사방으로 뻗어서 하얀 종이 같은 행정의 팔로 여러 주(州)를 휘감았다. 멋진 주들이었다! 거기에는 빙하와 바다, 카르스트11와 뵈멘 지방의 옥수수 밭이 있었다. 귀뚜라미가 울어대던 아드리아해의 밤과, 벌렁거리는 콧구멍처럼 벽난로에서 연기가 피어오르던 슬로바키아 마을들이 있었고 마을은 땅이 약간 입술을 벌려 자신의 아이를 따뜻하게 품어주듯 두 개의 작은 언덕 사이에 웅크리고 있었다. 물론 이 도로들 위에도 자동차가 달렸다. 하지만 그렇게 많지는 않았다! 여기서도 하늘의 정복을 준비했다. 하지만 그렇게 집중적이지는 않았다. 여기서도 가끔씩 남아메리카나 동아시아로 배

---

11 알프스 산맥의 석회암 대지를 말한다.

를 띄웠다. 하지만 그리 자주는 아니었다. 여기서는 경제대국이나 군사강국을 향한 욕심이 없었다. 사람들은 낡은 세계축이 교차하는 유럽 한가운데 앉아 있었다. 식민지라든가 해외라는 말은 아직 완전히 시험해 보지 않은 것, 멀리 있는 것인 양 그렇게 들렸다. 사치를 했다. 하지만 결코 프랑스인처럼 그렇게 지나치게 세련되지는 않았다. 스포츠를 했다. 하지만 앵글로색슨인처럼 그렇게 바보같이는 아니었다. 군비에 거액을 지출했다. 하지만 열강 가운데 두 번째 약한 나라에 불과할 만큼이었다. 수도도 세계의 모든 다른 대도시보다는 약간 작았지만 평범한 대도시보다는 현저히 컸다. 이 나라는 유럽 최고의 관료주의에 의해, 개화되고 요란스럽지 않고 뾰족한 끝은 모두 조심스럽게 잘라내는 방식으로 통치되었다. 이 관료주의의 단 하나의 오류는 천재와, 고귀한 출신이나 국가의 위탁을 통해 특권을 부여받지 않은 평범한 개인이 보여 주는 천재적 행위욕구를 건방진 행동, 불손으로 본다는 것이었다. 하지만 누가 자격도 없는 자들에게 간섭받고 싶겠는가! 게다가 카카니아에서는 늘 천재를 파렴치한 놈으로 간주했지만, 다른 곳에서처럼 파렴치한 놈을 천재로 간주하는 일은 결코 없었다.

무릇 이 몰락한 카카니아에 대해서는 많은 특이점을 말할 수 있다! 예를 들어 이 나라는 kaiserlich-königlich이며 kaiserlich und königlich였다.[12] 여기서는 모든 일과 사람이 k. k. 또는 k. & k.

---

12 kaiserlich-königlich, 즉 k. k. 는 '제국-왕국', kaiserlich und königlich, 즉 k. & k. 는 '제국 및 왕국'이라는 뜻으로 오스트리아-헝가리 군주국의 관청에 붙

이 두 표시 가운데 하나를 달고 있었지만 그럼에도 불구하고 어떤 기관과 어떤 인간을 k. k. 로, 어떤 것을 k. & k. 로 불러야 할지를 항상 확실히 구별하기 위해서는 비밀학문이 필요했다. 이 나라는 서면 상으로는 스스로를 '오스트리아-헝가리 군주국'이라 칭했고, 구두상으로는 '오스트리아'로 불렀다. 그러니까 하나의 이름으로 불렀는데, 이 이름은 국가에 대한 장엄한 맹세를 할 때는 빼버렸지만 모든 감정적 사안에는, 감정이 국가법만큼이나 중요하며 규정은 현실의 진지한 삶에서는 중요하지 않다는 표시로 그대로 두었다. 이 나라는 헌법상으로는 자유민주주의였지만 가톨릭 교회식으로 통치되었다. 가톨릭 교회식으로 통치되었지만 국민들은 자유로운 정신으로 살았다. 법 앞에서는 모든 시민이 동등했지만 모두가 시민은 아니었다. 의회가 있었지만 그 자유를 너무 격렬히 사용했으므로 보통 닫아 두었다. 하지만 긴급조치법이 있어 그 도움으로 의회 없이도 그럭저럭 해내갈 수 있었고, 모두가 절대주의에 기뻐하고 있으면 왕은 다시

이던 수식어다. 오스트리아-헝가리 군주국은 1867~1918년까지 지속된 국가체제로 1866년 독일 통일을 둘러싼 프로이센과의 주도권 싸움에서 오스트리아가 패함으로써 성립되었다. 베니스까지 잃음으로써 여러 민족의 독립요구가 거세지고 다민족국가가 붕괴의 위기에 직면하자, 오스트리아는 헝가리 귀족들과 연합하여 헝가리 왕국을 세우고 오스트리아의 황제 프란츠 요제프 1세가 헝가리 왕으로 등극한다. 이 군주국에서 헝가리 왕국은 군사, 외교, 재정 면에서 오스트리아 제국과 공동정책을 펴고 별개의 의회와 정부를 가졌으며, 10년마다 갱신되는 관세 및 통상조약을 맺었다. k. & k. 는 1867년 이후 두 나라 공통의 모든 관청에 붙이며 k. k. 는 군주국의 서쪽 부분, 즉 옛 오스트리아 제국의 관청에 붙인다. 이 군주국을 유지하는 실제적인 고리는 오스트리아 황제인 동시에 헝가리 왕인 프란츠 요제프 1세였다.

의회민주주의적으로 통치되어야 한다고 지시했다. 이런 사건이 이 국가에는 많았고 이 중 하나가 다름 아닌 민족적 분쟁이었는데, 이는 당연히 유럽의 호기심을 끌었고 오늘날 완전히 잘못 묘사되고 있다. 분쟁이 너무나 격렬했으므로 국가기관이 한 해에도 여러 번 멈칫거렸고 멈춰 섰지만 그 사이기간과 국가휴지기에 사람들은 서로 아무 탈 없이 잘 지냈고 아무 일도 없었다는 듯 행동했다. 실제적인 것은 아무것도 없었다. 모든 인간이 모든 다른 인간의 노력에 대해 느끼는 거부감이 ― 이 점에서 오늘날 우리 모두는 한결같다 ― 이 국가에서는 일찍이 형성되었고, 말하자면 숭고한 의식(儀式)이 되었을 뿐이었다. 파국을 통해 중단되지 않았다면 이 의식은 훨씬 더 큰 결과를 초래했으리라.

동료시민을 향한 거부감이 여기서는 공동체 감정으로까지 상승했을 뿐 아니라 자기 자신과 자신의 운명에 대한 불신도 깊은 확신이라는 특성을 띠게 되었으니까. 이 나라에서는 ― 때때로 최고의 열정과 그 결과에 이르기까지 ― 늘 생각과는 다르게 행동하거나 행동과는 다르게 생각했다. 사정을 잘 모르는 관찰자는 이를 사랑스럽다고 생각하거나 심지어 그들의 의견에 따르면 오스트리아적인 특성의 약점이라고 여겼다. 하지만 이는 틀렸다. 한 나라에서 일어나는 현상을 단순히 그 국민의 특성으로 설명하는 것은 항상 틀릴 수밖에 없다. 한 나라 국민은 적어도 아홉 개의 특성을 갖고 있으니까. 직업적 특성, 민족적 특성, 국가적 특성, 계급적 특성, 지리적 특성, 성적 특성, 의식적 특성, 무의식적 특성 그리고 아마 여기에 보태어 사적인 특성도 갖고 있을 것이다. 그는 이것들을 내면에서 하나로 만들지만 이것들은 그를 해체하고, 사실 그는 이 많은 실개천에 파인 작은 웅덩이에 불과하다. 이 웅덩이 속으로 특성들이 스며들어왔다가 다시 흘러나가 다른 개천과 함께 또 다른 웅덩이를 채운다. 따라서 지상의 모든 거주자는 또 열 번째 특성을 갖는데, 이것이 바로 채워지지 않은 공간들의 수동적 환상이다. 이 특성은 인간에게 모든 것을 허용하지만 한 가지만은 허용하지 않는다. 적어도 자신의 아홉 개의 다른 특성들이 하는 일과 이 특성들에 일어나는 일을 진지하게 여기는 것, 다른 말로 하자면, 자신을 채워줄 바로 그 일을 진지하게 여기는 것을 허용하지 않는다. 서술하기 어려운 — 이 점은 인정해야 한다 — 이 공간은 이 탈리아에서는 영국과는 다른 색과 다른 형태를 가진다. 이 공간과 구별되는 것이 다른 색과 형태를 가지기 때문이다. 하지만 여기서도 저기서도 그것은 같은 공간, 즉 눈에 보이지 않는 텅 빈 공간이며 이 공간 속에서 현실은 마치 환상이 떠나버린 장난감블록 도시처럼 그렇게 서 있다.

그런데 모두에게 가시화된 바대로, 이 일이 카카니아에서 일어났고 이 점에서 카카니아는, 세상은 아직 몰랐지만, 가장 진보한 국가였다. 카카니아는 가까스로 굴러가는 국가였다. 여기서 사람들은 소극적 자유만 누렸고 끊임없이 자신의 존재근거가 불충분하다는 감정이 들었고, 인류의 탄생지인 대양의 입김에 씻기듯, 일어나지 않은 일이나 아직 돌이킬 수 있는 일의 큰 환상에 씻겼다.

다른 곳에서는 다른 사람들이 '무슨 일이 일어났다'고 생각하면, 여기서는 '지나간 일이야'라고 말한다. 이는 다른 어느 곳의 독일어나 다른 언어에는 등장하지 않는 독특한 표현인데, [13] 이 말의 입김 속에서 사실과 운명적 사건은 마치 솜털처럼, 생각처럼 가벼워졌다. 그렇다, 반박도 많겠지만 카카니아는 어쩌면 천재들을 위한 나라였을 것이다. 그리고 또 아마 그 때문에 몰락했을 것이다.

9
위대한 남자가 되려는 세 시도 가운데 첫 번째 시도

귀향한 이 남자는 그의 평생에 위대한 인간이 되겠다는 의지가 없었던 적이 있었는지 기억할 수 없었다. 울리히는 이 소망을 갖고 태어난 듯 보였다. 이런 갈망 속에 허영심이나 어리석음이 드러난다는 것도 사실이다. 그렇지만 이것이 정말 아름답고 올바른 욕망이라는 것도 적잖이 사실이다. 이런 욕망이 없다면 위대한 사람이 그다지 많이 존재하지 않으리라.

치명적인 것은 그저 그가 어떻게 그런 사람이 되는지, 무엇이 위대한 사람인지 몰랐다는 것이었다. 학창 시절 그는 나폴레옹을 그런 사람이라 여겼다. 범죄적인 것에 대한 소년들의 자연스런 경탄도 여기에 한몫했고, 유럽을 뒤집어놓으려 했던 이 폭군이 역사상 가장 위대한 악인이라는 선생들의 분명한 지적도 한몫을 했다. 그 결과 울리히는 학교를 떠나자마자 기병연대의 사관후보생이 되었다. 당시 왜 이

---

13 '지나간 일이야'로 번역한 'es ist passiert'에서 'passieren'은 원래 '통과하다, 지나가다'라는 의미지만 당시 오스트리아와 독일의 바이에른주에서만 '무슨 일이 일어나다'라는 뜻으로 쓰였고 현재는 독일어에서 후자의 의미로 두루 쓰인다.

직업을 택했느냐는 질문을 받았다면, 폭군이 되려한다는 대답은 차마 할 수 없었으리라. 하지만 이런 소망은 궤변가다. 나폴레옹의 천재성도 장군이 되고 난 후에야 꽃피우기 시작하지 않았던가. 게다가 어떻게 사관후보생인 울리히가 연대장에게 이 조건의 필연성을 확신시킬 수 있었겠는가?! 연대장이 그와 다른 의견이었음은 중대 훈련에서 벌써 심심찮게 드러났다. 그럼에도 불구하고 명예욕이 없었다면, 울리히는 불손과 소명이 구별되지 않았던 평화로운 연병장을 저주하지 않았으리라. 당시 그는 '국민무장 교육'과 같은 평화주의 상투어에 아무런 가치도 두지 않았고 군주다움, 폭력, 자부심이라는 영웅적 상태에 대한 열정적 기억에 푹 빠져 있었다. 그는 경마를 했고 결투를 했고 인간을 장교, 여자, 민간인 세 종류로만 구분했다. 민간인은 육체적으로는 덜 발달되고 정신적으로는 경멸할 만한 부류로, 아내와 딸을 장교에게 빼앗긴다. 그는 위대한 비관주의에 몰두했다. 군인이라는 직업이 예리하고 빛나는 도구이므로 이 도구로 세상을 불태우고 잘라 치유해야 하는 듯 보였다.

그래도 다행히 그에게 아무 일도 일어나지 않았지만 어느 날 그는 경험을 하나 하게 되었다. 사교모임에서 유명한 재정가와 작은 오해가 있었고 울리히는 자신만의 위대한 방식으로 이를 해결하려 했지만 민간인 중에도 가족구성원인 여자를 보호할 줄 아는 남자가 있음이 드러났다. 그 재정가는 개인적으로 친분이 있던 국방부 장관과 상의했고 그 결과 울리히는 상관과 긴 토론을 해야 했고 그러면서 대공과 일개 장교의 차이를 분명히 알게 되었다. 이때부터 군인이라는 직업은 더 이상 그를 기쁘게 하지 않았다. 그는 주인공이 되어 세계를 뒤

흔드는 모험의 무대 위에 있기를 기대했는데 갑자기 텅 빈 광장에서 행패를 부리는 술 취한 젊은이를 보았다. 이 젊은이에게 날아든 건 돌뿐이었다. 이를 깨닫자, 그는 막 소위로 승진한 이 달갑잖은 경력에 작별을 고하고 군대를 떠났다.

10
두 번째 시도.
특성 없는 남자 도덕의 싹

하지만 기병대에서 공학으로 옮겼을 때 울리히는 말만 갈아탔을 뿐이었다. 새 말은 쇠로 된 사지를 가졌고 열 배나 빨리 달렸다.

괴테가 살았을 당시에는 베틀의 덜커덩거림이 소음이었다면, 울리히 시대 사람들은 기계실, 리벳 망치, 공장 사이렌의 노래를 알아듣기 시작했다. 물론 인간들이 마천루가 말 탄 남자보다 더 높다는 사실을 곧 알아차렸다고 생각해서는 안 된다. 그 반대다. 오늘날도 그들은 의욕적으로 뭔가 특별한 일을 시작하려 하면 마천루가 아니라 키큰 준마 위에 앉고, 바람처럼 빠르고, 그들의 눈은 대형 굴절망원경이 아니라 독수리처럼 날카롭다. 그들의 감정은 아직 이성을 사용하는 법을 배우지 못했고 이 둘 사이에는 맹장과 대뇌피질만큼이나 큰 발달차이가 있다. 인간은 자신이 고귀하다고 간주하는 모든 일에서 자신이 발명한 기계보다 훨씬 더 구식으로 행동한다. 이를 깨닫는 것은 적잖은 행운인데, 울리히는 개구쟁이 시절이 끝난 후 벌써 이를 깨달았다.

기계학 강의실에 들어섰을 때, 울리히는 첫눈에 열광했다. 새로운 형태의 터보 엔진이나 증기기관 피스톤의 유희가 눈앞에 있는데 아폴로 폰 벨베데레14가 왜 필요한가! 선과 악이 결코 '상수'가 아닌 '기능 가치'여서 행위의 선은 그 역사적 상황에 달려 있고 인간의 선도 인간의 특성을 평가하는 심리공학의 기예에 달려 있음이 밝혀진 마당에 무엇이 선이고 무엇이 악인가에 대한 수천 년간의 논의가 누구를 사로잡을 것인가! 공학적 시각으로 관찰하면 세상은 우스꽝스럽기만 하다. 인간관계는 모두 비실용적이고 그 방법들도 지극히 비경제적이고 부정확하다. 계산자로 일을 처리하는 데 익숙한 사람은 인간들의 주장 가운데 족히 절반은 진지하게 받아들이지 않을 수 있다. 계산자, 이것은 전례 없이 총명하게 얽혀 있는 숫자와 선의 두 체계다. 계산자, 이것은 납작한 사다리꼴 횡단면을 가진 두 개의 작은 막대기로 흰 래커 칠이 되어 있고 하나가 다른 하나 속으로 미끄러져 들어간다. 이것의 도움으로 아무리 복잡한 과제라도, 단 한 개의 생각도 무익하게 잃어버리지 않고, 순식간에 해결할 수 있다. 계산자, 이것은 양복 윗주머니에 넣고 다니며 가슴 위에 놓인 단단하고 하얀 선이라고 느끼는 작은 상징이다. 계산자를 가진 사람에게 누군가 다가와 위대한 주장이나 위대한 감정을 피력하면 그는 이렇게 말한다. 잠깐만요. 우선 그 모든 것의 오차와 근사치를 측정합시다!

이것은 의심할 나위 없이 공학자라는 존재를 보여 주는 강력한 표상이었다. 이 표상은 매력적인 미래의 자화상을 넣을 액자였다. 자화

---

14 15세기 테라치나에서 발견된 아폴로 조각상을 말한다.

상 속 남자는 결연한 용모에 담배 파이프를 이빨 사이에 물고 스포츠 모자를 쓰고 멋진 승마용 장화를 신고 있고, 자신의 거대한 회사건물 설계도를 실현시키려 케이프타운과 캐나다를 오간다. 그래도 틈틈이 시간이 있어 기회 있을 때마다 공학적 사고방식에 기초하여, 세계를 만들고 지배하는 데 필요한 조언을 하거나 공장마다 걸어두어 마땅한 에머슨의 금언과 같은 금언을 만든다. "인간은 미래의 전조(前兆)로서 세상을 떠돌고, 그의 행위는 모두 시도이며 시험이다. 모든 행위는 그 다음 행위가 능가할 것이므로!" 정확히 말해, 이 문장은 울리히가 몇몇 에머슨 문장을 조합해서 만들었다.

왜 공학자가 실제로 이런 사람이 되지 못하는지 그 이유를 말하기는 쉽지 않다. 예를 들어, 왜 그들은 자주 회중시계 줄을 그것이 조끼 주머니에서 그 위쪽의 단추까지 가파르고 뻐딱한 곡선을 그리도록 차는가? 왜 그들은 시곗줄이 한 편 시의 일부인 양, 배 위에서 한 번 올라가고 두 번 내려가도록 차는가? 왜 그들은 사슴이빨이나 작은 편자가 달린 핀을 넥타이에 꽂는 것을 좋아하는가? 왜 그들의 양복은 초기 자동차처럼 재단되었나? 마지막으로, 왜 그들은 직업 이외의 것을 이야기하는 적이 별로 없는가? 이야기를 하더라도 왜 특별하고 경직되고 아무런 맥락도 없고 피상적인 방식으로 말하는가? 이런 방법으로는 그들의 말은 안으로 후두개 연골에도 미치지 못한다. 물론 이는 모든 사람에게 다 해당되는 말은 아니지만 많은 사람에게 해당되는 말이다. 울리히가 처음으로 공장 사무실에서 일하게 되었을 때 만난 사람들은 그랬다. 두 번째 공장에서도 그랬다. 보다시피, 그들은 제도판에 단단히 매여 있고 자신들의 직업을 사랑하며 일에 관해서는 놀랄 만큼 유능한 남자들이었지만 자신들의 대담한 사고방식을 기계 대신 자신들에게 사용하라는 충고를 마치 망치를 그 본연의 용도에 반하여 살인에 사용하라는 터무니없는 요구처럼 받아들이리라.

이렇게 해서 공학의 길을 가 비범한 남자가 되려던 울리히의 두 번째 더 성숙한 시도는 빨리 끝이 났다.

11
가장 중요한 시도

지금의 울리히는 두 번째 시도가 실패한 시점까지의 삶에 대해 전생이나 후생에 대해 듣는 것처럼 머리를 설레설레 흔들 수 있었다. 하지만 그의 시도 가운데 세 번째 시도에는 그럴 수 없었다. 자신이 만든 기계가 땅 끝까지 공급된다 해도 공학자가 자유롭고 폭넓은 사유세계에 이르지 못하고 그 분야의 특수성에 매몰된다는 것은 이해할 수 있다. 기계가 자신의 토대인 미분방정식을 자신에게 적용할 수 없는 것과 마찬가지로 그는 공학의 대담하고 새로운 영혼을 사적인 영혼에 전이할 능력을 가질 필요가 없기 때문이다. 하지만 수학에는 이런 말을 할 수가 없다. 여기에 새로운 사고의 방법론 자체, 정신 자체가 있고 시대의 원천, 엄청난 변혁의 근원이 있기 때문이다.

태초의 꿈의 실현이 하늘을 날기, 물고기와 함께 여행하기, 산악거인의 몸을 뚫고 지나가기, 신처럼 빠르게 소식을 전하기, 눈에 보이지 않는 것과 멀리 있는 것을 보고 듣기, 죽은 자의 말을 듣기, 기적같은 치유의 잠에 빠지기, 사후 20년 자신의 모습을 제 눈으로 보기,

별이 반짝이는 밤에 이 세상의 위아래에 있는, 그 전에는 아무도 몰랐던 수천 가지 것을 알기라면, 빛, 열, 힘, 향락, 편리함이 인류의 태초의 꿈이라면, 오늘날의 연구는 과학일 뿐 아니라 마법이며 심장과 뇌가 가진 최고의 힘의 향연이고 — 여기서 신은 그의 외투 주름을 하나씩 열어 보인다 — 엄격하고 과감하고 역동적이고 칼날같이 차갑고 예리한 수학의 사고방법론이 그 교리에 스며들어 지지하는 종교다.

물론 수학자가 아닌 사람들의 견해에 따르면, 이 모든 태초의 꿈이 원래 상상했던 것과는 전혀 다른 방식으로 순식간에 실현되었음은 부인할 수 없다. 뮌히하우젠 남작15의 우편나팔 소리가 공장에서 대량 생산되는 녹음소리보다 좋았고, 한 걸음에 7마일을 가는 장화가 자동차보다 좋았고, 라우린16의 왕국이 철도터널보다 좋았고, 환각을 불러일으키는 약초가 전송된 이미지보다 좋았고, 어머니의 심장을 먹고 새의 말을 이해하는 것이 새의 발성법에 관한 동물심리학 연구보다 좋았다. 우리는 현실을 얻었지만 꿈을 잃었다. 더 이상 아무도 나무 아래 누워 엄지와 검지발가락 사이로 하늘을 바라보지 않고 직업에 종사한다. 쓸모 있는 사람이 되려면 굶주려서도 몽상에 빠져서도 안 되며 비프스테이크를 먹고 움직여야 한다. 이는 쓸모없었던 옛 인류가 개미떼 위에서 잠이 든 것과 꼭 같다. 새 인류가 깨어나자 그의 핏속에는 개미들이 기어들어가 있었고 그 이후 인류는 동물처럼 부지

---

15 히에로니무스 칼 프리드리히 폰 뮌히하우젠(Hieronymus Carl Friedrich von Münchhausen, 1720~1797) : 황당무계한 모험담을 꾸며낸 것으로 유명한 독일 귀족이다.

16 바위산 위에 아름다운 장미정원을 소유한 전설 속 난쟁이 왕이다.

런하다는 이 불쾌한 감정을 떨쳐버리지 못한 채 엄청나게 많이 움직여야 한다. 수학이 악마처럼 우리 삶의 모든 영역에서 사용된다는 것은 정말 두말할 나위가 없고 오늘날 대부분의 인간이 알고 있는 사실이다. 이 인간들이 모두 영혼을 사는 악마 이야기를 믿지는 않을 것이다. 하지만 영혼을 좀 알아야 하는 사람들, 즉 영혼으로 수입을 올리는 성직자, 역사가, 예술가는 모두 수학이 영혼을 황폐하게 했다고, 인간을 지상의 지배자로 만들지만 기계의 노예로도 만드는 사악한 오성의 원천이라고 말한다. 내면은 메마르고, 개별적인 것에서의 예리함과 전체에 대한 무관심이 터무니없이 혼합되어 있고, 개별사항의 사막에 철저히 버려진 인간, 그의 불안, 악의, 전례 없는 무심함, 물욕, 냉담함, 폭력성, 이것들은 우리 시대의 특징이며, 그들의 보고에 따르면, 순전히 논리적으로 날카로운 사고가 영혼에 가한 손상의 결과다! 울리히가 수학자가 되었을 당시에 벌써 믿음, 사랑, 소박함, 선이 더 이상 인간 속에 정주하지 않으므로 유럽 문화가 붕괴하리라고 예언한 사람들이 있었다. 그런데 특이한 것은 그들 모두가 청소년 시절 수학을 못하는 학생이었다는 것이다. 그래서 나중에 그들에게는 정확한 자연과학의 어머니이며 공학의 할머니인 수학이 결국 독가스와 전투기를 만들어낸 정신의 모체(母體)였음이 입증되었다.

사실 수학자 자신과 그들의 제자인 자연과학자만 이런 위험을 모르고 살았다. 그들의 영혼은 부지런히 페달을 밟을 뿐, 앞사람의 뒷바퀴 외에는 세상 어떤 것에도 한눈팔지 않는 자전거 선수처럼 이 모든 사실을 거의 알아차리지 못했다. 반대로 울리히에 대해서는 분명 한 가지만은 말할 수 있었다. 그는 수학을 견디지 못하는 사람들 때문에 수학을 사랑했다. 그는 학문적으로라기보다는 인간적으로 이 학문을 사랑했다. 그는 수학이 그 관할영역에서 제기되는 모든 질문에서 평범한 사람들과는 다르게 생각한다는 것을 알았다. 학문적 견해 대신 인생관을, 가정(假定) 대신 시도를, 진리 대신 행위를 대입해 보면, 저명한 자연과학자나 수학자의 필생의 업적은 모두 용기와 변혁이라는 점에서 인류 역사상 가장 위대한 행위들을 훨씬 능가하리라. 신자들에게 '훔쳐라, 살해하라, 음탕한 짓을 하라! 우리의 교리는 너희의 죄악의 똥오줌을 발효시켜 맑은 샘물로 만들 정도로 강하니까!'라고 말할 수 있는 남자는 아직 세상에 오지 않았다. 하지만 이 학문에서는 그때까지 오류로 통하던 것이 갑자기 모든 견해들을 뒤집거나 눈에 띄지 않고 멸시받던 생각이 사상계의 새로운 지배자가 되는 일이 2년마다 일어난다. 이런 일들은 여기서는 변혁일 뿐 아니라 하늘에서 내려온 사다리처럼 높은 곳에 다다른다. 이 학문에서는 모든 것이 동화 속에서처럼 강하고 거리낌 없으며 장엄하게 진행된다. 울리히는 느꼈다. 사람들은 이 사실을 알지 못할 뿐이라고. 그들은 사고하는 방법을 모른다. 새로운 사고방법을 가르칠 수 있다면 그들도 다르게 살게 되리라.

물론 사람들은 자문할 것이다. 도대체 세상은 늘 뒤집혀야 할 만큼 그렇게 거꾸로 가고 있는가? 이 질문에 세상은 스스로 벌써 오래전에 두 개의 답을 제시했다. 세상이 생긴 이래로 대부분의 인간은 청소년기에는 뒤집기에 찬성이었다. 이들은 나이 먹은 사람들이 기존의 것에 매달리고 뇌 대신에 한 조각 살덩어리인 심장으로 생각하는 것을 가소롭다고 생각했다. 이 젊은 인간들은 늙은 사람들의 도덕적 어리석음이 새로운 연결능력의 결핍이자 어디서나 볼 수 있는 지적 어리석음임을 늘 알아차렸고 그들 자신에게 자연스러운 도덕은 성과, 영웅주의, 변화의 도덕이었다. 그럼에도 불구하고 그들은 이를 실현시킬 나이가 되면 더 이상 이를 알지 못하며 알려고 하지도 않는다. 그래서 수학과 자연과학이 직업일 뿐인 많은 사람들은 울리히와 같은 이유에서 이 학문을 하겠다고 결심하는 것을 악용이라고 느낄 것이다.

그럼에도 불구하고 그는 이제 몇 년 전 그를 사로잡은 이 세 번째 직업에서, 전문가의 판단에 따르면, 적잖은 성과를 거두었다.

12
스포츠와 신비주의에 관한 대화 후 울리히를 사랑하게 된 부인

보나데아도 위대한 이념을 추구하고 있음이 드러났다.

보나데아는 그 불행한 주먹질이 있었던 밤 울리히를 구하고 다음 날 아침 얼굴을 온통 면사포로 가리고 찾아왔던 부인이었다. 그는 그녀에게 보나데아, '선한 여신'이라는 이름을 붙여주었다. 그녀가 그의 삶에 그런 모습으로 등장하기도 했고 순결의 여신 이름을 딴 것이기도 했다. 고대 로마에 있었던 이 여신의 신전은 기이한 반전을 통해 온갖 탈선의 온상이 되었다. 그녀는 이 사실을 몰랐다. 울리히가 붙여준 이 듣기 좋은 이름이 마음에 들었으므로 그녀는 울리히를 방문할 때마다 화려하게 수놓은 실내복이라도 되는 듯 이 이름을 몸에 걸쳤다. "난 당신의 선한 여신이지?" 그녀는 물었다 —"당신의 보나 데아?"17 — 이 두 단어를 제대로 발음하려면 그의 목에 팔을 두르고 머리를 약간 뒤로 젖힌 채 정감 어린 시선으로 그를 바라보는 것이 필수였다.

그녀는 명망 있는 남자의 아내였고 예쁜 두 아들의 다정한 어머니였다. 그녀가 가장 좋아하는 개념은 '참 바른'이었다. 그녀는 이 단어를 사람, 하인, 상점, 감정을 칭찬하고자 할 때면 사용했다. 그녀는 '진, 선, 미'라는 단어를 다른 사람들이 목요일이라는 단어를 쓰듯이 그렇게 자주 그리고 자연스럽게 발설할 수 있었다. 이념을 향한 그녀의 욕구를 가장 깊이 만족시킨 것은 남편과 아이들이 만든 영역 안에서 영위하는 조용하고 이상적인 삶이라는 표상이었다. 하지만 그 아래 깊은 곳에서는 '유혹에 들지 않게 하소서!'의 어두운 제국이 아른거렸고 그 냉기는 빛나는 행복을 약한 램프 불빛으로 약화시켰다. 그녀의 유일한 약점은 남자들이 쳐다보기만 해도 비정상적일 정도로 흥분한다는 것이었다. 그녀는 결코 음탕하지 않았다. 다른 사람들이 가령 손에 땀이 난다든가 얼굴이 쉽게 붉어진다든가 하는 다른 고통이 있는 것처럼 그녀는 관능적이었다. 그것은 천성인 듯 보였고 그녀는 결코 이에 저항할 수 없었다. 너무나 소설 같은, 극도로 환상을 자극하는 상황에서 울리히를 만났을 때 그녀는 첫눈에 정열의 먹이가 되었다. 동정심에서 시작된 이 열정은 짧지만 격렬한 심적 갈등을 겪은 후에는 금지된 비밀이 되었고 과오와 후회가 교대하는 가운데 계속되었다.

하지만 울리히는 그녀 삶에서 한 케이스에 불과했다. 그가 몇 번째

---

17 Bona Dea: 라틴어로 '선한 여신'이라는 뜻이다.

인지는 신만이 아실 것이다. 남자들은 보통 사정을 알아차리자마자 이런 사랑중독증 여자를 바보천치 취급한다. 가장 어리석은 수단을 사용해서 늘 같은 실수를 저지르도록 유혹할 수 있으니까. 남자의 헌신이라는 좀더 민감한 감정들은 대충 재규어가 한 조각 고깃덩어리를 놓고 으르렁거리는 것과 같아서 그 속에 든 방해물을 아주 불쾌하게 생각한다. 그 결과 보나데아는 낮에는 존경할 만한 시민이지만 의식의 어두운 틈새에서는 열차강도인 사람처럼 자주 이중생활을 했고, 이 조용하고 위풍당당한 여자는 아무도 그녀를 팔에 안아주지 않게 되면 당장, 남자의 팔에 안기기 위해 감수한 거짓말과 치욕에서 오는 자괴감에 짓눌렸다. 흥분된 감각을 느끼면 그녀는 감상적이고 착해졌고 심지어, 열광과 눈물, 잔인한 본성과 어김없이 찾아오는 후회가 뒤섞인 감정, 벌써 조짐을 보이며 대기하고 있는 우울에서 벗어나려는 광기의 발작은 그녀에게 또 다른 매력을 주었다. 이는 검은 상장(喪章)을 두른 북을 연속적으로 쳐대는 것과 비슷하게 자극적이었다. 하지만 발작이 없는 기간, 두 번의 나약함 사이에서 무력함을 느끼는 기간에 그녀는 후회로 가득 차서 수많은 도덕적 요구를 내세웠으므로 그녀와 교제하는 것은 그리 간단치 않았다. 그녀 앞에서는 진실하고 선해야 하고 모든 불행을 동정해야 하고 황실을 사랑해야 하고 존경받는 모든 것을 존경해야 하고 환자의 침상 옆에 있는 듯이 도덕적으로 섬세하게 행동해야 했다.

이 일이 일어나지 않아도 변하는 것은 없었다. 이에 대한 사과로 그녀는 아무것도 몰랐던 결혼 초기 몇 년 동안 남편이 그녀를 지금의 유감스러운 상태로 만들었다는 동화 같은 이야기를 지어냈다. 그녀보다 한참이나 나이가 많고 몸집이 큰 남편은 무자비한 짐승인 듯 보였다. 새로 사랑에 빠진 지 몇 시간 안에 그녀는 울리히에게도 슬프고 의미심장하게 이 이야기를 했다. 얼마 지난 후에야 그는 이 남자가 유능하고 명망 있는 유명 법률가고 게다가 별 생각 없이 동물을 죽이는 사냥애호가이고, 법률가들과 사냥애호가들의 여러 친목모임에서 — 여기서는 예술이나 사랑 대신에 남자들만의 문제에 관해 이야기를 나누는데 — 환영받는 손님임을 알게 되었다. 정직하고 선량하고 낙천적인 이 남자의 유일한 허점은 지금의 아내와 결혼했고 그 때문에 다른 남자들보다도 자주 아내와, 범죄 용어로 우발적 관계라고 하는 관계였다는 것이었다. 마음이 원해서라기보다 영리한 계산속에서 결혼한 남자에게 수년간 몸을 허락한 결과 그녀의 영혼은 그녀가 육체적으로 지나치게 쉽게 흥분한다는 착각을 생기게 했으며 이 공상을 거의 의식에서 독립하게 했다. 그녀 스스로도 이해할 수 없는 내적 강요가 그녀를 이 조건 좋은 남자에게 묶어두었다. 그녀는 자신의 약한 의지 때문에 그를 경멸했고 그를 경멸하기 위해서 스스로가 약하다고 느꼈다. 그녀는 그에게서 벗어나려고 그를 배신했지만 그러면서 너무나 부적절한 순간에 그에 대해, 그와의 사이에서 난 아이들에 대해 이야기했고 결코 그에게서 완전히 벗어나지 못했다. 많은 불행한 여자들이 그렇듯, 결국 그녀는 심하게 흔들리는 삶의 공간에서 꿈쩍 않고 서 있는 남편에 대한 거부감을 통해서만 균형을 잡을 수 있었고 그녀를 구원할 모든 새로운 체험 속에 그와의 갈등을 옮겨놓았다.

한탄을 멎게 하려면, 그녀를 재빨리 우울한 상태에서 끌어내어 광기의 상태로 옮겨놓은 것 말고는 별다른 수가 없었다. 그러면 그녀는 이 일을 해 주고 그녀의 약점을 이용한 남자를 고상한 신조라고는 조금도 없다고 비난했지만 그녀가 이 남자에게 '경도(傾倒)되면', 그녀는 과학적 거리를 취하며 이를 이렇게 표현하곤 했다, 고통은 그녀의 눈 위에 축축한 애정의 면사포를 얹어주었다.

13
천재 경주마가, 특성 없는 남자라는 인식을 무르익게 하다

울리히가 자신이 몸담은 학문 분야에서 적잖은 성과를 냈다고 말할 수 있다는 사실은 사소한 일이 아니다. 그의 작업들은 그에게 인정도 안겨주었다. 경탄은 과한 요구였으리라. 진리의 제국에서조차 경탄은 교수자격시험과 교수직을 좌지우지하는 중견학자들 몫이니까. 정확히 말해, 그는 사람들이 희망이라고 부르는 것으로 남았는데, 정신의 공화국에서 희망이라 불리는 사람들은 공화주의자다. 이들은 자신의 온 힘을, 그 대부분을 출세에 사용하는 대신, 일에 바쳐도 된다고 공상하는 사람이다. 이들은 개인의 성과는 사소한 반면 성공은 모두의 소망임을 망각하고 출세라는 사회적 의무를 소홀히 한다. 이 의무를 이행하려면 우선은 공부벌레로 시작해야 한다. 그래야 성공적인 몇 해가 지난 후, 다른 사람들이 기대어 성장할 수 있는 지지대와 버팀목이 될 수 있다.

어느 날 울리히는 더 이상 희망으로 남고 싶지 않다고 생각했다. 당시 벌써 '축구장의 천재'라든가 '링 위의 천재'라는 말이 나오기 시작하는 시대가 시작되었지만 아직은 천재 발명가, 테너, 저술가에 대해 최소 열 건의 신문보도가 있어야 기껏 한 건의 천재 스토퍼18나 테니스 스포츠의 위대한 전술가에 대한 보도가 있는 정도였다. 새로운 정신은 아직 완전히 확신에 차 있지는 않았다. 하지만 바로 그때 울리히는 어디선가 때 이르게 불어닥친 한여름 열기처럼 갑자기 '천재 경주마'라는 표현을 보았다. 이 표현은 당시 선풍을 일으킨 경주마에 관한 기사에 들어 있었고 어쩌면 기자는 공동체 정신이 그의 펜에 불어넣어 준 이 착상의 중요성을 전혀 의식하지 못했을 것이다. 하지만 울리히는 지금까지 그의 삶의 궤적이 이 천재 경주마와 뗄 수 없는 연관성이 있음을 단번에 알아차렸다. 말은 예전부터 기병에게는 성스러운 동물이었으니까. 병영에서 보낸 젊은 시절 울리히는 말과 계집 말고 다른 이야기를 거의 들어보지 못했고 위대한 인간이 되기 위해 말에게서 도망쳤는데, 변화무쌍한 노력 끝에 그가 추구한 정상에 가까워졌다고 느꼈을 때 거기서 그를 맞이한 것은 그를 앞질러온 말이었다.

이는 확실히 시기적으로 나름의 정당성이 있을 것이다. 왜냐하면 경탄 받을 만한 정신적인 남자란 그 용기가 윤리적 용기이고 그 힘이 확신의 힘이고 그 견고함이 마음과 미덕의 견고함인 존재라고 상상했고 민첩성은 소년다운 것이고 페인팅19은 금지된 것이고 역동성과 도약은 품위에 맞지 않는 것이라 치부하던 때가 엊그제였으니까. 물론 결국 이런 인간은 더 이상 살아있지 않고 김나지움 교사들 가운데서나 볼 수 있거나 온갖 종류의 성명서에서나 등장했다. 이들은 관념적

---

18 축구에서 수비진영의 한가운데서 경기하는 선수를 말한다.
19 복싱에서 상대방을 속이는 동작을 말한다.

유령이 되어버렸고 삶은 새로운 남성상을 찾아야 했다. 이를 찾아 주위를 둘러본 삶은 창의적인 사람이 논리적 계산에 사용하는 기술과 술수가 단단히 단련된 육체가 싸움을 할 때 쓰는 기술과 정말 크게 다르지 않음을 발견했다. 그리고 영혼의 보편적 전투력이라는 게 있는데, 이는 어려운 일과 황당한 일에 부딪히면서 점점 더 영악해져서 어떤 과제나 적수를 만났을 때 어느 측면에서 공격할 수 있는지를 알아내는 데 익숙해진다. 위대한 정신과 복싱 국가챔피언을 정신공학적으로 분석해 보면 실제로 그들이 각자의 중요 분야에서 보여 주는 영리함, 용기, 정확성, 연결능력, 반응속도 등은 아마도 같으리라. 정말 특별한 성공을 가져다주는 미덕과 능력을 놓고 보면, 예상컨대, 그들은 유명한 장애물경주마와도 구별되지 않으리라. 울타리 하나를 뛰어넘는 데 얼마나 많은 위대한 특성이 투입되는지 과소평가해서는 안 되기 때문이다. 그런데 이제 여기에 보태어 말과 복싱챔피언은 그들이 낸 성과와 그 의미가 이의 없이 측정될 수 있고 그들 중 최고가 또 정말로 최고로 인정받는다는 점에서 위대한 정신을 앞지른다. 이런 식으로 마땅히 스포츠와 객관성은 천재나 인간적 위대함이라는 낡은 개념을 밀어낼 차례가 되었다.

울리히로 말하자면, 심지어 울리히는 이 일에서 몇 년 시대를 앞서 갔다. 1승씩, 1센티미터씩, 1킬로그램씩 기록을 향상시키는 바로 이런 방식으로 울리히는 학문에 임했다. 그의 정신은 예리함과 강함을 입증해야 했고 그의 정신은 강자의 작업을 수행했다. 정신의 힘에 대한 이런 의욕은 기대였고 전투적 유희였고 미래에 대한 일종의, 구체적이진 않지만 기백 있는 권리주장이었다. 그가 이 힘으로 무엇을 해낼지는 불확실했다. 무엇이든 할 수 있었고 아무것도 할 수 없었다. 세계의 구원자가 될 수도 있었고 범죄자가 될 수도 있었다. 사실 일반적으로 영혼이 처한 상태도 대충 이러할 것이고 기계와 발견의 세계는 늘 여기서 새 보급품을 공급받는다. 울리히는 이 학문을 준비, 단련, 일종의 훈련으로 보았다. 이런 식의 사고가 너무 메마르고 예리하고 협소하고 아무런 전망도 없다는 것이 밝혀지면, 이 또한 육체적으로나 정신적으로 어떤 위대한 일을 해낼 때 얼굴에 나타나는 금욕과 긴장의 표정처럼 감수해야 했다. 그는 수년 동안 이런 정신적 금욕을 사랑했다. 그는 "진리를 위해 영혼을 굶주리게 하라!"는 니체의 말에 따라 살 수 없는 인간들을 미워했다. 되돌아가는 사람들, 좌절하는 사람들, 유약한 사람들, 이들은 영혼을 영혼에 관한 헛소리로 위로하고 오성(悟性)이 빵 대신에 돌을 준다는 이유를 들어 영혼을 우유 속에서 풀어진 빵과 같은 종교적, 철학적, 시적 감정들로 먹여 살리는 자들이다. 이 세기는 모든 인간과 함께 원정을 나섰으므로 자부심을 가지고 모든 쓸데없는 질문에는 "아직은 아니야!"라고 대답하고 과도기 원칙을 가지고 삶을 영위하되 앞으로 올 사람이 이룩해 낼 하나의 목표를 의식해야 한다는 것이 울리히의 견해였다. 그러나 진실은 이 학문이 딱딱하고 냉철한 정신적 힘이라는 개념을 개발했다는 것이었다. 이 개념은 인간종족의 옛 형이상학 및 도덕 표상들을 그냥 참을 수 없는 것으로 만들어버렸지만 그것 대신에 제시할 수 있는 것이라고는 언젠가 정신의 정복자 종족이 풍요로운 영혼의 골짜기에 내려오리라는 희망뿐이었다.

  예언적 미래에서 가까운 현재로 강제로 눈을 돌리고 그사이에 경주마가 천재가 되었다는 문장을 읽기 전까지는 그래도 괜찮았다. 다음 날 아침 울리히는 왼발로 바닥을 딛고 침대에서 일어서서 오른발로 미적미적 슬리퍼를 낚아 올렸다. 지금 살고 있는 도시와는 다른 도시, 다른 거리에서였지만 불과 몇 주 전의 일이었다. 창문 아래 갈색으로 빛나는 아스팔트 위를 벌써 자동차들이 달리고 있었다. 신선한 아침 공기가 낮의 쉰 공기로 채워지기 시작했다. 커튼을 통해 들어오는 우윳빛 햇빛 속에서 평소처럼 벗은 육체를 앞뒤로 굽히고 배 근육을 이용해 바닥에 눕혔다 들어 올리고 마지막으로 주먹으로 펀칭 볼을 후두둑 갈기는 짓을 시작한다는 것이 그에게는 말할 수 없이 터무니없어 보였다. 수많은 사람들이 사무실로 출근하기 전 같은 시간에 이렇게 한다. 매일 한 시간, 이는 깨어 있는 삶의 12분의 1이다. 단련된 몸을 어떤 모험이라도 할 각오가 된 표범의 상태로 유지하는 데 한 시간이면 충분하다. 하지만 이 시간은 무의미한 기대에 바쳐진다. 이런 준비에 합당한 모험은 결코 오지 않을 테니까. 인간이 어마어마한 노력을 들여 준비하는 사랑도 이와 똑같은 경우다. 결국 울리히는 또 이 학문에 임하는 자신이 아무런 목표도 없이 산맥을 하나씩 정복하는 사람과 비슷하다는 사실을 발견했다. 그는 사고하고 느끼는 새로운 방식의 파편들을 지니고 있었지만 처음에는 그토록 강했던 새로운 시각이 점점 더 많아지는 개별성 속에서 사라져버렸고, 한때는 그가 생명의 원천을 마신다고 믿었다면 이제는 모든 기대를 거의 다 마셔버렸다. 이때 그는 전망 좋은 위대한 직업 한가운데서 일을 그만두었다. 그의 동료들 가운데 일부는 지칠 줄 모르는 추적 욕구에 사로잡힌 논리의 검사나 보안국장처럼 여겨졌고 일부는 아편쟁이나 마약

중독자로 여겨졌다. 기이하도록 하얀 이 마약은 세계를 숫자와 무형의 관계에 대한 비전으로 채웠다. '모든 성자의 이름을 걸고 맹세한다!' 울리히는 생각했다. '난 평생을 수학자로 살 의도는 한 번도 없지 않았나?'

그럼 원래 그의 의도는 무엇이었나? 이 순간 그는 철학에 귀의할 수밖에 없었으리라. 하지만 당시 철학이 처한 상황은 황소 가죽으로 끈을 만든 디도20 이야기를 생각나게 했다. 반면에 이 끈으로 정말 왕국 하나를 둘러쌀 수 있을지는 매우 불확실했다. 새로 싹을 틔우던 것은 그 자신이 그때까지 해왔던 것과 방법이 유사했으므로 그를 유혹할 수 없었다. 그는 원래 되고자 했던 것에서 청소년 시절보다 더 멀어졌다고 느꼈다고 말할 수 있을 뿐이었다. 도대체 그것이 무엇인지 알기라도 했다면 말이다. 그는 그에게는 필요 없는 돈벌이는 제외하고, 시대가 선호하는 모든 능력과 특성을 자신 안에서 놀랍도록 선명하게 보았지만 이것을 사용할 가능성이 없어졌다. 축구선수와 말조차 천재성이 있다면, 결국 천재성을 사용하는 것만이 자신의 고유성을 보존하는 유일한 방법이므로 그는 자신의 능력을 적절히 사용할 곳을 찾기 위해 1년간 삶에서 휴가를 내기로 결심했다.

---

20 그리스 신화에 나오는 페니키아의 공주로, 황소 한 마리의 가죽으로 둘러쌀 수 있는 만큼의 토지를 얻어 그 위에 도시 카르타고를 세웠다.

14
학창 시절 친구

귀향 이후 울리히는 벌써 몇 번이나 친구 발터와 클라리세를 방문했다. 둘은 여름인데도 휴가를 가지 않았고 그는 수년 동안 그들을 보지 못했으니까. 그가 도착하면 그들은 항상 피아노를 치고 있었다. 이런 순간 그들은 곡이 끝나기 전에는 그를 모른 체하는 것이 당연하다고 생각했다. 이번에는 베토벤의 〈환희의 송가〉였다. 수백만 명의 사람들이, 니체가 썼듯이, 전율하며 먼지 속으로 가라앉고, 적대적 경계가 무너지고, 세계조화의 복음이 분리된 것을 화해시켜 화합시킨다. 그들은 걷기와 말하기를 잊었고 춤추면서 공중으로 날아오르는 중이었다. 얼굴은 상기되었고 몸은 휘어졌고 머리는 움찔움찔 위아래로 끄덕였고 쫙 벌린 손가락은 꿈틀꿈틀 올라오는 소리덩어리를 내리쳤다. 불가해한 일이 일어났다. 윤곽이 불분명하고 뜨거운 느낌으로 꽉 찬 기포가 터질 지경으로 부풀어 올랐고, 흥분한 손가락 끝, 신경질적으로 찌푸린 이마, 경련을 일으키는 몸은 계속해서 새로운 감정을 거대한 사적 흥분 속으로 발산했다. 이 일이 벌써 얼마나 자주 되풀이되었을까?

울리히는 이빨을 드러낸 채 늘 열려 있는 이 피아노를 참을 수 없었다. 주둥이는 넓고 다리는 짧은, 닥스훈트와 불도그의 잡종인 이 우상은 벽에 걸린 그림들과 호리호리한 디자인의 공방가구들에 이르기까지 친구들의 삶을 자신에게 굴복시켰다. 심지어 하녀가 없고 요리하고 청소하는 파출부만 있는 것도 그 때문이었다. 이 집의 창 뒤로 군데

군데 늙은 나무들과 찌그러진 오두막들이 있는 포도밭이 오르막을 이루다가 우뚝 솟은 숲으로 이어졌다. 하지만 근처에 있는 모든 것이, 대도시 외곽이 시골로 밀고 들어가는 곳이 그렇듯이, 정돈되지 않았고 헐벗었고 따로따로였고 부식되었다. 이런 근경과 고상한 원경 사이에서 이 악기가 아치를 그렸다. 검게 번들거리는 피아노는 부드러움과 영웅주의의 불기둥을 사방 벽 너머로 내보냈다. 물론 이 불기둥은 재처럼 아주 미세한 소리로 흩어져 몇백 걸음도 못 가 무너져 내렸고 숲으로 난 길 중턱에 선술집이 자리한 소나무 언덕에도 미치지 못했다. 하지만 피아노는 집을 진동시킬 수 있었고, 영혼이 발정한 수사슴처럼 우주를 향해 소리치게 해 주는 메가폰이었다. 그러나 이에 답하는 것은 우주를 향해 외로이 울어대는 수천 개 다른 영혼들의 경쟁적인 똑같은 외침뿐이다. 이 집에서 울리히가 누리는 강한 입지는 그가 음악을 무기력한 의지이며 정신착란이라고 선언하고 자신이 생각하는 것보다 더 하찮게 음악에 대해 말하는 데서 비롯되었다. 당시 발터와 클라리세에게 음악은 최고의 희망이었고 두려움이었으니까. 그 때문에 그들은 그를 반쯤은 경멸했고 반쯤은 악령처럼 숭배했다.

이번에 연주가 끝나자 발터는 여려지고 녹초가 되고 절망한 채 피아노 앞 반쯤 돌려진 의자 위에 그대로 앉아 있었지만 클라리세는 자리에서 일어났고 발랄하게 침입자를 맞았다. 손과 얼굴에서는 아직도 음악의 전류가 움찔거렸지만 미소가 열광과 구역질의 긴장상태를 비집고 나왔다.

"개구리 왕자!" 그녀가 말했다. 그녀의 머리는 등 뒤의 음악 또는 발터를 가리켰다. 울리히는 그녀와 그 사이의 결속력이 다시 탄력을 얼음을 느꼈다. 지난번 방문 때 그녀는 끔찍한 꿈 이야기를 해 주었다. 어떤 미끌미끌한 생물체가 잠자는 그녀를 덮치려 했는데, 배가 불룩한 것이 물렁했고 다정했고 끔찍했다. 이 거대한 개구리는 발터의 음악을 의미했다. 두 친구는 울리히에게 숨기는 비밀이 많지 않았다. 그를 맞이하자마자 클라리세는 다시 그에게 등을 돌렸고 재빨리 발터에게 돌아갔으며 그녀의 돌격구호 "개구리 왕자!"를 다시 내질렀지만 발터는 이 말을 이해하지 못한 듯 보였다. 그녀는 음악 때문에 아직도 움찔거리는 두 손으로 그의 머리카락을 아프게, 아프도록 거칠게 쥐어뜯었다. 그녀의 남편은 사랑스러우리만치 얼떨떨한 표정이었고 미끌거리는 음악의 공허에서 한 걸음 밖으로 나왔다.

그 후 클라리세와 울리히는 발터 없이, 저녁햇살이 비스듬히 쏟아지는 가운데 산책을 갔다. 발터는 피아노 옆에 남았다. 클라리세가 말했다. "스스로에게 해로운 것을 금지할 수 있다는 것은 생명력의 시험이다! 해로운 것은 지친 자를 꾀어낸다! 어떻게 생각해? 니체는 예술가가 예술의 도덕에 대해 너무 많이 생각하는 건 나약함의 표시라고 했지?" 그녀는 작은 흙더미 위에 앉았다.

울리히는 어깨를 으쓱했다. 3년 전 그의 학창 시절 친구와 결혼했을 때 클라리세는 스물두 살이었고 결혼식에 니체의 책을 선물한 사람이 그 자신이었다. "내가 발터라면 니체에게 결투를 신청할 거야!" 그는 미소를 지으며 대답했다.

옷 아래 부드러운 선으로 어른거리는 클라리세의 날씬한 등이 활처럼 팽팽해졌고 얼굴도 엄청나게 긴장되었다. 그녀는 겁을 먹은 채 친구의 얼굴을 외면했다.

"너는 여전히 소녀답고 또 영웅다워 … ." 울리히가 덧붙였다. 그것은 질문이었거나 질문이 아니었고, 약간은 농담이었지만 또 약간은 애정 어린 경탄이었다. 클라리세는 무슨 말인지 완전히 이해하지는 못했지만 그가 한 번 사용한 이 두 단어는 밀짚지붕에 날아드는 불화살처럼 그녀를 파고들었다.

가끔씩 아무렇게나 휘저어 올린 음의 파도가 그들에게 밀려왔다. 울리히는 발터가 바그너를 연주하면 클라리세가 몇 주 동안 그를 거부했음을 알았다. 그럼에도 불구하고 발터는 바그너를 연주했다. 양심의 가책을 느끼면서. 소년의 악덕처럼.

클라리세는 울리히에게 그것을 얼마나 아느냐고 물어보고 싶었다. 발터는 결코 혼자 뭔가를 간직해두지를 못했다. 하지만 묻는 것이 창피했다. 이제 울리히도 그녀 근처 작은 흙더미 위에 앉았고, 마침내 그녀는 아주 다른 말을 했다. "너는 발터를 사랑하지 않아." 그녀는 말했다. "사실 넌 그의 친구가 아니야!" 도전적으로 들리는 말이었지만 그녀는 이 말을 하면서 웃었다.

울리히는 예상치 못한 대답을 했다. "우리는 학창 시절 친구야. 학창 시절의 우정이 명명백백하게 끝나가던 그때 넌 아직 어린애였어, 클라리세! 아주 오래전 우리는 서로에게 경탄했지만 지금은 서로를 아주 잘 알면서 불신해. 각자 상대방을 한때 자기 자신과 혼동했다는 곤혹스러운 인상에서 벗어나고 싶어 하고 이렇게 서로에게 매수할 수 없는 요술거울21 역할을 하지."

---

21 상을 일그러뜨려 보여 주는 요술거울을 말한다.

"너는", 클라리세가 말했다. "그가 앞으로 뭔가를 해낼 거라고는 믿지 않지?"

"불가피함에 대한 예로 재능 있는 젊은이가 평범한 늙은이로 좁아지는 것보다 더 좋은 건 없어. 운명의 일격이란 것도 없어. 사전에 이미 예정된 대로 오그라들 뿐이지."

클라리세는 입술을 굳게 다물었다. 확신이 배려보다 우선이라는 학창 시절 그들 간의 옛 합의가 그녀의 가슴을 뛰게 했지만 그것은 고통스러웠다. 음악! 음악소리가 끊임없이 이쪽으로 헤집고 건너왔다. 그녀는 귀를 기울였다. 지금, 둘이 침묵하는 동안 피아노의 끓어오르는 소리는 더 똑똑히 들렸다. 정신을 바짝 차리지 않으면, 그 소리는 '치솟는 불길'22처럼 흙더미에서 솟아오르는 듯 보였다.

발터의 진짜 직업이 무엇인지 말하기는 어려웠으리라. 그는 호소력 있고 내용이 풍부한 눈을 가진 호감 가는 인간이었고 — 서른네 살을 훌쩍 넘긴 오늘도 이것만은 그대로였다 — 몇 년 전부터 예술관청에서 일하고 있었다. 그의 아버지는 이 편안한 공무원 자리를 마련해 주었고 이 일자리를 수락하지 않으면 앞으로 경제적 도움을 주지 않겠다고 협박했다. 발터는 원래 화가였다. 대학에서 미술사를 공부하면서 국립아카데미 미술학과에서 작업했고 나중에 한동안은 아틀리에에서 살았다. 결혼한 직후 클라리세와 함께 하늘이 탁 트인 이 집으로 이사 왔을 때도 그는 화가였다. 하지만 지금은, 보다시피, 다시

---

22 바그너의 오페라 〈니벨룽겐의 반지〉의 제 2부 '발퀴리'의 한 대목으로 '치솟는 불길'은 발퀴리 브륀힐데를 에워싼 불길을 가리킨다.

음악가였다. 그리고 사랑을 하던 지난 10년 동안 그는 한때는 음악가였고 한때는 화가였고 게다가 문학잡지를 발행한 시인이기도 했다. 결혼하기 위해 연극단 직원이 되었지만 몇 주가 지나지 않아 뜻을 접었고, 결혼하기 위해 얼마 후에는 극장의 악단 지휘자가 되었지만 반년이 지난 후에는 이것도 불가능하다는 것을 간파했고, 미술교사, 음악 비평가, 은둔자, 그리고 수많은 다른 것이 되었다. 결국 그의 아버지와 미래의 장인은 넓은 아량에도 이를 더 이상 묵과하지 않았다. 두 노인은 그가 의지가 없을 뿐이라고 주장하곤 했다. 하지만 그가 평생 다방면에 소질이 있는 딜레탕트였다고 주장할 수도 있었으리라. 특이한 점은 바로, 늘 발터의 미래에 열광적 판단을 내린 음악, 미술 또는 문학 분야 전문가가 있었다는 것이었다. 반대로 울리히의 삶에서는, 그가 아무도 그 가치를 의심할 수 없는 몇 가지 일을 성취했음에도 불구하고, 어떤 사람이 그에게 와서 '당신은 내가 늘 찾았고 내 친구들이 기다리던 바로 그 사람이오!'라고 말해 주는 일이 결코 일어나지 않았다. 발터의 삶에서는 이런 일이 석 달에 한 번꼴로 일어났다. 최고 권위자는 아니었다 해도 그들은 모두 영향력, 전망 있는 제안, 사업의 시작, 지위, 우정, 승진 등을 좌지우지하는 사람들이었고 자신들이 찾아낸 발터에게 이런 것들을 제공했고 바로 그 때문에 발터의 삶은 그토록 많은 지그재그 궤적을 그릴 수 있었다. 그의 머리 위에 뭔가가 아른거렸고 이것이 일정한 성과보다 더 중요해 보였다. 어쩌면 이것은 큰 재능이 있다고 여기게 하는 독특한 재능이었을 것이다. 그리고 이것이 '딜레탕티슴'이라고 한다면 독일 민족의 정신적 삶은 대부분 딜레탕티슴에 기초한다. 이 재능은 진짜 매우 재능 있는 사람들에 이르기까지 여러 단계로 존재하니까. 그리고 진짜 재능 있는 사람들에게는 보통 이 재능이 없어도 되는 듯 보이니까.

그런데 발터는 이를 간파하는 재능조차 있었다. 물론 모두가 그렇듯 그는 자신의 성공을 개인적 공이라고 믿을 태세였지만, 그가 온갖 우연한 행운에 의해 너무 쉽게 추켜올려졌다는 장점은 걱정스러운 중량미달처럼 늘 그를 불안하게 했다. 그리고 그가 그렇게 자주 일과 인간관계를 바꾼 것도 끈기부족 때문만은 아니었다. 내면의 항의가 커진 가운데, 이미 기만(欺瞞)이 불거지고 있는 곳에 뿌리를 내리기 전에 내적 감각의 정화를 위해 계속 방랑해야 한다는 걱정에 쫓긴 탓이었다. 그의 인생행로는 감동적 체험의 연속이었고 여기서 영혼의 영웅적 싸움이 전개되었는데, 영혼은 모든 반쪽성에 저항했지만 이로써 스스로의 반쪽성에 이바지한다는 것은 까맣게 몰랐다. 그가 자신의 정신적 행위의 도덕 때문에 고통 받고 투쟁하고 — 이것이 천재의 일이다 — 위대한 사람이 되기에는 충분치 못한 자신의 재능에 모든 것을 거는 동안, 그의 운명은 가만히 안으로 원을 그리며 그를 무(無)로 되돌려놓았던 것이다. 마침내 그는 더 이상 아무것도 그를 방해하지 못하는 자리에 도달했다. 일선에서 물러난 조용한 자리, 예술시장의 온갖 타락에서 안전하고 반쯤은 학문적인 자리는 그가 내면의 목소리에 온전히 귀를 기울일 수 있도록 충분한 독립성과 시간을 허락했고 사랑하는 여자를 소유하자 그의 가슴에서 가시가 제거되었고 결혼 후 그녀와 함께 이사한 '고독의 가장자리에 있는' 집은 창작에 적격이었다. 하지만 극복해야 할 것이 더 이상 없게 되자 예상치 못한 일이 일어났다. 그의 위대한 신조가 오래전부터 약속했던 작품이 나오지 않았다. 발터는 더 이상 작업을 할 수 없는 듯 보였다. 그는 숨겼고 폐기했다. 매일 아침, 또는 오후에 집에 돌아오면 그는 몇 시간이고 방 안에 틀어박혔고 몇 시간이고 접힌 스케치북을 들고 산보를 했지만 이렇게 해서 생긴 몇 점의 작품은 숨겼거나 없애버렸다. 그는 이에 수백 가지 이유를 댈 수 있었다. 하지만 전체적으로 이 시기에 그의 세계관도 눈에 띄게 변하기 시작했다. 그는 '시대예술'이나 '미래예술' 등 클라리세가 열다섯 살 이후로 그와 연관 지은 표상들을 더 이상 말하지 않았고 어느 곳에선가 선을 그었고 — 예를 들어 음악에서는 바흐에서, 문학에서는 슈티프터에서, 회화에서는 잉그레스에서 끝이었다 — 그 이후에 오는 것은 모두 과장되고 변질되고 극단적이고 몰락하는 것이라고 설명했다. 그는 현시대처럼 정신적 뿌리가 독에 물든 시대에는 순수한 창조의 재능이 아예 없는 게 틀림없다고 점점 더 격렬하게 주장했다. 하지만 그의 입에서 이런 단호한 의견이 나왔음에도 불구하고, 문이 잠기자마자 방에서는 바그너의 선율이 점점 더 자주 새어나오기 시작했다는 것이 모든 것을 다 말해 주었다. 이것은 그가 옛날부터 클라리세에게 속물적으로 과장되고 변질된 시대의 대표적 예이므로 경멸하라고 가르쳤던 음악이었는데, 이제 그 자신이 진하게 양조된 뜨거운 마취음료 같은 그 음악에 굴복했다.

클라리세는 이에 저항했다. 그녀는 벨벳 외투와 베레모 때문에라도 바그너를 싫어했다. 그녀는 무대미술로 세계적 유명세를 탄 화가의 딸이었다. 그녀는 무대공기와 물감냄새의 나라에서 연극, 오페라, 화가 아틀리에의 세 가지 서로 다른 예술가 은어를 들으면서 벨벳, 양탄자, 천재, 표범 가죽, 자질구레한 장신구, 공작 깃털, 궤짝,

라우테23에 둘러싸여 어린 시절을 보냈다. 그 때문에 모든 예술의 쾌락을 온 영혼으로 혐오했고 비쩍 마르고 엄격한 것이라면 무엇에든 끌렸다. 새로운 무성음악의 메타기하학이든, 피부가 벗겨져 해부된 근육표본처럼 명료해진 고전적 형식의 의지이든 상관없었다. 포로상태였던 처녀 시절, 발터가 이에 대한 첫 복음을 가져왔다. 그녀는 그를 "빛의 왕자"라고 불렀고, 아직 어린 아이였을 때 벌써 발터와 그녀는 서로 그가 왕이 되기 전에는 결혼하지 않기로 맹세했다. 그의 변신과 시도의 이야기는 동시에 이루 말할 수 없는 고통과 황홀의 이야기였고 그 싸움의 전리품은 그녀였다. 클라리세는 발터만큼의 재능은 없었는데, 그녀도 늘 이를 느꼈다. 하지만 그녀는 천재를 의지의 문제로 치부했다. 야성적 에너지로 그녀는 음악공부를 시도했다. 그녀가 음악에 전혀 재능이 없다고 해도 틀린 말이 아니었지만 그녀는 피아노 치기에 좋은 10개의 억센 손가락과 결연함이 있었다. 그녀는 하루 종일 연습했고 엄청나게 무거운 것을 바닥에서 들어 올려야 하는 10마리 여윈 황소처럼 손가락을 채찍질했다. 같은 식으로 그림도 그렸다. 늘 천재하고만 결혼할 작정이었으므로 그녀는 열다섯 살부터 발터를 천재라고 여겼다. 그녀는 그가 천재가 아님을 허락하지 않았다. 그의 실패를 알아차리자마자 그녀는 그녀 삶의 대기 속에서 천천히 진행되는 숨 막히는 변화에 거칠게 반항했다. 그런데 바로 그때 발터는 인간적 온기가 절실했으리라. 무력감이 그를 괴롭히면, 우유와 잠을 구하는 어린아이처럼 그는 그녀에게 파고들었지만 클라리세의

---

23 현악기의 일종이다.

작고 신경질적인 육체는 모성적이지 않았다. 그녀는 자신의 몸 안에 정주하려는 기생충에게 이용당하는 느낌이 들었고 저항했다. 그녀는 그가 위안을 찾던, 물이 끓는 세탁실의 온기를 비웃었다. 그것이 잔인했을 수도 있다. 하지만 그녀는 위대한 인간의 배우자이기를 원했고 운명과 싸웠다.

울리히는 클라리세에게 담배를 한 대 권했다. 생각한 것을 그토록 가차 없이 말해버린 지금 무슨 말을 더 한단 말인가. 담배 연기는 저녁 햇살을 따라 가다가 조금 떨어진 곳에서 하나가 되었다.

'울리히는 거기에 대해 얼마나 알까?' 클라리세는 흙더미 위에 앉아 생각했다. '아니야, 그가 도대체 그런 싸움을 이해할 수나 있을까!' 그녀는 음악의 고통과 관능이 발터를 압박하고 그녀의 저항 탓에 아무런 출구도 찾지 못할 때마다 그의 얼굴이 얼마나 고통스럽게 찌그러져 무(無)로 변했는지를 떠올렸다. 아니야, ─ 그녀는 추측했다 ─ 히말라야 산 위에서 벌어지는 듯한 이 무시무시한 사랑의 유희를 울리히는 전혀 몰라. 그건 사랑, 경멸, 불안, 높이에 대한 의무로 이루어져 있지. 그녀는 수학을 그다지 좋게 생각하지 않았고 울리히가 발터만큼 재능이 있다고 생각한 적은 한 번도 없었다. 그는 영리했고 논리적이었고 아는 게 많았다. 하지만 그것이 만행 이상일까? 물론 그는 예전에 발터와는 비교가 안 될 정도로 테니스를 잘 쳤다. 그가 가차 없이 공을 내리칠 때면 그녀는 그가 원하는 것을 이룰 것이라는 느낌이 너무나 강렬하게 들었음을 기억할 수 있었다. 발터의 그림, 음악, 사고 앞에서는 결코 그런 느낌이 들지 않았다. 그녀는 생각했다. '어쩌면 우리에 관해 다 알면서도 그는 아무 말도 안하는 걸 거야!' 결국 그가 좀 전에 아주 분명히 그녀의 영웅다움을 암시하지 않았던가.
그들 사이의 이 침묵은 이제 대단히 흥미진진해졌다.

하지만 울리히는 생각했다. '10년 전 클라리세는 얼마나 좋았던가.
반은 아이였는데, 우리 셋의 미래에 불같은 믿음을 가졌지.' 그녀가
못마땅했던 적은 사실 딱 한 번, 발터와 결혼했을 때뿐이었다. 그때
그녀는 불쾌한 둘만의 이기심을 보여 주었는데, 이 때문에 자주 다른
남자들은 남편을 야심차게 사랑하는 젊은 여자들을 견딜 수 없어 한
다. '그사이 그건 많이 나아졌군.' 그는 생각했다.

15
정신적 변혁

지난 세기전환기 직후, 많은 사람들이 아직 세기가 젊다고 상상했던,
오늘날은 사라져버린 시대에 발터와 그는 젊었다.

당시 매장된 세기의 후반부는 그다지 출중하지 않다. 공학, 상
업, 연구에서는 영리했지만 이 세기의 에너지가 불타는 이 지점 이외
의 분야에서는 늪처럼 조용했고 기만적이었다. 고대인처럼 그림을
그렸고 괴테와 실러처럼 글을 썼으며, 고딕과 르네상스 양식으로 집
을 지었다. 이상(理想)의 요구가 삶의 모든 표현에서 경찰처럼 군림
했다. 하지만 인간에게 과장이 배제된 모방은 허락하지 않는 그 비밀
법칙 탓에 당시 모든 것은 경탄 받는 전형들도 해내지 못할 정도로 솜
씨 좋게 만들어졌고 그 흔적은 오늘날도 길거리나 박물관에서 볼 수
있다. 그리고 이와 연관이 있든 없든 이 시대의 순결하고 수줍은 여자

들은 귀에서 바닥까지 오는 드레스를 입었지만 부푼 가슴과 풍만한 엉덩이는 드러내야 했다. 게다가 여러 가지 이유에서 우리는 지난 시대들 가운데 30년 내지는 50년 전의 시대, 우리의 스무 살과 아버지의 스무 살 사이 시기에 대해 아는 게 제일 없다. 따라서 나쁜 시대에도 가장 형편없는 집과 시가 최상의 시대들과 꼭 같이 아름다운 원칙에 따라 만들어진다는 것, 지나간 좋은 시기의 성과를 파괴하는 데 관여한 사람들은 모두 이것을 개선한다는 느낌을 받는다는 것, 그런 시대의 핏기 없는 젊은이는 다른 모든 시대의 새로운 사람들만큼이나 자신의 젊은 피를 믿는다는 것을 기억하는 것이 유익할 것이다.

피상적이고 쇠퇴해가는 그런 시대에 이어 갑작스럽게 약간의 상승기가 찾아오는 기적 같은 일이 일어나는 경우가 있는데, 그 당시가 그러했다. 19세기 마지막의, 기름을 바른 듯 밋밋한 정신으로부터 갑자기 날개를 달아주는 열기가 전 유럽에서 솟아올랐다. 무슨 일이 진행되는지 정확히 아는 사람은 아무도 없었다. 그것이 새로운 예술인지, 새로운 인간인지, 새로운 도덕인지, 어쩌면 사회계층의 재편인지 말할 수 있는 사람은 아무도 없었다. 따라서 누구든 자신에게 맞는 것을 말할 수 있었다. 하지만 옛것에 대항해 싸우기 위해 도처에서 사람들이 일어섰다. 도처에서 갑자기 적격인 사람이 나타났다. 중요한 것은 실용적 사업에 의욕적인 남자들이 정신적 사업에 의욕적인 남자들과 손을 잡았다는 것이었다. 예전에는 질식사했거나 공공의 삶에 전혀 참여하지 못했던 재능들이 개발되었다. 이 재능들은 정말 서로 너무나 달랐고 그들의 목표도 비길 데 없이 상반되는 것이었다. 초인이 사랑받았고 하등인간이 사랑받았다. 건강과 태양이 숭배되었고 폐병에 걸린 소녀의 사랑이 숭배되었다. 영웅에 대한 신앙고백에 열광했고 보통사람에 대한 사회주의적 신앙고백에 열광했다. 쉽게 믿었고 회의적이었으며 자연주의적이었고 인위적이었으며 건강했고 병들었다. 성의 오래된 가로수길, 가을의 정원, 유리 같은 연못, 보석, 대마초, 병, 악령을 꿈꾸었지만 대초원, 끝없는 수평선, 단조(鍛造) 및 압연(壓延) 공장, 벌거벗은 레슬링 선수, 노동자 노예의 봉기, 한 쌍의 원(原)인간, 사회의 파괴도 꿈꾸었다. 이것들은 물론 모순들이며 기껏해야 다양한 전투구호들이었지만 공통된 호흡이 있었다. 이 시대를 분해했다면 목재 철로 이루어진 각진 원처럼 터무니없는 것이 나왔으리라. 하지만 실제로는 이 모든 것은 가물가물 빛나는 하나의 의미로 용해되었다. 세기전환기라는 마법의 날짜에 구현된 이 환영은 너무나 강해서 어떤 이들은 아직 사용되지 않은 새 세기로 열광해서 돌진했고 어떤 이들은 서둘러 옛것 속에서 여하튼 이사 나갈 집 안에서처럼 마구 날뛰었다. 그들은 이 두 행동방식이 서로 아주 다르고 느끼지도 못했다.

그러니까 원하지 않는다면, 이 과거의 '운동'을 억지로 과대평가할 필요는 없다. 이 운동은 지속성 없는 엷은 지식인층에서만 일어났고 대중에게 아무런 영향도 미치지 못했으니까. 이 지식인들은 오늘날 다행히도 다시 우위를 점하게 된, 흔들리지 않는 세계관을 가진 인간들로부터, 이 세계관의 온갖 차이에도 불구하고, 만장일치로 경멸을 받는다. 어쨌든, 역사적 사건이 되지는 못했지만 그래도 그것은 하나의 작은 사건이었고 발터와 울리히 두 친구는 젊었을 때 그것의 가물거리는 빛을 가까스로 체험했다. 수많은 나무가 **한 줄기** 바람에 몸을 굽히듯 당시 무엇인가가 믿음의 혼란 상태를 관통했는데, 그것은 종파 및 개혁의 정신, 새 출발의 행복한 양심, 작은 부활, 개혁이었고 최상의 시대만이 아는 것이었다. 당시 세상 속으로 발을 들여놓은 사람은 첫 번째 모퉁이에서 벌써 정신의 입김이 두 뺨 위로 불어옴을 느꼈다.

16
불가사의한 시대병

그때, 정말 그리 멀지 않은 과거에 그들은 두 명의 젊은이였고 — 다시 혼자 있게 되자 울리히는 생각했다 — 이상하게도, 위대한 인식은 다른 모든 인간들을 제치고 그들을 먼저 찾아왔을 뿐 아니라 게다가 동시에 찾아왔다. 한 명이 새로운 것을 말하려고 입을 열기만 하면 다른 한 명이 이미 똑같은, 엄청난 발견을 했다. 그것은 학창 시절 우정의 특별함이었다. 그들은 새의 화려한 미래를 벌써 노른자 속에서 느끼는 알과 같았지만, 다른 것과 구별되지 않으며 아무것도 표현하지 않는 난형선(卵形線) 말고는 아직 세상에 드러난 것은 없었다. 유년 시절과 대학 시절 방이 그의 눈앞에 선명하게 떠올랐다. 그가 첫 세상 나들이를 마치고 돌아와 몇 주 머물 때면 그들은 거기서 만났다. 스케치, 메모, 악보로 뒤덮인, 미래 유명인사의 광채를 미리 내뿜던 발터의 책상, 발터가 가끔씩 뭔가에 열중한 채, 기둥에 묶인 성 세바스티안24처럼 그 옆에 서 있던 맞은편의 좁은 책장, 울리히가 남몰래 경탄한 그의 아름다운 머리카락 위로 떨어지는 램프 불빛. 니체, 알텐베르크, 도스토예프스키 또는 그들이 막 읽은 누군가는 더 이상 필요 없게 되면 겸손하게 바닥이나 침대 위에 놓여 있어야 했다. 책을 정돈하는 것과 같은 사소한 문제로 대화의 물살을 멈출 수는 없었다. 가장 위대한 정신이라야 그나마 그들의 입맛대로 그들에게 봉사할 수 있다고 생각하는 젊음의 오만이 이 순간 그에게는 놀랍도록 고귀하게 여겨졌다. 그는 대화들을 기억해 보려 했다. 그 대화들은, 잠이 깨면서 아직도 잠속의 마지막 생각들을 붙잡을 수 있다면, 꿈과 같았다. 그는 약간 놀라면서 생각했다. 당시 우리가 여러 주장들을 내세웠다면 이 주장들도 옳고자 하는 것 말고 다른 목적이 있었다. 우리 자신을 주장하려는 바로 그 목적이다! 청소년 시절에는 빛 속에서 보려는 충동보다 스스로 빛을 발하려는 충동이 훨씬 강했다. 그는 청소년 시절에 느낀, 광채 위에서 맴도는 이 감정을 회상하면서 고통스러운 상실감을 느꼈다.

성인이 되기 시작할 무렵 울리히는 보편적인 침체에 빠져든 듯 여겨졌다. 이는 가끔씩 솟아올랐다 다시 가라앉는 소용돌이에도 불구하고 점점 더 의욕 없고 어지러운 맥박으로 잦아들었다. 어디에 변화가 있었는지 말하기는 거의 불가능했다. 갑자기 위대한 남자가 적어졌는가? 결코 그렇지 않았다! 게다가 그들은 중요하지도 않다. 한 시대의 정점은 그들에게 달려있지 않으니까. 예를 들어, 1860년대와 80년대 인간의 비정신성은 헤벨과 니체의 성장을 억압할 수 없었고 둘 중 누구도 동시대인의 비정신성을 억압할 수 없었다. 삶이 보편적

---

24 3세기 경 로마에서 순교한 기독교 성인이다.

으로 정체되었나? 아니다. 삶은 더 강력해졌다! 모든 것을 마비시키는 대립이 예전보다 많았나? 그것이 더 많기는 거의 불가능했다. 예전에는 앞뒤가 뒤바뀐 일을 저지르지 않았나? 수도 없이 많다! 우리끼리 말이지만, 사람들은 나약한 남자를 위해 헌신했고 강한 인간은 주목받지 못했다. 어리석은 자가 지도자 역할을 하고 재능 있는 위인이 기인(奇人) 역할을 하는 일이 벌어졌다. 독일인들은 울리히가 데카당스하고 병적인 과장이라 불렀던 모든 산통(産痛)에 아랑곳없이 계속 가족잡지를 읽었고 비교가 안 될 만큼 많은 수가 분리파25보다는 유리궁전26과 예술가하우스27를 관람했다. 더욱이 정치는 벌써 새 남자들과 그들의 잡지가 내세우는 세계관에는 눈길도 주지 않았고 공공기관은 새로운 것에 대항하여 페스트 차단선을 친 듯했다. 그 이후로 모든 것이 더 나아졌다고 말할 수도 있지 않을까? 예전에는 그냥 작은 종파의 정점에 서 있던 인간들이 그사이 오래된 유명인이 되었다. 출판인과 미술상이 부자가 되었다. 새로운 것이 계속해서 설립된

---

25 건축, 공예, 회화 등 다방면에서 일어난 예술혁신운동으로 과거의 형식에서 탈피하려 하였다. '빈 분리파'는 1892년에 있었던 '뮌헨 분리파'를 모범으로 1897년 '빈 예술가하우스'에서 분리되어 설립되었다.

26 1854년 독일산업박람회를 위해 뮌헨에 세워진 전시관인 유리궁전은 역시 세계박람회를 위해 1851년 세워진 런던의 크리스탈궁전을 모범으로 삼았으며 1883년에는 베를린에도 유리와 철을 이용한 유리궁전이 지어져 독일보건박람회에 사용되었다.

27 '빈 예술가하우스'는 1865~1868년에 지어진 신고딕 양식의 건물로 회화, 조각, 건축 및 실용예술 전시공간으로 쓰였으며 '뮌헨 예술가하우스'는 뮌헨 예술가협회 건물을 가리킨다.

다. 온 세상이 유리궁전과 분리파와 분리파의 분리파28를 동시에 관람한다. 가족잡지는 머리를 짧게 잘랐다. 정치인은 자신이 문화기술에 정통하다는 것을 보여 주기를 좋아했고 신문은 문학사(史)가 되었다. 그럼 무엇이 사라졌나?

헤아리기 어려운 어떤 것. 징조. 착각. 자석이 놓아 준 철가루가 다시 뒤섞일 때처럼. 실이 실뭉치에서 떨어져 나올 때처럼. 행렬이 흩어질 때처럼. 오케스트라가 잘못 연주하기 시작할 때처럼. 개별적으로는 예전에도 가능하지 않았던 것은 정말 하나도 없었겠지만 모든 상황이 약간 달라졌다. 예전에는 세력이 빈약했던 표상이 갑자기 든든한 세력을 얻었다. 예전에는 대수롭지 않게 여겼을 인물이 명성을 얻었다. 가파른 것은 완화되었고 분리된 것은 다시 합쳐졌고 독립적이던 사람은 박수에 양보로 답했고 이미 형성된 취향은 새로운 불확실성에 시달렸다. 뚜렷했던 경계가 도처에서 흐려졌고 설명할 수 없는 새로운 동맹능력이 새로운 인간들과 새로운 표상들을 내놓았다. 이것들은 나쁘지 않았다. 분명 그렇지 않았다. 아니, 나쁜 것이 좋은 것 안으로, 오류가 진리 안으로, 순응이 의미 안으로 살짝 너무 많이 섞여들었을 뿐이었다. 선호되는 혼합 비율이 있는 듯 보였는데, 이는 세상에 가장 멀리 퍼져 나갔다. 마치 무화과 커피, 치커리 커피 속 첨가물이, 많은 사람의 견해에 따르면, 커피에 비로소 정말 내실 있는 커피다움을 부여하듯이 조금이지만 충분히 섞인 대용품, 이것이 천재를 비로소 천재로, 재능을 희망으로 보이게 했다. 그리고 갑자기

---

28 예를 들어 '뮌헨 분리파'에서 다시 분리한 '청기사파'가 있다.

이런 인간들이 정신의 모든 유리한 요직을 차지했고 모든 결정은 그들의 뜻에 따라 이루어졌다. 이에 대한 책임은 어디에도 물을 수 없었다. 모든 것이 어떻게 그렇게 되었는지도 말할 수 없었다. 인물에 대항해서도, 이념에 대항해서도 또는 특정한 현상에 대항해서도 싸울 수 없었다. 재능과 선의가 없지도 않았고 사실 인물이 없는 것도 아니었다. 그냥 아무것도 부족한 게 없듯이 모든 게 부족했다. 마치 피나 공기가 변한 것처럼, 불가사의한 병이 예전 시대가 가졌던 천재성의 어린 싹을 다 먹어치웠지만 모든 것은 참신함으로 번쩍인다. 결국 정말 세상이 나쁘게 돼 버린 것인지 그냥 우리 자신이 늙어 버린 것인지 더 이상 알 수 없게 되었다. 그러면 마침내 새 시대가 온 것이다.

이렇게 시대는 새파란 하늘로 시작했지만 천천히 흐려지는 날처럼 변했고 친절하게 울리히를 기다려 주지 않았다. 그는 천재성을 다 소진함으로써 병이 된 그 불가사의한 변화의 원인을 아주 평범한 어리석음으로 간주함으로써 시대에 복수했다. 모욕하려는 뜻은 없었다. 어리석음이 안으로는 재능과 혼동할 만큼 비슷하게 보이지 않는다면, 겉으로는 진보, 천재, 희망, 개선으로 보이지 않는다면 어리석음은 어리석기를 원치 않을 테고 그러면 어리석음은 없을 테니까. 그러면 적어도 어리석음을 퇴치하기는 쉬우리라. 하지만 어리석음은 유감스럽게도 엄청난 매력과 자연스러움을 갖고 있다. 유화식 석판화가 손으로 그린 유화보다 더 예술적인 성과라는 것을 예로 들어 보면 여기에도 역시 진실이 들어 있고 이 진실은 반 고흐가 위대한 예술가라는 사실보다 더 확실히 입증된다. 마찬가지로 셰익스피어보다 강력한 극작가나 괴테보다 조화로운 소설가가 되는 것은 아주 쉽고, 이

익도 얻을 수 있다. 굳어진 상투어는 늘 새로운 발견보다 인간적이다. 어리석음이 이용할 수 없는 위대한 사고란 아예 없다. 어리석음은 사방으로 움직일 수 있고 모든 진리의 옷을 걸칠 수 있다. 반대로 진리는 그때그때 하나의 옷만 입고 한길을 가며 늘 불리하다.

잠시 후 이와 연관하여 울리히에게 놀라운 착상이 하나 떠올랐다. 그는 1274년에 죽은 위대한 교부 철학자 토마스 아퀴나스가 그 시대의 사상을 온갖 노력을 들여 정리한 후 더 철저히 천착하여 막 완성한 참이라고 상상해 보았다. 특별한 신의 은총을 받아 젊음을 유지한 아퀴나스는 이제 2절판 대형서적 여러 권을 옆구리에 끼고 아치대문을 나섰다. 전차 한 대가 그의 코앞에서 쌩 지나갔다. 이 만물박사가 —옛날 사람들은 유명한 토마스를 이렇게 불렀다—느낄 망연자실한 놀라움이 울리히를 즐겁게 했다. 팔과 다리를 O자로 벌린 오토바이 운전자가 텅 빈 거리를 달려오더니 소실점을 향해 폭풍같이 질주했다. 그의 얼굴은 엄청나게 심각하게 울부짖는 아이처럼 진지했다. 이때 울리히는 며칠 전 잡지에서 본 유명 테니스선수의 사진이 떠올랐다. 그녀는 한쪽 다리는 스타킹밴드가 있는 곳까지 드러낸 채 발끝으로 서 있었고 다른 한쪽 다리를 머리를 향해 차올리면서 공을 받으려고 라켓을 높이 휘두르고 있었다. 그러면서 영국인 가정교사의 표정을 지었다. 같은 잡지에는 경기 후 마사지를 받고 있는 여자 수영선수의 사진도 있었다. 발치와 머리맡에 각각 한 명씩 외출복을 입은 여자들이 진지하게 지켜보며 서 있는 가운데 그녀는 나체로 침대 위에 등을 대고 누워 있었는데, 한쪽 무릎은 남자를 받아들이는 태세로 끌어당긴 채였다. 그 옆에 선 마사지사는 두 손을 그 위에 올려놓았고 의사가운을 입었고, 마치 이 여자의 고기가 껍질이 벗겨진 채 갈고리에 걸려 있는 듯 사진 밖으로 내다보고 있었다. 이런 것들을 당시 사람들은 보기 시작했다. 그리고 고층건물을 인정하고 전기를 인정하듯 어떻게든 이 사실을 인정해야 한다. 울리히는 스스로 해를 입지 않으면서 자신의 시대에 화를 낼 수는 없다고 느꼈다. 언제나 그는 살아 있는 것의 이 모든 형상을 사랑할 준비가 되어 있었다. 단 하나 그가 할 수 없었던 것은 사회적 편안함을 느끼려면 필요한 만큼 그렇게 남김없이 이것들을 사랑하는 것이었다. 오래전부터 그가 행하고 체험한 모든 것에 대해 일말의 거부감이 남았다. 그것은 무력감과 고독의 그림자였고 보충이 될 만한 호의를 찾을 수 없는 보편적 거부감이었다. 가끔씩 그는 자신이 지금으로서는 아무 목표도 없는 재능을 타고난 듯한 기분이었다.

17
특성 없는 남자가 특성 있는 남자에게 미친 영향

울리히가 클라리세와 대화하는 동안, 둘은 뒤에서 들려오는 음악이 가끔씩 중단되었음을 알아차리지 못했다. 그때 발터는 창가로 다가갔다. 두 사람을 볼 수는 없었지만 그들이 그의 시야에서 살짝 벗어난 곳에 서 있다는 것을 느낌으로 알았다. 질투심이 그를 괴롭혔다. 무겁고 관능적인 음악의 비천한 도취가 되돌아오라고 그를 유혹했다. 등 뒤에 놓인 피아노는, 잠들어 있던 사람이 깨어나서 현실을 정면으로 바라보고 싶지 않아 마구 헤집어놓은 침대처럼 열려 있었다. 전신이 마비된 사람이 건강한 사람의 걷는 모습을 보면서 갖는 질투심이 그를 아프게 했지만 그는 차마 그들과 합류할 수 없었다. 고통은 그가 질투심에서 스스로를 지킬 여지를 주지 않았기 때문이었다.

아침마다 일어나 서둘러 사무실로 가고 낮에는 사람들과 이야기를 나누고 오후에 그들과 같이 차를 타고 집에 가노라면 발터는 자신이 중요한 인간이고 특별한 일을 할 사명을 띠고 있다고 느꼈다. 그러면 그는 모든 것을 달리 본다고 믿었다. 다른 이들이 무심히 지나치는 것이 그의 마음을 사로잡을 수 있었다. 다른 이들이 아무렇게나 어떤 물건을 잡을 때, 그의 팔 동작은 벌써 정신적 모험으로 가득 찼거나 자기도취에 빠져 완전히 마비되었다. 그는 감상적이었고 그의 감정은 늘 상념, 해자, 굽이치는 계곡, 산에 의해 동요했다. 그는 결코 무관심한 사람이 아니었고 모든 것 속에서 행복이나 불행을 보았으며 이로 인해 끊임없이 활기찬 사고의 계기를 얻었다. 이런 인간은 다른 인간들에게 비상한 매력을 발산하는데, 그가 끊임없이 내맡겨져 있는 도덕적 움직임이 그들에게 전달되기 때문이다. 그와의 대화 속에서는 모든 것이 개인적 의미를 띠게 되고 그와 교류하는 사람들은 끊임없이 그들 자신에게만 몰두해도 되기 때문에 만족감을 느끼는데, 이는 평소에는 진료비를 내고 정신분석가나 개인 심리상담사에게서만 얻을 수 있는 것이다. 게다가 또 하나의 차이는 여기서 사람들은 병이 있다고 느끼지만 발터는 그들이 지금까지는 몰랐던 이유로 스스로를 아주 중요한 존재라고 여길 수 있게 도와준다는 것이다. 정신적 자기 몰두를 확산시킨다는 이런 특성 덕분에 그는 클라리세도 정복했고 시간이 흐르면서 모든 경쟁자를 물리쳤다. 그에게는 모든 것이 윤리적 움직임이 되었으므로 그는 확신을 가지고 장식의 비도덕성, 단순한 형식의 위생적임, 바그너 음악의 맥주 냄새를 이야기할 수 있었고, 이는 새로운 예술 취향에도 맞았다. 활짝 편 공작 꼬리 같은 화가의 두뇌를 소유한 미래의 장인조차도 이런 그의 말에 경악했다. 그러니까 발터가 그의 성공을 회고할 수 있었음은 의심의 여지가 없었다.

그럼에도 불구하고 지금은 그가 전에 없이 성숙해 보이는 새 인상이나 계획에 가득 차서 집에 도착하자마자 사기를 꺾는 변화가 일어났다. 이젤 위에 화폭을 세우고 책상 위에 종이를 한 장 놓기만 해도 심장에서부터 끔찍한 도주의 조짐이 느껴졌다. 머리는 명료했고 머릿속 계획은 아주 투명하고 맑은 공기 속에서 어른거리는 듯했다. 사실 하나의 계획은 분열되어 둘 또는 그 이상의 계획이 되었고 이들이 서로 우선권을 다툴 정도였다. 하지만 실행에 꼭 필요한, 머리와 첫 번째 행동의 연결은 마치 칼로 잘린 듯했다. 발터는 손가락 하나도 까딱할 결심을 하지 못했다. 그는 그때까지 앉아 있던 자리에서 일어나지도 못했고 생각은 그가 세운 과제들 옆으로, 떨어지는 순간 녹아 버리는 눈처럼 떨어졌다. 어떻게 시간을 보냈는지 몰랐지만 예기치 않게 저녁이 되었다. 몇 번 그런 경험을 한 후에는 집에 가는 길에서부터 이 경험을 두려워하게 되었기 때문에 몇 주가 스르르 빠져나가기 시작했고 불편한 선잠처럼 지나갔다. 절망으로 인해 그의 모든 결정과 움직임은 느려졌고 그는 쓰디쓴 슬픔에 괴로워했다. 뭔가를 시도하려고 결심하자마자 그의 무능이 고통이 되었고 고통은 코피처럼 그의 이마 뒤에 앉아 있었다. 발터는 겁이 났다. 그가 자신에게서 인지하는 현상들은 그의 작업을 방해했을 뿐만 아니라 그를 매우 겁먹게 했는데, 이 현상들이 자주 정신적 쇠퇴의 시작이라는 인상을 줄 정도로 그의 의지와 무관해 보였기 때문이었다.

그의 상태는 작년부터 점점 더 악화되었지만 동시에 그는 예전에는 결코 높이 평가하지 않았던 한 사고에서 놀랄 만한 도움을 받았다. 이 사고는 바로, 그가 어쩔 수 없이 살고 있는 유럽이 가망 없이 타락했다는 것이었다. 겉으로는 잘나가지만 속으로는 가라앉고 있는 시대에 — 이 일은 모든 사안이 겪는 일일 테고 따라서, 특별한 노력과 새로운 아이디어로 대처하지 않으면 정신적 발전도 겪는 일이다 — 사실 가장 쉽게 떠오르는 질문은 이에 대항해서 무엇을 할 수 있을까 하는 것일 터이다. 하지만 영리함, 어리석음, 비열함, 아름다움이 하필이면 이런 시대에 너무나 촘촘하고 복잡하게 뒤엉켜 있어서, 보다시피, 많은 인간들에게는 비밀을 믿는 것이 더 간단해 보인다. 그래서 그들은, 정확히 판단할 수 없고 거창하게 모호한 것의 멈출 수 없는 몰락을 선언한다. 이때 그것이 인종이든 채식이든 영혼이든, 근본적으로는 아무 상관이 없다. 건강한 비관주의가 모두 그렇듯, 중요한 것은 기댈 수 있는 불가피한 뭔가가 있다는 것이니까. 더 나은 시절에는 발터도 이런 이론들을 비웃을 수 있었지만 스스로 이것들을 사용하기 시작하자 곧, 이것들이 가진 큰 이점을 알게 되었다. 지금까지는 그가 작업불능이었고 열등하다고 느꼈다면 지금은 시대가 불능이었고 그는 건강했다. 어떤 목표도 달성하지 못한 그의 삶은 갑자기 엄청난 해명을, 그에게 어울리는 큰 스케일의 정당성을 얻게 되었다. 그가 펜이나 연필을 손에 잡았다가 놓아 버리면 그것은 사실상 커다란 희생의 모양새를 취했다.

그렇지만 발터는 여전히 자신과 싸우고 있었고 클라리세는 그를 괴롭혔다. 그녀는 시대비판적 대화에 전혀 귀를 기울이지 않았으며 한 눈팔지 않고 천재를 믿었다. 그것이 무엇인지 그녀는 몰랐다. 하지만 그 이야기가 나올 때마다 그녀의 온몸은 떨리고 긴장되기 시작했다. 그것을 느끼거나 느끼지 못하거나 둘 중 하나라는 것이 그녀가 내세운 유일한 증거였다. 그에게 그녀는 늘 작고 잔인한 열다섯 살 소녀였다. 그녀가 그의 느낌을 완전히 이해한 적은 한 번도 없었고 그가 그녀를 지배한 적도 없었다. 하지만 너무나 차갑고 딱딱하다가 다시 실체 없이 불타는 의지로 열광하는 그녀는 그에게 영향을 미치는 불가사의한 능력이 있었다. 3차원의 공간 안에 집어넣을 수 없는 어떤 방향에서 오는 충격이 그녀를 관통하는 듯했다. 이는 때때로 섬뜩할 정도였다. 예를 들어, 그들이 함께 음악을 연주하면 그는 이를 느꼈다. 클라리세의 연주는 딱딱하고 색채가 없고, 그가 모르는 흥분의 법칙을 따랐다. 영혼이 투명하게 비칠 정도로 육체가 불타오르면 이는 그에게 공포로 다가왔다. 그러면 불특정한 뭔가가 그녀의 내면에서 풀려나 그녀의 정신을 데리고 날아가려 했다. 이것은 그녀의 존재 속에 있는 은밀한 빈 공간에서 왔으며 이 공간은 꼼꼼하게 막아 두어야 했다. 그는 자신이 어디서 이를 느끼는지, 이것이 무엇인지 몰랐으나 이것은 말할 수 없는 공포와 이것에 대항하여 뭔가 결정적인 것을 해야 한다는 필연성으로 그를 괴롭혔다. 하지만 그는 그럴 수가 없었다. 그 말고는 아무도 이것을 알아차리지 못했으니까.

창문을 통해 클라리세가 돌아오는 것을 보는 동안 그는 울리히를 나쁘게 말하려는 욕구에 또다시 저항할 수 없을 것임을 반쯤 의식했다. 울리히는 좋지 않은 시기에 외국에서 돌아왔다. 그는 클라리세에게 해를 끼쳤다. 그는 야비하게도 그녀의 내면에 있는, 발터가 감히 손 댈 엄두도 내지 못하는 그것을 악화시켰다. 그것은 재앙의 동굴, 불쌍한 것, 병든 것, 클라리세 속에 있는 불행한 천재성, 텅 빈 비밀 공간이었다. 그 속에서 뭔가가 사슬을 잡아당기고 있었고 이 사슬은 언젠가는 완전히 끊어질 수 있었다. 이제 막 집 안으로 들어선 그녀는 손에 야외용 모자를 든 채 민머리로 그 앞에 서 있었고 그는 그녀를 바라보았다. 그녀의 눈은 비웃음을 띠었고 맑았고 다정했다. 조금 지나치게 맑았다. 때때로 그는 그냥 그녀가 자신에게는 없는 힘을 가졌다는 느낌을 받았다. 그녀는 그가 결코 안주하게 놔두지 않는 가시 같다고 그는 벌써 아이 때부터 느꼈고 그녀가 달라지기를 결코 원하지 않았다는 것도 명백했다. 어쩌면 이것이 클라리세와 울리히가 이해하지 못했던 그의 삶의 비밀이었을 것이다.

"우리의 고통은 깊어!" 그는 생각했다. "나는 두 사람이 서로를, 우리가 마땅히 그래야 할 만큼 그렇게 깊이 사랑하는 일이 자주 일어난다고는 생각지 않아." 그는 밑도 끝도 없이 말하기 시작했다. "울로가 네게 무슨 이야기를 했는지 알고 싶지 않지만 이 말은 할 수 있어. 네가 감탄하는 그의 힘은 공허 이외에는 아무것도 아니야!" 클라리세는 피아노를 응시하며 미소 지었다. 그는 자기도 모르게, 열린 피아노 옆에 다시 앉았다. 그가 계속했다. "자연에 무감각하다면 영웅적이라 느끼기는 쉬울 거야. 밀리미터마다 얼마나 많은 것이 숨겨져 있는지 아예 모른다면 킬로미터 단위로 생각하기는 쉬울 거야!" 학창 시절에 그랬던 것처럼 그들은 때때로 울리히를 '울로'라고 불렀고 그 때문에 울리히는 그들을 사랑했다. 자신의 유모에 대해서는 미소 짓는 경외심을 잃지 않듯이. "그는 제자리걸음을 하고 있어!" 발터는 덧붙였다. "넌 그걸 알아차리지 못했어. 하지만 내가 그를 모르리라고는 생각하지 마."

클라리세는 의심했다.

발터는 격하게 소리쳤다. "오늘날 모든 것은 붕괴야! 지성의 바닥 없는 심연이지! 그는 지성도 있어. 그건 인정하지. 하지만 영혼의 권력에 대해 그는 아무것도 몰라. 괴테가 개성이라 부른 것, 괴테가 유연한 질서라 부른 것, 그것에 대해 그는 아무것도 몰라. '권력과 제한, 자의와 법칙, 자유와 절제, 유연한 질서 등의 이 아름다운 개념은….'"

이 구절이 굽이굽이 그의 입술에서 흘러나왔다. 클라리세는 다정하게 그 입술을, 그것이 귀여운 장난감이라도 날아가게 하는 듯, 망연히 바라보았다. 이어 그녀는 뭔가가 생각났고 상냥한 아내의 자격으로 끼어들었다. "맥주 마실래?" "응? 그럴까? 늘 한 잔씩 마시니까."

"하지만 집에 맥주가 없어!"

"물어본 게 유감이군." 발터는 한숨을 내쉬었다. "물어보지 않았다면 그럴 생각도 못 했을 텐데."

이로써 이 질문은 클라리세에게는 일단락되었다. 하지만 발터는 이제 평정을 잃었고 더 이상 어떻게 말을 이어 가야 할지 몰랐다.

"예술가에 대해 우리가 나눈 대화 기억나?" 그가 자신 없이 물었다.

"어떤 대화?"

"이틀 전에 나눈 대화 말이야. 나는 네게 한 인간 안에 있는 생동하는 형식원리가 무엇인지 설명했어. 내가 예전에는 죽음과 기계적 논리 대신 피와 지혜가 지배했다는 결론을 내린 거 기억나?"

"아니."

발터는 말문이 막혔고 말을 찾았고 흔들렸다. 갑자기 그가 폭발했다. "그는 특성 없는 남자야!"

"그게 뭐야?" 클라리세가 킥킥거리면서 물었다.

"무(無)야. 그러니까 아무것도 아니란 말이야."

하지만 클라리세는 이 말에 호기심이 발동했다.

"그건 오늘날 수백만 명씩 있어." 발터는 주장했다. "현재가 만들어 낸 인간 유형이야!" 부지중에 내뱉은 이 말은 그의 마음에도 들었다. 마치 시를 짓기 시작한 것처럼 이 말은 그가 그 의미도 알기도 전에 그를 앞으로 내몰았다.

"그를 한번 봐! 그가 무엇이라고 생각해? 그가 의사처럼 보이니? 상인, 화가, 외교관처럼?"

"그는 그런 게 아니야." 클라리세는 냉정하게 대답했다.

"그럼, 수학자처럼 보일까?"

"모르겠어. 난 수학자가 어떻게 보여야 하는지 모르거든."

"정말 옳은 말을 했어! 수학자는 그 무엇처럼도 보이지 않지. 즉, 그는 단 하나의 특정한 내용을 가질 수 없을 만큼 보편적으로 지적으로 보여! 로마가톨릭 성직자를 제외하면 오늘날 어느 누구도 더 이상 마땅히 그래야 하는 모습이 아니야. 우리가 손보다 머리를 더 비개인적으로 사용하기 때문이지. 그런데 수학자, 이건 정점이야. 수학자는 자신에 대해 아는 게 너무나 없어. 인간이 머지않아 고기와 빵 대신 알약을 먹고 살게 되어 초원, 어린 암소, 닭에 대해 몰라도 되는 것과 같아!" 클라리세는 그사이 조촐한 저녁식사를 식탁 위에 차렸고 발터는 벌써 왕성하게 식사를 하고 있었다. 아마 이것이 그에게 이런 비교를 떠올리게 했으리라. 클라리세는 그의 입술을 바라보았다. 그것은 돌아가신 그의 어머니를 생각나게 했다. 두툼하게 여성스러운 입술이었는데, 식사를 집안일처럼 해냈고 그 위에는 짧게 자른 콧수염이 달려 있었다. 그릇 속에서 치즈를 한 조각 찾고 있을 뿐인데도 두 눈은 막 껍질을 벗긴 밤처럼 반짝였다. 그는 키가 작았고 나긋하다기보다는 허약한 몸집이었음에도 깊은 인상을 남겼고 늘 조명을 받는 사람이었다. 이제 그는 대화를 계속했다. "넌 외모를 보고 그가 어떤 직업을 가졌는지 알아맞힐 수 없지만 그는 직업이 없는 사람처럼 보이지도 않아. 그럼 이제 그가 어떤지 한번 생각해 봐. 그는 무엇을 해야 하는지 늘 알아. 한 여자의 눈을 들여다볼 수 있어. 언제나 모든 것에 대해 쓸모 있는 생각을 할 수 있어. 복싱을 할 수 있어. 재능이 있고 의지도 강하고 선입견이 없고 용기가 있고 지구력도 있고 저돌적이고 현명하지. 나는 그걸 하나하나 확인해 보지는 않겠어. 그는 이 모든 특성을 가지고 있을 수도 있어. 하지만 그는 이것들을 갖고 있지 않아! 이것들이 그를 지금의 그로 만들었고 그의 길을 정해 주었지만 그의 것이 아니야. 화가 나면 그의 내면에서 어떤 것이 웃어. 슬프면 그는 뭔가를 준비해. 어떤 것이 그를 감동시키면 그는 그것을 거부해. 나쁜 행동이라도 그에게는 어떤 관계에서는 좋게 보이지. 있을 법한 연관성이 늘 그가 어떤 사건을 어떻게 생각할지 우선 결정하지. 그 어떤 것도 그에게는 확정된 것이 없어. 모든 것은 변화할 수 있고 전체 속의 일부이고 이 전체는 수도 없이 많고 추측건대, 그가 전혀 모르는 더 높은 전체에 속해 있어. 그래서 그의 대답은 모두 부분대답이고 그의 감정은 모두 하나의 견해일 뿐이야. 그에게는 어떤 것도 그것이 무엇인가 하는 것은 중요하지 않아. 그에게는 그것과 나란히 있는, '그것이 어떠한가'라는 것, 일종의 첨가물이 중요하지. 이해할 수 있게 말했는지 모르겠군?"

"그럼." 클라리세가 말했다. "하지만 난 그런 점이 좋아."

발터는 자기도 모르게 점점 더 거부감을 드러내며 말했다. 두 친구 가운데 약한 쪽이 가지는 감정, 옛날 소년 시절에 가졌던 그 감정이 그의 질투심을 키웠다. 그는 울리히가 한두 번 조야한 오성을 증명하는 것 말고는 아무것도 해낸 게 없다고 확신했지만, 육체적으로 늘 울리히에게 뒤떨어졌다는 인상을 완전히 떨쳐 버리지 못했기 때문이었다. 그가 그린 울리히상은 성공한 예술작품처럼 그를 해방시켰다. 그가 이 그림을 그의 내면에서 끌어내지는 않았지만 신비로운 첫 영감에 이어 외부에서 말이 말을 뒤따랐고 그러면서 그의 내면에서는, 그가 의식하지 못했던 뭔가가 풀어졌다. 말을 다 마치자 그는 울리히가 오늘날 모든 현상이 가진 바로 그 해체된 존재에 불과함을 깨달았다.

"그게 마음에 든다고?" 이제 고통스럽게 놀라면서 그가 물었다. "그런 말을 진심으로 해서는 안 돼!"

클라리세는 부드러운 치즈가 든 빵을 씹었다. 그녀는 눈만으로 미소 지을 수 있었다.

"에이", 발터가 말했다. "어쩌면 예전에는 우리도 이와 비슷한 생각을 했을 거야. 하지만 울리히 안에서 예비단계 이상을 보아서는 안 돼! 그런 인간은 인간이 아니거든."

이제 클라리세는 빵을 다 먹었다. "그 말은 울리히도 하는 걸!" 그녀가 주장했다.

"그가 무슨 말을 한다고?"

"에이, 그걸 내가 알아!? 오늘날 모든 것이 해체되었다고 말해. 그는 지금은 자신만이 아니라 모든 것이 제자리걸음을 하고 있다고 말해. 하지만 그는 그걸 너처럼 그렇게 나쁘게 생각하지 않아. 그는 언젠가 긴 이야기를 하나 해주었어. 수천 명의 인간의 본질을 쪼개 본다면 십여 개의 특성, 느낌, 걷는 모양, 신체구조 등이 나올 것이고 인간들은 모두 이것들로 구성되어 있대. 그리고 우리 몸을 쪼개 본다면 물과 그 속에 부유하는 수십 개의 물질만 발견할 거래. 물은 나무속에서와 꼭 같이 우리 몸속에서도 빨려 올라가고 구름을 구성하는 것과 마찬가지로 동물의 몸을 구성해. 나는 이것이 멋있다고 생각해. 그러면 우리는 스스로에게 뭐라고 말해야 할지 모를 뿐이야. 무엇을 해야 하는지도." 클라리세는 킥킥거렸다. "그래서 난 그에게 이야기했어. 넌 시간이 나면 낚시를 가고 하루 종일 물가에 누워 있다고."

"그게 어때서? 그가 10분이라도 버틸지 알고 싶군?! 하지만 **인간은**", 발터는 단호히 말했다. "만 년 전부터 그렇게 해. 하늘을 쳐다보고 대지의 온기를 느끼고, 자신의 어머니를 분해하지 않는 것처럼 그것을 분해하지 않아!"

클라리세는 다시 킥킥거리지 않을 수 없었다. "그는 그 일이 그 이후로 아주 복잡해졌다고 말해. 물속에서 헤엄치듯 우리는 불의 바다, 전기의 폭풍, 자기장의 하늘, 온기의 늪 등등에서 헤엄친대. 이 모든 것을 느낄 수 없을 뿐이지. 마지막으로 남는 것은 그냥 공식뿐이래. 공식이 인간적으로 무엇을 의미하는지는 제대로 표현할 수가 없어. 그건 전체야. 난 리체움29에서 배운 걸 다 잊어버렸지만 어쨌든 그건 맞을 거야. 울리히는 오늘날 아시시의 성 프란치스코30나 너처럼 새 들을 형제라고 부르려는 자가 있다면 그는 그냥 그렇게 편안하게 있 어서는 안 되고 오븐 속으로 차를 달리거나 전차가선을 통해 땅 속으 로 뛰어들거나31 식기세척시설을 통해 하수구로 들어가 첨벙댈 결심 을 해야 한대."

"그래, 그래!" 발터는 이 보고를 중단시켰다. "우선 네 가지 요소가 수십 가지 요소가 되고 결국 우리는 그냥 관계 속에서, 과정 속에서, 과정과 공식의 구정물 속에서, 물건인지, 과정인지, 망상인지, 그 외 다른 것인지 전혀 알지 못하는 어떤 것 속에서 헤엄칠 뿐이지! 그 럼 태양과 성냥 사이에는 더 이상 차이가 없어. 소화기관의 한쪽 끝 인 입은 다른 한쪽 끝인 항문과 더 이상 차이가 없어! 한 사물에는 수 백 개의 면이 있고 이 면에는 다시 수백 개의 관계가 있고 모든 관계 마다 각기 다른 감정이 매달려 있어. 인간의 뇌는 행복하게 사물들을 쪼개지. 하지만 사물들이 인간의 마음을 쪼개 놓았어!" 그는 자리를

---

29 김나지움 이후의 학제 중 하나로 주로 가톨릭 신학과 철학을 가르치는 대학교를 말한다.
30 상투스 프란시스쿠스 아시시엔시스(Sanctus Franciscus Assisiensis, 1182~ 1226) : 프란치스코 수도회의 창시자이다.
31 1898년과 1915년 사이 빈 중심가를 둘러싼 환상도로인 링 거리에는 미관상의 이 유로 전차의 공중가선이 전차 위가 아니라 지하에 매설되었다.

박차고 일어났지만 식탁 뒤에 그대로 서 있었다. "클라리세!" 그가 말했다. "그는 네게는 위험해! 봐, 클라리세, 오늘날 인간이 무엇보다 절실히 필요로 하는 것은 단순함, 대지와의 접촉, 건강 ─ 그래, 너는 네가 원하는 것을 다 말할 수 있어 ─ 그리고 아이야. 우리를 대지에 단단히 붙들어 매는 것이 아이니까. 울로가 네게 하는 이야기는 모두 비인간적이야. 장담할게, 나는 집에 돌아오면 그냥 너와 커피를 마시고 새들이 지저귀는 소리를 듣고 산책도 좀 하고 이웃들과 몇 마디 말을 나누고 하루를 조용히 마무리할 자신이 있어. 이것이 인간의 삶이야!"

이런 살가운 표상들에 이끌려 그는 천천히 그녀에게 다가갔다. 하지만 클라리세는, 멀리서 부성애가 부드러운 저음을 내기라도 하듯, 뻣뻣해졌다. 그가 그녀에게 다가가는 동안 그녀의 얼굴은 말을 잃었고 방어자세를 취했다.

그녀에게 이르자 그는 성능 좋은 농가의 화덕처럼 부드러운 온기를 발산했다. 클라리세는 이 기운 속에서 한순간 흔들렸다. 이어 그녀가 말했다. "안 돼, 여보!" 그녀는 식탁에서 치즈와 빵 한 조각을 낚아챘고 재빨리 그의 이마에 키스했다.

"밤나비가 있는지 보고 올게."

"하지만 클라리세", 발터는 애원했다. "이 계절에는 더 이상 나비가 없잖아."

"에이, 그건 모르지!"

그녀는 방 안에 웃음만 남겨 놓았다. 가지고 나온 빵과 치즈를 먹으면서 그녀는 풀밭을 이리저리 돌아다녔다. 이 근방은 안전했고 동행자가 필요 없었다. 발터의 애정은 너무 빨리 불에서 내려놓은 수플레처럼 풀이 죽었다. 그는 깊이 한숨을 내쉬었다. 이어 그는 망설이면서 다시 피아노 앞에 앉았고 건반을 몇 개 두드렸다. 원했든 원치 않았든 그것은 바그너 오페라의 모티브에 대한 환상곡이 되었다. 그리고 한때 교만했던 시절 스스로에게 금지했던 이 물질이 막힘없이 솟아올라 철썩거리는 가운데 그의 손가락은 소리의 밀물을 헤치며 갈대처럼 살랑거렸고 그르렁거렸다. 그 소리는 멀리서도 들릴 터였다! 그의 척수는 이 음악의 마취제에 마비되었고 그의 운명은 가벼워졌다.

18
모스브루거

이 시기 모스브루거 사건이 세간의 관심을 끌었다.

모스브루거는 목수였는데, 큰 키와 넓은 어깨에 군살이라고는 없는 인간으로 머리카락은 갈색 양털 같았고 커다란 두 손은 선량하고 힘이 셌다. 선량한 힘, 정의를 추구하는 의지는 얼굴에서도 보였고 이를 보지 못한 사람은 분명 그 냄새를 맡았으리라. 그것은 서른네 살 남자의 거칠고 우직하고 메마른 노동의 일상, 그가 만지는 나무, 힘뿐만 아니라 신중함을 요하는 그의 일에서 밴 냄새였다.

신이 온갖 선의 표시로 축복한 이 얼굴을 처음 마주한 사람은 누구나 그 자리에 뿌리박힌 듯 멈춰 섰다. 보통 모스브루거는 무장한 법원 군인 두 명을 동반했고 몸 앞에서 단단히 결박당한 두 손에는 강철사슬이 달려 있었고 군인 한 명이 그 손잡이를 붙잡고 있었으니까.

사람들이 쳐다보는 것을 알아차리면, 헝클어진 머리카락, 콧수염, 콧수염에 딸린 나비넥타이를 한 그의 넓고 선량한 얼굴 위로 미소가 번졌다. 그는 검은색 짧은 외투와 밝은 회색 바지를 입었고 다리를 쫙 벌린, 군인 같은 자세였지만 법정 기자들의 관심을 가장 많이 끈 것은 바로 이 미소였다. 그것은 당황한 미소일 수 있었다. 또는 교활한 미소, 반어적 미소, 음흉한 미소, 고통스러운 미소, 혼란스러운 미소, 피비린내 나는 미소, 불가사의한 미소…. 기자들은 모순적 표현들을 더듬는 게 역력했고 이 미소 속에서 이 남자의 정직한 외모에서는 분명 찾을 수 없을 뭔가를 필사적으로 찾으려는 듯 보였다.

모스브루거가 여자 한 명을, 가장 천한 창녀 한 명을 몸서리치도록 잔인하게 살해했기 때문이었다. 기자들은 후두에서 목덜미까지 난 목의 자상, 가슴에 난 두 군데 창상—이는 심장을 관통했다—왼쪽 등에 난 두 군데 자상, 거의 들어낼 수 있을 정도로 잘린 젖가슴을 정확히 서술했다. 그들은 혐오감을 표현했지만 복부에 난 창상을 35개나 세고 배꼽에서 거의 천골까지 난 자상을 설명하고 나서야 멈추었다. 이 자상은 등 위쪽으로 난 수많은 자잘한 자상으로 이어졌고 목에는 조른 흔적이 있었다. 비록 그들 스스로가 선량한 인간이었고 그럼에도 불구하고 사건을 전문가처럼, 객관적으로, 명백히 스릴 있게 서술했지만 그들은 이런 끔찍한 일과 모스브루거의 선량한 얼굴을 잇는 길을 발견하지 못했다. 그들이 다루는 대상이 정신병자라는—모스브루거는 비슷한 범죄로 이미 수차례 정신병원에 수감되었으므로—가장 신빙성 있는 설명조차도 그들은 거의 사용하지 않았다. 오늘날 유능한 기자라면 이런 문제에 정통할 텐데도. 그들은 악당을 포기하

는 것에, 사건을 그들의 세계에서 병자의 세계로 놓아주는 것에 일단
은 저항하는 듯 보였다. 병자의 세계에서 그들은 정신과 의사들과 같
은 의견이었는데, 의사들은 모스브루거가 책임능력이 없다고 진단했
지만 또 그에 못지않게 자주, 그가 건강하다고 진단했다. 게다가 아
주 특이한 일도 일어났다. 모스브루거의 병적 일탈이 알려지기 시작
하자마자 수천 명의 사람들이 화젯거리에 걸신들린 신문을 나무라면
서도 이를 '드디어 일어난 흥미로운 사건'이라고 느꼈다. 바쁜 공무원
이나 열네 살짜리 아들, 집안일로 걱정이 태산인 주부도 그랬다. 그
들은 이런 기형적 인간에 대해 한숨을 쉬긴 했지만 내심 자신의 직업
보다 이 일에 더 몰두했다. 사실 이즈음 올바른 국장님이나 은행지배
인이 잠자리에 들면서, 졸린 아내에게 "내가 모스브루거라면 이제 어
떻게 할 거야…"라고 말하는 일이 일어날 수 있었다.

  울리히는 수갑 위로 신의 아이라는 표시를 단 이 얼굴을 처음 보았
을 때 재빨리 가던 길을 멈추고 근처의 지방법원으로 갔고 보초병에
게 담배를 몇 개비 주고는, 방금 전 정문을 빠져나갔을 죄수호송차량
에 대해 물었다. 그가 알아낸 것은… 아무튼, 이런 유형의 일은 예전
에나 일어났을 것이다. 이런 식의 기사를 자주 접하니까. 울리히도
하마터면 그런 일이 실제로 있었다고 믿을 뻔했지만, 그가 이 모든 것
을 신문에서 읽었을 뿐이라는 것이 이 시대의 진실이다. 한참 더 지난
후에야 그는 모스브루거를 개인적으로 알게 되었는데, 그 전에 그를
직접 본 것은 단 한 번 재판정에서였다. 이례적인 일을 신문에서 알게
될 확률은 그것을 체험할 확률보다 훨씬 높다. 달리 말하면, 오늘날
에는 추상적인 것 속에서 더 본질적인 일이 일어나고 현실에서는 더

사소한 일만 일어난다.

울리히가 이런 식으로 모스브루거에 대해 알게 된 이야기는 대충 다음과 같았다.

소년 모스브루거는 불쌍한 녀석이었다. 그는 도로 하나 없을 정도로 작은 마을의 목동이었다. 그는 한 번도 여자애와 말을 해보지 못했을 정도로 가난했다. 그는 항상 여자애들을 볼 수만 있었다. 도제가 되고 나서도, 그 후 편력 직인이 되어 각지를 돌아다니며 일을 배우던 시절에도 그랬다. 이 말이 무슨 뜻인지 한번 상상해 보라. 빵이나 물처럼 너무나 자연스럽게 갈구하는 것을 늘 보기만 해야 한다. 얼마 지나면 그것을 부자연스럽게 갈구한다. 여자애가 지나가고 치마가 장딴지 부근에서 흔들린다. 여자애가 울타리 위로 기어 올라가면 무릎까지 보인다. 여자애의 눈을 들여다본다. 의중을 알 수가 없다. 여자애가 웃는 소리가 들려 재빨리 몸을 돌리고 얼굴을 들여다본다. 얼굴은 방금 쥐 한 마리가 사라진 구멍처럼 미동도 없이 동그랗다.

모스브루거가 첫 번째 소녀를 살해한 후 이미, 밤낮없이 그를 불러대는 유령들에게 늘 쫓긴다고 변명한 것은 이해할 수 있으리라. 유령들은 자고 있는 그를 침대에서 내던졌고 그의 일을 방해했다. 그 후 그는 그들이 이야기하고 다투는 소리를 밤낮으로 들었다. 그것은 정신병이 아니었다. 모스브루거는 사람들이 그것에 대해 이런 식으로 이야기하면 참을 수가 없었다. 물론 그 자신도 가끔씩 성직자의 설교를 떠올리면서 이를 치장했고 꾀병을 부리라는, 감옥에서 듣게 되는 충고에 맞게 이를 다듬기도 했지만 재료는 늘 준비되어 있었다. 신경을 쓰지 않으면 그냥 빛이 조금 바랠 뿐이었다.

편력 시절에도 그랬다. 겨울이면 목수가 일거리를 찾기란 어렵고 모스브루거는 자주 몇 주 동안 길 위에서 잤다. 하루 종일 걸어 마을에 도착하지만 숙소를 찾지 못한다. 밤늦게까지 계속 걸어야 한다. 끼니를 때울 돈도 없고 소주를 마신다. 눈 뒤에 초 두 개가 빛을 발하고 육체가 혼자 걸어갈 때까지. '보호소'에서는 따뜻한 수프가 제공되긴 하지만 잠자리를 구걸하고 싶지 않다. 해충 때문이기도 하고 모욕적이고 번거로운 절차 때문이기도 하다. 차라리 여기저기서 몇 크로이처32를 구걸해 농가의 건초더미 속에 기어들어 간다. 농부에게는 당연히 물어보지 않는다. 오래 부탁해 봐야 돌아오는 건 모욕 밖에 없으니까. 물론 아침이면 자주 싸움이 있고 폭력, 유랑, 구걸에 대한 고소가 있고 결국 전과기록부만 점점 더 두꺼워진다. 새 판사들은 거만하게 기록부를 열어 본다. 마치 이 기록부가 모스브루거를 설명해 주는 듯.

며칠 내지는 몇 주 동안 제대로 씻을 수 없다는 것이 어떤 것인지 누가 생각해 보겠는가. 다정하게 굴려 해도 피부는 거친 움직임밖에 허락하지 않을 정도로 두꺼워지고 이런 껍질 밑에서는 활달한 사람도 경직된다. 사고력은 침해를 덜 받을 테니 꼭 필요한 일은 아주 이성적으로 한다. 사고력은 방랑하는 거대한 등대 속에서 작은 빛처럼 타오르지만 등대는 짓밟힌 지렁이나 메뚜기로 가득 차 있고 그 속에 든 개인적인 것은 전부 짓이겨졌고 발효하는 유기물질만이 방랑한다. 그 후 방랑하는 모스브루거는 마을을 지날 때나 한적한 큰길에서도 여자

---

32 13~19세기 독일, 오스트리아, 헝가리에서 사용된 동전이다.

들의 행렬을 만난다. 지금 한 여자가 지나가고 30분 후에야 다시 한 여자가 지나가지만, 이들이 이렇게 큰 간격을 두고 지나가고 서로 전혀 관계가 없다 해도 전체적으로 그것은 행렬이었다. 그들은 한 마을에서 다른 마을로 가고 있거나 막 집 앞을 내다보고 있었다. 그들은 두꺼운 숄이나 뻣뻣한 뱀 모양 선을 그리며 엉덩이까지 내려오는 겉옷을 걸쳤다. 그들은 따뜻한 방 안으로 들어섰다. 또는 아이들을 앞세워 몰고 갔다. 아니면 길거리에 혼자 서 있어 까마귀에게 하듯 돌을 던질 수 있을 정도였다. 모스브루거는 이 여성에게는 늘 거부감이라는 감정만을 느꼈으므로 자신은 성범죄자가 될 수 없다고 주장했는데, 터무니없는 주장도 아닌 듯 보였다. 왜냐하면 우리는 통통한 황금색 카나리아가 폴짝폴짝 뛰고 있는 새장 앞에 앉아 있는 고양이의 심정을 이해할 수 있으니까. 또는 고양이는 그냥 쥐가 다시 한번 도망가는 것을 보기 위해 쥐를 때렸다가 놓아주었다가 다시 때리기도 하니까. 굴러가는 바퀴를 쫓아가는 개는 무엇인가, 장난으로만 무는 개, 인간의 친구? 살아 있는 것, 움직이는 것, 아무 말 없이 굴러가거나 재빨리 휙 지나가는 것을 대하는 태도 속에는, 혼자 즐거워하는 창조물을 향한 은밀한 거부감이 드러난다. 그리고 그녀가 소리치면 결국 어떻게 해야 하나? 정신을 차리거나, 제때 그러지 못하면 그녀의 얼굴을 땅바닥에 짓누르고 입속에 흙을 처넣을 수 있을 뿐이다.

모스브루거는 한낱 목수였고 아주 외로운 인간이었으며 그가 일했던 모든 곳에서 동료들과 잘 지냈지만 친구는 없었다. 강한 충동이 가끔씩 잔인하게 그 본성을 밖으로 드러냈다. 하지만 어쩌면 정말, 그가 말했듯이, 이 충동에서 뭔가 다른 것, 죽음의 천사, 극장방화범,

위대한 무정부주의자를 만들어 낼 교육이나 기회가 없었을 것이다. 그는 비밀조직을 결성하는 무정부주의자들을 잘못된 무정부주의자라고 얕잡아 불렀으니까. 보다시피, 그는 병이 있었다. 그가 스스로를 다른 사람들에게서 떼어놓는 행동을 해온 것이 병 때문이라는 게 명백했다 할지라도 그에게 자신의 행동은 더 강력하고 더 고귀한 자아감정인 듯 여겨졌다. 그의 삶 전체는 이 감정을 인정받으려는 싸움이었고 비웃음과 공포를 유발하는 투박한 싸움이었다. 이미 도제 시절에 그는 벌을 주려는 고용주의 손가락을 부러뜨렸다. 또 다른 주인에게서는 돈을 훔쳐 달아났다. 정의실현이 불가피했다고 그는 말했다. 그는 어디에서도 오래 버티지를 못했다. 처음에는 늘 커다란 덩치로 친절하고 차분하게 묵묵히 일했고 사람들과 거리를 둘 수 있는 한은 머물렀다. 그러나 사람들이 이제 다 안다는 듯이 친하게 거리낌 없이 대하기 시작하면, 그는 짐을 싸서 떠났다. 자신이 더 이상 피부 속에 단단히 들어 있지 않은 듯 섬뜩한 감정이 그를 덮쳤기 때문이었다. 한 번은 너무 늦게 짐을 쌌다. 공사장에서 미장이 네 명이 그에게 자신들의 우월함을 보여 주자고, 맨 위층에서 비계를 무너뜨리자고 공모했다. 그는 등 뒤에서 킥킥거리며 다가오는 소리를 들었다. 그는 엄청난 힘을 총동원해 그들을 덮쳤고 두 명은 계단 아래로 밀어 버렸고 다른 두 명은 팔의 힘줄을 모두 잘라 버렸다. 그는 이 일로 처벌을 받았다는 사실이 그의 마음에 큰 충격을 주었다고 말했다. 그는 이민을 떠났다. 터키로. 그리고 다시 돌아왔다. 세계는 어디서나 그에 대항해 한통속이었으니까. 어떤 마법의 주문도, 어떤 선도 이 공모에 대항할 수 없었다.

그는 이런 단어들을 정신병원과 감옥에서 열심히 배웠다. 그것은 프랑스어와 라틴어 파편들이었고, 그의 운명을 '결정하는' 지배자들의 권한이 그들이 소유한 언어에서 나온다는 것을 알아낸 이후로 그는 발언 중에 이 말들을 적절치 못한 자리에 끼워 넣었다. 같은 이유로 그는 재판에서도 엄선된 표준 독일어를 쓰려고 애썼는데, 예를 들어, "그건 나의 잔악함에 대한 근거로 사용되어야 합니다"라거나 "내게 그녀는 그런 계집들에 대한 기대치보다 훨씬 더 잔인하게 여겨졌습니다"라고 말했다. 하지만 이 말들도 효과가 없다는 것을 알게 되면 갑자기 태도를 바꾸어 배우 같은 과장된 포즈를 취했고 조롱조로 자신은 "이론적 무정부주의자"라고 선언하는 일도 드물지 않았다. 따라서 당장에라도 사회민주주의자들이 그를 구출하게 할 수 있다고. 만약 그가 무지한 노동자 민중을 착취하는 이 사악한 유대인들에게서 뭔가를 선물받기를 원하기만 한다면. 이때 그는 나름의 '과학'도 있었는데, 그것은 담당판사의 학자적 오만이 따라올 수 없는 분야였다.

보통 이런 발언들은 그에게 "주목할 만한 지적 능력"이라는 재판기록, 재판 도중에는 존경심 그리고 더 엄한 처벌을 안겼지만 근본적으로 그는 허영심이 충족되었으므로 이 재판을 그의 삶의 명예로운 시기라고 느꼈다. 그래서 그는 자신이라는 복잡한 존재 전체를 일상적인 것인 듯 몇 마디 외래어로 설명할 수 있다고 믿는 정신과 의사들을 열렬히 증오했다. 이런 사건에서 늘 그렇듯, 그의 정신상태에 대한 의학적 소견서는 상급기관인 법원의 압력에 따라 갈팡질팡했다. 모스브루거는 공개재판에서 자신이 정신과 의사보다 우월함을 증명하고 의사들이 꾀병을 부리는 그를 그가 마땅히 가야 할 교도소로 보내는 대신 정신병원에 수용할 수밖에 없는 무지한 봉이자 사기꾼임을 폭로할 기회를 놓치지 않았다. 그는 자신의 범행을 부인하지 않았고 이를 위대한 인생관의 불행한 케이스로 이해하려 했으니까. 특히, 킥킥거리는 계집들이 그에 대항해 공모했다. 그들은 모두 쫓아다니는 녀석들이 있었고 진실한 남자의 솔직한 말을 하찮게 여기거나 심지어 모욕으로 느끼기까지 했다. 그는 자신을 자극하지 않기 위해 될 수 있는 대로 여자들을 피했다. 하지만 늘 그럴 수는 없었다. 남자라면 머리가 멍하고 불안으로 손에 땀이 배어 아무것도 손에 잡히지 않는 날이 있다. 그리고 굴복해야 하면, 첫 걸음을 떼면서 벌써, 먼 길에서 다른 사람들이 보낸 정찰대처럼 방랑하는 독을 마주칠 것임을 확신할 수 있다. 양심의 가책 없이 훨씬 더 나쁜 일을 하지 않는다면, 남자를 약하게 하고 그 앞에서 연극을 해대면서 몰래 그를 비웃는 사기꾼을!

그날 밤도 그렇게 끝이 났다. 불안한 마음을 진정시키려고 아무 생각 없이 술을 퍼마신 시끄러운 밤이었다. 술에 취하지 않아도 세상이 위태로울 수 있다. 거리의 벽들은 무대장치처럼 흔들렸고 그 뒤에서 뭔가가 등장신호를 기다리고 있다. 도시 변두리는 더 조용해졌다. 달이 밝게 비추는 넓은 들판으로 나갈 수 있는 곳이었다. 거기서 모스브루거는 빙 돌아 집으로 가려고 발길을 돌렸고 거기 철교 근처에서 그 소녀가 말을 걸었다. 아래쪽 강변에서 몸을 파는 소녀로, 일하던 곳에서 도망친 후 새 일자리를 얻지 못한 하녀였는데, 몸집이 작았고 머릿수건 아래로 두 개의 유혹하는 작은 쥐눈만 보였다. 모스브루거는 그녀의 제안을 거절하고 걸음을 빨리했지만 그녀는 같이 가게 해달라고 애원했다. 모스브루거는 걸어갔다. 똑바로 가다가 모퉁이를 돌았고 결국 어찌할 바를 모르고 우왕좌왕했다. 그가 보폭을 크게 하자, 그녀는 그의 곁에서 뛰었다. 그가 멈춰 서면 그녀도 그림자처럼 멈춰 섰다. 그가 그녀를 뒤에 달고 가고 있었다. 그랬다. 그때 그는 다시 한번 그녀를 쫓아 버리려 했다. 몸을 돌려 그녀의 얼굴에 두 번 침을 뱉었다. 하지만 소용이 없었다. 그녀는 상처입지 않았다.

그 일은 몇 시간을 걸어야 통과할 수 있는 넓은 공원에서 벌어졌고 그들은 공원의 폭이 가장 좁은 곳을 가로지르고 있었다. 그때 처음으로 모스브루거는 소녀의 기둥서방이 가까이 있음이 틀림없다고 확신했다. 그렇지 않다면 싫다는데도 쫓아올 용기가 어디서 날 것인가? 그는 칼을 찾아 바지주머니에 손을 넣었다. 누군가가 그를 조롱하려 했으니까. 아마 다시 그를 덮칠 테니까. 사실 계집들 뒤에는 늘 다른 남자가 숨어서 한 남자를 비웃는다. 심지어 그녀가 변장한 남자처럼 여겨지지 않았던가? 그는 그림자가 움직이는 것을 보았고 나뭇가지가 부러지는 소리를 들었다. 그동안 그 음흉한 여자는 그 옆에서, 엄청나게 큰 진폭으로 흔들리는 시계처럼 일정한 간격을 두고 끊임없이 청을 반복했다. 하지만 그는 자신의 괴력을 발산할 만한 곳을 찾을 수 없었고 아무 일도 일어나지 않는다는 이 불가사의한 현상 앞에 겁을 먹기 시작했다.

그들이 여전히 깜깜한 첫 번째 거리에 다다랐을 때, 그의 이마에는 땀이 맺혔고 몸은 떨고 있었다. 그는 옆을 쳐다보지 않았고 아직 문이 열려 있는 찻집으로 들어갔다. 그는 블랙커피와 코냑 세 잔을 들이켰고 한 15분쯤 가만히 앉아 있을 수 있었다. 하지만 돈을 지불했을 때, '그녀가 지금 밖에서 기다리고 있으면 어떻게 하지'라는 생각이 다시 들었다. 실처럼 팔과 다리를 꽁꽁 옭아매는 그런 생각들이 있다. 어두운 거리로 두어 걸음 내딛자마자 그는 소녀가 옆에 있음을 느꼈다. 이제 그녀는 더 이상 겸손하지 않았고 염치가 없고 확신에 차 있었다. 그녀는 더 이상 부탁하지도 않았고 그냥 잠자코 있었다. 그때 그는 자신이 결코 그녀에게서 벗어날 수 없을 것임을 알았다. 그녀를 뒤에 끌고 가는 것이 그 자신이었으니까. 그는 울음 섞인 구역질에 목이 메었다. 그는 걸었고 그의 옆 조금 뒤에 또 하나의 그가 있었다. 여자들의 행렬과 마주칠 때와 꼭 같았다. 언젠가 한번 그는 혼자 힘으로 큰 나무 조각 하나를 다리에서 빼낸 적이 있었다. 의사를 기다릴 인내심이 없었던 것이다. 지금 칼의 감촉은 그때와 아주 비슷했다. 길고 단단하게 칼은 그의 주머니 속에 들어 있었다.

하지만 초인적이라고 할 만큼 도덕심을 발휘한 끝에 모스브루거는 또 하나의 탈출구에 생각이 미쳤다. 지금 이 길을 따라 서 있는 통나무 울짱 뒤에는 운동장이 하나 있었다. 거기서는 누구의 눈에도 띄지 않을 수 있었으므로 그는 거기로 들어갔다. 그는 좁은 매표소 안에 누웠고 머리를 가장 어두운 구석에 처박았다. 부드러운, 빌어먹을 두 번째 자아가 그의 옆에 몸을 눕혔다. 그는 곧 잠이 든 척 했는데, 나중에 살그머니 도망치기 위해서였다. 하지만 그가 조용히 발을 내밀며 밖으로 기어 나오려 하자, 그것이 다시 길을 가로막고 그의 목에 팔을 둘렀다. 그때 그는 그녀의 주머니 또는 그의 주머니에서 단단한 것을 느꼈다. 그는 그것을 끄집어냈다. 그는 그것이 가위인지 칼인지 제대로 알지 못한 채 찔렀다. 그녀는 가위일 뿐이라고 주장했었다. 하지만 그것은 그의 칼이었다. 그녀는 매표소 안으로 꼬꾸라졌다. 그는 그녀를 약간 밖으로, 부드러운 흙 위로 끌어냈고 완전히 자신에게서 떼어낼 때까지 계속해서 찔렀다. 그 후 그는 한 15분 정도 더 그녀 옆에 서서 그녀를 관찰했다. 그동안 밤은 다시 더 조용해졌고 놀랄 만큼 매끈해졌다. 이제 그녀는 더 이상 남자에게 모욕을 줄 수도, 매달릴 수도 없었다. 마지막으로 그는 시체를 길거리로 메고 나와 덤불 앞에 놓아두었다. 쉽게 발견되어 매장되게 하기 위해서였다고 그는 주장했다. 이제 그녀는 더 이상 책임이 없으니까.

재판에서 모스브루거는 변호인을 예기치 못한 곤경에 빠뜨렸다. 그는 방청객처럼 편하게 의자에 앉아 있었고, 검사가 그가 공공의 적이라는 발언을 하면 그리고 이 발언이 그의 품위에 합당한 듯 보이면 그를 향해 "브라보!"라고 소리쳤고, 그가 책임능력이 없다고 추론할 만한 것은 전혀 알아차리지 못했노라고 설명하는 증인들에게는 높은 점수를 주었다. "당신은 익살맞은 괴짜요"라고 주심 판사가 가끔씩 알랑거렸고 피고 스스로가 놓은 올가미를 양심적으로 조였다. 그러면 모스브루거는 투우장 안에서 이리저리 쫓기는 황소처럼 잠시 놀라 재판정을 훑어보았고, 빙 둘러 앉아 있는 얼굴들에서, 비록 이해할 수는 없었지만, 그가 상황을 다시금 악화시켜 자신을 유죄로 만들어 놓았음을 알아차렸다.

분명 그의 변호에 그림자로만 알아볼 수 있는 계획이 깔려 있다는 것이 특히 울리히의 마음을 끌었다. 그는 처음부터 죽일 의도는 없었고 그렇다고 자신의 품위를 생각해서 병자여서도 안 되었다. 쾌감은 말할 가치조차 없었고 오히려 구역질과 경멸만을 말할 수 있었다. 즉, 범행은 그 계집의 — 그는 "계집의 캐리커처"라는 표현을 썼다 — 의심스러운 행동이 그를 오도한 과실치사여야 했다. 제대로 이해하자면, 그는 심지어 자신의 살인을 정치적 범죄로 보아 달라고 요구했고 가끔씩 그가 결코 자신을 위해서가 아니라 이 법 체계를 위해 싸운다는 인상을 주었다. 이에 반해 판사가 사용한 전략은 모든 것을 책임을 회피하려는 살인자의 서투른 계략으로 보는 평범한 것이었다. "왜 피 묻은 손을 닦았습니까? — 왜 칼을 버렸습니까? — 범행 후에 왜 옷과 속옷을 갈아입었습니까? — 일요일이었기 때문이라 했습니까? 피가 묻었기 때문이 아닙니까? — 왜 즐기러 갔습니까? 저지른 범죄가 그걸 방해하지 않았습니까? 도대체 후회를 했습니까?" 울리히는 이럴 때면 몰이해로 짜인 그물을 풀 수 없는 자신의 불충분한 교육을 한탄하는 모스브루거의 그 깊은 좌절감을 잘 이해할 수 있었다. 이는 처벌을 주장하는 판사의 언어로 말하면 다음과 같았다. "당신은 늘 다른 사람에게 책임을 돌립니다!" 이 판사는 경찰 조서와 떠돌이 생활을 전제로 모든 것을 하나로 요약했고 이를 모스브루거 책임으로 돌렸다. 하지만 모스브루거에게 이것은 서로 관련 없는 수많은 개별 사건들로 이루어졌고 각각의 사건에는 모스브루거 외부 어딘가에, 전체 세계 속에 놓인 각기 다른 원인이 있었다. 판사가 보기에 그의 범죄는 그에게서 비롯되었지만 그가 보기에 그것은 날아드는 새처럼 그에게 다가왔다. 판사에게 모스브루거는 특별한 사건이었지만 모스브루거에게 그 자신은 하나의 세계였다. 그리고 한 세계에 대해 뭔가 설득력 있는 것을 말하기는 매우 어렵다. 그것은 서로 다투는 두 개의 전략, 두 개의 일관성, 두 개의 논리였다. 하지만 모스브루거의 처지가 불리했다. 그가 내세우는 이상하고 그림자 같은 이유는 더 영리한 사람이라도 말로 표현할 수 없었을 테니까. 그것은 그의 어지러운 삶의 고독에서 직접 나왔고 다른 모든 삶은 — 이 삶을 영위하는 사람뿐만 아니라 이 삶을 승인하는 다른 모든 사람들이 볼 때 — 수백 개씩 존재하는 반면 그의 참된 삶은 그를 위해서만 존재했다. 그것은 끊임없이 왜곡되고 형상을 바꾸는 입김이었다. 물론 그는 그를 재판했던 판사들에게 물어볼 수도 있었으리라. 그럼 그들의 삶은 본질적으로 이와 다른지? 하지만 그는 이런 생각은 전혀 하지 않았다. 법정에서는 너무나 자연스럽게 앞뒤로 놓인 모든 일들이 그의 내면에서는 무의미하게 나란히 놓여 있었고 그는 자신의 고상한 적수의 품위에 조금도 뒤지지 않는 의미를 끌어들이려고 최대한 노력했다. 이때 그를 도와주고 개념을 알려주려고 애쓰는 판사가 선량한 사람으로 보일 지경이었다. 물론 이 개념들은 모스브루거를 가장 끔찍한 결과로 내모는 것이었다.

그것은 그림자와 벽의 싸움 같았고 마지막에는 모스브루거의 그림자만이 더 흉하게 일렁거렸다. 이 마지막 재판에 울리히도 참석했다. 재판장이 유죄를 선고하는 판결문을 읽었을 때, 자리에서 일어난 모스브루거는 법정에 이렇게 공포했다. "나는 만족합니다. 내 목적을 이루었으니." 빙 둘러앉은 눈들이 믿을 수 없다는 듯 조소 섞인 시선으로 이에 답했고 그는 분노하며 덧붙였다. "소송을 제기하도록 한 장본인이 나이니 사건처리에 만족하오!" 이제 엄격함과 처벌의 화신이 된 재판장은 그의 만족 여부가 법정에서는 중요하지 않다고 훈계

했다. 이어 그는 사형선고를 내렸고 재판 내내 참석자 모두를 즐겁게 했던 모스브루거의 터무니없는 말이 이제 진지한 답을 들어야 한다는 듯했다. 모스브루거는 경악한 듯 보이지 않으려고 아무 말도 하지 않았다. 이어 재판은 종결되었고 모든 것은 지나갔다. 그런데 그때 그의 정신이 비틀거렸다. 그는 아무것도 이해하지 못하는 자들의 오만에 하릴없이 퇴각했다. 그는 법원군인에게 끌려 나가면서 몸을 돌리더니 뭔가를 말하려 했고 두 손을 위로 쳐들었으며 그를 떠미는 군인을 떨쳐 버리는 목소리로 외쳤다. "나는 만족이야. 당신들이 정신병자에게 유죄판결을 내렸다고 고백해야겠지만."

그것은 모순이었다. 하지만 울리히는 숨을 죽이고 앉아 있었다. 그것은 분명 정신착란이었고 또 분명 우리 자신의 존재요소들의 왜곡된 연관성일 뿐이었다. 그것은 조각조각 쪼개지고 완전히 불분명했다. 하지만 어째서인지 울리히에게는 만약 인류가 하나의 전체로서 꿈꿀 수 있다면 모스브루거도 생겨나야 한다는 생각이 떠올랐다. 그는 "변호사라는 불쌍한 녀석"이 — 모스브루거는 고마운 줄도 모르고 재판 도중 한 번 그를 이렇게 불렀다 — 사소한 사항을 들어 재심을 청구할 때에야 정신을 차렸다. 그사이 둘의 덩치 큰 의뢰인은 법정에서 끌려나갔다.

19
경고 편지와 특성을 얻을 기회.
경쟁하는 두 제국

이렇게 시간이 흘러가고 있을 때 울리히는 아버지로부터 편지 한 통을 받았다. "사랑하는 아들아! 이제 또 몇 달이 지났건만 네가 간혹 보내는 편지에는 네 경력에 조금이라도 진전이 있다거나 그럴 준비라도 하고 있다는 말은 없구나.

지난 몇 년 동안 여러 명망 있는 분들이 너의 성과를 칭찬하고 그에 근거하여 너의 전도가 양양하다고 말해 내가 흐뭇했음은 기쁜 마음으로 인정하겠다. 하지만 어떤 과제가 유혹하면 미친 듯이 첫 몇 걸음을 내딛지만 곧 너와 너에게 희망을 거는 사람들에게 무엇을 빚졌는지를 완전히 잊어버리는 너의 그 타고난, 물론 내게서 물려받은 것은 아닌 천성과 네게서 온 소식들로 보건대, 네가 앞으로 무엇을 할 것인지 그 계획을 짐작하게 하는 표시라고는 전혀 없는 상황이 이래저래 나를 심히 걱정하게 한다.

너는 다른 남자들이 이미 삶의 기반을 확고히 다졌을 나이일 뿐 아니라 나는 언제 죽을지 모르고 내가 너와 네 누이에게 똑같이 나누어 줄 재산이 적지는 않겠지만 오늘날의 상황으로 보자면 너의 사회적 지위를 보장해 줄 수 있을 만큼 많은 것도 아니다. 그러니 결국 너 스스로 그 지위를 확보해야 할 것이다. 박사학위를 딴 후 너는 여러 분야를 넘나드는, 아마 네 식대로 심하게 과대평가한 계획을 대충 말하기만 하고 정작 강사 자리에 대한 흥미나 이 계획을 가지고 대학이나 중요한 인사들과 접촉했다는 이야기는 전혀 쓰지 않았다는 것이 이따금씩 나를 심히 걱정하게 한다. 내가 학문적 독립성을 폄하하려 한다고는 아무도 의심할 수 없을 것이다. 47년 전, 너도 잘 알고 있고 이제 12쇄를 발행한 나의 책 《사무엘 푸펜도르프의 책임능력에 관한 학설과 현대의 법》에서 학문적 독립성의 참된 연관성을 조명하면서 이와 관련된 옛 형법 학파들의 선입견을 처음으로 불식시킨 사람이 나다. 근면했던 내 삶의 경험에 비추어 볼 때, 독불장군처럼 행동하고 학문적, 사회적 인간관계를 소홀히 하는 것 역시 나는 인정할 수 없다. 이런 관계야말로 개개인의 작업을 뒷받침해 주고 이 뒷받침이 있어야 그 일이 생산적이고 유익한 전체의 일부가 되기 때문이다.

따라서 조만간 네게서 소식이 오리라, 네가 고향에 돌아온 지금 이런 관계를 다시 만들고 더 이상 소홀히 하지 않음으로써 내가 너의 출세를 위해 들인 비용이 보상받으리라 믿어 의심치 않는다. 또 이런 의미에서 나는 나의 오랜, 진정한 친구이자 후견인이며 전직 회계감사원장이자 현재 궁내부의 제국 가정법원 원장인 슈탈부르크 백작 전하께 편지를 써서, 네가 조만간 청을 드릴 것이니 호의적으로 들어달라고 부탁했다. 지체 높은 내 친구께서는 친절하게도 즉각 답을 보내 주셨고 다행히도 너를 만나겠다고 하셨을 뿐 아니라 내가 묘사한 너의 경력에 따뜻한 관심을 보여 주셨다. 이렇게 해서 내 힘이 닿고 내가 예측할 수 있는 한, 그리고 네가 각하를 네 편으로 만들고 동시에 너에 대한 학계 주요 인사들의 평가를 강화할 수 있다고 전제한다면 너의 미래는 보장된 것이다.

무슨 일인지 알게 되는 즉시 네가 각하께 분명 기꺼운 마음으로 드려야 하는 청이란 다음과 같다.

독일에서는 1918년, 부연하자면 6월 15일을 전후한 며칠 동안 빌헬름 2세 재위 30주년을 기념하여 독일의 위대함과 힘을 세상 사람들의 뇌리에 각인할 성대한 축제가 열린다는구나. 그때까지는 아직 몇 해가 더 남아 있지만 믿을 만한 소식통에 따르면 그 준비가 지금 벌써, 물론 당분간은 완전히 비공식적이겠지만, 진행 중이라고 한다. 너도 알고 있을 테지만 같은 해에 존경하는 우리 황제께서 재위 70주년을 맞게 되시고 그 날짜는 12월 2일이다. 우리 오스트리아인이 늘 조국과 관련된 문제에서 보여 주는 지나친 겸손함 때문에 우리가 다시 한번, 감히 말하건대, 쾨니히그레츠 전투33를 겪을까 염려스럽구나. 즉, 독일인들이 당시 격침 발사총을 도입해서 우리를 깜짝 놀라게 했던 것처럼 이번에도 놀라운 효과를 낼 방법으로 선수를 치게 될까봐 말이다.

다행히 방금 내가 표한 우려를 인맥 좋은 다른 애국자들도 이미 했더구나. 네게 털어놓자면, 이 우려가 사실로 드러나는 것을 피하고 70주년이라는 축복받은, 그러나 걱정도 많은 기념행사의 중요성을 고작 30주년 기념행사에 대비시켜 돋보이게 하려는 운동이 빈에서 진행 중이다. 12월 2일을 6월 15일 전으로 옮길 수는 없는 일이니 1918년 전체를 우리 평화의 황제를 기념하는 해로 만들자는 기발한 아이디어가 있었다. 물론 나는 이 일에 대해, 내가 속한 단체들이 이 발의

---

33 1866년에 있었던 프로이센과 오스트리아-작센 동맹군 간의 전투로, 프로이센이 이 전투에서 이김으로써 독일에서 주도권을 쥐게 되었다.

에 대해 입장을 취할 기회가 있었을 시점까지만 보고를 받았다. 더 자세한 것은 슈탈부르크 백작을 찾아가면 네 스스로 알아내게 될 것이다. 백작께서는 너를 준비위원회에 소속시키고 젊은 나이에는 과분한 자리를 줄 생각이셨다.

마찬가지로 부탁하마. 황실 외무부 국장의 집안인 투치 가와의 교제를 더 이상 미루지 말고 곧장 투치 부인을 찾아뵙거라. 내가 그렇게 오랫동안 권했건만 너는 곤혹스러울 정도로 말을 듣지 않았다. 너도 알다시피 그녀는 나의 죽은 형수의 질녀니까 너의 사촌이다. 들리는 바에 따르면, 그녀는 방금 설명한 그 프로젝트에서 중요한 자리에 있고 나의 존경하는 친구 슈탈부르크 백작이 이미 그녀에게 너의 방문을 예고하는 큰 친절을 베푸셨으니 한순간도 지체하지 말고 그렇게 하도록 해라.

나에 대해서는 더 할 얘기가 없구나. 강의 말고도 앞서 말한 책의 개정판 작업이 내 시간과 늙은이에게 남은 마지막 노동력을 모두 앗아간다. 주어진 시간을 잘 활용해야 한다. 그 시간은 짧으니까.

네 누이는 건강하다고만 들었다. 그 애에게는 유능하고 성실한 남편이 있다. 물론 그 애는 자신이 운명에 만족하고 그 안에서 행복을 느낀다고는 결코 인정하지 않겠지만.

너를 축복하며 너를 사랑하는 너의

아버지.”

제 2 부

늘 똑같은 일만 일어난다

20
현실과의 접촉.
특성의 결핍에도 불구하고
울리히는 추진력 있고 열성적으로 처신하다

울리히가 정말 슈탈부르크 백작을 알현하기로 결심한 데에는 여러 가지 이유가 있었지만 결국은 호기심이 발동했기 때문이었다.

슈탈부르크 백작은 황실의 호프부르크[1]에서 근무했고 카카니아의 황제는 전설 같은 늙은 군주였다. 지금까지 그에 관해 수많은 책이 쓰였으므로 사람들은 그가 무엇을 했고 하지 못하게 했거나 하지 않았는지 정확히 알았지만 당시, 즉 그와 카카니아 삶의 마지막 10년 동안 과학과 예술의 시류에 밝았던 젊은 사람들은 가끔씩 '그가 도대체 존재하기나 하는 것일까'라는 의구심을 품었다. 그를 그린 그림은 왕국에 사는 주민의 수에 육박할 만큼 많았다. 그의 생일날에는 구세주의 탄신일처럼 많이 먹고 마셨고 산 위에는 햇불이 타올랐으며 수백만의 사람들이 그를 아버지처럼 사랑한다고 확언했다. 마침내 그를 기리는 노래는 문학과 음악의 유일한 창작물이 되었고 카카니아인이라면 누구나 그 중 한 구절을 알았지만 이런 인기와 유명세는 너무나 명명백백해서 그에 대한 믿음은, 수천 년 전부터 더 이상 존재하지 않지만 눈에 보이는 별에 대한 믿음처럼 쉽게 얻을 수 있었으리라.

울리히가 황실의 호프부르크로 갔을 때 제일 먼저 겪은 일은 그를

---

1   빈 시내에 있는 황궁이다.

성까지 태워 주어야 할 마차가 성의 바깥마당에서 멈춰 섰다는 것이었다. 마부는 성 안마당을 통과하는 것은 허락되지만 정차하는 것은 안 된다고 주장하며 차비를 달라고 했다. 울리히는 마부에게 화가 났고 그를 사기꾼이나 겁쟁이로 치부하며 닦달해 보았다. 하지만 마부가 겁을 먹고 거부하는 데는 별 도리가 없었고 갑자기 마부의 거부 속에서 그는 자신보다 강한 위력의 광휘를 느꼈다. 성 안마당에 들어서자 붉고 푸르고 하얗고 노란 외투, 바지, 투구 깃털이 수없이 눈에 띄었는데, 이들은 모랫둑 위의 새들처럼 햇빛 속에 뻣뻣이 서 있었다. 그때까지 그는 '폐하'를, 사람들이 무신론자이면서도 "신의 가호가 있기를"이라고 인사하듯이, 그냥 아직도 쓰고 있는 의미 없는 관용구로만 여겼다. 하지만 이제 시선은 높은 담장을 따라 올라갔고 그는 회색빛의 격리되고 무장한 섬이 거기 있는 것을 보았다. 그 섬 곁을 도시가 무심히 질주하고 있었다.

방문한 용건을 말하자 그는 계단, 복도, 방, 홀을 지나 안내되었다. 옷을 매우 잘 입었음에도 그는 마주치는 모든 시선이 그를 한 치의 오차도 없이 평가하고 있음을 느꼈다. 여기서는 그 누구도 정신적 귀족을 현실의 귀족과 혼동하는 일은 생각조차 못 하는 듯 보였다. 울리히에게는 반어적 저항과 시민적 비판 말고는 아무런 즐거움도 남아 있지 않았다. 그는 내용이 별로 없는 거대한 껍데기 안을 걸어가고 있음을 확인했다. 홀에는 가구가 거의 없었지만 이 텅 빈 취향에는 위대한 양식의 쓴 맛은 없었다. 그는 드문드문 근위병과 하인을 한 명씩 지나쳤는데, 이들은 호화롭다기보다는 어설픈 보호망을 치고 있었다. 이 정도 보호라면 두둑한 보수를 받는 6명 남짓의 잘 훈련된 탐정이 더 효과적으로 수행할 수 있을 터였다. 마지막으로 은행급사처럼 회색 제복을 입고 모자를 쓴, 사환과 근위병 사이를 오가는 부류의 하인들은 사무실과 집을 완전히 분리하지 않는 변호사나 치과 의사를 생각나게 했다. 울리히는 생각했다. '이런 화려함이 한때 비더마이어 인간들을 얼마나 주눅 들게 했을지 분명히 느낄 수 있다. 하지만 오늘날은 호텔의 아름다움이나 편안함과는 비교도 되지 않으니까 교활하게도 고귀한 겸손과 완고함을 표방한다.'

울리히가 슈탈부르크 백작의 집무실에 들어서자 각하는 속이 텅 빈 최적 비례의 커다란 프리즘 안에서 그를 맞았다. 프리즘 한가운데 평범한 대머리 남자가 몸을 약간 앞으로 숙이고 오랑우탄처럼 다리를 구부린 자세로 그의 앞에 서 있었는데, 귀족 가문 출신 고위공직자 본연의 모습이라고는 보기 어려운, 뭔가 다른 것을 모방하는 그런 모습이었다. 어깨는 앞으로 굽고 입술은 아래로 처진 모습이 늙은 사환이나 성실한 회계공무원과 비슷했다. 그가 누구를 생각나게 하는지 갑자기 일말의 의심의 여지도 없어졌다. 슈탈부르크 백작의 속이 훤히 들여다보였고 울리히는 70년 전부터 최고 권력의 핵심인 한 남자가 자신의 뒤로 물러나 자신의 신하들 중 가장 낮은 신하처럼 보이는 데서 흐뭇함을 느끼는 것이 틀림없다는 사실을 깨달았다. 따라서 이 최고 권력자 곁에 있을 때는 이 사람보다 더 사적으로 보이지 않는 것이 올바른 행동거지이며 신중함의 자명한 형식이 된다. 이것이 왕들이 너무나도 기꺼이 국가의 제1의 종복을 자처하는 의미인 듯했고 재빨리 살펴보니, 각하가 정말로 카카니아의 모든 말단공무원이나 철도승무원처럼 턱수염을 싹 민 밝은 회색의 짧은 구레나룻을 기르고 있음을 울리히는 확인했다. 이들이 황제나 왕의 외모를 닮으려 한다고들 믿었지만 이런 경우, 의식의 더 아래층에 있는 욕구는 상호의존적이다.

울리히는 이를 숙고해 볼 시간이 있었는데, 각하가 말을 걸기까지 한참이나 기다려야 했기 때문이었다. 삶이 주는 쾌락 중 하나인 연극적 가장(假裝)의 충동, 변신의 충동이 불쾌한 뒷맛은 조금도 없이, 연극이라는 것을 정말 조금도 의식하지 않은 채 그의 눈앞에 모습을 드러냈다. 이 충동은 너무나 강렬해서, 극장을 짓고 연극을 시간단위로 빌리는 예술로 만든 시민계급의 관습이 이 무의식적이며 지속적인 자기연출의 기술 옆에서는 아주 부자연스러운 것, 나중에 온 것, 갈라져 나온 것으로 여겨졌다. 마침내 각하는 윗입술을 아랫입술에서 들어 올렸고 "친애하는 당신 부친께서 …"라고 말을 시작했다가 이내 멈추었는데, 그 목소리에는 특이하리만치 아름다운 누런 손을 알아차리게 만드는 것, 이 외모 전체를 감싸는 도덕성 같은 것이 들어 있었다. 울리히는 이를 매력적이라 여겼고 정신적 인간이 쉽게 저지르는 실수를 저질렀다. 백작은 직업이 무엇이냐고 물었고 울리히가 수학자라고 대답하자, "그렇군요. 아주 흥미롭군요. 어떤 학파에 속합니까?"라고 물었다. 울리히가 학파와는 상관이 없다고 확언하자 백작은 말했다. "그렇군요. 아주 흥미롭군요. 알겠어요. 과학, 대학." 이 말은 세련된 대화라는 표상에 꼭 맞게 친근하고 평범하게 들려 울리히는 부지불식간에 여기가 제집인 양 행동했고 사회적 규범 대신 자신의 생각을 쫓았다. 갑자기 모스브루거가 떠올랐다. 여기에 사면(赦免)의 권력이 가까이 있었고 이 권력을 이용할 수 있을지 시도하는 것보다 더 간단한 일은 없어 보였다. "각하!", 그가 말했다. "이런 좋은 기회에, 부당하게 사형판결을 받은 남자를 위해 청을 하나 드려도 되겠습니까?"

이 질문에 슈탈부르크 백작은 눈이 휘둥그레졌다.

"그는 강간살인범입니다만", 울리히는 시인했지만 이 순간 무리하게 처신했음을 스스로 깨달았다. "당연히 정신병자입니다"라는 말로 그는 재빨리 상황을 개선하려 했고 하마터면 "각하께서도 아시겠지만 지난 세기 중반에 제정된 우리 법률은 이 점에서 후진적입니다"라고 덧붙일 뻔했지만 그 말을 집어삼켜야 했고 이러지도 저러지도 못하고 있었다. 정신적 활동을 중시하는 이들이 종종 아무런 목적도 없이 감행하는 토론을 이 남자에게 기대하는 것은 무례한 행동이었다. 한두 마디 단어는 적당한 때에 내뱉으면 정원의 부드러운 흙처럼 비옥할 수 있지만 이 장소에서는, 실수로 신발에 묻어 방 안에 들어온 흙덩이처럼 작용했다. 하지만 그때 슈탈부르크 백작은 울리히가 당황한 것을 알아차렸고 그에게 진정으로 큰 호의를 베풀었다.

"그래요, 그래요, 기억이 납니다." 울리히가 이름을 언급한 후 그는 약간 애를 쓰며 말했다. "그가 정신병자라는 말이고 그 사람을 돕고 싶은 거지요?"

"그는 책임이 없습니다."

"그래요. 이건 특히 불쾌한 사건이지요." 슈탈부르크 백작은 이 사건의 어려움에 상당히 괴로워하는 듯 보였다. 그는 울리히를 절망적으로 바라보았고 그렇지만 달리 기대할 게 없지 않느냐는 듯 모스브루거가 이미 최종판결을 받았느냐고 물었다. 울리히는 그렇지 않다고 대답했다. "아, 보세요!" 그는 한결 가벼워진 마음으로 계속했다.

"그렇다면 아직 시간이 있군요." 그는 모스브루거 사건은 친절한 불명확성 속에 남겨둔 채 울리히의 '아빠'에 대해 말하기 시작했다.

울리히는 자신이 저지른 무례한 행동 탓에 한순간 정신이 나가 있었지만 특이하게도 이 실수는 각하에게 전혀 나쁜 인상을 주지 않았다. 슈탈부르크 백작은 처음에는 누군가 그 앞에서 외투를 벗기라도 한 듯 거의 할 말을 잃었다. 하지만 잠시 후, 모두가 추천하는 이 남자의 이런 단도직입적임이 추진력 있고 열성적으로 보였고 이 두 단어를 찾아낸 것이 기뻤다. 좋은 인상을 받을 작정이었으니까. 그는 이 단어들을("우리는 추진력 있고 열성적인 조력자를 발견했다고 믿어도 되겠습니다") 곧장 위대한 애국운동의 주요인물에게 보내는 소개서에 썼다. 잠시 후 이 소개서를 받아 들었을 때 울리히는 자신이 헤어질 때 손에 초콜릿을 쥐어 받은 어린아이같이 여겨졌다. 그는 이제 손가락 사이에 뭔가를 쥐고 있었고 앞으로 또 방문하라는, 업무일 수도 있고 부탁일 수도 있는 지시를 이의를 제기할 새도 없이 받았다. 그는 "이건 오해입니다. 저는 추호도 그런 뜻이 없었습니다. …"라고 말해야 했으리라. 하지만 그때 벌써 그는 큰 복도와 홀을 거쳐 나오는 중이었다. 그는 갑자기 멈춰 서서 생각했다. '이건 정말 나를 코르크 마개처럼 빼서 전혀 원치 않던 곳에 내려놓았어!' 그는 실내장식의 교활한 단순성을 호기심을 느끼며 관찰했다. 그는 이것이 지금도 그에게 아무런 인상도 주지 않는다고 편안히 말할 수 있었다. 그건 그냥 치워버리지 않은 한 세계였다. 하지만 이 세계는 얼마나 강하고 특별한 특성을 그에게 느끼게 했던가? 제기랄, 이 세계는 그냥 깜짝 놀랄 만큼 현실적이었다고밖에 표현할 수 없었다.

21
평행운동의 참된 창시자, 라인스도르프 백작

하지만 위대한 애국운동을 — 이 운동은 이제부터 줄여서 '평행운동'
이라고 부를 것인데, 이 운동이 '70주년이라는 축복받은, 하지만 격
정도 많은 기념행사의 중요성을 고작 30주년 기념행사에 대비시켜 돋
보이게 할' 목적이기 때문이다 — 진정으로 추진하는 힘은 슈탈부르
크 백작이 아니라 그의 친구 라인스도르프 백작이었다. 울리히가 호
프부르크를 방문한 시간, 이 위대한 남자의 높은 창문을 가진 아름다
운 집무실에서는 — 겹겹이 쌓인 고요와 헌신, 금몰과 명성의 화려함
한가운데 — 비서가 책을 한 권 손에 들고 서서 지시를 받고 찾아낸 한
대목을 백작에게 읽어 주고 있었다. 이번에는 요한 고틀립 피히테의
글이었는데, 그가 《독일 국민에게 고함》에서 찾아내어 아주 적합하
다고 생각한 대목이었다. "게으름이라는 원죄에서", 그는 낭독했다.
"그리고 그 결과인 비겁함과 거짓에서 벗어나기 위해 인간은 자유라
는 수수께끼를 미리 구성해서 보여줄 모범이 필요하고 이 모범들은
종교 창시자들에게서 생겨난다. 윤리적 확신을 알리는 일은 반드시
필요하고 이는 교회에서 일어난다. 교회의 신경(信經)[2]들은 학습물
이 아니라 영원한 진리의 선포를 위한 학습수단으로만 간주해야 한
다." 그는 '게으름', '미리 구성해서 보여 주다', '교회'라는 단어를 강조

---

2   교조적인 명제 형식으로 작성된 신앙고백서로 (여기서는 루터파) 교회를 상징하
    는 책이다.

했다. 백작은 호의를 가지고 다 들은 후, 책을 보여 달라고 했지만 이어 고개를 가로저었다. "아니야." 제국직속 백작이 말했다. "이 책은 괜찮겠지만 교회에 대한 프로테스탄트적 구절은 안 돼!"—비서는 자신이 구상한 문서가 이사에게 다섯 번이나 거절당한 말단사원처럼 떫은 표정으로 조심스럽게 이의를 제기했다. "피히테가 민족주의적인 집단들에 탁월한 인상을 주지 않을까요?"—"내 생각에는", 백작이 대답했다. "우리는 당분간 그걸 포기해야 해." 책을 탁 닫으면서 그의 얼굴도 탁 닫혔다. 말없이 명령하는 얼굴에 비서도 몸을 탁 접어 순종하는 절을 하고 피히테를 받았다. 책을 물려 옆에 있는 도서관에서 세계의 온갖 다른 철학 체계들 사이에 다시 꽂아 두기 위해서였다. 윗사람들은 스스로 요리하지 않는다. 아랫사람을 시켜 구해오게 한다.

"남은 것은", 백작이 말했다. "당분간은 평화의 황제, 유럽의 이정표, 참된 오스트리아, 소유와 교양이라는 4가지 요점이군. 이를 토대로 회람편지를 작성하게!"

백작은 이 순간 정치적 생각을 했고 이는 말로 표현하자면 대충 이런 의미였다. '그들은 제 발로 올 거야!' 조국에서 조국에 속한다기보다는 독일에 속한다고 느끼는 무리들을 두고 한 말이었다. 그에게는 불쾌한 무리들이었다. 비서가 이들의 감정에 아첨하는(그러기 위해서 요한 고틀립 피히테가 선정된 것이었다) 적절한 인용문을 찾아냈더라면 그 구절도 넣었을 것이다. 하지만 거슬리는 세부사항이 이를 방해한 순간 라인스도르프 백작은 해방된 듯 숨을 크게 내쉬었다.

백작은 위대한 애국운동의 창시자였다. 독일에서 자극적인 소식이 날아왔을 때 처음 그의 머리에 떠오른 단어는 '평화의 황제'였다. 곧

여기에 88세 군주, 백성의 참된 아버지, 70년간의 지속적 통치라는
표상이 연결되었다. 이 두 표상은 당연히 그가 친히 잘 아는 황제의
특징을 담고 있었지만 이 표상들에 놓인 영광은 폐하의 영광이 아니
라 그의 조국이 세계에서 가장 나이가 많고 가장 오래 통치한 군주를
가졌다는 자랑스러운 사실의 영광이었다. 문외한들은 여기서 희귀한
것에 대한 기쁨만을 보려는 유혹을 느낄 테지만(예를 들어 라인스도르
프 백작이 위조방지용 숨은 그림은 있지만 절취선 구멍 하나가 없고 가로로
줄이 쳐진 희귀한 사하라 우표3를 소유하는 것을 엘 그레코의 그림을 소유하
는 것보다 더 높게 평가한다면 — 실제로도 그랬다 — 그러듯이 말이다. 물
론 백작은 둘 다 소유하고 있었으며 가문의 유명한 그림수집품도 아주 등한
시하지는 않았다) 풍요롭게 하는 힘에 있어서는 비유가 최고의 부에 앞
선다는 것을 이해하지 못한다. 라인스도르프 백작에게는 늙은 군주
에 대한 이 비유 속에 그가 사랑하는 조국과 그의 조국이 모범을 보여
주어야 하는 세계가 동시에 들어 있었다. 고통스럽지만 큰 희망들이
라인스도르프 백작의 마음을 움직였다. '민족들로 이루어진 가족 내
에서' 마땅히 차지해야 할 명예석을 차지하지 못한 조국을 보는 고통
이 더 컸는지, 오스트리아를 이 자리에서 (1866년 음흉한 술책으로!)
밀어낸 프로이센에 대한 질투심이 그의 마음을 움직였는지, 그냥 장
구한 역사를 가진 국가의 귀족이라는 자부심과 이 국가가 모범적임을
증명하고픈 욕구가 그의 마음을 채웠는지 그는 말할 수 없었으리라.
그의 견해에 따르면 유럽의 많은 민족들은 모두 유물론적 민주주의의

---

3   1924년 발행된 스페인령 사하라의 우표로, 낙타를 탄 원주민이 그려져 있다.

소용돌이에 휩쓸렸고 이들에게 경고와 동시에 회귀의 표시가 될 고귀한 상징 하나가 그의 눈앞에 어른거렸기 때문이었다. 오스트리아를 진두에 세울 수 있는 일이 일어나야 하고 이로써 이 '찬란한 오스트리아의 삶의 선언'이 전 세계에 '하나의 이정표'가 되고 더불어 세계가 그 참된 본질을 다시 찾게 하는 데 이바지한다는 것은 분명했다. 그리고 이 모든 것은 88세 황제를 가졌다는 사실과 연결되었다. 사실 라인스도르프 백작은 아직은 더 많이 더 자세히 알지 못했다. 하지만 확실한 것은 어떤 위대한 사고가 그를 사로잡았다는 것이었다. 이 사고는 그의 열정에 불을 붙였을 뿐만 아니라— 이와 반대로, 엄격하고 책임을 지는 교육을 받은 기독교도는 좌우간 회의적이어야 했을 테지만— 아주 명료하게 곧장 군주, 조국, 세계행복과 같은 숭고하고 찬란한 표상 속으로 흘러들었다. 이 사고에서 아직 애매하게 남아 있는 부분도 백작을 불안하게 할 수는 없었다. 백작은 '신적인 어둠 속에서 관조하기'(contemplatio in caligine divina) 라는 신학교리를 잘 알았다. 이 어둠은 그 자체로는 무한히 명료하지만 인간의 지성에는 현혹과 암흑이다. 게다가 위대한 일을 하는 남자는 보통 왜 그렇게 하는지를 모른다는 것이 그의 삶의 신념이었다. 이미 크롬웰이 말하지 않았던가, "어디로 가야 할지 모를 때 가장 멀리 갈 수 있다!"고. 라인스도르프 백작은 흡족해하며 자신의 비유를 마음껏 즐겼다. 그 비유의 불확실성은, 그가 느끼듯, 확실성보다 더 강하게 그를 흥분시켰다.

하지만 비유를 제외하면 그의 정치관은 매우 확고했고 위대한 인물이 가지는 그 자유, 추호의 의심도 없을 때에만 가능한 자유가 있었다. 그는 귀족원의 세습의원이었지만 정치활동을 활발히 하지도 않았고 궁정이나 국가기관에 직책도 없는 '애국자일 뿐'이었다. 하지만 바로 이 때문에 그리고 독립적인 부 때문에 그는 제국과 인류의 발전 추이를 걱정스럽게 지켜보던 다른 모든 애국자들의 구심점이 되었다. 무관심한 구경꾼에 머물지 않고 이 발전에 '위로부터 도움의 손길을 내밀려는' 윤리적 의무감이 그의 삶 전체에 스며들었다. 그는 '백성'은 '선하다'고 확신했다. 수많은 공무원, 직원, 하인뿐만 아니라 수많은 사람들의 경제적 존립이 그에게 달려 있었기 때문에 그는 백성을 달리 알 기회가 없었다. 그들이 보기 좋게 다채로운 군중이 되어 오페라 합창대처럼 무대장치 밖으로 뛰쳐나오는 일요일과 공휴일을 제외하고는. 그 때문에 그는 이 표상에 맞지 않는 것은 '선동분자들' 탓으로 돌렸다. 그것은 책임감 없고 미성숙하며 화젯거리에 목마른 개인들의 짓거리였다. 종교적, 봉건적 교육을 받았고 시민계급과 교류할 때 모순에 빠져 본 적이 없었고 책을 적잖이 읽긴 했지만 청소년 시절 그를 보호한 종교적 교육학의 영향으로 평생 책 속에서 그와의 의견일치나 그의 원칙에 어긋나는 일탈밖에 인식하지 못했던 그는 동시대 인간들의 세계상을 의회 내 투쟁과 신문의 논쟁을 통해서만 알았다. 그리고 이들 속에서 수많은 피상성을 인식할 정도의 지식은 갖추었기 때문에, 깊이 이해하면 참된 시민세계도 그 자신이 생각하는 것과 다르지 않으리라는 그의 선입견은 매일 더 강해졌다. 특히 그가 정치적 신조에 갖다 붙이는 '참된'이라는 수식어는, 신에 의해 창조되었지만 너무나 자주 신을 부정하는 세계에서 올바른 길을 찾는 데 도움이 되는 것들 가운데 하나였다. 그는 심지어 참된 사회주의도 그의 견해와 일치할 것임을 단단히 확신했다. 스스로에게조차 아직 부분적으로 숨기고 있긴 했지만 사실 처음부터 그의 가장 개인적인 생각은 사회주의자들이 그의 진영으로 건너오도록 다리는 놓는 것이었다. 가난한 자들을 도와주는 것은 기사도적 과제이고, 참된 귀족에게 시민계급 공장주와 노동자 사이에 원래 그리 큰 차이가 없다는 것은 너무나 분명했다. "우리 모두는 마음속 가장 깊은 곳에서는 사회주의자다!"가 그가 가장 좋아하는 잠언이었는데, 대충 '피안에는 사회적 차이가 없다'는 뜻이었고 그 이상은 아니었다. 하지만 그는 세상에서 이런 사회적 차이는 불가피한 사실로 간주했고 노동자계급이, 물질적 안녕이라는 문제에서만 그들의 요구를 들어주는 대가로, 그들에게 주입된 비이성적 슬로건들을 버리고 각자 정해진 영역에서 의무와 번영을 찾는 것이 자연스러운 세계질서임을 깨닫기를 기대했다. 따라서 그에게는 참된 귀족이 참된 노동자만큼이나 중요하게 보였고 정치적, 경제적 문제의 해결책은 사실 그가 조국이라고 부른 조화로운 비전에 있었다.

비서가 나간 뒤 15분 동안 이 중 무엇을 생각하고 있었는지 말하라고 했다면 각하는 말할 수 없었으리라. 아마 전부 다였으리라. 중키에 60세가량 된 남자는 손을 무릎 위에 깍지 낀 채 미동도 않고 책상 앞에 앉아 있었고 자신이 미소를 짓고 있음을 몰랐다. 갑상선종의 조짐이 있었으므로 그는 낮은 칼라의 옷을 입고 있었고 같은 이유에서인지 아니면 약간 발렌슈타인 시대 뵈멘 지방 귀족들의 초상화를 연상시킨다는 이유에서인지 팔자수염을 하고 있었다. 천장이 높은 방이 그를 둘러쌌고, 이 방은 다시 대기실과 도서관의 높고 텅 빈 공간에 둘러싸였고, 이들 주위에는 한 겹 한 겹 또 다른 공간, 고요함, 헌신, 장엄함 그리고 두 개의 나선형 돌계단이 만든 화관이 놓여 있었다. 이 두 돌계단이 진입로와 맞닿는 곳에는 금몰이 달린 무거운 외투를 입고 손에 지팡이를 든 키 큰 보초가 서 있었다. 그는 아치형 정문의 구멍을 통해 대낮의 밝은 흐름을 보고 있었고 보행자들은 금붕어 어항 속인 듯 헤엄쳐 지나갔다. 이 두 세계의 경계에는 유희적 덩굴문양이 새겨진 로코코 양식의 건물 전면이 높이 솟아 있었다. 이 전면은 예술사가들 사이에서는 그 아름다움뿐 아니라 세로가 가로보다 높다는 사실로 인해 유명했다. 오늘날 이 전면은 넓고 편안한 시골 성(城)의 표피를 시민적인 좁은 토지 위에 높이 지은 도시집의 골격에 씌운 첫 시도로 간주되었으며 따라서 봉건 영주제에서 시민적 민주주의 양식으로 넘어가는 과도기의 가장 중요한 산물 중 하나로 간주되었다. 여기서 라인스도르프의 존재도 예술서적의 공증을 받아 세계정신으로 넘어갔다. 하지만 이를 모르는 사람은 흘러내리는 물방울이 배수로 벽에 대해 알지 못하는 것처럼 거의 이를 보지 못했다. 그는 그저 단단한 거리에 난 회색의 부드러운 정문구멍을 알아차렸을 뿐이었다. 그것은 뜻밖의, 거의 흥분을 불러일으키는 구덩이로, 그 동굴 안에서는 금몰과 큰 단추의 황금색이 보초의 지팡이 옆에서 번쩍였다. 날씨가 좋은 날이면 보초는 진입로 앞까지 나왔다. 거기서 그는 멀리서도 보이는 화려한 보석처럼, 죽 늘어선 집의 대열을 깨뜨리며 서 있었다. 이름 없이 지나가는 수많은 인파를 거리의 질서로 격상시키는 것이 바로 이 집의 벽들이었지만 집들을 의식하는 사람은 아무도 없었다. 라인스도르프 백작이 걱정스럽게, 끊임없이 그 질서를 감시하고 있는 '백성'의 대부분은 백작의 이름을 들어도 이 보초에 대한 기억

말고는 아무것도 떠올리지 못할 것이라는 것에 내기를 걸어도 좋다.

그래도 백작은 자신이 뒷전으로 밀려났다고는 생각하지 않으리라. 오히려 이런 보초를 소유하고 있음을 귀족에게 어울리는 '참된 몰아 (沒我)'로 여겼으리라.

22
평행운동이 뭐라 서술할 수 없는 정신적 우아함을 지닌 영향력 있는 귀부인의 모습으로 울리히를 집어삼킬 태세다

울리히는 바로 이 라인스도르프 백작을 슈탈부르크의 바램에 따라 알현해야 했지만 그렇게 하지 않기로 결심했다. 반면에 그는 아버지가 권한 대로 그의 '위대한 사촌'을 방문하기로 작정했다. 그녀를 한 번 자신의 두 눈으로 보는 것이 중요했기 때문이었다. 그는 그녀를 몰랐지만 벌써 얼마 전부터 그녀에 대해 아주 특별한 반감을 품고 있었다. 친척관계를 알고 있는 사람들이 선의에서 "이 여자를 만나야 할 사람은 바로 당신이오!"라고 충고하는 일이 여러 번 있었기 때문이었다. 이때는 항상 '당신'이라는 단어가 특별히 강조되었는데, 이는 청자를 이런 보석을 이해하기에 특별히 적합하다고 치켜세우려는 직설적 아첨일 수도 있지만, 마찬가지로 그가 이런 만남에 적합한 바보라는 숨겨진 확신일 수도 있다. 그래서 그는 이미 여러 번 이 여자의 특별한 특성이 무엇이냐고 물었지만 한 번도 만족스런 답을 얻지 못했다. 대답은 "뭐라 서술할 수 없는 정신적 우아함이 있어요!"라든가 "우리가 아는 가장 아름답고 영리한 여자예요!"였고, 많은 사람들은 그저 "그

녀는 이상적인 여자입니다!"라고 말한다. "이 인물은 도대체 몇 살이
죠?"라고 울리히가 물어도 아무도 이를 알지 못했고 보통 질문을 받
은 사람은 지금까지 그런 질문을 스스로에게 제기할 생각도 하지 못
했다는 데 놀랐다. "그럼 도대체 그녀의 정부는 누굽니까?"라고 울리
히가 마침내 조바심을 치며 물었다. "염문이요?" 울리히가 이 말을 건
넨, 경험이 없지 않은 젊은 남자는 놀랐다. "당신 말이 옳아요. 누구
도 그런 추측은 하지 못할 거요." "정신적 미(美)로군." 울리히는 혼
자 중얼거렸다. '제2의 디오티마.' 그리고 이날부터 그는 그녀를 저
유명한 사랑의 강사4 이름을 따서 마음속으로 그렇게 불렀다.

하지만 그녀의 이름은 에르멜린다 투치였고 진짜 이름은 헤르미네
일 뿐이었다. 에르멜린다는 헤르미네의 번역조차 아니었지만 그녀는
어느 날 직관적 영감을 통해 이 아름다운 이름에 대한 권리를 얻었는
데, 이 이름이 갑자기 드높은 진리로서 그녀의 정신의 귀 앞에 서 있
었다. 물론 남편의 이름도 지오반니가 아니라 여전히 한스였고 그는
이탈리아식 성(姓)을 가졌음에도 이탈리아어를 영사학교에서야 배웠
다. 울리히는 이 투치 국장에 대해서도 그의 아내에 대해 못지않게 큰
선입견이 있었다. 그는 다른 정부기관보다 훨씬 더 봉건적인 황실 외
무부에서 요직을 차지한 유일한 시민계급 출신 공무원이었고 영향력
있는 부서를 이끌었고 장관의 오른손으로, 소문에 따르면 심지어 두
뇌로 통했고 유럽의 운명에 영향을 미칠 수 있는 몇 안 되는 남자 중

---

4 플라톤 대화편 중 〈향연〉에서 소크라테스에게 에로스의 본질에 대해 가르치는 여
   자이다.

한 명이었다. 하지만 시민계급 출신이 그렇게 자랑스런 환경에서 그런 지위에까지 올라간 것을 보면 결국 그가, 꼭 필요한 사람이라는 인상과 뒷전으로 물러설 수 있는 겸손을 자신에게 유리하도록 결합시키는 특성을 가졌다고 추론할 수 있다. 울리히는 영향력 있는 국장을 1년차 장교지원병인 귀족이 명령해야 하는 예의바른 기병대 상사쯤으로 상상할 수 있을 정도였다. 이 국장을 보완하기에 적합한 것이 아름답다고 칭송받긴 하지만 더 이상 젊지 않고 명예욕이 있고 교양이라는 시민계급의 코르셋을 꽉 조여 맨 아내라고 울리히는 생각했다.

하지만 울리히는 깜짝 놀랐다. 그가 예방했을 때 디오티마는 위대한 여자의 관대한 미소를 띠고 그를 맞았는데, 자신이 아름답기도 하다는 것, 그리고 항상 이 생각을 먼저 하는 피상적인 남자들을 용서해야 한다는 것도 알았다.

"기다리고 있었어요." 그녀가 말했고 울리히는 그것이 다정함인지 비난인지 제대로 알 수가 없었다. 그녀가 내민 손은 통통했고 무게감이 없었다.

그는 한참 동안이나 그 손을 잡고 있었고 그의 생각은 한동안 이 손에서 떠나지 않았다. 두꺼운 꽃잎처럼 그 손은 그의 손 안에 놓여 있었다. 곤충의 겉날개 같은 뾰족한 손톱은 당장에라도 그녀를 데리고 비현실적 세계로 날아갈 수 있을 듯 보였다. 여자 손의 기이함이 그를 압도했다. 근본적으로 심히 무례한 신체기관인 손은 개의 코처럼 모든 것을 더듬지만 공공연히 신의, 품격, 애정이 깃든 곳으로 통한다. 이 몇 초 동안 그는 디오티마의 목에 아주 부드러운 피부로 덮인 혹이 몇 개 달려 있음을 확인했다. 그리스식으로 틀어 올린 그녀의 머리는 뻣뻣하게 서 있었고 그 완벽함이 벌집과 비슷했다. 울리히는 약간의 적대감 그리고 이 미소 짓는 여자를 화나게 하고 싶은 욕구에 압박받는 느낌이 들었지만 디오티마의 아름다움에서 완전히 벗어날 수는 없었다.

디오티마도 한참이나 거의 심사하듯이 그를 바라보았다. 그녀는 이 사촌에 대해 많은 것을 들었는데, 그녀의 귀에는 사적 스캔들이라는 가벼운 그늘이 드리운 이야기들이었고 게다가 이 남자는 그녀의 친척이었다. 울리히는 그녀도 그가 주는 육체적 인상에서 완전히 벗어나지 못함을 알아차렸다. 그는 이 인상에 익숙했다. 그는 매끈하게 면도를 했고 키가 컸고 몸은 단련되고 유연한 근육질이었고 얼굴은 밝고 속을 내보이지 않았다. 한마디로, 그는 가끔 스스로도 자신이 대부분의 여자들이 인상 깊은 젊은 남자에게 품는 그런 선입견에 딱 들어맞는 사람인 듯 여겨졌고, 여자들로 하여금 제때에 그런 선입견을 갖지 못하게 할 힘이 없었을 뿐이었다. 그러나 디오티마는 정신적으로 그를 동정함으로써 이에 저항했다. 울리히는 그녀가 계속해서 그의 외모를 살폈고 분명 싫지 않은 감정을 가졌음을 관찰했다. 그러면서 그녀는 아마 혼잣말을 했을 것이다. 그가 너무나 현연히 소유한 듯 보이는 고상한 특성들은 나쁜 생활로 인해 억압되었음이 틀림없고 구출될 수 있을 것이라고. 그녀가 울리히보다 한참 어린 것도 아니었고 육체적으로도 만개했지만 그녀의 외모에서는 정신적으로 아직 열리지 않은 처녀성 같은 것이 발산되어 그녀의 자의식과는 독특한 대립을 이루고 있었다. 이렇게 그들은 서로 대화를 하는 동안에도 여전히 상대방을 관찰했다.

디오티마는 '평행운동'이 가장 중요하고 위대하다고 생각되는 뭔가를 실현시킬 수 있는 두 번 다시 오지 않을 기회라고 설명하면서 말을 시작했다. "우리는 아주 위대한 이념을 실현시켜야 하고 그러려고 합니다. 우리는 기회를 얻었고 이를 놓쳐서는 안 됩니다!"

울리히는 순진하게 물었다. "특정한 것을 생각하고 계십니까?"

아니, 디오티마는 특정한 것을 생각하고 있지 않았다. 어떻게 그럴 수 있겠는가! 세계에서 가장 위대하고 중요한 것에 대해 말하는 사람 가운데 어느 누구도 그것이 실제로 존재한다고 생각하지는 않는다. 하지만 이는 세상의 어떤 독특한 특성에 필적할까? 모든 것은 어떤 것이 다른 것보다 더 위대하고 더 중요하거나 더 아름답고 더 슬프다는 결론에 도달한다. 즉, 순위나 비교에 귀착된다. 그럼 여기에 정상이나 최상급은 없는가? 하지만 방금 가장 위대한 것과 중요한 것에 대해 말한 누군가에게 이 사실을 지적하면, 그는 감정이 없고 비이상주의적 인간을 상대하고 있다는 불신을 갖는다. 디오티마도 그랬다. 울리히가 그렇게 말했으므로.

경탄 받는 정신을 소유한 여자인 디오티마는 울리히의 이의제기가 무례하다고 생각했다. 그녀는 한참 후 미소를 지으며 대답했다. "아직 실현되지 않은 위대한 일과 좋은 일이 너무 많아 선택은 쉽지 않을 겁니다. 하지만 우리는 모든 집단의 국민들로 구성된 위원회를 발족시킬 것이고 이 위원회가 우리에게 도움을 줄 겁니다. 아니면 … 씨, 이런 기회에 한 국가, 아니 사실 전 세계를 일깨워, 물질적인 것을 쫓는 와중에도 정신적인 것을 자각하도록 하는 것이 엄청난 특권이라고 생각지 않으세요? 우리가 이미 오래전에 낡아 버린 의미에서 애국적인 뭔가를 추구한다고 생각해서는 안 됩니다. "

울리히는 농담으로 비켜갔다.

디오티마는 웃지 않았다. 그녀는 미소만 지었다. 그녀는 재기발랄한 남자들에 익숙했다. 게다가 그들은 중요한 남자들이기도 했다. 역설을 위한 역설은 그녀에게는 미성숙으로 보였고 위대한 애국사업에 품위와 책임감을 부여해 줄 현실의 진지함을 친척에게 지적해 주고 싶은 욕구를 불러일으켰다. 그녀는 이제 다른 톤으로 말했는데, 끝을 맺으면서도 새로운 국면을 여는 톤이었다. 울리히는 자기도 모르게 그녀의 말 가운데서 정부부처들에서 낱장의 서류에 간지를 넣어 제본할 때 사용하는 그 검고 노란 철끈을 찾았다. 하지만 디오티마의 입에서는 "영혼 없이 단순히 논리학과 심리학이 지배하는 시대"라든가 "현재와 영원"과 같이 정부가 사용해도 손색이 없을 뿐 아니라 정신적이기도 한 전문용어들이 나왔고 갑자기 그 중간에 베를린이 언급되었으며 프로이센과는 반대로 오스트리아가 아직도 보존하고 있다는 "감정의 보물"도 언급되었다.

울리히는 몇 번이나 이 정신적 칙어(勅語)를 방해하려고 시도했다. 하지만 그 순간, 중단된 말 위로 고위 관료주의 제의실의 냄새가 이 무례함을 부드럽게 덮으면서 피어올랐다. 울리히는 깜짝 놀랐다. 그는 일어섰고 그의 첫 방문은 끝이 난 게 분명했다.

그가 물러나는 이 순간 디오티마는 남편에게서 보고 배운 부드러운, 조심하느라 겉치레로 하는 약간 과장된 정중함으로 그를 대했다. 남편은 자신이 데리고 있지만 언젠가 장관이 될 수도 있는 젊은 귀족과 교류할 때 이 방법을 사용했다. 그녀가 그에게 또 오라고 청하는 방식 속에는 야생의 생명력을 대할 때 정신이 느끼는 오만한 불안 같은 것이 있었다. 그가 그녀의 온화하고 무게감 없는 손을 다시 잡았을 때 그들은 서로의 눈을 들여다보았다. 울리히는 자신들이 사랑을 통해 서로에게 큰 불쾌감을 주도록 선택되었다는 특정한 인상을 받았다.

"정말로", 그는 생각했다. "미의 히드라군!" 그는 위대한 애국운동이 하염없이 그를 기다리게 할 작정이었지만 이 운동은 디오티마라는 형상을 하고 그를 집어삼킬 태세였다. 이것은 반쯤은 재미있는 인상이었다. 나이와 경험에도 불구하고 그는 자신이 큰 닭이 주의 깊게 관찰하고 있는 조그만 해충처럼 여겨졌다. '맙소사', 울리히는 생각했다. '이 영혼의 거인에게 자극받아 추태를 부리는 일은 없도록 해야지!' 보나데아와의 관계가 이미 버거웠으므로 그는 극도로 자제하리라 다짐했다.

집을 떠날 때 그를 위로한 것은 들어올 때 이미 느꼈던 기분 좋은 인상이었다. 꿈꾸는 눈의 작은 몸종이 그를 배웅했다. 대기실의 어둠 속에서 그녀의 두 눈은, 그것이 그의 옆에서 처음으로 눈꺼풀을 열었을 때, 팔락이는 검은 나비 같았다. 이제 집을 떠나는 순간 그 눈은 검은 눈송이처럼 어둠 속으로 가라앉았다. 아랍 유대인적인 것 또는 알제리 유대인적인 것, 그가 분명하게 이해할 수 없었던 표상이 야단스럽지 않은 애교로 이 아이를 감싸고 있어 울리히는 지금도 이 소녀를 자세히 바라보는 것을 잊었다. 거리에 나왔을 때에야 비로소 그는 디오티마를 만난 후 이 작은 인물을 본 것이 엄청난 생동감과 상쾌함이었다고 느꼈다.

23
위대한 남자의 첫 개입

디오티마와 그녀의 몸종은 울리히가 떠난 후 가벼운 흥분 속에 남았다. 하지만 그 작고 검은 도마뱀이 고상한 방문자를 배웅할 때마다 빛나는 높은 담장을 재빨리 올라가 본 기분이었다면, 디오티마는 부당한 신체접촉을 싫지만은 않게 보는 여자의 양심으로 울리히에 대한 기억을 다루었다. 내면에서 부드럽게 훈계하는 힘을 느꼈기 때문이었다. 울리히는 같은 날 또 다른 남자가 그녀의 삶에 들어왔고, 웅장한 전망을 보여 주는 거대한 산처럼 그녀 아래에서 솟아올랐음을 몰랐다.

파울 아른하임 박사는 빈에 도착한 직후 그녀를 방문했다.

그는 어마어마한 부자였다. 그의 부친은 '철의 독일'의 가장 막강한 지배자였고 투치 국장조차도 마지못해 이 말장난을 허용했다. 표현을 아껴야 하고 말장난은 정신적 대화에서 아주 없어서는 안 되겠지만 시민적인 것이므로 아주 좋은 것은 결코 아니라는 것이 투치의 원칙이었다. 그가 스스로 아내에게 이 방문을 영광으로 여기라고 조언했다. 독일 제국에서 이 부류의 사람들이 아직 완전히 위에 서지는 못했고 궁정에서의 영향력이 크룹 일가와 비교할 수 없다 해도, 그의 견해로는, 어쨌거나 내일이라도 그렇게 될 수 있었으니까. 그는 이 아들이 — 게다가 벌써 마흔을 훌쩍 넘겼다 — 아버지의 자리를 노릴 뿐만 아니라 시대의 기류와 국제적 관계에 기대어 제국의 장관직까지 대비하고 있다는 은밀한 소문도 덧붙였다. 투치 국장의 의견에 따르면, 이는 물론 세계가 몰락하기 전에는 절대 있을 수 없는 일이었다.

그는 이 말이 아내의 환상 속에 얼마나 큰 폭풍을 불러일으켰는지 예감하지 못했다. 물론 '장사꾼'을 지나치게 높이 평가하지 않는 것이 그녀가 속한 사회의 신념이긴 했지만, 시민적 신조를 가진 사람들이 모두 그러했듯, 그녀도 확신과는 무관한 심장 깊은 곳에서는 부에 감탄했고 그토록 어마어마하게 부자인 남자와의 개인적 만남은 그녀에게 내려앉은 천사의 황금날개처럼 작용했다. 남편이 출세한 이후로 에르멜린다 투치에게 부와 명성과의 교제는 낯설지 않았지만 정신적 업적을 통해 얻은 명성은 특이하게도 그 소유자와 교제하기 시작하자마자 재빨리 사라졌고 봉건적 부는 젊은 외교관 시보의 어리석은 부채의 형태를 띠거나 전승된 삶의 양식과 연결되어 있었다. 여기에는 저절로 불어나 넘쳐 나는 황금더미를 얻는 일도, 와르르 쏟아지는 황금의 전율도 없었다. 이 황금으로 큰 은행이나 세계적 기업이 사업을 한다. 은행에 관해 디오티마가 유일하게 아는 것은 중간 직급의 직원조차도 출장을 갈 때 1등석을 탄다는 것이었다. 반면에 그녀는 남편이 동행하지 않으면 2등석으로 여행해야 했다. 그녀는 이를 기준으로, 그런 동양적 기업의 최고 전제군주들을 둘러싸고 있을 사치에 대한 표상을 얻었다.

그녀의 작은 몸종인 라헬은 ― 디오티마가 라헬을 부를 때 이 이름을 프랑스식으로 발음했음은 두말할 나위가 없다 ― 꿈같은 일들을 들었다. 최소한 그녀는 이 대부호가 전용기차를 타고 왔고 호텔 하나를 통째로 빌렸고 작은 흑인노예를 데리고 왔다고 이야기할 수 있었다. 진실은 훨씬 소박했다. 무엇보다도 파울 아른하임이 결코 눈에 띄게 처신하지 않았기 때문이었다. 흑인 소년만은 사실이었다. 몇 년 전 아른하임은 이탈리아 최남단을 여행하다가 춤꾼 패거리에서 그 소년을 빼내어 데리고 다녔다. 스스로를 치장하려는 소망과 한 창조물을 수렁에서 건져 그에게 정신적 삶을 열어 줌으로써 신의 작업에 일조한다는 변덕스런 기분이 뒤섞인 처사였다. 하지만 나중에 곧 그럴 마음이 없어졌고 열네 살이 되기 전까지는 스탕달과 뒤마를 읽혔지만, 열여섯 살이 된 소년을 지금은 하인으로만 쓰고 있었다. 몸종이 집으로 날라 온 소문은 디오티마가 미소를 지을 만큼 유치하게 과장된 것이었지만 디오티마는 모든 것을 한 마디 한 마디 반복하게 했다. 그녀는 이 일이 '순결할 정도로 문화적인' 이 도시에서만 일어날 수 있는 때 묻지 않은 일이라고 생각했기 때문이었다. 그리고 특이하게도 흑인 소년은 그녀의 환상마저 사로잡았다.

디오티마는 고등학교 선생의 세 딸 가운데 장녀였다. 아버지가 가진 것이 없었으므로 지금의 남편은 시민계급 출신 무명의 부(副) 영사에 불과했을 때도 그녀에게는 좋은 혼처자리였다. 처녀 시절 그녀는 자부심 말고는 가진 게 없었고, 자랑할 것이 아무것도 없던 이 자부심은 사실 감수성이라는 촉수를 뻗고 안으로 웅크린 올바름일 뿐이었다. 하지만 이런 올바름도 가끔 명예욕과 몽상을 숨기고 있고, 예측할 수 없는 힘일 수도 있다. 디오티마는 처음에는 먼 나라에서 일어나는 먼 사건에 대한 기대에 혹했지만 곧 실망이 찾아왔다. 몇 년도 지나지 않아 이는 그녀가 내뿜는 이국적 입김 때문에 그녀를 부러워한 여자 친구들을 상대로만 신중하게 사용된 장점이었을 뿐, 대체로 파견된 삶이란 다른 수하물과 함께 고향에서 가져온 삶에 불과하다는 깨달음을 억누를 수 없었다. 디오티마의 명예욕은 오래전부터 5급이라는 고상하지만 전망 없는 직급에서 끝날 조짐을 보였다. 그런데 우연히 '진보적' 성향을 가진 호의적인 장관이 이 시민계급 출신을 중앙의 내각사무국에 데려옴으로써 갑자기 남편의 출세가 시작되었다. 이 지위에 오르자, 많은 사람들이 뭔가를 바라고 투치를 찾아왔고 이 순간부터 디오티마의 내면에서도 '정신적인 미와 위대함'에 대한 기억의 보물이 되살아나 그녀 스스로도 놀랄 지경이었다. 그녀는 이 보물을 문화적인 부모님 댁에서 그리고 세계의 여러 중심지에서 습득했다고 말했지만 사실은 우등생이었던 그녀가 여자고등학교에서 배운 것이었고 그녀는 이 보물을 조심스럽게 활용하기 시작했다. 냉철하지만 유달리 믿을 만한 오성을 지닌 남편은 무의식적으로 사람들의 관심이 그녀에게도 쏠리도록 했고 이제 그녀는 젖은 스펀지가 딱히 사용하지 않고 저장해두었던 것을 다시 내주듯 아주 순진하게 행동했는데, 사람들이 그녀의 정신적 우수성을 알아차렸음을 인지하자마자 그녀는 큰 기쁨을 느끼며 작지만 '매우 정신적인' 생각들을 대화 도중 적절한 자리에 끼워 넣었다. 남편이 더 높이 승진하는 가운데 점점 더 많은 사람들이 찾아왔고 그녀의 집은 '사교와 정신'이 만나는 곳이라는 평판이 자자한 '살롱'이 되었다. 이제 여러 분야의 중요한 사람들과 교류하면서 디오티마도 진지하게 자기 자신을 발견하기 시작했다. 학교에서처럼 여전히 정신을 바짝 차렸고 배운 것을 잘 간직했고 그것을 엮어 무리 없는 통일체로 만들었던 그녀의 올바름은 그냥 확장을 통해서 저절로 정신이 되었고 투치의 집은 인정받는 지위를 얻게 되었다.

24
소유와 교양.
디오티마와 라인스도르프 백작의 우정 그리고
유명한 손님들을 영혼과 하나가 되게 하는 관청

그러나 이 집이 결정적으로 유명해진 것은 디오티마와 라인스도르프 백작의 우정을 통해서였다.

우정을 명명하는 신체부위로 따졌을 때 라인스도르프 백작의 우정은 머리와 심장 사이에 자리하고 있었으므로, 이런 표현이 아직도 쓰인다면, 디오티마를 그와 가슴으로 통하는 친구라고 불러도 되리라. 백작은 디오티마의 정신과 아름다움을 숭배했고 거기에는 어떤 불순한 의도도 없었다. 그의 호의로 디오티마의 살롱은 부동의 지위를 얻었을 뿐 아니라, 그의 표현대로, 하나의 관청이 되었다.

제국직속 백작은 개인적으로는 '애국자일 뿐'이었다. 국가는 왕, 백성, 그 사이의 행정부로만 이루어진 것이 아니고 그 안에는 그 밖에 한 가지가 더 있는데, 그것은 사고, 도덕, 이념이다! 백작은 매우 신앙심이 깊었지만, 책임감으로 똘똘 뭉친 정신, 더욱이 자신의 농장에 공장을 경영하는 정신인 그가 그만큼 더 숨길 수 없었던 것은 오늘날 정신이 여러 면에서 교회의 후견을 벗어났다는 인식이었다. 예를 들어 그는 공장, 곡물 증시(證市), 설탕농장을 어떻게 종교적 원칙에 따라 경영할 수 있을지 상상도 할 수 없었다. 반면에 증권 시장과 산업 없이 현대적인 대토지 소유는 경제적으로 생각도 할 수 없었다. 외국의 투기그룹과 손을 잡는 것이 이곳의 토지귀족들 편에 서는 것보다 낫다는 농장관리인의 보고를 받으면 백작은 대개의 경우 전자를 택해야 했다. 객관적 연관성은 나름의 이성이 있고, 큰 기업체의 지도자로서 자신뿐만 아니라 수많은 다른 사람들을 책임진 사람이라면 단순히 감정에 따라 이를 거부할 수는 없기 때문이다. 상황에 따라서는 종교적 양심에 모순되는 전문가적 양심과 같은 것이 있다. 라인스도르프 백작은 대주교 추기경이라도 이런 상황에서 그와 다르게 행동할 수 없을 것이라고 확신했다. 물론 라인스도르프 백작은 언제라도 공적인 상원회의에서는 이를 한탄하고, 삶이 다시 단순해지고 자연스러워지고 자연을 초월하고 건강해지고 기독교의 원칙을 필요로 하리라는 희망을 말할 준비도 되어 있었다. 이런 것들을 나열하려고 입을 열자마자, 마치 전기플러그를 연결한 듯, 그에게는 다른 전류가 흘렀다. 게다가 이런 일은 공개적으로 의견을 말할 때 대부분의 인간들에게 일어난다. 만약 누군가 백작에게 그는 공개적으로는 타도하려는 것을 개인적으로는 행하고 있다고 비난했다면 라인스도르프 백작은 성스러운 확신에 차서 이를 삶의 확장된 책임감에 대해서는 아무것도 모르는 선동분자들의 대중 선동적 험담이라고 낙인찍었으리라. 그럼에도 불구하고 백작 자신도 영원한 진리를 전통의 아름다운 단순성보다 훨씬 더 복잡한 사업과 연결하는 것이 훨씬 더 중요한 사안임을 알았고 이 연결을 심화된 시민적 교양에서만 찾을 수 있다는 것도 알았다. 법, 의무, 윤리, 미의 영역에서 위대한 사상과 이상을 가진 이 시민적 교양은 일상의 투쟁과 일상의 모순에까지 뻗어 있었고 그에게는 살아 있는 덩굴식물로 만든 다리처럼 보였다. 이 위에서는 교회의 도그마 위에서처럼 그렇게 확고하고 안전하게 발을 딛고

서 있을 수는 없지만, 이것은 꼭 필요했고 책임이 있었다. 이런 이유로 라인스도르프 백작은 종교적 이상주의자였을 뿐만 아니라 열정적인 시민 이상주의자였다.

백작의 이런 확신은 디오티마 살롱의 참가자 구성에도 부합했다. 디오티마의 살롱은, 모임이 큰 경우, 한마디 대화도 나눌 수 없는 사람들을 만나게 된다는 사실로 유명했다. 이들이 한 분야에서 너무나 유명해서 이들과는 최근의 새로운 소식에 관해 이야기할 수 없었기 때문이었다. 반면에 이들이 세계적 명성을 누리는 학문분야의 명칭을 한 번도 들어 본 적이 없는 경우도 많았다. 거기에는 켄찌니스트가 있었고 카니시스트도 있었다. 보5 문법학자가 부분항체 연구자를, 토콘톨로지6 학자가 양자이론가를 만나는 일도 있었다. 해마다 명칭을 바꾸는 예술 및 문학 분야의 신(新)경향 대표자들은 말할 것도 없었다. 그들은 출세한 동료들과 함께 극소수만이 초대를 받았다. 전반적으로 이 모임은 모든 것이 뒤섞이도록, 조화롭게 섞이도록 기획되었다. 보통 디오티마는 젊은 정신들만은 특별초대 형식으로 따로 불렀고 귀한 손님이나 특별한 손님은 눈에 띄지 않게 선호하고 따로 대접할 줄도 알았다. 게다가 디오티마의 집을 다른 비슷한 집들과 구별하는 점은, 이렇게 말해도 된다면, 바로 평신도 분자였다. 실용적 이념을 가진 이 분자들은 — 디오티마의 말을 인용하자면 — 옛날에는

---

5 보(Bo) : 인도양의 안다만제도의 부족으로, 이 부족의 언어는 가장 오래된 인간
   언어 중 하나지만 오늘날은 사어(死語)가 되었다.
6 켄찌니스트, 카니시스트, 토콘톨로지는 작가가 지어낸 말들이다.

경건하게 직업에 종사하는 백성으로서, 사실 평신도의 공동체로서 신학의 핵심 주위에 퍼져 있었으며 한마디로, 행동하는 분자였다. 신학이 국가경제와 물리학에 의해 추방되고 이 세상에 있는 정신의 관리자들을 초대하는 디오티마의 초대명부가 시간이 지남에 따라 대영제국 학술원의 과학논문 목록만큼이나 두꺼워진 오늘날, 평신도들은 그에 걸맞게 은행지점장, 기술자, 정치인, 장관 자문관, 상류층과 이에 연줄이 닿은 남녀들로 이루어졌다. 디오티마는 특히 여자들을 중요시했지만 '지적인 여성'보다는 '귀부인'을 선호했다. "오늘날 삶은 지나치게 지식에 눌려 있습니다"라고 디오티마는 말하곤 했다. "그래서 우리는 '부러지지 않은 여자'를 포기할 수가 없습니다." 그녀는 부러지지 않은 여자만이 지성을 존재의 힘으로 감싸 안을 수 있는 운명의 힘을 아직 갖고 있다고 확신했다. 그녀의 견해에 따르면 이는 지성이 구원받으려면 분명 꼭 필요한 일이었다. 게다가 감싸 안는 여자와 존재의 힘에 대한 이 견해 덕분에 그녀는 자신의 집을 드나드는 젊은 귀족들에게 ― 이것이 관행으로 여겨졌고 투치 국장이 인기가 없지 않았으므로 ― 높은 평가를 받았다. '파편화되지 않은 존재'는 한때는 귀족을 지칭한 말이었으니까. 그리고 눈에 띄지 않고 쌍으로 대화에 몰두할 수 있는 투치의 집은 특히, 디오티마는 몰랐지만, 사랑의 만남이나 긴 대화를 위해서는 교회보다 훨씬 더 많이 애용되었다.

라인스도르프 백작 각하는 디오티마의 집에서 서로 섞이는, 그 자체로도 너무나 다양한 이 두 분자를 뭉뚱그려, 그냥 '참된 고귀함'이라고 부르지 않는다면, '소유와 교양'이라는 명칭으로 불렀다. 하지만 그는 자신의 사고가 선호하는 '관청'이라는 표상을 여기에 사용하는 것을 훨씬 더 좋아했다. 그는 모든 성과는 — 공무원뿐 아니라 공장노동자나 성악가의 성과도 — 하나의 관직이라는 견해를 내세웠다. "국가에서 모든 사람은", 그는 말하곤 했다. "관직이 있다. 노동자, 영주, 수공업자는 공무원이다!" 이는 어떤 상황에서도 객관적이며 편향되지 않는 그의 부단한 사고의 결과였다. 그의 눈에는 최상류층의 사람들도 보그하츠코이 문자7 연구자나 혈소판 문제 연구자와 수다를 떨고 동석한 자본가 부인들을 관찰하면서, 정확히 서술할 수 없는 하나의 중요한 관직을 수행했다. 관직이라는 개념은 그에게는 디오티마가 중세 이후로 사라져 버린 '인간행위의 종교적 통일성'이라고 명명한 그것을 대신했다.

그녀의 집에서 일어나는 것과 같은 이런 엄청난 사교는 모두 근본적으로, 아주 순박하고 투박하지 않다면, 사실 인간적 통일성이 있다고 믿게 하려는 욕구에서 생긴다. 이 통일성은 너무나 상이한 인간의 행동들을 포괄한다고 하지만 결코 존재하지 않는다. 이런 기만을 디오티마는 '문화'라 불렀고 보통 특별한 수식어를 붙여서, '유서 깊은 오스트리아 문화'라고 불렀다. 그녀의 명예욕이 확장을 통해 정신이 된 이후로 그녀는 이 단어를 점점 더 자주 사용할 줄 알게 되었다. 그녀가 이 말로 의미한 것은 왕립박물관에 걸려 있는 벨라스케스와 루벤스의 아름다운 그림, 베토벤이 이른바 오스트리아인이라는 사실, 모차르트, 하이든, 스테판 성당, 부르크테아터,8 오랜 전통을 가진

---

7   소아시아의 보그하츠코이(Boghazkoi) 지역에서 발견된 쐐기문자 텍스트로 1916년경 라이프치히에서 발행되었다.

궁정의 의례, 5천만 인구의 제국에서 최고로 우아한 옷가게와 속옷가게가 밀집해 있는 제 1지구, 고위 공직자들의 겸손한 행동방식, 빈의 요리, 자신을 영국 귀족 다음으로 고상하다고 여기는 귀족과 그들의 오래된 성, 가끔은 진짜지만 대개는 가짜인 예술애호가들이 관철시킨 사회분위기였다. 그녀가 또 이 말로 의미한 것은 이 나라에서 라인스도르프 백작 같은 위대한 사람이 그녀에게 주목하고 그의 문화적 노력을 그녀의 집에 옮겨놓았다는 사실이었다. 그녀는 백작이 감시하기가 쉽지 않은 혁신에 자신의 궁전을 개방하는 것이 부적절하다고 여겼기 때문에 그렇게 했다는 것을 몰랐다. 라인스도르프 백작은 그의 아름다운 여자 친구가 인간의 열정과 그것이 야기하는 혼란 또는 혁명적 이념들에 대해 말할 때 보여 주는 자유와 관용에 종종 남몰래 경악했다. 하지만 디오티마는 이를 알아차리지 못했다. 그녀는 의사나 사회복지사처럼 이른바 공적 부정(不淨)과 개인적 순결을 구분했다. 그녀는 어떤 말이 개인적으로 너무 가까이 다가오면, 상처 입은 곳을 건드리는 것처럼 민감했지만 비개인적으로는 모든 것에 대해 말할 수 있었고 그러면서 라인스도르프 백작이 이 혼합에 아주 매료당했다는 것만은 느낄 수 있었다.

하지만 삶은 다른 곳에서 돌을 빼내오지 않으면 아무것도 지을 수가 없다. 디오티마는 성공가도를 달리던 몇 해 동안 꿈같이 달콤한 환상의 조그만 아몬드 알맹이가 사라져 버렸다는 사실에 놀랐고 고통스러웠다. 그녀가 자신의 존재 외에 아무것도 갖고 있지 않던 옛날에는

---

8   빈 소재 시민극장이다.

그 알맹이를 품고 있었고, 그것은 그녀가 두 개의 검은 눈을 가진 가죽 여행가방처럼 보이는 부영사 투치와 결혼하기로 결심했을 때에도 아직 거기 있었다. 물론 그녀가 '유서 깊은 오스트리아 문화'라는 말로 의미한 것 가운데 하이든이나 합스부르크 같은 많은 것들은 한때는 귀찮은 학습과제일 뿐이었지만 지금은 그녀가 그 한가운데 살고 있다는 것이 마법적인 매력으로 보였고, 이 매력은 한여름 벌들의 웅웅거림처럼 영웅적이었다. 하지만 시간이 흐르면서 이것은 단조로울 뿐 아니라 힘들고 심지어는 절망적인 일이 되어 버렸다. 디오티마에게 그녀의 유명한 손님들은 라인스도르프 백작에게 그의 은행계좌가 의미하는 그것이었다. 이들을 영혼과 하나가 되게 하는 것은 바라 마지 않는 일이었지만 성사되지 않았다. 자동차와 뢴트겐에 관해 이야기를 나눌 수 있고 이는 여전히 감정을 불러일으키지만 오늘날 매일같이 일어나는 모든 다른 수많은 발명과 발견에 관해서는 아주 일반적으로 인간의 타고난 발명재능에 감탄하는 것 말고 무슨 말을 할 수 있겠는가! 그리고 이 감탄도 지속되면 정말 지루한 느낌을 줄 뿐이다. 백작은 기회가 닿을 때면 왔고 정치인 한 명과 이야기를 나누거나 새로운 정신을 소개받았다. 그에게는 심화된 교양을 꿈꾸는 것이 어렵지 않았지만 디오티마처럼 깊이 이 심화된 교양과 관계하노라면, 깊이가 아니라 그 폭이 넘을 수 없는 장애물임이 드러났다. 심지어 그리스인의 고귀한 단순성이라든가 예언자의 의미와 같은, 인간과 직접 관련된 질문도 그 전문가들과 이야기하노라면 조망할 수 없이 다양한 의심과 가능성으로 해체되었다. 디오티마는 저녁마다 그녀의 집에 모이는 유명한 손님들도 항상 짝을 지어 이야기한다는 것을 알게 되었다.

인간은 당시 이미 기껏해야 다른 한 인간과만 객관적으로, 이성적으로 이야기할 수 있었으니까. 그리고 그녀는 사실 아무와도 그럴 수가 없었다. 이로써 디오티마는 동시대 인간들의 잘 알려진 괴로움, 사람들이 문명이라고 부르는 괴로움을 발견했다. 그것은 비누, 무선의 파장, 수학 및 화학공식의 불손한 기호언어, 국민경제, 실험적 연구, 단순하지만 고상한 공동생활을 할 수 없는 인간들의 무능으로 가득 찬 걸리적거리는 상태였다. 그녀의 내면에도 살고 있는 정신의 귀족과 사회적 귀족의 관계, 그녀에게 늘 조심을 강요했고 온갖 성공에도 불구하고 많은 실망도 안겨 준 이 관계도 시간이 흐르면서 점점 더 문화시대가 아니라 문명시대의 특징을 담고 있는 듯 보였다.

따라서 문명은 그녀의 정신이 지배할 수 없는 모든 것이었다. 그리고 그 때문에 특히 그녀의 남편은 오래전부터 문명에 속했다.

25
결혼한 영혼의 괴로움

괴로움을 겪는 와중에 그녀는 책을 많이 읽었고 자신에게 뭔가가 없어졌음을 발견했는데, 그것을 소유한다는 것에 대해 예전에는 잘 몰랐던 것, 그것은 영혼이었다.

영혼이란 무엇인가? 이것은 소극적으로는 쉽게 규정된다. 대수학의 수열을 들으면 기어들어가 버리는 바로 그것이다.

하지만 적극적으로는? 영혼은 그것을 파악하려는 모든 노력을 헛수고로 만들어 버리는 듯 보인다. 한때 디오티마의 내면에 뭔가 근원적인 것이 있었으리라. 그것은 당시 잦은 솔질에 얇아진 올바름의 원피스 안에 웅크리고 있던, 예감으로 가득 찬 감수성이었다. 이제 그녀는 그것을 '영혼'이라 불렀고 마테를링크의 날염된 형이상학에서, 노발리스에게서, 무엇보다도 통속적 낭만주의와 신에 대한 동경의 이름 없는 사조들 속에서 다시 발견했다. 이 사조들은 기계의 시대가 스스로에 대한 정신적, 예술가적 저항의 표현으로서 한동안 분출했던 것이다. 디오티마 내면의 이 근원적인 것은 더 정확히는 고요함, 다정함, 경건함, 선(善)과 같은 것이라고 규정할 수 있을 테지만 결코 올바른 길을 찾지 못했고, 운명이 우리를 갖고 벌이는 납붓기 놀이9에서 이상주의라는 우스꽝스러운 모습을 갖게 되었다. 그것은 아마 환상이었을 것이다. 아마 매일 육체의 덮개 아래에서 — 이 덮개 위로 한 아름다운 여인의 정감 어린 표정이 우리를 쳐다본다 — 일어나는 본능적이고 식물적 작업에 대한 예감이었을 것이다. 그저 그녀가 넓고 따뜻하게 느껴지고 느낌들이 평소보다 더 정감 어린 듯 보이고 명예욕과 의지가 침묵하고 삶에의 가벼운 도취와 삶의 충만함이 그녀를 사로잡고, 사고가, 극소수에게만 해당되는 말이지만, 표면에서 멀어져 깊은 곳으로 향하고 세계적 사건들이 정원 앞의 소음처럼 멀리 있는 그런 명명할 수 없는 시간이 있었을 것이다. 그럴 때면 디오티마는 애쓰지 않아도 참된 것을 직접 자신의 내면에서 본다고 생각했다. 아직 이름을 얻지 못한 다정한 체험들이 베일을 걸었다. 그녀는 — 그녀가 문학에서 발견한 수많은 묘사 가운데 몇 가지만 열거하자면 — 조

---

9   녹인 납을 물에 부어 그 굳은 모양으로 점을 치는 섣달 그믐날 밤의 풍습이다.

화롭고 인간적이고 경건하고, 깊은 근원에 가까이 있다고 느꼈다. 이 근원은 거기서 솟아오르는 모든 것을 성스럽게 만들었고 이 샘에서 나오지 않은 것은 모두 죄악으로 만들었다. 그러나 이 모든 것을 생각하는 것은 정말 멋진 일이었지만 디오티마뿐만 아니라 그녀가 조언을 구한 예언적 책들도 어떤 특별한 상태에 대한 예감과 암시를 넘어서지는 못했다. 그들은 같은 것을 똑같이 신비롭고 부정확한 단어로 말했다. 디오티마에게 남은 것이라고는 이에 대한 책임을 영혼으로 가는 입구가 막혀 버린 문명시대에 전가하는 것뿐이었다.

그녀가 '영혼'이라 불렀던 것은 그저 사랑하는 능력의 작은 자본이었을 것이며 그녀는 결혼할 당시에는 이것을 갖고 있었다. 하지만 투치 국장은 적절한 투자대상이 아니었다. 그는 처음부터 오랜 시간 동안 디오티마에 대해 연장자인 남자로서 우월감을 가지고 있었다. 나중에 비밀 많은 직책을 가진 성공한 남자의 우월감이 보태졌다. 그는 아내에게 속을 잘 보여 주지 않았고 그녀가 하는 사소한 일들은 호의를 가지고 지켜보았다. 다정한 신랑이었던 때를 제외하면 투치 국장은 늘 유용성의 인간, 이성의 인간이었고 결코 균형감각을 잃지 않았다. 그럼에도 불구하고 잘 맞는 행동거지와 양복의 평온함, 몸과 수염에서 풍기는, 이를테면, 정중하게 진지한 냄새, 조심스럽지만 단호한 바리톤의 목소리는 그에게 아우라를 부여했고 이것은 소녀 디오티마의 영혼을 자극했다. 주인이 가까이 있다는 것이 그의 무릎에 코를 얹은 사냥개의 영혼을 자극하듯. 사냥개가 감정적으로 보호를 받으며 주인 뒤를 쫓아가듯 디오티마도 진지하고 객관적인 지도를 받으며 사랑의 끝없는 풍경 속으로 걸어 들어갔다.

투치 국장은 직선으로 난 길을 선호했다. 그의 생활습관은 명예욕으로 가득 찬 노동자의 것이었다. 아침 일찍 일어나 말을 탔다. 한 시간 정도 산책을 갈 수 있으면 더 좋았다. 이는 탄력을 유지하는 데 도움이 되었을 뿐 아니라 사소하고 단순한 습관도 흔들림 없이 지속하면 책임감 있는 성과의 이미지에 탁월하게 들어맞았다. 초대받지 않았거나 초대하지 않은 저녁이면 그는 곧장 서재로 물러났는데, 풍부한 업무지식을 귀족출신 동료나 상급자보다 나은 수준으로 유지하지 않을 수 없었다는 점을 생각하면 당연한 일이었다. 이런 삶은 분명한 제약을 가했고 사랑을 여타 활동에 편입시켰다. 환상이 아직 성애(性愛)로 인해 훼손되지 않은 모든 남자들처럼 투치도 총각 시절에는 ─ 외교관으로서의 평판 때문에 여기저기 친구들의 모임에는 별 볼 일 없는 연극무대 합창단원을 동반하기도 했지만 ─ 태연히 사창가를 찾았고 이 습관의 정기적인 호흡을 부부생활에도 옮겨놓았다. 이 때문에 디오티마는 사랑을 격렬한 것, 발작적인 것, 무뚝뚝한 것으로 알게 되었고 이는 훨씬 더 강력한 힘에 의해 매주 한 번만 풀려났다. 1분의 어긋남도 없이 시작되어 몇 분 후에는 마음에 걸리는 일상사에 대한 짧은 대화로, 그 후에는 깊은 잠으로 넘어가는 두 인간의 이런 본질변화는 그 사이 기간에는 전혀 이야기되지 않거나 기껏해야 암시만 되는(가령 신체의 '치부'에 대해 외교적 농담을 할 때처럼) 것이었지만 그녀에게 예상치 못한 모순적 결과를 초래했다.

이것은 한편으로는 그녀의 지나치게 부푼 이상주의의 원인이 되었다. 외부로 향한 공식적 인격, 이 인격이 가진 사랑의 힘, 영적 요구는 이제 그녀의 주변에서 보이기 시작하는 모든 위대한 것과 고귀한 것에까지 확장되었고 이것들에 속속들이 분배되었고 이것들과 연결되어서 디오티마는 강력하게 불타오르지만 플라톤적 사랑의 태양이라는, 남자들의 개념을 혼란스럽게 하는 인상을 불러일으켰는데, 이 인상에 대한 설명 때문에 울리히는 그녀를 알고 싶다는 호기심을 갖게 되었다. 하지만 다른 한편, 긴 주기로 반복되는 부부간의 성관계는 그녀 내부에서 순전히 생리적 습관으로 발전했고 이 습관은 스스로의 길을 개척했고 그녀 본질의 더 고상한 부분들과 연결되지 못한 채, 먹는 횟수는 적지만 한 번에 많이 먹는 하인의 배고픔처럼 찾아왔다. 시간이 흐르면서 디오티마의 윗입술에 작은 털이 솟아나고 성숙한 여성의 남성적 자립심이 그녀의 소녀 같은 본질 안으로 섞여 들었을 때 디오티마에게 이 습관은 끔찍한 일로 의식되었다. 그녀는 남편을 사랑했지만 점점 더 많은 혐오감이 그 안으로 섞여 들었다. 그것은 영혼에 대한 끔찍한 모욕이었고, 위대한 작업에 몰두한 아르키메데스에게 낯선 군인이 그를 때려죽이는 대신 성적 요구를 했다면 들 법한 그런 느낌에 비교될 수 있었다. 남편이 이를 알아차리지도, 생각지도 못했고 그녀의 육체는 그녀의 의지에 반해 결국 매번 그녀를 그에게 넘겼으므로 그녀는 어떤 강권에 굴복한 느낌이었다. 그것은 부도덕으로 통하지는 않았지만 강권이었고 그 진행은 안면경련이나 벗어날 수 없는 악덕을 상상할 때처럼 고통스러웠다. 이로 인해 디오티마는 이제 아마 조금 침울해지고 훨씬 더 이상주의적이 되었을 테지만, 불행히도 이 일은 그녀의 살롱이 그녀를 영적으로 곤경에 처하게 하기 시작한 그 시기에 일어났다. 두말할 것도 없이 투치 국장은 아내의 정신적 노력을 지원했는데, 이 일이 자신의 지위에 가져올 장점을 당장 알아차렸기 때문이었다. 하지만 절대 참여는 하지 않았다. 그가 이 일을 진지하게 여기지 않았다고도 말할 수 있다. 이 경험 많은 남자가 진지하게 여긴 것은 권력, 의무, 높은 출신, 거기서 약간 간격을 두고, 이성이었으니까. 심지어 그는 디오티마에게 문예애호적 정치에 너무 의욕을 보이지 말라고 여러 번 경고했다. 문화가 이른바 삶이라는 요리에 들어가는 소금이라면 고상한 사회는 너무 짠 요리를 좋아하지 않기 때문이라고. 그는 이를 일말의 아이러니 없이 말했는데, 이것이 그의 확신이었기 때문이었다. 하지만 디오티마는 그가 자신을 얕잡아 본다고 느꼈다. 그녀는 남편이 그녀의 이상적 노력들을 대할 때 늘 보여 주는 미소가 끊임없이 어른거림을 느꼈다. 그가 집에 있든 없든, 이 미소가 — 그가 실제로 미소를 지었다면 말이지만 이것도 늘 확실하지는 않았다 — 특별히 그녀를 향한 것이든, 그냥 직업상 늘 우월하게 보여야 하는 남자의 표정이든 그녀는 시간이 흐르면서 점점 더 이를 참을 수 없게 되었지만, 이것이 주제넘게도 내보이는 정당성의 비열한 기미에서 벗어날 수도 없었다. 디오티마는 가끔씩 역사의 유물론적 시기에 책임을 전가했다. 이 시기는 세계를 악의적이고 목적 없는 유희로 만들었고 감정이 풍부한 인간은 이 유희의 무신론, 사회주의, 실증주의 사이에서 자신의 참된 본질로 고양될 자유를 얻지 못한다. 하지만 이런 책임전가도 소용이 없을 때가 많았다.

위대한 애국운동이 사건들을 가속화하고 있을 무렵 투치 집의 사정은 이러했다. 라인스도르프 백작이 귀족을 표면에 내세우지 않기 위해 운동의 중심지를 여자 친구의 집으로 옮긴 이후 여기서는 암묵적 책임감이 감돌았다. 디오티마는 지금이야말로 남편에게 그녀의 살롱이 장난감이 아님을 입증하겠다고 결심했다. 각하는 그녀에게 위대한 애국운동은 화룡점정(畵龍點睛)이 될 이념이 필요하다고 털어놓았고 이것을 찾는 것이 그녀의 불타는 욕심이었다. 세계의 이목이 집중된 가운데 제국 전체가 가진 수단들을 동원해서 가장 위대한 문화내용 중 하나 또는 좀 겸손하게 제한해서, 오스트리아 문화의 가장 깊은 본질을 보여 줄 뭔가를 실현시켜야 한다는 생각, 이 생각은 디오티마에게 마치 살롱의 문이 갑자기 확 열리고 그 문턱에서 방바닥의 연장선인 양 끝없는 바다가 펼쳐지는 듯 작용했다. 이때 그녀의 첫 느낌이 측량할 수 없는, 순간적으로 열리는 공허였음은 부인할 수 없었다.

첫인상이 옳을 때가 너무나 많다! 디오티마는 비교불가한 일이 일어날 것임을 확신했고 그녀의 수많은 이상들을 소환했다. 어린 소녀였을 때 제국과 세기 단위로 생각하기를 배웠던 역사수업 시간의 열정을 동원했다. 그녀는 이런 상황에서 해야 하는 일은 다 했지만 이런 식으로 몇 주가 지난 후, 그녀는 결코 아무 생각도 떠오르지 않았다는 사실도 직시해야 했다. 이 순간 디오티마가 남편에게 느낀 감정은 미움이었으리라! 그녀가 미움을 ─ 저속한 감정! ─ 느낄 수 있었다면 말이다. 그래서 그것은 침울이 되었고 그때까지 모르던, '모든 것에 대한 원한'이 그녀의 내면에서 솟아올랐다.

아른하임 박사가 작은 흑인을 데리고 도착하고 그 직후 디오티마가 그의 중요한 방문을 받은 것은 이 시점이었다.

26

영혼과 경제의 합일.
이것이 가능한 남자가 유서 깊은 오스트리아 문화의
바로크 마법을 향유하려 하다.
이렇게 해서 평행운동에 하나의 이념이 탄생하다

디오티마는 부적절한 생각은 절대 하지 않지만 이날 많은 것이 그 순결하고 작은 흑인소년 뒤에 숨겨져 있었을 것이다. 몸종 '라쉘'을 방에서 내보낸 후 그녀는 이 소년에 대해 곰곰이 생각해 보았다. 울리히가 위대한 사촌누이 집을 떠난 후 디오티마는 라헬의 이야기를 다시 한번 친절하게 들었다. 이 아름답고 성숙한 여인은 자신이 젊다고, 딸랑거리는 장난감을 갖고 노는 것처럼 열중하고 있다고 느꼈다. 옛날에는 귀족, 고귀한 사람들이 흑인을 데리고 있었다. 깃발을 단 말이 끄는 썰매 타기, 깃털로 장식한 하인들, 서리를 잔뜩 덮어쓴 나무 등 매력적인 그림들이 떠올랐다. 하지만 귀족의 이 환상적인 면은 오래전에 고사했다. '오늘날 사교계의 삶에는 영혼이 없어졌어.' 그녀는 생각했다. 그녀의 가슴 속에는 아직도 감히 흑인을 데리고 다니는 아웃사이더, 귀족은 아니지만 고귀한 시민, 옛날 학식 있는 그리스인 노예가 로마인 주인을 부끄럽게 했듯이 세습권력을 부끄럽게 하는 침입자의 편을 드는 뭔가가 있었다. 온갖 배려를 하느라 꽉 웅크린 그녀의 자의식은 날개를 펼치고 누이의 정신으로서 그를 향해 달려갔고, 그녀의 모든 다른 감정들과 비교했을 때 아주 자연스러운 이 감정은 심지어 그녀로 하여금 아른하임 박사가 — 물론 소문은 앞뒤가 안

맞았고 신빙성 있는 소식은 아직 없었다 — 유대인이라는 사실도 잊게 했다. 그의 아버지는 분명 유대인이라고들 했다. 어머니는 아주 오래전에 죽어서 정확한 것을 알기까지는 한참 더 지나야 했다. 게다가 디오티마의 가슴 속에 있는 일종의 끔찍한 세계고(世界苦)가 공식적 정정을 아예 요구하지 않았다는 것도 있을 법했다.

디오티마는 조심스럽게 자신의 사고가 흑인을 떠나 그의 주인에게 접근하는 것을 허락했다. 파울 아른하임 박사는 부자였을 뿐 아니라 중요한 정신이었다. 그의 명성은 그가 세계적 기업의 상속인이라는 것을 넘어섰다. 그는 한가할 때 책을 썼는데, 이 책들은 진보적인 사람들 사이에서는 탁월한 것으로 통했다. 순수하게 정신적 영역에 속하는 사람들은 돈과 시민적 명예보다 더 숭고하다. 하지만 잊지 말아야 할 것은, 그 때문에 그들에게는 어떤 부자가 자신들과 같아진다는 것이 특별히 매력적이라는 것이다. 게다가 아른하임은 자신의 강령과 책에서 다름 아닌 영혼과 경제의 합일 또는 이념과 권력의 합일을 선언했다. 미래의 것을 섬세하게 감지하는 재능이 있고 감수성이 예민한 정신들은 그가 보통 세상에서 분리된 이 두 극단을 내면에서 통합한다는 소식을 퍼트렸고 현대적 힘이 행진 중이며 언젠가는 제국의 운명을, 누가 알겠는가, 어쩌면 세계의 운명을 더 나은 방향으로 이끌 소명을 받았다는 소문에 힘을 실어 주었다. 정치와 외교의 낡은 원칙과 방법들이 유럽이라는 마차를 무덤 속으로 몰고 갔다는 것이 오래전부터 전반적으로 퍼져 있는 느낌이었고 그 당시 모든 것에서 벌써 전문가에게 등을 돌리는 시기가 시작되었으니까.

디오티마의 상태도 고루한 외교관 학교의 사고방식에 대한 거부감이라 표현할 수 있었다. 그 때문에 그녀는 자신의 입장과 이 천재적 국외자의 입장 사이에 존재하는 놀라운 유사성을 당장 알아차렸다. 게다가 이 유명한 남자는 곧바로 그녀를 방문했고 그녀의 집은 이 영예를 안은 첫 번째 집이었다. 그들의 공동의 지인인 여자의 소개편지에는 불가피한 사업들로 분망한 이가 합스부르크가의 도시와 그 시민의 유서 깊은 문화를 향유하기를 원한다고 씌어 있었다. 디오티마는 이 유명한 외국인이 그녀의 정신이 누리는 평판을 안다는 것을 편지에서 읽었을 때, 마치 자신의 작품이 처음으로 낯선 나라의 언어로 번역된 저술가처럼 탁월함을 인정받는 느낌이 들었다. 그녀는 그가 전혀 유대인처럼 보이지 않을 뿐 아니라 고대 페니키아 타입의 고상하고 신중한 남자임을 알아보았다. 아른하임도 디오티마가 그의 책들을 읽었을 뿐만 아니라, 약간 비만한 고대의 여인으로서 자신의 헬레니즘적 미의 이상에도 상응하는 여자임을 알았을 때 감격했다. 고전적인 것은 약간 살이 쪄야 경직된 느낌을 주지 않는다. 디오티마는 곧 20분간 지속된 대화에서 그녀가 현실의 세계를 주무르는 한 남자에게 남긴 깊은 인상이 그 모든 의구심을 ─ 약간 구식인 외교방법을 고수하는 남편은 이 의구심으로 그녀의 중요성을 모욕했다 ─ 깨끗이 날려 버렸음을 깨달았다.

온화한 편안함을 느끼며 그녀는 이 대화를 되뇌었다. 대화가 시작되자마자 아른하임은 유서 깊은 오스트리아 문화의 바로크 마법 속에서 오늘날 직업에 종사하는 문명의 인간이 지닌 계산, 유물론, 황량한 이성으로부터 조금이나마 회복하기 위해 이 유서 깊은 도시에 왔노라고 말했다.

이 도시에는 어떤 영적인 명랑함이 있다고 디오티마는 답했고 만족했다.

"그렇습니다." 그가 말했다. "우리는 더 이상 내면의 목소리가 없어요. 오늘날 우리는 너무 많이 알아요. 이성이 우리의 삶을 폭압합니다."

이에 그녀가 대답했다. "저는 여자들과 교류하는 것을 좋아합니다. 여자들은 아무 지식도 없고 부러지지 않았기 때문이지요." 그리고 아른하임이 말했다. "그럼에도 불구하고 아름다운 여인은, 논리와 심리학에도 불구하고 삶에 대해서는 아무것도 모르는 남자보다 훨씬 더 많은 것을 이해합니다." 이에 이제 그녀는 이 나라에서 영향력 있는 사람들이 국가 중대사에 투영되었을 뿐이지 문명에서 영혼을 해방시키는 것과 비슷한 문제에 골몰하고 있다고 설명했다. "우리는 …"이라고 디오티마가 말했을 때 아른하임이 그녀의 말을 끊었다. 아주 멋진 일이다. "새로운 이념을, 아니 이렇게 말해도 된다면(여기서 그는 가볍게 한숨을 쉬었다), 아무튼 우선 이념을 권력의 영역으로 나르는 일은!" 이어 디오티마가 말했다. 이 이념을 찾아내기 위해 모든 집단의 국민들로 구성된 위원회를 만들려고 한다고. 하지만 바로 이때 아른하임은 몹시 중요한 말을 너무나 우정 어린 따뜻함과 존경을 담은 어조로 말했으므로 이 경고는 디오티마의 마음에 깊이 새겨졌다. 쉽지 않을 것이다 — 그가 외쳤다 — 그런 식으로 위대한 일이 일어나기란. 위원회의 민주주의가 아니라 현실뿐만 아니라 이념의 영역에서도 경험이 있는 강력한 개인만이 이 운동을 이끌 수 있을 것이다! …

여기까지 디오티마는 대화를 한 마디 한 마디 되뇌어 보았지만 이 대목에 이르자 대화는 찬란하게 해체되었고 그녀는 자신이 뭐라고 대답했는지 더 이상 기억할 수 없었다. 불특정하고 팽팽한 행복감과 기대감이 그녀를 내내 점점 더 높은 곳으로 들어 올렸었다. 이제 그녀의 정신은 아이의 손에서 벗어난 알록달록한 작은 풍선 같았다. 풍선은 멋지게 빛나면서 저 높이 태양을 향해 날아갔다. 그리고 다음 순간 터졌다.

이때 평행운동에는 지금까지 빠져 있던 이념이 탄생했다.

27
위대한 이념의 본질과 내용

이 이념의 내용이 무엇인지는 쉽게 말할 수 있겠지만 그 의미는 어떤 인간도 서술할 수 없으리라! 감동적이고 위대한 이념이 평범한, 심지어 아마 이해할 수 없이 평범하고 전도된 이념과 구별되는 것은 그것이 일종의 용해상태에 있기 때문이니까. 이로 인해 자아는 무한히 넓어지고 반대로 넓은 세계가 자아 속으로 들어오는데, 이때 무엇이 나에게 속한 것이고 무엇이 무한에 속한 것인지 더 이상 알 수 없게 된다. 따라서 감동적이고 위대한 이념은, 인간의 육체처럼 단단하지만 무상한 육체와 영원한 영혼으로 이루어지고 영혼은 그 이념의 의미지만 단단하지 않고, 차가운 말들로 붙잡으려 시도할 때마다 무(無)로 해체된다.

이 모든 것을 전제로 말하건대, 디오티마의 위대한 이념은 바로 프로이센인 아른하임이 위대한 오스트리아 운동의 정신적 지도자가 되어야 한다는 것이었다. 물론 이 운동은 프로이센 독일에 대한 질투심을 담고 있었다. 하지만 이것은 이 이념의 죽은 육체인 단어일 뿐이므로 이 육체를 이해할 수 없다거나 우습다고 생각하는 사람은 시체를 학대하는 것이다. 이와 반대로 이 이념의 영혼에 대해서는 순결하고 용납된다고 말해야 한다. 아무튼 디오티마는 자신의 결심에 울리히를 위한 이른바 유언보충서도 하나 첨부했다 그녀는 사촌도 ─ 아른하임보다 한 단계 깊은 의식층위에서 일어난 일이었고 아른하임의 작용에 가렸지만 ─ 그녀에게 깊은 인상을 남겼다는 사실을 몰랐다. 이를 깨달았더라면 그녀는 스스로를 경멸했으리라. 그럼에도 불구하고 그녀는 본능적으로 자신의 의식 앞에서 울리히가 '미성숙'하다고 선언함으로써 ─ 물론 울리히가 나이가 더 많았지만 ─ 이에 반대조치를 취했다. 그녀는 그를 동정하기로 결심했고 이로 인해 울리히 대신 아른하임을 많은 책임이 뒤따르는 운동의 지도자로 선택하는 것이 의무라는 확신이 용이해졌다. 하지만 다른 한편 이 결심이 탄생한 후 여성적인 생각도 하나 들었는데, 퇴짜를 맞은 남자가 그녀의 도움을 필요로 하고 그럴 자격이 있다는 생각이었다. 울리히에게 뭔가가 부족하다면 그것을 얻는 데에, 위대한 운동에서 함께 일하면서 이를 계기로 그녀와 아른하임 곁에 머무르는 것보다 더 나은 방법은 없을 터였다. 그래서 디오티마는 이것도 결심했지만 물론 이것은 그냥 보충적 숙고일 뿐이었다.

28
사고에 몰두하는 것을 높이 평가하지 않는 사람은
읽지 않아도 되는 장

울리히는 그사이 집에서 책상 앞에 앉아 일을 하고 있었다. 그는 몇 주 전 귀향을 결심했을 때 중단했던 연구를 다시 끄집어냈다. 연구를 끝내려는 것은 아니었고 그냥 이 모든 것을 아직도 할 수 있다는 것이 좋았다. 날씨는 좋았지만 그는 지난 며칠 잠깐씩만 집을 떠났고 정원에도 나가지 않았다. 그는 커튼을 치고 은은한 빛 속에서 일했다. 관중이 입장하기 전, 반쯤 어두운 서커스 천막에서 전문가 패널에게 새로 개발한 위험한 도약을 선보이는 곡예사처럼. 삶에서는 어디에도 비슷한 것이 없는 사고의 정확성, 힘, 확실성이 그를 거의 침울하게 했다.

그는 공식과 숫자로 덮인 종이를 이제 밀쳐놓았는데, 그 전에 마지막으로 그 위에 물의 상태방정식을 적었다. 그가 기술하고 있는 새 수학적 과정을 응용하기 위한 물리학적 예였다. 하지만 그의 사고는 아마 벌써 한참 전부터 옆길로 새 있었을 것이다.

"클라리세에게 물에 대해 이야기하지 않았나?" 그는 스스로에게 물었지만 분명히 기억할 수는 없었다. 하지만 아무려나 상관없었고 그의 사고는 아무렇게나 퍼져 나갔다.

유감스럽게도 사고하는 인간만큼 소설에서 재현하기 어려운 것도 없다. 한 위대한 발견자는 어떻게 그리 많은 새 착상이 떠오르게 할 수 있느냐는 질문을 받자, 이렇게 대답했다. "끊임없이 그것에 대해 생각했기 때문이지요." 실제로 예기치 않은 착상은 바로 그것을 기대함으로써 생긴다고 말해도 되리라. 적지 않은 수의 착상이 한 성격, 끊임없는 사랑, 지속적인 욕심, 중단 없는 몰두의 성과다. 이런 항상성이란 얼마나 지루한가! 또 다른 관점에서 보면, 정신적 과제의 해결은 입에 막대기를 문 개가 좁은 문을 통과하려 할 때와 크게 다르지 않게 일어난다. 개는 막대기가 문을 통과할 때까지 머리를 좌우로 돌린다. 우리가 하는 일도 이와 매우 유사하다. 그렇게 무차별적으로 시도하지 않고 경험을 통해 이미 대충 어떻게 해야 하는지 알고 있다는 차이가 있을 뿐. 그리고 영리한 머리가 머리를 돌리는 데 있어 당연히 어리석은 머리보다 훨씬 더 많은 기량과 경험이 있다 해도 문을 통과하는 것은 그에게도 깜짝 놀랄 일이다. 이 일은 갑자기 일어나고 그는 사고가 그 발기인을 기다리는 대신 스스로 해냈다는 데 대해 약간 어리둥절한 감정이 드는 것을 분명히 인지할 수 있다. 이 당혹감을 예전에는 영감(靈感)이라고도 불렀지만, 오늘날 많은 사람들은 이를 직관(直觀)이라 부르고 이 속에서 초개인적인 것을 보아야 한다고 생각한다. 하지만 이것은 비개인적인 것, 한 사람의 머릿속에서 동시에 일어나는, 일 자체의 유사성과 연관성일 뿐이다.

더 좋은 머리일수록 이 과정에서 머리의 존재는 덜 인지된다. 그 때문에 아직 끝이 나지 않은 사고는 사실 아주 비참한 상태이며 전체 뇌회(腦回)의 산통(疝痛)과 유사하고, 끝이 난 사고는 더 이상 그것을 체험할 당시의 형식이 아니라 사고된 것의 형식을 가지며 이것은 유감스럽게도 비개인적인 형식인데, 사고가 외부를 향해 있고 세상에 알려지기 위해 옷을 차려입었기 때문이다. 이를테면 한 인간이 사고할 때 개인적인 것과 비개인적인 것 사이의 순간을 붙잡는 것은 불가능하고 따라서 사고는 저술가들에게는 피하고 싶도록 당황스러운 일임이 분명하다.

하지만 특성 없는 남자는 이제 곰곰이 생각해 보았다. 여기서 이것이 적어도 일부는 개인적 사안이 아니었다는 결론이 도출된다. 그럼 이것은 무엇인가? 끝나고 시작되는 세계인가, 머릿속에서 합쳐진 세계의 여러 면들인가. 중요한 것은 아무것도 떠오르지 않았다. 그가 한 가지 예로 물에 몰두한 이후로, 누구나 물이라고 알고 있는 것, 즉 강, 바다, 호수, 샘 등을 모두 고려한다 해도, 물이 육지보다 3배는 큰 존재라는 것 말고는 아무 착상도 떠오르지 않았다. 오랫동안 사람들은 물이 공기와 유사하다고 믿었다. 위대한 뉴턴도 이렇게 믿었지만 다른 생각들에서는 대개 오늘날의 생각과 같았다. 그리스인들의 견해에 따르면, 세상과 생명체는 물에서 생겨났다. 그것은 오케아노스라는 신이었다. 나중에 인어, 요정, 운디네, 님프가 발명되었다. 사원과 신탁소가 물가에 지어졌다. 하지만 힐데스하임, 파더본, 브레멘 대성당은 샘 위에 지어졌다. 보라, 이 대성당들이 아직도 서 있지 않은가? 그리고 아직도 물로 세례를 주지 않는가? 독특하고 무덤처럼 건강한 영혼을 가진 물 예찬자와 자연요법 전도사가 있지 않은가? 이때 세상에는 지워 버린 점 또는 짓밟힌 풀과 같은 지점이 있었다. 당연히 특성 없는 남자도, 막 그 생각을 했든 하지 않았든, 근세의 지식을 의식 속 어딘가에 갖고 있었다. 그런데 여기서 물은 두껍게 층을 이룰 때만 푸르지, 냄새와 맛이 없는 무채색의 액체였다. 이것은 학교에서 너무나 자주 암기했기 때문에 결코 잊어버릴 수 없다. 물

론 생리학적으로 박테리아, 식물성 물질, 공기, 철, 황산칼슘, 중탄
산칼슘이 거기에 함유되어 있고, 물리학적으로 모든 액체의 원형은
원칙적으로 전혀 액체가 아니고 상황에 따라서 단단한 고체거나 액체
거나 가스다. 결국 전체는 어떤 식으로든 서로 관련 있는 공식들의 체
계로 해체되고, 이 넓은 세계에서 물처럼 그렇게 단순한 것을 두고도
똑같은 것을 생각하는 사람은 겨우 몇십 명에 불과하다. 다른 사람들
은 모두 물에 대해서 오늘날과 수천 년 전 사이의 시기에 어디에선가
사용된 언어로 이야기한다. 따라서 한 인간은 조금만 숙고해도 어떤
의미에서는 정말 무질서한 사회로 빠져든다고 말하지 않을 수 없다!

이제 울리히는 이 모든 것을 정말로 클라리세에게 이야기했음도 기
억했다. 그녀가 작은 동물처럼 지식이 없고 온갖 미신을 가졌음에도
불구하고 그는 어렴풋이 자신이 그녀와 하나임을 느꼈다. 이는 따뜻
한 바늘처럼 그를 콕 찔렀다.

그는 화가 났다.

누구나 알고 있는, 의사들이 발견한 사고의 능력, 자아의 눅눅한
영역에서 생겨나 깊이 번식하여 병적으로 엉클어진 갈등을 풀어서 흩
어 버리는 이 능력은 아마 다름 아니라 개별 창조물을 다른 인간 그리
고 사물과 연결하는 사고의 사회적이고 외부세계적인 본성에 근거할
것이다. 하지만 유감스럽게도, 사고에 치유력을 부여하는 것은 사고
를 개인적으로 체험할 가능성을 감소시키는 것과 동일한 것인 듯하
다. 코 위의 털을 얼핏 언급하는 것이 매우 중요한 사고(思考)보다 더
무게가 있고, 행위, 감정, 느낌은, 여전히 너무나 평범하고 비개인적
이라고 해도, 반복되면 하나의 사건, 다소 큰 개인적 사건을 겪었다

는 인상을 준다.

'어리석지.' 울리히는 생각했다. '하지만 사실이 그렇다.' 그는 자신의 살 냄새를 맡으면 드는 인상, 어리석게도 깊고 흥분시키고 자아를 직접 건드리는 인상을 떠올렸다. 그는 일어나서 창의 커튼을 걷었다.

나무껍질에는 아직도 아침의 축축함이 남아 있었다. 저 밖 거리에는 제비꽃처럼 파란 휘발유 연기가 서려 있었다. 태양이 비쳐들었고 인간들이 활기차게 움직이고 있었다. 아스팔트 위의 봄이었다. 도시들이 마법으로 불러내는, 가을 속의 계절 없는 봄날이었다.

29
정상적 의식상태의 설명과 중단

울리히는 혼자 집에 있다는 표시를 하기로 보나데아에게 약속했다. 그는 늘 혼자였지만 이 표시를 하지 않았다. 그는 한참 전부터 보나데아가 부르지 않아도 모자와 면사포를 쓰고 나타날 것임을 각오해야 했다. 보나데아는 유달리 질투심이 강했으니까. 남자를 찾아갈 때면, ─그에게 경멸한다는 말을 하기 위해서일 뿐이라 해도─ 그녀는 늘 마음이 한없이 약해져서 도착했다. 길에서 받은 인상들과 마주친 남자들의 시선이 그녀의 내면에서 가벼운 뱃멀미처럼 그네를 탔기 때문이었다. 하지만 그 남자가 너무나 오랫동안 냉담하게 그녀를 돌보지 않았으면서도 그녀의 마음이 약해진 것을 알아차리고 바로 다가오면 그녀는 상처를 입었고 그와 다투었고, 그를 책망하는 말을 하면서 그녀 자신이 더 이상 기다리지 못할 그 일을 미루었는데, 날개에 총을 맞고 사랑의 바다에 빠졌지만 헤엄을 쳐 목숨을 구하려는 오리와 비슷했다.

실제로 갑자기 찾아온 보나데아는 애인의 집에 앉아 있었고 울었고 학대받은 느낌이 들었다.

애인에게 화를 내는 이런 순간 그녀는 남편에게 잘못을 용서해 달라고 간절히 빌었다. 실수로 내뱉은 말 한마디 때문에 불륜이 들통나지 않게 하려고 간통녀들이 사용하는 오래되고 유용한 규칙에 따라 그녀는 남편에게 어느 흥미로운 학자 이야기를 했다. 이 학자를 가끔 여자 친구의 집에서 만나지만 그가 사교적으로 너무 버릇이 없어 자발적으로 그녀의 집에 오려 하지 않으며 또 그녀가 집에 초대할 만큼 그를 그렇게 높이 평가하지도 않는다고. 여기에 들어 있는 절반의 진실은 그녀로 하여금 쉽게 거짓말을 하도록 했고 다른 절반의 진실은 애인을 원망하게 했다. 남편이 뭐라고 생각하겠느냐, 그녀는 물었다. 만약 핑계로 댄 여자 친구와의 교제를 갑자기 그만두면? 남편에게 이런 감정 동요를 어떻게 이해시키나? 그녀는 모든 이상을 높이 평가하므로 진실도 높이 평가하는데, 울리히가 계속 그녀로 하여금 이를 필요 이상으로 저버리게 한다면 울리히는 그녀의 명예를 더럽히는 것이다!

그녀는 격정적인 모습을 연출했다. 이 일이 끝나자, 이로 인해 생겨난 진공 속으로 비난, 다짐, 키스가 쏟아져 들어왔다. 이 일도 끝나자, 아무 일도 일어나지 않았다. 일상적 대화가 역류해 빈 곳을 채웠고 시간은 한 잔의 김빠진 물처럼 기포(氣泡)를 만들었다.

'거칠어지면 그녀는 더 아름다워.' 울리히는 생각했다. '그러면 모든 일이 다시 얼마나 기계적으로 일어났는지.' 그녀의 모습이 그를 사로잡았고 애무하도록 유혹했었다. 그 일이 지나간 지금 그는 다시 그 일이 그와는 얼마나 상관없는 일인가를 느꼈다. 건강한 인간을 입에 거품을 문 바보로 변신시키는 이런 변화의 믿을 수 없는 속도는 이 일에서 너무나 분명했다. 하지만 그는 사랑으로 인한 이런 의식변화가 그냥 더 일반적인 것의 특별한 경우인 것처럼 여겨졌다. 오늘날 연극을 보는 밤, 콘서트, 예배, 모든 내면의 발언도 평범한 상태들 사이에 한동안 밀어 넣어졌다가 재빨리 다시 해체되는 제2의 의식의 섬이니까.

'조금 전까지도 나는 일을 하고 있었지.' 울리히는 생각했다. '그 전에는 거리로 나가 종이를 샀고. 물리학 협회에서 알게 된 남자와 인사했어. 얼마 전에는 그와 진지한 대화를 나누었지. 보나데아가 조금만 서둘러 준다면, 지금 저기 문틈으로 보이는 책에서 뭔가를 찾아볼 수 있을 거야. 하지만 그 사이사이 우리는 정신착란의 구름 사이를 날아다녔는데, 단단한 체험들이 이 사라져 가는 틈을 넘어 다시 연결되고 지속성을 보이는 것도 이에 못지않게 섬뜩해.'

하지만 보나데아는 서두르지 않았고 울리히는 또 다른 것을 생각해야 했다. 학창 시절 친구 발터, 작은 클라리세의 약간 괴팍해져 버린 남편은 울리히를 두고 이렇게 주장했다. "울리히는 엄청난 에너지를 퍼부어 자신이 반드시 필요하다고 생각하지 않는 일만 해!" 하필 지금 이 순간 이 말이 떠올랐다. '오늘날 우리 모두를 두고 할 수 있는 말이야.' 그는 생각했다. 그는 정확히 기억했다. 여름 별장에는 나무 발코니가 빙 둘러져 있었다. 울리히는 클라리세 부모님의 손님이었다. 결혼식이 있기 며칠 전이었고 발터는 그를 질투했다. 발터는 놀랍도록 질투심이 강했다. 클라리세와 발터가 발코니 뒤에 있는 방으로 들어왔을 때 울리히는 밖에, 햇빛 속에 서 있었다. 그는 몸을 숨기지도 않고 그들의 말을 엿들었다. 게다가 오늘도 그 문장 하나만은 기억했다. 그리고 장면 하나도. 깊게 그늘진 방은 약간 열린 주름주머니처럼, 눈부시게 밝은 외벽에 매달려 있었다. 이 주머니의 주름 속으로 발터와 클라리세가 나타났다. 발터의 얼굴은 고통스럽게 세로로 늘어져 있었는데, 마치 길고 노란 이빨을 가진 듯 보였다. 한 쌍의 길고 노란 이빨이 검은 벨벳 보석상자 안에 놓여 있었다고 말할 수도 있으리라. 두 인간은 유령처럼 서 있었다. 질투심이란 물론 터무니없는 소리였다. 울리히는 친구의 여자에게 전혀 관심이 없었다. 하지만 발터는 항상 격렬하게 체험하는 매우 특별한 능력이 있었다. 그는 너무 많이 느꼈으므로 결코 원하는 것을 얻을 수 없었다. 그는 작은 행복이나 불행을 키워 선율을 만들어 내는 음향증폭기를 내면에 갖고 있는 듯했다. 그는 감정의 작은 금화와 은화를 끊임없이 지출한 반면 울리히는 대규모로, 엄청난 액수가 적힌 이른바 사고의 수표로 작업했다. 하지만 결국 그것은 종이일 뿐이었다. 울리히가 가장 발터다운 모습을 떠올려 보면 발터는 숲 언저리에 누워 있었다. 짧은 바지를 입고 특이하게도, 검은 양말을 신고 있었다. 그의 다리는 남자의 다리, 즉 다부진 근육질의 다리나 마르고 질긴 다리가 아닌 소녀의 다리였다. 그것도 그다지 아름답지 않은 소녀의 연약하고 추한 다리. 그는 두 손으로 머리를 받치고 멀리 경치를 바라보았고 하늘은 사람들이 그를 방해한다는 것을 알았다. 울리히는 이런 발터의 모습을 인상 깊은 특별한 계기에 본 것인지 기억할 수 없었다. 이 이미지는 오히려 굳어지는 봉인처럼 15년이라는 세월이 지난 후에 각인되었다. 발터가 당시 그를 질투했다는 기억은 매우 안락한 흥분을 불러일으켰다. 이 모든 것은 아직 친구가 있던 시절에 일어났다. 울리히는 생각했다. '난 벌써 몇 번이나 그들을 방문했지만 발터는 한 번도 나를 방문하지 않았어. 그렇지만 난 오늘 저녁 또 갈 수 있어. 신경 쓸 거 없어!'

그는 보나데아가 마침내 옷을 다 입으면 그들에게 전갈을 보낼 작정이었다. 보나데아가 있는 데서는 이런 일을 하지 않는 게 좋았다. 지루한 반대심문이 뒤따르는 것을 피할 수 없었으니까.

사고는 빠르고 보나데아는 아직도 끝낼 기미를 보이지 않았으므로 그에게는 또 다른 생각이 떠올랐다. 이번에는 작은 이론이었다. 이것은 단순하고 그럴듯했고 시간을 죽여주었다. "젊은 남자는 정신적으로 자극을 받으면", 울리히는 혼잣말을 했는데, 여전히 학창 시절 친구 발터를 염두에 둔 듯했다. "끊임없이 이념을 사방으로 내보낸다. 하지만 주위의 반향을 얻은 것만 다시 그에게 빛을 발하고 응축된다. 반면에 다른 모든 이념들은 공간 속에서 흩어져 없어진다!" 당장 울리히는 정신을 가진 인간은 온갖 종류의 정신을 갖고 있으므로 정신은 특성보다 더 근원적이라고 가정했다. 그 자신이 모순투성이 인간이었고, 인류 속에 한 번이라도 표현된 적이 있는 모든 특성들은 모든 개별 인간의 정신 속에 나란히 딱 붙어 자리한다고 상상했다. 물론 이 인간이 정신이라는 것을 갖고 있다면 말이다. 이는 전적으로 옳지는 않을 것이다. 하지만 선과 악의 생성에 관한 우리의 지식에 가장 부합하는 것은 각자는 자신만의 내면의 크기를 갖고 있지만 이 크기에는 운명이 마련한 아주 다양한 옷들이 맞을 수 있다는 것이다. 이로써 방금 생각했던 것들도 전혀 의미 없지는 않다는 생각이 들었다. 시간이 흐르면서 평범하고 비개인적인 착상은 저절로 강해지고 비범한 착상은 사라진다면 거의 모든 착상들은 기계적 연관성이 가진 확실성으로 점점 더 중간치가 되어 가니까. 그리고 이는 우리가 가진 수천 개의 가능성에도 불구하고 왜 평범한 인간은 어차피 평범한 인간인지를 설명해 준다! 이는 또 자신의 뜻을 관철하고 인정을 받아 특권을 누리는 인간 가운데도 특정한 혼합비율이 있고 대충 51퍼센트 깊이와 49퍼센트 피상성의 혼합이 가장 큰 성공을 거둔다는 것도 설명해 준다. 울리히는 이미 오래전부터 이 사실이 너무나 복잡하게 의미 없고 참을 수 없이 슬프게 보였으므로 이에 대해 계속 숙고하고 싶었다.

그를 저지한 것은 보나데아가 아직도 끝났다는 표시를 주지 않는다는 것이었다. 조심스럽게 문틈으로 엿본 후, 그는 그녀가 옷 입기를 중단했음을 알았다. 그녀는 밀회의 마지막 한 방울 달콤함을 즐기려는데 딴생각을 하는 것은 고상하지 못하다고 생각했다. 그의 침묵에 마음이 상한 그녀는 그가 무엇을 할 것인지 기다렸다. 그녀는 책을 한 권 집어 들었는데, 다행히도 아름다운 그림들이 들어 있는 예술사책이었다.

고찰(考察)을 재개했을 때 울리히는 기다림 때문에 짜증이 났고 막연히 조바심이 났다.

30
울리히가 목소리를 듣다

그리고 갑자기 그의 생각이 한곳으로 모였고, 마치 벌어진 틈새로 들여다보는 것처럼, 그는 크리스티안 모스브루거, 그 목수와 판사들을 보았다.

판사는 상대를 가소롭게 여기는 태도로 말했다. 그와 생각이 다른 사람은 고통스러울 정도였다. "왜 피 묻은 손을 씻었습니까? ― 왜 칼을 버렸습니까? ― 왜 범행 후 깨끗한 옷과 속옷으로 갈아입었습니까? ― 일요일이었기 때문입니까? 피가 묻었기 때문이 아닙니까? ― 왜 다음 날 밤에 춤을 추러 갔습니까? 범행이 그걸 방해하지 않았나요? 당신은 도대체 후회라는 걸 느끼지 못했습니까?"

모스브루거의 내면에서 불꽃이 깜박이며 살아났다. 그것은 후회하는 척해야 한다는 오래된 교도소 경험이었다. 이 깜박거림은 모스브루거의 입을 비죽이게 했고 그는 대답했다. "물론 느꼈지요!"

"그런데 경찰서에서 당신은 이렇게 말했더군요. 나는 후회하지 않으며 발작이 일어날 지경으로 미움과 분노만을 느낀다!" 판사는 당장 걸고넘어졌다.

"그럴 겁니다." 다시 단단해지면서, 고상하게 모스브루거가 말했다.

"당시 그것 말고 다른 느낌이 없었을 겁니다."

"당신은 크고 강한 남자요." 검사가 기습했다. "어떻게 당신이 헤드비히를 두려워할 수가 있었나요?"

"판사님", 모스브루거가 미소를 지으면서 대답했다. "그녀는 제게 아첨했습니다. 저는 그녀가 제가 평소 보아 오던 계집들보다 훨씬 더 잔인하다고 생각했습니다. 제가 아마 힘이 세 보일 겁니다. 그렇기도 하지요. …"

"거 보시오." 재판장이 서류를 뒤적이면서 중얼거렸다.

"그렇지만 어떤 상황에서는", 모스브루거가 큰 소리로 말했다. "저는 겁이 많아지고 비겁해지기조차 합니다."

재판장의 눈은 재빨리 서류에서 떨어졌다. 새 두 마리가 가지를 떠나듯 눈은 방금까지 앉아 있던 문장을 떠났다. "그런데 공사장에서 동료들과 싸우게 되었을 당시에는 전혀 비겁하지 않았군요!" 재판장이 말했다. "한 사람은 두 층 아래로 던져 버렸고, 다른 사람들은 칼로 … ."

"재판장님", 모스브루거가 위협적인 목소리로 외쳤다. "제 입장은 오늘도 변함없이 … ."

재판장이 손사래를 쳤다.

"부당함", 모스브루거가 말했다. "이것이 저의 폭력성의 근거여야 합니다. 저는 단순한 사람으로 법정에 섰고 판사님들이 여하튼 모든 것을 다 알게 되리라 생각했습니다. 하지만 실망입니다!"

판사의 얼굴은 한참 전에 다시 서류 속에 처박혔다.

검사는 미소를 지었고 친절하게 말했다. "그렇지만 헤드비히는 아주 무해한 소녀였어요!"

"제게는 그렇게 보이지 않았습니다!" 모스브루거가 여전히 분개하며 대답했다.

"내게는", 재판장이 힘주어 말했다. "당신이 늘 책임을 다른 사람에게 돌리는 것으로 보입니다!"

"자, 왜 당신은 그녀를 찔렀나요?" 검사는 친절하게 처음부터 다시 시작했다.

31
당신은 누가 옳다고 할 것인가?

그것은 울리히가 참석했던 재판의 한 장면이었다. 아니면 그가 읽은 기사의 일부일 뿐이었나? 지금 기억이 너무나 생생해서 그는 마치 이 목소리를 들은 것 같았다. 그는 살면서 아직 한 번도 '목소리를 들은' 적이 없었다. 맹세코 그런 적이 없었다. 하지만 목소리를 들으면 그것은 내리는 눈처럼 고요히 내려앉는다. 갑자기 벽이 거기 땅에서 하늘까지 서 있다. 이전에 공기가 있던 곳에서 우리는 푹신하고 두꺼운 담장을 통과해 활보하고, 공기의 새장 안에서 이곳에서 저곳으로 건너뛰던 목소리들은 모두 이제 속속들이 연결된 하얀 벽 속으로 자유롭게 들어간다.

그는 일과 지루함으로 인해 지나치게 예민해졌을 것이고 그러면 가끔 이런 일이 일어난다. 하지만 그는 목소리를 듣는 것을 전혀 나쁘게 생각하지 않았다. 그는 갑자기 반쯤 소리 내어 말했다. "제 2의 고향이 있고, 거기서 하는 일은 모두 무죄다."

보나데아는 끈 하나를 만지작거리고 있었다. 그녀는 그새 그의 방에 들어와 있었다. 대화는 그녀의 마음에 들지 않는데, 그녀는 이 대화가 세심하지 못하다고 생각했다. 신문에 아주 많이 난 소녀살해자의 이름을 그녀는 오래전에 다시 잊었고 울리히가 그 이름을 입에 올렸을 때 마지못해 그 기억에 접근했다.

"하지만 모스브루거가", 그가 한참 후에 말했다. "무죄라는 이 불안한 인상을 불러일으킬 수 있다면, 머릿수건 아래 쥐눈을 한 가난하고 타락하고 꽁꽁 얼은 인물, 헤드비히도 당연히 그럴 수 있지 않을까? 그녀는 그의 방에 머물게 해달라고 애걸했고 그 때문에 살해당했어."

"내버려 둬!" 보나데아가 제안했고 하얀 어깨를 으쓱였다. 울리히가 대화를 이 방향으로 돌린 순간을 악의적으로 골랐기 때문이었다. 그것은 마음이 상하고 화해에 목마른 여자 친구의 절반쯤 위로 끌어올려진 옷이, 그녀가 방에 들어온 후, 양탄자 위에 새로 매력적으로 신화 같은 작은 거품 분화구를 — 여기서 아프로디테가 솟아오른다 — 만든 순간이었다. 그래서 보나데아는 모스브루거를 혐오하고 희생자에 대해서는 잠시 전율하고 넘어갈 태세였다. 하지만 울리히는 이를 허용하지 않았고 모스브루거를 기다리는 운명을 힘차게 그려 보였다. "두 명의 남자가 그의 목에 밧줄을 걸 거야. 물론 그들은 그에게 조금도 나쁜 감정이 없고 그냥 그러라고 돈을 받았기 때문이지. 아마 100명의 사람들이 구경할 거야. 일부는 직업상의 요구 때문이고 일부는 누구나 생에 한 번쯤 처형을 보고 싶기 때문일 거야. 실크해트를 쓰고 연미복을 입고 검은 장갑을 낀 엄숙한 신사가 줄을 당기지. 그 순간 조수 두 명이 모스브루거의 양 다리에 매달려. 그래야 목이 부러지거든. 그 후 검은 장갑을 낀 신사는 모스브루거의 심장 위에 손을 올려놓고 근심스런 의사의 표정으로 심장이 아직 뛰고 있는지 점검하지. 심장이 아직 뛰고 있으면 전체 과정은 약간 조바심을 치며 덜 장엄하게 다시 한번 반복되어야 하거든. 그런데 당신은 원래 모스브루거 편이야 아니면 그 반대야?" 울리히가 물었다.

보나데아는 때아니게 잠을 깨운 사람처럼 천천히 그리고 고통스럽게 '분위기'를 — 그녀는 자신의 간통발작을 이렇게 부르곤 했다 — 잃어 갔다. 한참 동안 두 손으로 내려앉는 옷과 열린 코르셋을 우물쭈물 잡고 있은 후, 그녀는 이제 자리에 앉아야 했다. 비슷한 처지의 여자들이 그렇듯 그녀도 공공의 질서에 대해서는, 이것은 너무나 공정하므로 여기에 대해서는 생각할 필요도 없이 사적인 일에 전념할 수 있다는 확고한 신뢰를 갖고 있었다. 그런데 그 반대를 생각하라는 경고를 받자 그녀의 마음속에는 재빨리 희생자 모스브루거 편을 드는 연민이 확고해졌고 범죄자 모스브루거에 대한 모든 생각은 배제되었다.

"당신은", 울리히가 주장했다. "언제나 희생자 편이고 범죄에는 반대한다는 거군."

보나데아는 이런 대화가 이런 상황에는 어울리지 않는다는 타당한 감정을 피력했다.

"하지만 당신의 판단이 그렇게 일관되게 범죄에 반대한다면", 곧장 사과하는 대신 울리히가 대답했다. "그럼 당신의 간통들은 어떻게 정당화할 거지, 보나데아?"

특히 세심하지 못한 것은 복수형이었다! 보나데아는 침묵했고 경멸하는 표정으로 푹신한 팔걸이의자 중 하나에 앉았고 마음이 상한 채 벽과 천장의 접합부를 쳐다보았다.

32
잊었지만 너무나 중요한 소령부인 이야기

자신을 명백한 바보와 비슷하다고 느끼는 것은 적절치 못하며 울리히도 그렇게 하지 않았다. 하지만 왜 어떤 전문가는 모스브루거가 바보라고 주장하고 또 다른 전문가는 아니라고 주장하는가? 기자들이 그의 칼이 한 일을 서술할 때 보여 준 날랜 객관성은 어디서 오는가? 모스브루거의 어떤 특성들이 이 도시에 거주하는 200만 명의 인간들 절반에게 가족 내 불화나 파혼처럼 그렇게 많은 선풍과 전율을 야기했는가? 이 사건은 커다란 개인적 흥분을 야기했고 평소에는 평온한 영혼의 지역을 덮쳤다. 반면에 시골 도시에서 이 사건은 이미 그저 그런 뉴스였고 베를린과 브레슬라우에서는 더 이상 아무것도 아니었다. 그곳에서는 가끔씩 그곳의 모스브루거들, 자기 가족의 모스브루거들이 있기 때문일까? 사회가 자신의 희생자와 벌이는 이 끔찍한 놀이가 울리히의 마음을 빼앗았다. 그는 이것을 그 자신의 내면에서 거듭 느꼈다. 모스브루거를 풀어 주겠다거나 정의구현에 일조하겠다는 의지는 추호도 없었고 감정은 고양이털처럼 곤두섰다. 모스브루거는 미지의 것을 통해, 그가 영위하는 삶보다 더 그의 관심을 끌었다. 모스브루거는 어두운 얼굴처럼 그를 사로잡았는데, 그 얼굴 안의 모든 것은 약간 일그러졌고 어긋났고 산산이 부서진 채 마음 깊은 곳에서 표류하는 하나의 의미를 계시했다.

'괴기 낭만주의야!' 그는 반박했다. 꿈과 노이로제라는 허용된 형태로 나타나는 소름끼치는 것이나 허락되지 않은 것에 대한 경탄은 시민계급시대 인간들에게 딱 들어맞는 듯 보였다. '이것 아니면 저것 이지!' 그는 생각했다. '네가 내 마음에 들거나 그렇지 않거나! 너를 온갖 혐오스러운 구석까지 변호하거나 그것을 가지고 논 벌로 난 내 얼굴을 쳐야 해!' 결국 심지어 냉정하지만 추진력 있는 유감도 여기에 적합하리라. 만약 사회가 이런 희생자들에게 요구하는 도덕적 노력 의 절반만이라도 스스로 했다면, 이런 사건과 인물이 생겨나는 것을 예방하기 위해 꽤 많은 걸 할 수 있었다. 하지만 이어 아주 다른 측면 이 또 나타났고 사건은 이 측면에서 관찰되어야 했으며 특이한 기억 들이 울리히의 내면에 떠올랐다.

　한 행위에 대한 우리의 판단은 절대로 신이 칭찬하거나 벌하는 그 측면에 대한 판단은 아니다. 정말 특이하게도 루터의 말이다. 아마 한동안 친하게 지냈던 신비주의자 중 한 명의 영향을 받았을 것이다. 물론 이 말은 몇몇 다른 신자가 했을 수도 있다. 그들은 시민사회의 관점에서 보자면, 모두 비도덕주의자들이니까. 그들은 죄악과, 죄악 에도 불구하고 때 묻지 않을 수 있는 영혼을 구별한다. 마키아벨리가 목적과 수단을 구별한 것과 매우 비슷하다. "인간의 심장"은 그들에 게서 "꺼내졌다". "예수 속에도 내면적 인간과 외면적 인간이 있었고, 그가 외면적 일들과 관련해서 행한 것들은 모두 외면적 인간이 했으 며 이때 내면적 인간은 부동의 은둔상태에 있었다"라고 에크하르트10 가 말했다. 이런 성자와 신자들은 마지막에는 심지어 모스브루거에

10　마이스터 에크하르트(Meister Eckhart, 1260~1328) : 도미니크수도회 수도사 로 후기중세의 중요한 이론가, 철학자, 신비주의자이다.

게 무죄판결을 내릴 수도 있었으리라!? 인류는 그 이후로 분명 진보했다. 하지만 모스브루거를 죽이더라도 인류는 그에게, 누가 알랴, 무죄를 선고할 남자들을 경배한다는 약점이 있다.

이제 울리히는 문장 하나를 떠올렸고 불쾌감의 파도가 그에 앞섰다. 그 문장은 이러했다. "수간자(獸姦子)의 영혼은 일말의 의혹 없이 군중 한가운데를 지나가리라. 그리고 그들의 눈에는 아이의 투명한 미소가 어려 있으리라. 모든 것은 눈에 보이지 않는 원리에 달려 있으니까." 이는 첫 번째 문장과 크게 다르지 않았지만, 약간 과장된 이 문장에서 달콤하고 나약한 부패의 냄새가 풍겼다. 사실 이 문장에는 공간이 하나 딸려 있었는데, 노란색 프랑스어 소책자가 탁자 위에 놓여 있고 문 대신에 유리막대기를 연결해 만든 커튼이 쳐진 방이었고, 가슴에서는 심장을 끄집어내려고 열어젖힌 닭의 몸 안으로 손을 넣을 때와 같은 감정이 일었다. 이 문장을 울리히가 방문했을 때 디오티마가 말했기 때문이었다. 게다가 이 문장은 울리히가 젊었을 때 사랑했으나 그 후로는 살롱철학자로 간주한 동시대 저술가의 것이었다. 이런 문장들은 향수를 뿌린 빵처럼 맛이 너무 고약해서 수십 년 동안 더 이상 관계하고 싶지 않을 정도다.

이로 인해 울리히의 내면에 일어난 거부감은 너무나 생생했지만 그래도 그가 평생 이 신비로운 언어의 진짜 문장들로 돌아가는 것을 스스로 막았다는 것은 이 순간 치욕으로 여겨졌다. 그에게는 이 문장들에 대한 특별하고 직접적인 이해가 있었으니까. 아니, 이해를 넘어서는 친숙함이라 불러야 하리라. 물론 그가 이것들에 완전히 귀의하기로 결심한 적은 없었다. 이것들은 — 이 문장들은 형제자매의 말투로 그에게 말을 걸었다. 수학적, 과학적 언어의 명령조에 맞선 부드럽고 어두운 내면성을 가지고. 하지만 이 내면성이 어디에 있는지는 말할 수 없었다 — 그의 작업 사이사이에 아무런 연관성 없이 섬처럼 놓여 있었고 찾아가는 적도 드물었다. 하지만 그들을 그가 아는 모습대로 살펴보면, 그들의 연관성을 느낄 수 있을 듯했다. 서로 살짝 떨어진 섬들은 그들 뒤에 몸을 숨긴 해안 앞에 놓인 듯 또는 아주 오래 전에 가라앉은 육지의 일부인 듯했다. 그는 바다, 안개, 누런 회색의 빛 속에서 잠자는 낮고 검은 구릉의 부드러움을 느꼈다. 그는 짧은 바다여행을 회상했다. "여행을 떠나세요!", "다른 생각을 해보세요!"의 표본에 따른 도피였다. 그는 얼마나 특이하고 가소로울 정도로 매혹적인 체험이 그 위압적인 힘으로 갑자기 다른 비슷한 체험들을 모두 제치고 앞으로 나왔는지 정확히 알았다. 한동안 스무 살 남자의 심장이 그의 가슴 속에서 두근거렸다. 털로 덮인 이 가슴의 피부는 그 이후로 세월이 흐르면서 더 두꺼워지고 더 거칠어졌다. 그의 서른두 살 가슴에서 뛰고 있는 스무 살 심장의 두근거림은 소년이 남자에게 한 부도덕한 키스처럼 여겨졌다. 그럼에도 불구하고 그는 이번에는 이 기억을 피하지 않았다. 그것은 스무 살 때 한 여인에게 품었던, 이상하게 끝나버린 정열에 대한 기억이었다. 그녀는 햇수로나 특히 가정에서 무뎌진 정도로 보면 그보다 한참이나 나이가 많았다.

특이하게도 그는 그녀의 외모를 정확히 기억하지 못했다. 사진 속 빳빳한 모습과 그가 혼자 있으면서 그녀를 생각했던 시간에 대한 기억이 이 여자의 얼굴, 옷, 동작, 목소리에 대한 직접적인 기억의 자리를 차지해 버렸다. 그사이 그녀의 세계는 너무나 낯설어져 그녀가

육군 소령의 부인이었다는 말이 우스갯소리라는 느낌을 불러일으킬
정도였다. '그녀는 벌써 오래 전에 퇴역 육군 대령 부인이 되었겠지'
라고 그는 생각했다. 연대에 떠도는 이야기에 따르면, 그녀는 수업을
받은 예술가, 피아니스트였지만 가족이 원하지 않았으므로 한 번도
대중 앞에서 연주하지 않았고 나중에는 결혼으로 인해 이 일은 아무
튼 불가능해졌다. 실제로 그녀는 연대 축제 때마다 정말 아름답게 피
아노를 연주했고 마음의 협곡 위에 떠 있는 도금된 태양의 광채를 내
뿜었다. 울리히는 처음부터 이 여인의 감각적 존재보다는 그녀의 개
념과 사랑에 빠졌다. 당시 그의 이름을 가진 소위는 수줍음이 없었
다. 그의 시선은 벌써 하찮은 계집애들에게서 훈련이 되었고 심지어
몇몇 명망 있는 여자들에게로 난 살짝 다져진 도둑의 길을 염탐하고
있었다. 하지만 '위대한 사랑', 그것은 스무 살 난 장교에게는 — 일단
그가 그것을 갈망했다면 — 뭔가 다른 것이었다. 그것은 하나의 개념
이었다. 이 개념은 그의 행동반경 밖에 있었고 아주 위대한 개념들이
보통 그렇듯 그 경험내용은 너무나 빈약했고 바로 그 때문에 또 눈부
시게 공허했다. 그래서 울리히가 생전 처음 내면에서 이 개념을 사용
할 가능성을 보았을 때 이 일은 일어나야 했다. 이때 소령부인에게는
병이 발병하도록 도와주는 마지막 계기의 역할만이 주어졌다. 울리
히는 사랑의 병이 들었다. 그리고 진짜 사랑의 병은 소유욕이 아니라
세상의 온화한 베일걷기이므로 — 이 때문에 기꺼이 연인을 소유하는
것을 포기한다 — 소위는 소령부인에게 그녀가 여태 들어 본 적이 없
을 정도로 유별나고 끈질기게 세상을 설명했다. 별자리, 박테리아,
발자크, 니체가 사고의 깔때기 속에서 소용돌이쳤고 그녀는 그 깔때

기의 끝이, 당시 시대유행대로라면 예절에 어긋나는 어떤 차이점들을 가리키고 있음을 점점 더 분명히 느꼈는데, 이 차이점이 그녀의 육체를 소위의 육체에서 떼어 놓았다. 그녀는 사랑과, 그녀의 견해로는 여태 한 번도 사랑과 관련이 없던 질문들의 이 밀접한 관계로 인해 혼란스러웠다. 승마를 나가 말들 옆에서 나란히 걷고 있었을 때, 그녀는 울리히에게 한순간 손을 맡겼고 자신의 손이 그의 손 안에 얼마나 무기력하게 놓여 있는지를 알아차리고 깜짝 놀랐다. 다음 순간 그들의 손목에서 무릎까지 불꽃이 타올랐고 번개가 두 인간을 쓰러뜨려 그들은 길가로 넘어질 뻔했다. 이제 그들은 길가 이끼 위에 앉았고 정열적으로 키스했고 마지막에는 당황했다. 사랑이 너무나 크고 특별해서 이런 포옹에서 으레 하는 말이나 행동 말고는 놀랍게도 아무것도 떠오르지 않았기 때문이었다. 조바심이 난 말〔馬〕들이 마침내 두 연인을 이 상황에서 해방시켰다.

소령부인과 너무 어린 소위의 사랑은 그 경과에서도 처음부터 끝까지 짧았고 비현실적이었다. 그들은 둘 다 깜짝 놀랐고 몇 번 더 꽉 껴안았고 뭔가가 정상이 아님을, 옷이나 관습이라는 장애물을 다 벗어버려도 포옹으로 몸과 몸이 다가가게 할 수 없음을 느꼈다. 이 정열에 어떤 판결도 내릴 수 없다고 느꼈던 소령부인은 정열을 거부하려 하지 않았지만 내면에서는 은밀히 비난이 노크하고 있었는데, 남편 때문이기도 했고 나이 차이 때문이기도 했다. 어느 날 울리히가 궁색한 이유를 대며 긴 휴가를 떠나야 한다고 알렸을 때, 장교부인은 눈물을 흘리면서 안도의 숨을 내쉬었다. 하지만 당시에 벌써 울리히는 너무나 큰 사랑 때문에 되도록이면 빨리 그리고 멀리 이 사랑의 근원지에서 벗어나고 싶은 소원뿐이었다. 그는 무작정 여행을 떠났다. 어느 해안에서 기찻길이 끝나자, 보트를 타고 눈에 보이는 가장 가까운 섬으로 건너갔다. 그리고 거기, 미지의 우연한 장소에 머물렀다. 먹고 자는 것도 궁핍했다. 그는 첫날 밤에 곧장 편지를 썼는데, 이것은 그가 연인에게 썼지만 결코 부치지는 않은 여러 통의 긴 편지 가운데 첫 편지였다.

고요한 밤에 쓴 이 편지들은 낮에도 그의 생각을 가득 채웠지만 나중에 잃어버리고 말았다. 어쩌면 그것이 그것들의 운명이었으리라. 그는 처음에는 편지에 여전히 자신의 사랑에 관해 그리고 사랑을 통해 얻은 온갖 생각들을 많이 적었지만 이는 점점 풍경에 밀려났다. 태양은 매일 아침 그를 잠에서 깨웠고, 어부들은 물 위에, 여자들과 아이들이 집에 있을 때면 그와, 섬에 있는 작은 두 마을 사이 수풀과 바위언덕에서 풀을 뜯는 당나귀 한 마리가 대지의 이 모험적 돌출부 위에 있는 유일한 고등동물인 듯 보였다. 그는 당나귀의 동반자처럼 행동했고, 너럭바위 중 하나에 올라가거나 섬 가장자리에 바다, 바위, 하늘의 모임 사이에 누웠다. 이는 외람된 말이 아니다. 규모의 차이가 사라졌고, 게다가 이런 공존에서는 정신, 동물적 자연, 죽은 자연 간의 차이가 사라졌고, 사물들 간의 온갖 종류의 차이가 적어졌으니까. 아주 냉철하게 표현하자면, 이 차이들은 없어지지도 작아지지도 않았을 테지만 이 차이들의 의미가 사라졌고, 사랑의 신비주의에 사로잡힌 신자들이 정확히 서술했듯이, 그는 "인간이 정한 어떤 구별에도 더 이상 종속되지" 않았다. 이 사람들에 관해 젊은 소위는 당시 아무것도 몰랐다. 그는 또 이 현상들에 대해 곰곰이 생각해 보지도 않았고 ― 평소대로라면 야생동물의 발자국을 추적하는 사냥꾼처럼 관찰한 것을 탐색하고 이를 쫓아 생각을 이어 갔겠지만 ― 사실 이 현상들을 인지하지도 못했을 뿐 아니라 그냥 자신 속에 받아들였다. 그는 풍경 속으로 가라앉았다. 비록 그것은 뭐라 말할 수 없는 고양(高揚)이었지만. 세상이 그의 시야를 벗어나면 세상의 의미가 안으로부터 소리 없는 파도로 그에게 와 부딪쳤다. 그는 세계의 심장 속으로 떨어졌다. 그와 먼 곳에 있는 연인과의 거리는 바로 옆에 있는 나무와의 거리밖에 되지 않았다. 안에 들어 있다는 느낌이, 마치 꿈속에서 두 존재가 서로 섞이지 않으면서도 서로의 안으로 걸어 들어갈 수 있는 것처럼, 존재들을 연결했고 그들의 관계를 모조리 바꾸어 놓았다. 하지만 이 상태는 그 밖에는 꿈과 아무런 공통점이 없었다. 이 상태는 명료했고 명료한 사고로 넘쳐났다. 단지 이 상태에서는 어떤 것도 원인, 목적, 육체적 욕구에 따라 움직이지 않았고 모든 것은, 한 줄기 광선이 끝없이 물통 안으로 떨어지듯, 늘 새로이 동심원을 그리면서 퍼져나갔다. 바로 이것이 그가 편지에 쓴 것이었으며 그 밖에는 아무것도 쓰지 않았다. 그것은 삶의 완전히 변화된 형상이었다. 여기에 속한 것은 모두 평소에 주의력이 집중되는 곳에 세워지지 않았고, 선명함에서 해방되었으므로 오히려 약간 산만하고 흐릿했다. 하지만 그것이 다른 중심들에 의해 다시 부드러운 확실성과 명료함으로 채워졌음은 분명했다. 삶의 모든 질문과 사건은 비길 데 없는 온화함, 부드러움, 평온, 동시에 완전히 변화된 의미를 얻었으니까. 예를 들어, 딱정벌레 한 마리가 생각에 잠긴 사람의 손 곁을 지나가면 그것은 다가옴, 지나감, 멀어짐이 아니었다. 그것은 딱정벌

레와 인간이 아니었다. 그것은 뭐라 서술할 수 없이 마음을 움직이는 사건이었다. 아니 사건조차도 아니었다. 비록 그 일은 일어나긴 했지만 그것은 하나의 상태였다. 이런 조용한 경험의 도움으로, 평소 평범한 삶을 이루는 모든 것은 울리히가 관여하는 곳에서는 어김없이 혁명적 의미를 얻었다. 소령부인에 대한 그의 사랑도 이 상태에서는 재빨리 그 숙명적 형상을 취했다. 그는 가끔 그가 끊임없이 생각하는 그 부인을 상상해 보려 했고 그녀가 이 순간 무엇을 하고 있는지 그려 보려 했다. 이때 그녀의 주변 환경에 대한 그의 정확한 지식이 큰 도움이 되었다. 하지만 이 일이 성공하고 연인을 눈앞에 떠올리자마자, 무한한 혜안을 가진 그의 감정은 눈이 멀었다. 그리고 그는 재빨리 그녀의 모습을 다시 '어딘가 그를 위한 위대한 연인이 있다'는 행복한 확신으로 누그러뜨리려 애써야 했다. 오래지 않아 그녀는 온전히 비개인적 힘의 중심, 그의 등대의 숨겨진 동력이 되었다. 그리고 그는 그녀에게 마지막 편지를 썼는데, 위대한 '사랑을 위해 살기'는 원래 저축, 소유, 식욕의 영역에서 오는 소유나 내 것이 되라는 소원과는 아무런 상관이 없다고 썼다. 이것이 그가 보낸 단 한 통의 편지였고 대충 그의 사랑의 열병의 정점이었다. 뒤이어 곧 열병은 끝났고 갑자기 중단되었다.

33
보나데아와의 결별

보나데아는 계속 천장만 바라볼 수 없었기 때문에 그사이 데이 베드 위에 똑바로 누워 몸을 쭉 폈다. 어머니다운 부드러운 배가 갑갑한 코르셋과 끈에서 풀려나 하얀 고급 삼베 속에서 숨을 쉬었다. 그녀는 이 자세를 숙고(熟考)라고 불렀다. 남편이 판사일 뿐만 아니라 사냥꾼이기도 하다는 것, 사냥감을 잡아먹는 약탈자11에 대해 가끔씩 눈을 반짝이며 말했다는 것이 갑자기 떠올랐다. 그녀에게는 이 사실에서 모스브루거뿐 아니라 판사에게도 유리한 결과가 도출되어야 할 듯 보였다. 하지만 다른 한편 사랑이라는 한 가지 점을 빼고는 연인이 남편을 부당하다고 보는 것을 그녀는 원치 않았다. 그녀의 가족애는 집의 대표가 품위 있고 존경받기를 요구했다. 이로써 그녀는 어떤 결심에도 이르지 못했다. 이 대립이 기형적으로 합쳐지는 두 덩어리 구름처럼 그녀의 수평선을 졸리도록 어둡게 만드는 동안, 울리히는 자신의 생각을 쫓는 자유를 누렸다. 그런데 이 일이 물론 조금 오래 지속되었고 전환점이 될 만한 생각이 떠오르지 않자 보나데아는 울리히가 그녀를 아무렇게나 모욕했다는 원망이 되살아났다. 이에 대한 보상도 없이 그가 흘려보낸 시간은 그녀를 흥분시키면서 괴롭히기 시작했다. "당신은 내가 당신을 찾아오면 부당한 짓을 하는 거라고 생각하지?" 마침내 그녀는 이 질문을 천천히 그리고 강조하면서, 슬프게 하

---

11 사냥감을 잡아먹지만 사냥대상은 아닌 야생 개나 고양이를 가리키는 사냥용어다.

지만 단단한 투지를 담아 제기했다.

　울리히는 침묵했고 어깨를 으쓱했다. 그는 한참 전부터 그녀가 무슨 말을 하는지 더 이상 알지 못했지만 이 순간 그녀를 참아 낸다는 것이 불가능하다고 생각했다.

　"당신은 정말 우리의 정열 때문에 나를 비난할 처지야?"

　"이런 질문들에는 모두, 벌집 하나에 수많은 벌들이 들어 있듯, 너무나 많은 대답이 매달려 있어."울리히가 대답했다. "인류가 가진 모든 영혼의 무질서는 결코 해결되지 않은 질문들과 함께 역겨운 방식으로 개개인에게 매달려 있지."물론 이 말로 그는 다름 아니라 이날 벌써 몇 번인가 생각해 보았던 것을 말했을 뿐이었지만 보나데아는 영혼의 무질서를 자신과 연결시켰고 울리히의 말은 지나치다고 생각했다. 그녀는 이 불화를 세상에서 몰아낼 수 있다면 커튼을 다시 치고 싶었다. 하지만 마찬가지로 고통에 겨워 울부짖고 싶었다. 그녀는 울리히가 그녀에게 싫증이 났음을 단번에 이해했다고 믿었다. 천성 탓에 그녀가 지금까지 연인을 잃은 방식은 사람들이 새로운 것에 이끌린 나머지 어떤 것을 제자리에 두지 않거나 잊어버리는 식이었다. 또는 연인과 합일되는 것만큼이나 빨리 그와 헤어진 자신을 바라보는 그런 식이었다. 개인적으로는 화가 나겠지만 이는 보다 높은 힘의 지배와 비슷했다. 따라서 울리히가 조용히 저항하자 그녀가 느낀 첫 감정은 늦었다는 것이었다. 데이 베드 위에서 반쯤 옷을 벗은 채 온갖 모욕에 내맡겨져 있는 하릴없고 음탕한 자세가 그녀를 부끄럽게 했다. 그녀는 멍하니 자리에서 몸을 일으켰고 옷을 움켜잡았다. 하지만 그녀가 다시 빨려 들어가고 있는 이 비단 술잔의 바스락거림, 살랑거림도 울리히를 후회하게 하지는 못했다. 무력감의 따끔한 고통이 보나데아의 눈에 어렸다. '그는 가혹해. 고의로 내 마음을 상하게 했어!' 그녀는 되뇌었다. '꼼짝도 않는군!' 그녀는 확인했다. 끈을 하나씩 맬 때마다, 고리를 하나씩 끼울 때마다 그녀는 버림받았다는, 오래전에 잊었던 어린아이의 고통의, 심연처럼 까만 우물 속으로 점점 더 깊이 가라앉았다. 주위에 어둠이 깔렸다. 마지막 빛을 받은 듯 울리히의 얼굴이 보였다. 고뇌의 어둠을 배경으로 도드라진 그 얼굴은 냉정하고 가혹했다. '어떻게 이 얼굴을 사랑할 수 있었을까?!' 그녀는 자문했다. 하지만 동시에 '영원히 잃었어!'라는 문장이 온통 그녀의 가슴을 옥죄었다.

울리히는 다시는 돌아오지 않겠다는 그녀의 결심을 짐작했지만 이를 막지 않았다. 보나데아는 이제 힘찬 동작으로 거울 앞에서 머리를 매만졌고 모자를 썼고 면사포 끈을 묶었다. 면사포가 얼굴에 드리워진 지금 모든 것은 지나갔다. 이것은 사형선고처럼 또는 여행가방이 찰칵 하고 잠기는 것처럼 장엄했다. 그는 더 이상 그녀에게 키스해서는 안 되고, 그래도 되는 마지막 기회를 놓치고 있는 것도 모르리라!

그래서 그녀는 동정심 때문에 하마터면 그의 목을 끌어안고 펑펑 울 뻔했다.

34
한 줄기 뜨거운 광선과 차가운 벽

보나데아를 아래층까지 배웅하고 다시 혼자가 되었을 때, 울리히는 일을 계속하고 싶은 마음이 더 이상 없었다. 그는 발터와 클라리세에게 오늘 밤 방문하겠다는 몇 줄의 전갈을 보내기 위해 거리로 나갔다. 그는 작은 홀을 지나면서 벽에 걸려 있는 사슴뿔을 보았다. 그것은 보나데아가 거울 앞에서 면사포 끈을 묶을 때 보여 준 동작과 비슷한 움직임을 담고 있었다. 체념하는 미소만 짓지 않았을 뿐. 그는 자신의 주변 환경을 관찰하면서 주위를 둘러보았다. 실내장식을 이루면서 그의 주위에 쌓여 온 이 모든 O자 선, 十자 모양 선, 직선, 곡선, 그물모양은 자연도, 내적 필연성도 아니었고 하나하나가 바로크적으로 잔뜩 과장되어 있었다. 우리 주변의 모든 사물들 사이를 끊임없이 흐르는 전류와 심장박동이 잠시 멈추었다. '나는 우연일 뿐이야'라고 필연성이 이죽거렸다. '아무런 선입견 없이 판단하면 나는 나환자의 얼굴과 본질적으로 다르지 않아'라고 아름다움이 고백했다. 근본적으로, 아름다운 것은 그리 많지 않았다. 껍데기가 떨어져 나갔다. 암시는 해체되었다. 습관, 기대, 긴장의 행렬이 끊어졌다. 감정과 세계 사이에 흐르는 은밀한 균형이 1초 동안 깨졌다. 우리가 느끼고 행하는 모든 것은 어쨌든 '삶의 방향에서' 일어나고 이 방향을 벗어나는 움직임은 아무리 작다 해도 일어나기가 어렵거나 우리를 경악하게 한다. 단순히 걸어갈 때도 꼭 마찬가지다. 무게중심을 들어 올려 앞으로 이동시키고 내려놓는다. 하지만 여기에 작은 변화가 생기면, '자신을 미래로 떨어뜨려 놓는 것'에 대해 약간의 혐오나 경탄이 생기면, 그러면 더 이상 똑바로 서 있을 수가 없다! 거기에 대해 깊이 생각해서는 안 된다. 울리히는 그의 삶에서 결정적이었던 순간들은 모두 이와 비슷한 감정을 남겼다는 것을 떠올렸다.

그는 심부름꾼을 손짓해서 불렀고 쪽지를 건넸다. 대략 4시경이었고 그는 아주 천천히 걸어서 가기로 결심했다. 늦봄 같은 가을날이 그를 행복하게 했다. 공기가 발효되고 있었다. 사람들의 얼굴은 표류하는 거품과 비슷했다. 지난 며칠을 사고에 열중하여 단조로운 긴장상태에서 보낸 후라 그는 감방에서 부드러운 욕조로 옮겨진 느낌이었다. 그는 친절히 양보하면서 걸어가려고 애썼다. 체조로 단련된 몸은 움직임과 싸움에 대한 만반의 태세를 갖추고 있어, 자주 연기한 가짜 열정으로 가득 찬 늙은 코미디언의 얼굴처럼 오늘은 그를 불쾌하게 했다. 진리를 향한 추구는 이와 동일한 방식으로 그의 내면을 정신의 운동형식들로 채웠고 서로 적대시하며 훈련하는 사고그룹들로 나누었고 그에게, 엄격히 보자면, 코미디언 같은 가짜 표정을 부여했다. 그것은 모든 것이, 심지어 솔직함까지도 습관이 되는 순간에 짓게 되는 표정이었다. 울리히는 이렇게 생각했다. 이렇게 말해도 된다면, 그는 파도처럼 형제 파도들 사이를 흘러갔다. 혼자서 할 일을 마친 인간이 공동체로 돌아와서 이들과 같은 방향으로 흘러가는 행복을 누려서는 안 될 이유라도 있는가!

인간들이 영위하는 삶 그리고 그들을 이끄는 삶은 내면에서는 그들과 그다지 관계가 없다는 생각은 이런 순간 정말 엉뚱한 것이리라. 그럼에도 불구하고 모든 인간은 젊었을 때는 이 사실을 안다. 울리히는 이런 날이 이 거리에서 10년 전 또는 15년 전 어떻게 보였는지를 떠올렸다. 그때는 모든 것이 다시 한번 그렇게 찬란했다. 하지만 이 끓어오르는 욕망 속에는 붙잡힘에 대한 고통스런 예감이 매우 뚜렷이 들어 있었다. 그것은 내가 손에 넣었다고 생각하는 모든 것이 나를 손에 넣는다는 불안한 감정이었다. 이 세상에서는 참이 아니고 신중하지 못하고 개인적으로 중요하지 않은 발언이 가장 나답고 가장 본래적인 발언보다 더 강하게 반향을 불러일으킨다는 괴로운 추측이었다. 이 아름다움은? — 이라고들 생각했다 — 아주 좋아, 하지만 이것이 나의 아름다움인가? 내가 배운 진리는 도대체 나의 진리인가? 목표, 목소리, 현실, 사람을 꾀어내고 이끌고 사람들이 뒤따르고 그 속으로 뛰어드는 이 모든 유혹적인 것들, 이것들은 도대체 현실적인 현실인가, 아니면 현실에서 이미 보이는 것은 제시된 현실 위에 이해할 수 없이 머무르는 입김에 불과한가? 불신을 느끼게 하는 것, 그것은 삶의 완성된 분할과 형식이었다. 늘 똑같은 일, 종족이 이미 이루어 놓은 것, 혀뿐만 아니라 느낌과 감정의 완성된 언어였다. 울리히는 어느 교회 앞에서 발걸음을 멈추었다. 하느님 맙소사, 저기 그늘에 거대한 노부인이 앉아 있었다면, 층층이 늘어진 커다란 배, 집의 벽들에 기댄 등, 그 위로는 수천 개의 주름 속에, 사마귀, 뾰루지 위에 일몰을 담은 얼굴을 하고 있었다면, 그는 이것도 마찬가지로 아름답다고 생각하지 않았을까? 오 하느님, 그것은 정말 아름다웠다! 우리는 이를 경탄할 의무를 가지고 태어났다는 사실에서 결코 벗어나려 하지 않는다. 하지만 이미 말했듯이, 존경할 만한 노부인의 푹 퍼지고 축 처진 뚱뚱한 몸매와 금실세공 같은 주름을 아름답다고 여기는 것이 불가능하지도 않겠지만 그녀가 늙었다고 말하는 것이 그냥 더 간단하다. 이렇게 세계가 늙었다는 생각에서 아름답다는 생각으로 넘어가는 것은 젊은 인간의 신조가 어른들의 드높은 도덕으로 넘어가는 것과 동일하다. 어른들의 도덕은 갑자기 스스로가 갖게 되기 전까지는 우스운 학습과제에 불과하다. 울리히가 교회 앞에 서 있던 것은 단 몇 초뿐이었지만 이 몇 초는 안으로 뻗어나갔고 원초적 저항감으로 심장을 압박했다. 이는 원래 우리가 우리의 의지와는 무관하게 들여놓은 수억 킬로그램의 돌로 굳어진 세상을 향해서, 경직된 감정의 달 풍경을 향해서 품는 저항감이다.

　대부분의 인간들에게는 두어 개 사소한 개인적인 일만 제외하고 세상을 모두 완성된 채로 발견하는 것이 편하고 도움이 될지도 모른다. 그리고 전체적으로 지속적인 것은 보수적일 뿐만 아니라 모든 진보와 혁명의 토대이기도 함을 결코 의심해서는 안 된다. 물론 자기 힘으로 살아가는 인간이 이때 어렴풋이 느끼는 깊은 불쾌감은 언급해야 하겠지만. 울리히가 건축학적 정교함을 온전히 이해하면서 교회 건물을 감상하는 동안, 인간은 이런 볼거리를 짓는 것만큼이나 쉽게 인간을 먹을 수도 있다는 생각이 깜짝 놀랄 만큼 생생히 그의 의식 속으로 밀고 들어왔다. 그 옆의 집들, 그 위의 하늘천장, 시선을 받고 끄는 모든 선과 공간이 보여 주는 이 모든 말로 표현할 수 없는 조화, 그 아래를 지나가는 사람들의 외모와 표정, 그들의 책과 그들의 도덕, 거리의 나무들 …. 이 모든 것은 가끔 병풍처럼 뻣뻣하고 인쇄기의 형판 (型板) 처럼 단단하고 ― 완전하다고 밖에는 말할 수 없다 ― 완전하고 완성되어 있으므로 그 옆에서 사람은 불필요한 안개, 신이 더 이상 신경 쓰지 않는 작은 호흡이 된다. 이 순간 그는 특성 없는 남자이고 싶었다. 하지만 그 누구도 이와 전혀 다르지는 않을 것이다. 근본적으로 생의 중반기에 접어들면 조금 더 많은 사람들이 도대체 어떻게 현재의 그들이 되었는지, 그들의 오락, 그들의 세계관, 그들의 아내, 그들의 특성, 직업, 그들의 성공에 이르게 되었는지 알지만 이제 더이상 많은 것이 바뀔 수 없다는 감정을 가진다. 심지어 속았다는 주장도 있을 수 있었다. 모든 것이 하필 지금과 같이 된 데 대한 충분한 근거를 어디에서도 찾을 수가 없으니까. 달리 될 수도 있었다. 사실 사건들은 최소한만 그들 자신에게서 시작되었고 대개는 타인의 기분, 삶, 죽음 등 온갖 주변 상황에 달려 있고 마치 그냥 주어진 시점에 그들에게로 서둘러 온 듯하다. 이처럼 청소년 시절에 아직 삶은 고갈되지 않는 아침처럼 그들 앞에 있었고 사방으로 가능성과 무(無)로 가득 차 있었다. 정오가 되면 벌써 이제 그들의 삶이기를 요구하는 어떤 것이 갑자기 거기 있다. 이는 전체적으로, 알지도 못하면서 20년 동안 편지를 주고받았던 남자가 어느 날 갑자기 거기 앉아 있는 것처럼 깜짝 놀랄 일이다. 그리고 그는 상상과는 전혀 다른 모습이다. 하지만 훨씬 더 이상한 것은 대개의 인간들이 이를 전혀 알아차리지 못한다는 것이다. 그들은 그들에게 와서 그의 삶을 그들에게 친숙하게 만든 그 남자를 입양한다. 그의 체험들은 이제 그들의 특성의 표현인 듯 보이고 그의 운명은 그들의 공로이거나 불행이다. 무엇인가가 그들을 파리잡이 끈끈이가 파리를 다루듯이 다루었다. 끈끈이는 거기서 털 하나를 붙잡았고, 저기서는 그들이 움직일 때 붙잡았고, 차츰 그들을 감쌌고, 이제 그들은 두꺼운 외피 속에 파묻혀 있고 이것은 원래의 모습과는 아주 희미하게만 일치한다. 그러면 그들은 저항력 같은 것이 내면에 있었던 청소년 시절을 어렴풋하게만 생각한다. 이 다른 힘은 몸을 잡아 빼고 윙윙댄다. 그것은 어디에도 머무르려 하지 않으며 목적 없는 도피동작의 폭풍을 불러일으킨다. 청소년의 조소, 기존의 것에 대한 거부, 모든 영웅적인 것과 자기희생, 범죄에 대한 만반의 태세, 불같은 진지함과 끈기 없음, 이 모든 것은 도피일 뿐이다. 근본적으로 이것은 젊은 인간이 행하는 모든 것 가운데 어떤 것도 내면에서부터 필요불가결하고 명백해 보이지 않는다는 것을 표현할 뿐이다. 비록 그는 자신이 막 뛰어든 그 일이 정말 미룰 수 없고 필요불가피한 듯 그런 식으로 표현하지만. 누군가 외적인 것이든, 내적인 것이든 아름다운 새 몸짓 하나를 발명한다. 그럼 이것은 어떻게 번역되는가? 삶의 몸짓? 가스가 풍선 속으로 흘러들듯 내면적인 것이 흘러드는 형식? 인상의 표현? 존재의 기술? 이것은 새 콧수염일 수도 새 사고일 수도 있다. 이것은 연극 나부랭이지만 모든 연극 나부랭이처럼 당연히 하나의 의미가 있고, 모이를 뿌리면 지붕 위의 참새들이 달려들 듯 순식간에 젊은 영혼들이 그 위로 달려든다. 그냥 이렇게 상상해 보라. 외부에는 무거운 세계가 혀, 두 손, 두 눈 위에 놓여 있다. 그것은 대지, 집, 관습, 그림, 책으로 이루어진 차가운 달이다. 그리고 내부에는 정처 없이 움직이는 안개 말고는 아무것도 없다. 그런데 누군가가 그 속에서 자기 자신을 인지한다고 생각되는 그런 표현을 찾았다고 생각한다면, 이는 얼마나 큰 행복인가. 열정적 인간이 평범한 인간에 앞서 이 새 형식을 차지하는 것보다 더 자연스런 것이 있는가?! 이 형식은 존재의 순간, 내부와 외부 사이의 긴장, 짓눌려

으깨짐과 흩날려 없어짐의 긴장이 균형을 이루는 순간을 그에게 선사한다. 다름이 아니라 여기에서 연유하는 것이 — 울리히는 이렇게 생각했고 당연히 이 모든 것은 개인적으로도 그를 감동시켰다. 그는 호주머니 안에 손을 넣고 있었고 그의 얼굴은 너무나 고요히 잠자는 듯 행복해 보여, 마치 그가 소용돌이쳐 들어오는 태양광선 속에서 온화하게 동사(凍死)하는 듯했다 — 바로 새 세대, 아버지와 아들, 정신적 변혁, 양식 변천, 발전, 유행과 혁신이라 불리는 지속적 현상들이라고 그는 생각했다. 존재의 이 개축욕구를 영구기관으로 만드는 것은 다름 아닌 안개 같은 자신의 자아와 이미 낯선 껍질로 굳어 버린 전임자의 자아 사이에 다시 하나의 가상자아, 즉 대충 들어맞는 집단영혼이 끼워 넣어진다는 재앙이다. 약간만 주의를 기울이면, 늘 방금 들이닥친 미래 속에서 벌써 낡은 미래를 볼 수 있을 것이다. 그러면 새 이념들은 겨우 30년이 되었을 뿐이지만 만족해하고 약간 지방질이 끼었거나 이미 구식이다. 한 소녀의 빛나는 이목구비 옆에서 이미 빛이 바랜 엄마의 얼굴을 보는 것과 비슷하다. 아니면 이것들은 성공을 거두지 못했고 쇠약해졌고 50명의 팬들이 위대한 누구누구라고 부르는 늙은 바보가 옹호하는 개혁안으로 쪼그라들었다.

이제 그는 다시 발걸음을 멈추었는데, 이번에는 광장이었다. 여기서 그는 몇몇 집들을 알아보았고 그 건축을 두고 벌어졌던 공공의 투쟁과 정신적 소요를 떠올렸다. 그는 학창 시절 친구들을 생각했다. 그들 모두는, 개인적으로 알든, 이름만 알든, 동갑이든, 더 나이가 들었든 학창 시절 친구였고 새로운 것과 새로운 인간을 세상에 가져오려던 반란자였다. 그 일이 여기서 일어났든, 그가 알게 된 온갖 장소에서 산발적으로 일어났든 상관없었다. 지금 이 집들은 구식 모자를 쓴 착한 이모처럼 늦은 오후의 창백해지기 시작하는 햇빛 속에 서 있었다. 아주 말쑥하게, 하찮게, 자극적인 것과는 한참 거리가 멀게. 이는 웃음을 짓게 했다. 하지만 겸손해져 버린 이 잔여물을 남긴 사람들은 그사이 교수, 유명 인사, 명성이 되었고 유명한 진보적 발전의 유명한 일부가 되었다. 그들은 안개를 벗어나 다소 짧은 길을 걸어 경직에 도달했고 그 때문에 역사는 훗날 그들의 세기를 묘사할 기회가 있으면 그들에 대해 이렇게 보고할 것이다. 참가자는 ….

35
레오 피셸 지점장과 불충분한 근거의 원리

이 순간 울리히의 사고는 중단되었는데, 뜻밖에 한 지인이 말을 걸었기 때문이었다. 이 지인은 그날 아침 집을 나서기 전 서류가방을 열었을 때, 한구석 칸에서 라인스도르프 백작의 회람편지를 발견하고는 깜짝 놀랐고 마음이 불편했다. 그는 이 편지에 답하는 것을 오래 전에 잊어버렸는데, 그의 건강한 사업 감각이 상류층에서 시작된 애국운동을 꺼렸기 때문이었다. "썩어 빠진 일이야!"라고 당시 그는 중얼거렸을 것이다. 이것은 그가 이 운동에 대해 공식적으로 말하려던 바는 절대 아니었지만 이때 그의 기억은, 기억이 원래 그렇듯, 고약한 장난을 쳤다. 기억은 감정적인 첫 번째 비공식적 명령을 따랐고 신중한 결정을 기다리는 대신 이 사안을 소홀히 놓아 버렸다. 그 때문에 편지에는, 그가 이를 다시 열었을 때, 매우 곤혹스러운 것이 썩어 있었다.

전에는 전혀 눈여겨보지 않았던 것이었다. 그것은 사실 하나의 표현이었는데, 짧은 두 글자였고 회람편지의 다양한 대목에 등장했다. 하지만 이 두 글자는 당당한 체격의 이 남자로 하여금 집을 떠나기 전 손에 서류가방을 들고 몇 분 동안이나 망설이게 했다. 그것은 '참된'이라는 단어였다.

피셸 지점장에게 — 로이드 은행의 레오 피셸 지점장이라고 했지만 사실은 지점장 직함을 가진 직무대행일 뿐이었다 — 울리히는 자신을 예전부터 아는 그의 손아래 친구라 불러도 무방했다. 그는 지난번 고향에 머물렀을 때 그의 딸 게르다와 매우 친해졌지만 이번에 돌아온 이후 단 한 번 그녀를 방문했다. 피셸 지점장은 각하를 돈을 굴리는 사람으로, 시대의 방법에 보조를 맞추는 사람으로 알았다. 사실 기억 속 기록을 살펴본 순간 그는, 사업가들이 말하듯, 그가 중요한 사람임을 '알아보았다'. 로이드 은행은 백작이 주식거래를 위임한 은행 중 하나였으니까. 그래서 레오 피셸은 이런 중요한 초대를 그렇게 소홀히 다룬 것을 이해할 수 없었다. 편지에서 백작은 엄선된 집단의 사람들에게 위대한 공동의 작품을 위한 준비를 하라고 촉구했다. 피셸 본인은 사실, 나중에 언급하겠지만, 아주 특별한 사정 때문에 이 집단에 끼게 되었다. 그리고 이 모든 것이 그가 울리히를 보자마자 그에게 달려간 이유였다. 그는 울리히가 이 일에, 게다가 '저명하게', 관여하고 있다는 이야기를 들었고 — 그것은 아직 사실이기 이전에 사실을 알아맞히는 그런 이해할 수 없지만 드물지 않은 소문이었다 — 이제 세 가지 질문을 소형권총처럼 울리히의 가슴에 들이댔다. '참된 조국애', '참된 진보', '참된 오스트리아'라는 말이 도대체 무슨 뜻인가요?

울리히는 그가 빠져 있던 분위기에서 깜짝 놀라 깨어났지만 이 분위기를 유지하면서 늘 피셸과 교제하던 방식으로 대답했다.

"PDUG입니다."

"P …?" 피셸 지점장은 순진하게 철자를 하나하나 따라 읽었고 이번에는 농담이라고 생각하지 않았다. 이런 축약어는 당시 아직 오늘날처럼 많지는 않았지만 여러 카르텔과 주요 협회들이 사용했고 신뢰를 발산했으니까. 하지만 그는 말했다. "농담 말아요. 서둘러 회의에 가야 합니다."

"불충분한 근거의 원리죠!" 울리히가 반복했다. "지점장님은 철학자시니, '불충분한 근거의 원리'가 무슨 뜻인지 아시겠지요. 인간은 스스로만 여기서 예외로 합니다. 우리의 실제 삶에서는, 다시 말해, 우리의 개인적 삶과 우리의 공적, 역사적 삶에서는 사실 올바른 근거가 없는 일이 항상 일어나지요."

피셸은 반박해야 할지 말지 동요했다. 로이드 은행의 레오 피셸 지점장은 철학하기를 좋아했는데, 실용적 직업분야에도 아직 이런 사람이 있었다. 하지만 그는 정말 시간이 없었다. 그래서 그는 대답했다. "내 말을 이해하려 하지 않는군요. 난 진보가 무엇인지, 오스트리아가 무엇인지, 조국애가 무엇인지는 아마 알 겁니다. 하지만 참된 조국애, 참된 오스트리아, 참된 진보가 무엇인지는 제대로 상상할 수 없을 거요. 이걸 물어보는 겁니다!"

"좋아요. 효소나 촉매가 뭔지 아시죠?"

레오 피셸은 방어 자세로 손을 들어 올렸다.

"그건 물질적으로는 아무 기여도 하지 않지만 사건들을 일으키지요. 지점장님은 참된 믿음, 참된 도덕, 참된 철학이 한 번도 없었음을 역사를 통해서 아실 겁니다. 그럼에도 불구하고 이 말들 때문에 발생한 전쟁들, 비열함, 증오가 세계를 유익하게 변화시켰지요."

"다음번에 하지요!" 피셸은 단언했고 짐짓 솔직하게 말했다. "들어봐요. 그건 내가 주식시장에서나 사용하는 겁니다. 난 정말 라인스도르프 백작의 진짜 의도를 알고 싶어요. '참된'이라는 수식어로 그가 노리는 게 뭔가요?"

"맹세컨대", 울리히가 진지하게 대답했다. "저도, 그 어느 누구도 참된 것이 무엇인지 모릅니다. 하지만 그것이 막 실현될 참이라는 것은 보증하지요!"

"당신은 냉소주의자요!" 피셸 지점장은 이렇게 선언했고 서둘러 자리를 떴지만 한 걸음을 뗀 후 되돌아오더니 말을 고쳤다. "얼마 전 게르다에게 당신이 훌륭한 외교관이 될 수도 있었다고 말했어요. 조만간 다시 우리 집에 놀러 오세요."

36
앞서 언급한 원리 덕분에 평행 운동은 사람들이
그것이 무엇인지 알기도 전에 손에 잡히는 현실이 되다

로이드 은행의 레오 피셸 지점장은 전쟁 전 은행 지점장들이 모두 그랬듯 진보를 믿었다. 자기 분야에서 유능한 남자인 그는 물론 자기가 정말 정확히 알고 있는 분야에서만 자신의 모든 것을 바칠 수 있는 신념을 가질 수 있음을 알았다. 활동들이 엄청나게 확산됨에 따라 다른 분야에서 이런 신념을 갖는다는 것은 불가능하다. 그래서 유능하고 부지런한 사람들은 한정된 전문분야에서 말고는, 외부의 압력에 당장 포기하지 않을 그런 신념을 갖지 않는다. 그들은 생각하는 것과 달리 행동하도록 양심적으로 강요받고 있음을 통찰했다고 말할 수 있으리라. 예를 들어 피셸 지점장은 '참된 조국애'와 '참된 오스트리아'라는 말에서는 아무것도 상상할 수 없었지만 이와 반대로 '참된 진보'에 대해서는 개인적 견해가 있었고 이것은 분명 라인스도르프 백작의 견해와는 달랐다. 동산저당 대부업과 유가증권 등 소관업무에 온 힘을 쏟고 일주일에 한 번 오페라 보는 것이 유일한 기분전환이지만 그는 전체의 진보를 믿었고 이것은 그의 은행의 상승하는 채산성 그래프와 어쩐지 유사했다. 하지만 라인스도르프 백작이 이것도 더 잘 안다고 주장하면서 레오 피셸의 양심에 영향을 미치기 시작했을 때, 피셸은 (동산저당 대부업과 유가증권 말고는) '그래도 절대 알 수 없다'고 느꼈다. 그리고 모르긴 해도 다른 한편 잘못은 아닐 것이므로 그는 은행장에게 이 일을 어떻게 생각하느냐고 슬쩍 물어보기로 작정했다.

그가 이 일을 실행에 옮겼을 때, 은행장은 아주 비슷한 이유로 벌써 오스트리아 은행 총재와 이야기를 나누었고 많은 것을 알고 있었다. 로이드 은행장뿐만 아니라 당연히 오스트리아 은행 총재도 라인스도르프 백작의 초대를 받았던 것이다. 일개 지점장인 레오 피셸이 초대를 받은 것은 오로지 아내의 가족관계 덕분이었다. 고위 관료가문 출신인 아내는 사교 관계에서나 레오와 집안일로 다툴 때에나 이 연관성을 잊은 적이 없었다. 그래서 상관과 평행운동에 대해 이야기를 나누었을 때, 그는 '위대한 일'이라는 것이 훗날 '썩어 빠진 일'이

될 수도 있다면서 의미심장하게 머리를 설레설레 흔드는 것으로 만족했다. 이는 어떤 경우에도 해가 되지 않을 터였지만 아내 때문에 피셸은 이 일이 썩어 빠진 일로 판명 났더라면 훨씬 더 기뻤으리라.

하지만 은행장이 조언을 구했던 폰 마이어-발로 총재 본인은 일단은 아주 좋은 인상을 받았다. 라인스도르프 백작의 '촉구'를 받았을 때 그는 ― 물론 이 일 때문만은 아니었지만 ― 거울 앞에 섰다. 거울 속에서 연미복과 훈장목걸이 위로 시민계급 출신 장관의 차분한 얼굴이 그를 마주보았다. 돈의 가혹함은 기껏해야 눈 아주 뒤쪽에나 약간 남아 있을 뿐이었다. 손가락은 바람이 자는 동안 축 늘어진 깃발처럼 손에 매달려 있었는데, 살면서 한 번도 은행견습생의 바쁜 계산동작을 할 필요가 없었던 듯했다. 굶주린 채 여기저기 떠도는 주식시장의 들개들과는 별 공통점이 없는, 관료주의가 지나치게 몸에 밴 이 고위 금융업자는 막연하지만 기분 좋은 가능성들이 그의 앞에 펼쳐진 것을 보았고 그날 저녁 벌써 이 견해를 더 굳힐 기회를 얻었다. 기업가 클럽에서 전직 장관 홀츠코프와 비스니에츠키 남작과 이야기를 나누었기 때문이었다.

많은 정보를 알고 있는, 고귀한 신분의 겸손한 남자인 이 두 신사는 높은 관직에 있었다. 그들은 두 번의 정치적 위기 사이에 단기간 통치했던 과도정부에 속했는데, 이 정부가 다시 필요 없게 되자 이 관직으로 좌천되었다. 그들은 국가와 왕에게 봉사하는 데 평생을 바친 남자들이었고 최고 통치자의 명령이 있을 때를 제외하고는 전면에 나서려 하지 않았다. 그들은 이 위대한 운동이 은연중에 독일을 향해 창을 겨누리라는 소문을 알고 있었다. 그들은 자신들의 사명이 실패하기 전이나 실패한 후에나, 이중왕국의 정치적 삶을 당시에 벌써 유럽의 감염원으로 만든 그 한탄할 만한 현상들이 유난히 복잡하다고 확신했다. 하지만 당시 명령이 내려졌을 때, 이 어려움을 해결 가능한 것으로 간주할 의무가 있다고 느꼈듯이, 지금도 그들은 라인스도르프 백작이 제안한 수단들로 뭔가가 달성될 수 있음을 배제하지 않는다고 선언하려 했다. 그들은 특히 라인스도르프 백작이 작성한 "이정표", "찬란한 삶의 선언", "외세에는 강하게 대응하고 이로써 국내 정세를 바로잡는 효과를 낸다"는 소망이 너무나 정확해서, 선을 원하는 사람은 모두 나서라는 요구를 받았을 때처럼 이를 외면할 수 없다고 느꼈다.

여하튼 공적인 사업에 지식과 경험이 있는 남자인 홀츠코프와 비스니에츠키는 여러 가지 우려를 느낄 수 있었다. 특히 앞으로 이 운동의 발전에 그들 스스로가 어떤 역할을 하도록 선택받았다는 사실을 받아들여야 했으니까. 평지에 사는 인간들은 쉽게 비판하고 자신들에게 맞지 않는 것을 쉽게 거절한다. 하시만 삶의 곤돌라가 3천 미터 높이에 있으면, 모든 것에 다 동의하지 않더라도 그리 쉽게 배에서 내리지 못한다. 이 집단의 사람들은 정말 충성스럽고, 앞서 언급된 진퇴양난인 시민적 삶과는 반대로, 생각하는 것과 달리 행동하는 것을 그리 좋아하지 않으므로 많은 경우 어떤 일에 대해 너무 자세히 숙고하지 않은 것으로 만족해야 한다. 그래서 폰 마이어-발로 총재는 이 일에서 받은 좋은 인상을 이 두 신사의 자세한 설명을 통해 한층 더 강화시켰다. 성격상으로나 직업상으로 어느 정도 조심하는 경향이 있긴 했지만 지금 관여하게 된 이 사안의 앞으로의 발전에 — 어쨌든 두고 보면서 — 동참하겠다는 결정을 하기에는 이미 들은 것으로도 충분했다.

그러나 사실 평행운동은 당시 아직 존재하지도 않았고 그 실체가 무엇인지 라인스도르프 백작조차 몰랐다. 확실히 말할 수 있는 것은 그 시점까지 그의 머리에 떠오른 단 하나 특정한 것이 일련의 이름이었다는 것이다.

하지만 그것도 엄청나게 많은 것이다. 이 시점에 이로써 벌써, 아무도 객관적 표상을 가질 필요도 없는, 아주 큰 연관성을 다 덮는 준비태세의 그물이 있었으니까. 그리고 이것이 올바른 순서라고 주장해도 무방하다. 먼저 나이프와 포크가 발명되어야 했고 그 후에 인류는 바르게 식사하는 법을 배웠으니까. 라인스도르프 백작은 이것을 이렇게 설명했다.

37
한 기자가 '오스트리아의 해'를 발명함으로써
라인스도르프 백작을 매우 불쾌하게 하고
백작은 급히 울리히를 찾다

라인스도르프 백작이 '생각을 일깨울' 촉구의 글을 여러 방면으로 전달했지만 일은 그렇게 빨리 진전되지 못했으리라. 만약 무슨 일이 일어날 조짐이 있음을 알게 된 아주 영향력 있는 기자가 재빨리 신문에 두 개의 긴 기사를 쓰지 않았더라면 말이다. 이 기사에서 그는 현재 진행 중이라고 추정되는 모든 것을 자신의 생각이라며 제공했다. 그는 아는 것이 별로 없었지만 — 도대체 그가 어디서 그것을 알 수 있단 말인가? — 아무도 이를 눈치채지 못했고, 바로 이것이 그의 두 기사에 비로소 모두를 사로잡는 작용의 가능성을 부여했다. 사실 그가 '오스트리아의 해'라는 표상의 발명가였다. 이 말이 무슨 뜻인지 그 자신도 설명할 수 없었지만 그는 기사에서 계속 이에 관해 새로운 문장을 썼고 그래서 이 단어는 꿈속에서처럼 다른 단어와 연결되고 변형되고 엄청난 열광을 불러일으켰다. 라인스도르프 백작은 처음에는 경악을 금치 못했다. 하지만 그것은 부당했다. '오스트리아의 해'라는 말은 천재적 기자가 무슨 뜻인지를 짐작케 한다. 이 말을 발명한 것은 올바른 직관이었으니까. 이는 '오스트리아의 세기'라는 표상에는 침묵했을 제안들이 울려 퍼지게 했던 반면에 오스트리아의 세기를 만들자는 요구는 이성적 인간들에게는 심지어 아무도 진지하게 여기지 않을 착상으로 간주되었으리라. 왜 그런지는 말하기가 어렵다. 평소보다 현실을 덜 생각하게 하는 약간의 부정확성과 비유적 성질이 라인스도르프 백작의 감정에만 날개를 달아 주는 것은 아닌 모양이었다. 부정확성은 고양하고 확대하는 힘이 있으니까.

착실하고 실용적인 현실인간은 그 어디에서도 현실을 남김없이 사랑하거나 진지하게 여기지는 않는 듯하다. 아이 때 그는 탁자 아래를 기어 다니는데, 부모가 집에 없으면 이 기발하리만치 간단한 요령으로 양친의 방을 모험의 장소로 만든다. 소년이 되면, 열렬히 시계를 원한다. 황금색 시계를 찬 청년이 되면, 거기에 어울리는 여자를 갈망한다. 시계와 여자를 가진 남자가 되면, 높은 지위를 갈망한다. 운 좋게도 이 작은 소망들을 이루고 그 안에서 가만히 시계추처럼 흔들려도, 이루지 못한 꿈의 저장품은 그럼에도 불구하고 조금도 줄어들지 않은 듯하다. 스스로를 고양시키고자 하면, 그는 비유를 사용하기 때문이다. 분명 때때로 눈〔雪〕이 그를 불편하게 하기 때문에 그는 눈을 빛나는 여자의 유방과 비교한다. 그리고 아내의 유방이 지루해지기 시작하면, 그는 이것을 빛나는 눈〔雪〕과 비교한다. 어느 날 유방의 부리가 각질인 비둘기부리나 뿌리를 내린 산호로 판명되면 그는 경악하겠지만 시적으로는 이것이 그를 자극한다. 그는 모든 것을 다른 모든 것으로 — 눈을 피부로, 피부를 꽃잎으로, 꽃잎을 설탕으로, 설탕을 분가루로, 분가루를 다시 흩날리는 눈으로 — 만들 수 있다. 중요한 것은 오직 뭔가를 그것이 아닌 다른 뭔가로 만드는 것인 듯 보이니까. 이는 그가 어디에서도, 그게 어디든, 오래 머물지 못한다는 증거다. 게다가 진짜 카카니아인이라면 아무도 내적으로는 카카니아를 참아내지 못했다. 그런데 이제 그에게 오스트리아의 세기를 요구했다면, 이는 우습게도 자발적으로 그가 자신과 세계에 애써 부과해야 하는 지옥의 형벌로 여겨졌으리라. 이와 반대로 오스트리아의 해는 아주 다른 것이었다. 이것은 우리의 본래 모습일 수 있는 그것을 한번 보여 주고자 한다는 뜻이었다. 물론 이른바 철회가능하다는 조건으로 기껏해야 1년 동안만. 이 말로 누구나 자신이 원하는 것을 생각할 수 있었다. 영원히 그래야 하는 것은 아니었으니까. 그리고 이것은 모두의 마음을 사로잡았다. 왜 그런지는 아무도 몰랐다. 이는 조국에 대한 깊은 사랑을 소생시켰다.

이렇게 해서 라인스도르프 백작은 예상치 못한 성공을 거두게 되었다. 그도 사실 자신의 발상을 이런 비유로서 얻었지만 그 밖에도 그에게는 일련의 이름들이 떠올랐고 그의 도덕적 본성은 불확실의 상태를 넘어서려고 애썼다. 심복인 한 기자에게 말했듯이, 그는 백성들의 환상 또는 관객의 환상을 하나의 목표로 유도해야 하며 이 목표는 분명하고 건전하고 이성적이고 인류와 조국의 참된 목표들과 일치해야 한다는 뚜렷한 표상이 있었다. 이 기자는 동료기자의 성공에 고무되어 곧장 이를 글로 썼고, 선수를 친 기자보다 그가 '진짜 출처'를 안다는 점에서는 앞서 있었으므로 큰 글자체로 "영향력 있는 집단에서 나온 이 정보!"를 내세운 것은 직업상의 테크닉이었다. 그리고 바로 이것이 라인스도르프 백작이 기대했던 바이기도 했다. 각하는 이데올로기 주창자가 아니라 경험 많은 현실정치인이라는 데 큰 가치를 두었고, 천재적 기자의 머리에서 나온 오스트리아의 해와 책임감 있는 집단의 신중함 사이에 섬세한 선을 긋고 싶었다. 이 목적을 위해 그는 평소에는 모범으로 삼기를 꺼리는 비스마르크의 수법, 즉 진짜 의도를 신문쟁이가 입에 올리게 하고 상황에 따라 이를 인정하기도 하고 부인하기도 하는 수법을 썼다.

그런데 라인스도르프 백작이 이렇게 영리하게 행동하는 동안 한 가지 고려하지 못한 것이 있었다. 백작 같은 남자만이 우리에게 부족한 참을 본 것이 아니라 수많은 다른 인간들이 참을 소유하고 있다고 공상하기 때문이다. 이는 앞서 언급했던 상태, 즉 그들로 하여금 비유를 만들게 하는 상태의 석회화된 형태라고 설명할 수 있다. 언제부터인가 비유에 대한 욕구도 사라져 버리고 최종적으로 이루지 못한 꿈의 재고만 갖게 된 수많은 사람들은 한 점을 만들고 마치 본인이 꿈꾸던 세상이 거기서 시작되어야 한다는 듯 은밀히 그것을 노려본다. 신문기사를 내보낸 지 얼마 되지 않아 벌써 각하는 돈이 없는 인간들은 모두 돈 대신 불쾌한 종파주의자를 내면에 갖고 있음을 알아차렸다고 생각했다. 인간 안에 있는 이 독단적 인간은 아침에 같이 사무실에 가고 세계의 진행에 전혀 효과적으로 저항하지 못하지만 그 대신 평생 그 은밀한 점에서 더 이상 눈을 떼지 않는데, 그 말고는 아무도 이 점을 알아차리려 하지 않는다. 비록 자신의 구원자를 알아보지 못하는 세계의 불행이 모두 여기서 시작된다는 것이 공공연했지만. 한 인간의 무게중심이 세계의 무게중심과 일치하는 이런 고정된 점은 예를 들면, 간단한 터치로 닫을 수 있는 타구(唾具)거나, 인류를 괴롭히는 결핵의 확산을 단번에 막을 수 있도록, 칼을 들이미는 소금단지를 식당에서 폐지하는 것이거나, 비길 데 없이 시간을 절약함으로써 사회문제들도 해결하는 '윌' 속기체계를 도입하는 것이거나, 만연해 있는 황폐화를 멈출 수 있는 자연스러운 생활방식으로 돌아가는 것이거나, 천체의 운행에 관한 형이상학적 이론, 행정기구의 간소화, 성 생활의 개혁이기도 하다. 상황이 허락하는 사람은 어느 날 그의 점에 대해 책이나 소책자, 하다못해 신문기사라도 써서 자신의 저항이 어느 정도 인류의 서류철에 기록되도록 스스로 해결책을 찾는데, 아무도 읽지 않는다고 해도 이는 엄청나게 안심이 된다. 하지만 보통 이는 몇몇 사람을 유인하고, 이들은 저자가 새로운 코페르니쿠스라고 보증하고, 그 후 자신을 이해받지 못한 뉴턴으로 소개한다. 이를 잡듯 서로 상대방의 점을 찾아 주는 이런 관행은 매우 유익하며 널리 확산되어 있긴 하지만 그 효과가 지속적이지는 않다. 얼마 후 당사자들이 서로 다투고 다시 완전히 혼자가 되기 때문이다. 하지만 그 중 한두 사람이 작은 집단의 숭배자를 거느리는 일도 있는데, 숭배자들은 힘을 합쳐, 성유를 바른 그들의 아들을 충분히 지원하지 않는 하늘을 원망한다.

그런데 갑자기 높은 곳에서 이런 점 더미 위로 희망의 광선이 비치고 ─ 라인스도르프 백작이 만약 '오스트리아의 해'가 실제로 있게 된다면, 물론 이 말은 아직 아무 뜻도 없지만, 어떤 경우든 존재의 참된 목표들과 일치해야 한다고 공개적으로 의견을 표명했을 때 이 일이 일어났다 ─ 그들은 신의 계시를 받은 성자처럼 이를 받아들였다.

라인스도르프 백작은 자신의 작품이 백성들 가운데서 자발적으로 일어나는 강력한 선언이 되어야 한다고 생각했다. 그때 그는 대학, 성직자, 자선행사에 관한 기사에서 절대 빠지지 않은 몇몇 이름들, 심지어는 신문까지도 생각했다. 그는 애국적인 당들, 황제의 생일날 깃발을 다는 시민계급의 '건강한 감각', 자본가의 도움을 계산에 넣었다. 사실 정치도 계산에 넣었다. 자신의 위대한 작품을 통해 정치인들을 조국(祖國)이라는 공통분모로 통분하고 나중에 국(國)이라는 공약수로 약분하여 결국 조(祖)에 해당하는 황제를 단 하나의 나머지로 남겨 놓음으로써 다름 아닌 정치를 쓸모없이 만들어 버리기를 은밀히 바랐기 때문이었다. 하지만 이미 말했듯이, 각하는 한 가지를 생각하지 못했다. 그는 널리 퍼져 있는 세계개선 욕구에 놀랐다. 이 욕구는 화재 시에 부화하는 곤충의 알처럼 절호의 기회에 그 온기를 얻어 부화할 것이다. 각하는 이를 계산하지 못했다. 그는 많은 애국심을 기대하긴 했지만 발명들, 이론들, 세계체계들, 그에게 정신의 감옥으로부터의 구원을 요구하는 인간들에 대해서는 아무 준비도 되어 있지 않았다. 이들은 그의 궁전을 포위했고 평행운동을 마침내 진리가 돌파구를 찾도록 해주는 기회라고 찬양했다. 라인스도르프 백작은 이들을 어떻게 해야 할지 알 수 없었다. 자신의 사회적 지위를 생각하면 그가 이 모든 사람들과 한자리에 앉을 수는 없었다. 하지만 높은 도덕심으로 가득 찬 정신으로서 그는 이들을 피하고 싶지도 않았다. 그의 교양이 정치적이고 철학적이었지만 자연과학적이고 공학적이라고 할 수는 없었으므로 그는 이 제안들이 타당한 것인지 아닌지도 알 수 없었다.

이런 상황에서 그는 그가 필요로 할 사람이라고 막 추천을 받은 울리히를 점점 더 간절히 원했다. 그의 비서나 아무튼 평범한 비서들은 모두 이런 요구를 전혀 감당할 수 없었으니까. 심지어 그는 한 번은 직원들에게 너무나 화가 난 나머지 신에게 — 물론 다음 날 이 일을 창피해 했지만 — 울리히가 마침내 그에게 오게 해달라고 빌었다. 이 일이 일어나지 않자 각하는 스스로 체계적 수색에 나섰다. 그는 주소록을 뒤지게 했지만 울리히의 이름은 들어 있지 않았다. 그러자 그는 보통 방도를 아는 여자 친구 디오티마에게 갔고 실제로 이 경탄할 만한 여인은 벌써 울리히와 이야기를 나눈 뒤였다. 하지만 그녀는 그의 집 주소를 받아두는 것을 잊었다. 아니면 그런 척했다. 이 기회를 이용해서 백작에게 위대한 운동의 비서 자리에 훨씬 더 나은 새 제안을 하려 했으니까. 하지만 라인스도르프 백작은 아주 흥분했고 자신은 벌써 울리히를 마음에 두었고 프로이센인은, 개혁 프로이센인이라 하더라도, 필요 없으며 절대 일을 더 복잡하게 하고 싶지 않다고 단호히 선언했다. 그는 여자 친구가 그 후 마음이 상한 것을 보자 매우 당황했고 이로 인해 독자적으로 착상을 하나 하게 되었다. 그는 그녀에게 이제 곧장 친구인 경찰총장에게 가겠다고 선언했다. 그이라면 결국 모든 국민의 주소를 알아내지 않겠는가.

38
클라리세와 그녀의 악마들

울리히의 전갈이 도착했을 때 발터와 클라리세는 다시 피아노를 치고 있었는데, 가느다란 다리의 예술공방12 가구들이 춤을 추고 벽에 걸린 단테 가브리엘 로세티13의 동판화들이 떨릴 정도로 격렬했다. 현관문이 열린 것을 발견하고 아무런 제지도 받지 않고 거실까지 들어온 늙은 심부름꾼의 얼굴에 번개와 천둥이 내리쳤고 그를 덮친 성스러운 소음은 두려움에 떠는 그를 벽으로 몰아붙였다. 계속해서 몰려드는 음악적 흥분을 마침내 격렬하게 두 번 건반을 내리침으로써 발산하고 심부름꾼을 풀어 준 것은 클라리세였다. 그녀가 편지를 읽는 동안, 발터의 손에서는 여전히 중단된 사정(射精)이 구불구불 계속되었다. 선율 하나가 움찔거리면서 황새14처럼 달려 나오더니 날개를 펼쳤다. 클라리세는 울리히의 전갈을 읽으면서 이 모습을 의심쩍게 지켜보았다.

그녀가 친구가 올 것이라고 알리자 발터가 말했다.

---

12 당시 대표적 예술공방은 빈 공방이었는데, 1903년에 설립되어 도자기, 의류, 은, 가구, 도안 등을 제작했고, 현대 디자인의 개척자로 통하며 나중에 바우하우스나 아르데코에 영향을 주었다. 제1차 세계대전 후 재정난에 시달리다 1932년에 문을 닫았다.
13 단테 가브리엘 로세티(Dante Gabriel Rossetti, 1828~1882): 영국의 시인, 화가, 번역자. 그의 예술은 감각성과 중세재생으로 특징된다. 유럽 상징주의에 영향을 준 미학운동의 선도자이다.
14 독일어권에서는 황새가 아이를 물어다준다는 미신이 있다.

"유감이군!"

그녀는 다시 발터 옆 작은 피아노용 회전의자에 앉았고 어떤 이유에선지 발터가 잔인하다고 느낀 미소가 육감적으로 보이는 그녀의 입술을 벌렸다. 연주자들이 같은 리듬으로 다시 흐르게 하기 위해 피의 순환을 멈추고 안축(眼軸)이 같은 방향을 향한 네 개의 긴 막대기처럼 머리에서 튀어 나오고 그동안 그들은 잔뜩 긴장한 채 목재용 나사의 긴 목 위에서 계속 뒤뚱거리는 작은 의자를 엉덩이로 꽉 붙잡는 순간이었다.

다음 순간 클라리세와 발터는 나란히 질주하는 두 대의 열차처럼 풀려났다. 그들이 연주하는 곡은 불꽃이 튀는 철로처럼 그들의 눈으로 날아와 천둥치는 기계 속으로 사라졌고, 이미 들었지만 놀랍도록 현재형으로 남은 여운 있는 풍경이 되어 그들 뒤에 놓여 있었다. 이렇게 미친 듯이 달려가는 동안 두 사람의 감정은 하나로 압착되었다. 청각, 피, 근육은 순순히 같은 체험에 매료되었다. 가물가물 빛나면서 기울어지고 굽어지는 소리의 벽들은 그들의 육체를 하나의 선로 위로 몰아갔고 함께 굽어지게 했고 그들의 가슴을 같은 호흡으로 벌렸다가 좁혔다. 1초의 오차도 없이 정확히 명랑함, 슬픔, 분노와 두려움, 사랑과 미움, 욕망과 싫증이 발터와 클라리세를 꿰뚫고 날아갔다. 그것은 일체감이었지만 큰 공포 속에서의 일체감과 비슷했다. 조금 전까지만 해도 모든 점에서 서로 달랐던 수백 명의 사람들이 두 팔을 휘저으며 똑같은 도피동작을 하고 똑같이 의미 없는 소리를 내지르고 똑같은 식으로 입과 눈을 벌리고 목적 없는 힘에 의해 앞뒤좌우로 휘둘리고 울부짖고 경련하고 뒤엉키고 몸을 떤다. 하지만 여기에는 삶이 가진 그런 무디고 강력한 폭력은 없다. 삶에서는 이런 사건이 그리 쉽게 일어나지 않지만 대신 개인적인 것은 모두 아무런 저항 없이 소멸한다. 클라리세와 발터가 비행 중에 체험한 분노, 사랑, 행복, 명랑함, 슬픔은 충만한 감정이 아니라 질주하도록 자극 받는 감정의 육체적 껍데기에 불과했다. 그들은 뻣뻣하게, 황홀하게 작은 의자에 앉아 있었고 어떤 것에도 분노, 사랑, 슬픔을 느끼지 않았거나 각자 다른 것에 분노, 사랑, 슬픔을 느꼈고 다양한 것을 생각했고 각자 그것이 자신의 것이라고 생각했다. 음악의 명령은 그들을 최고의 정열 속에서 합일시키는 동시에 최면에 걸려 잠에 빠진 듯 얼빠지게 했다.

두 사람은 각자 나름대로 이를 느꼈다. 발터는 행복했고 흥분했다. 음악적 인간들이 대개 그렇듯이 그는 이 굽이치는 격동과 내면의 감정적 동요, 즉 혼탁하게 휘저어진 영혼의 육체적 밑바닥을 모든 인간을 연결하는 영원의 단순한 언어로 여겼다. 클라리세를 근원적 감정의 강력한 팔로 꽉 끌어안는 것이 그를 황홀하게 했다. 이날 그는 평소보다 일찍 사무실을 나와 집에 왔다. 그는 부러지지 않은 위대한 시대의 형식을 아직 지니고 있고 신비로운 의지력을 발산하는 예술작품의 목록을 작성하는 일을 했었다. 클라리세는 그를 다정하게 맞았고 이제 음악의 무시무시한 세계 속에서 단단히 그에게 묶여 있었다. 이날은 모든 것이 은밀히 성공했고, 신들이 행차하듯, 소리 없이 진군했다. '어쩌면 오늘이 그날일까?' 발터는 생각했다. 그는 클라리세가 그에게 돌아오도록 강요하고 싶지 않았고 그녀의 내면 깊은 곳에서 깨달음이 저절로 솟아올라 그녀를 부드럽게 이쪽으로 데려오기를 바랐다.

피아노는 가물가물 빛나는 음표들을 공기의 벽에 망치로 박아 넣었다. 이 과정은 그 근원에서는 아주 현실적이었지만 방의 벽이 사라졌고 대신 황금색 음악의 벽이 일어섰다. 이 신비로운 공간에서는 나와 세계, 인지와 감정, 내부와 외부가 알아볼 수 없을 정도로 섞여든다. 반면 공간 자체는 느낌, 확실성, 정확성, 심지어 광채의 위계에 따라 정리된 개별사항들로 이루어진다. 굽이굽이 피어오르는 두 영혼의 연무에서 뽑아낸 감정의 실이 이 감각적 개별사항에 매어 있었다. 그리고 이 연무는 정밀한 벽에 반사되어 스스로 선명하게 모습을 드러냈다. 귀여운 고치처럼 두 인간의 영혼은 실과 광채에 싸여 매달려 있었다. 영혼이 더 두껍게 감싸이고 더 멀리 빛을 발할수록 발터는 기분이 더 좋아졌고 그의 꿈은 작은 아이의 형상을 가지게 되어 그는 여기저기서 음정을 잘못 누르고 너무 감정적으로 강조하기 시작했다.

하지만 이 일이 일어나고, 황금색 안개를 뚫고 내리치는 평범한 감정의 불꽃이 이 두 사람을 다시 현세적 관계로 데려오는 작용을 하기 전, 클라리세의 사고는 종류부터가 벌써 그의 것과 달랐다. 절망과 행복이라는 쌍둥이 몸짓으로 나란히 쇄도하는 두 인간만이 만들어 낼 수 있는 그런 판이함이었다. 펄럭이는 안개 속에서 그림들이 튀어 올랐고 용해되었고 서로 겹쳐졌고 사라졌다. 이것이 클라리세가 생각하는 방식이었다. 그녀는 자신만의 생각하는 방식이 있었다. 종종 동시에 여러 개의 사고가 얽혀 있기도 했고 사고가 전혀 없을 때도 있었다. 그러면 사고가 마귀처럼 무대 뒤에 서 있음을 느낄 수 있었다. 그리고 다른 인간들에게는 정말 도움이 되는, 체험의 시간적 배열은 클라리세의 내면에서는 베일이 되었는데, 베일의 주름은 때로는 두껍게 겹쳐졌고 때로는 거의 눈에 보이지 않는 엷은 입김으로 펼쳐졌다.

이번에는 세 명의 인물이 클라리세를 둘러쌌다. 발터, 울리히, 여자살해자 모스브루거였다.

모스브루거에 대해서는 울리히가 이야기를 해주었다.

그 속에서는 매혹과 혐오가 섞여 특이한 마력이 되었다.

클라리세는 사랑의 뿌리를 갉았다. 이 뿌리는 키스와 물어뜯기, 시선을 나란히 하기와 마지막 순간 괴로운 마음으로 눈을 돌려 버리기라는 두 갈래로 갈라져 있다. "서로 사이좋게 지내기는 결국 미움으로 변하는가?" 그녀는 자문했다. "바른 삶은 야만성을 원하는가? 평화로운 것은 잔혹함을 필요로 하는가? 질서는 분열을 원하는가?" 그것은 모스브루거가 자극한 것이었고 또 아니었다. 음악의 천둥소리 아래서 그녀 주위의 세계가 불탔다. 아직 발발하지 않은 세계화재였다. 여하튼 내면에서는 들보를 집어삼키고 있었다. 하지만 그것은 비유에서와 같았는데, 비유에서 사물은 같은 것이지만 반대로 아주 다른 것이기도 하다. 그리고 같은 것의 다름, 다른 것의 같음에서 두 개의 연기기둥이 구운 사과와 불 속에 던진 가문비나무 가지의 동화 같은 냄새를 내며 솟아오른다.

"결코 연주를 멈추어서는 안 돼." 곡이 끝나자, 클라리세는 이렇게 중얼거렸고 재빨리 악보를 넘기면서 그 곡을 처음부터 다시 시작했다. 발터는 멍하니 미소를 지으며 그녀를 따랐다.

"울리히는 도대체 수학으로 무엇을 하지?" 그녀가 그에게 물었다.

발터는 경주용 차를 모는 양, 연주하면서 어깨를 으쓱했다.

'계속해서 연주해야 해, 끝까지!' 클라리세는 생각했다. '생이 끝날 때까지 중단 없이 연주할 수 있다면, 그게 모스브루거일까? 끔찍해? 바보? 하늘의 검은 새?' 그녀는 알지 못했다.

그녀는 아무것도 알지 못했다. 어느 날 — 그녀는 그 일이 일어난 날짜까지 정확히 계산할 수 있었으리라 — 어린 시절의 잠에서 깨어났고 그때 벌써 어떤 일을 이행하도록, 특정한 역할을 하도록, 어쩌면 심지어 위대한 일을 하도록 선택받았다는 확신이 서 있었다. 당시 그녀는 아직 세상에 대해 아무것도 몰랐다. 부모님과 오빠가 세상에 대해 이야기하는 것도 믿지 않았다. 그것은 달그닥거리는 말이었고 매우 좋고 매우 아름다웠지만 그녀는 그들이 말한 것을 자기 것으로 만들 수 없었다. 한 화학입자가 자신과 '맞지' 않는 다른 화학입자를 수용할 수 없는 것처럼 그냥 그럴 수가 없었다. 그 후 발터가 왔다. 그것이 그날이었다. 이날부터 모든 것이 그녀와 '맞았다'. 발터는 작은 콧수염을 기르고 있었다. 작은 솔이었다. 그는 프로일라인15이라고 말했다. 단번에 세계가 더 이상 황량하고 무질서하며 깨진 표면이 아니라 가물가물 빛나는 원이 되었다. 발터가 하나의 중심, 그녀가 하나의 중심이었고, 하나의 중심으로 합쳐지는 두 개의 중심이 그들이었다. 대지, 집, 쓸지 않은 낙엽, 고통스런 지평선(그녀는 어린 시절 가장 고통스러웠던 한순간을 상기했다. 그녀는 아버지와 함께 '전망대' 위에 서 있었고 화가인 그는 무한히 매료되었지만 그녀에게는 이 긴 지평선을 따라 펼쳐진 세계를 바라보는 것이, 마치 손가락으로 자의 모서리 위를 달릴 때처럼, 아팠을 뿐이었

---

15 미혼인 젊은 여성을 부르는 호칭으로 지금은 사용되지 않는다.

다), 예전에는 현존재가 이런 것들로 구성되었는데, 이제는 갑자기 그녀의 육신의 살처럼 그녀의 것이 되었다.

이제 그녀는 자신이 어떤 거인적인 일을 할 것임을 알았다. 그것이 무엇인지 아직 말할 수 없었지만 그사이 그녀는 그것을 음악에서 가장 격렬히 느꼈고 그 후 발터가 니체보다 훨씬 더 위대한 천재가 되기를 바랐다. 나중에 나타나서 니체의 책을 선물했을 뿐인 울리히는 말할 가치도 없었다.

그때부터 앞으로 나아갔다. 얼마나 빨리 나아갔는지는 더 이상 말할 수 없었다. 예전에 그녀는 얼마나 서투르게 피아노를 쳤던가, 얼마나 적게 음악을 이해했던가. 지금 그녀는 발터보다 피아노를 잘 쳤다. 그리고 얼마나 많은 책을 읽었던가! 이 모든 것들은 어디에서 왔는가? 그녀는 그것들을 눈 위에 서 있는 작은 소녀 주위에서 무리 지어 날개를 퍼덕이는 검은 새들처럼 눈앞에서 보았다. 하지만 잠시 후 그녀는 검은 벽과 그 위에 찍힌 하얀 점들을 보았다. 그녀가 모르는 모든 것이 검었다. 흰 색이 모여들어 크고 작은 섬을 만들었지만 검은 색은 변함없이 무한했다. 이 검은 색에서 두려움과 흥분이 나왔다. '악마인가?' 그녀는 생각했다. '악마가 모스브루거가 되었나?' 그녀는 생각했다. 흰색 점들 사이에서 그녀는 이제 가는 회색 길들을 알아차렸다. 살아오면서 그녀는 한 길에서 다른 한 길로 건너왔다. 그것은 사건들이었다. 여행, 도착, 열띤 토론, 부모와의 싸움, 결혼, 집, 발터와의 전례 없는 투쟁. 가는 회색의 길들은 구불구불했다. '뱀들!' 클라리세는 생각했다. '올가미들!' 이 사건들은 그녀를 옭아맸고 단단히 붙잡았고 그녀가 가려는 곳으로 가지 못하게 했고 미끌미끌했고, 돌연 그녀로 하여금 그녀가 원치 않았던 한 점에서 총을 쏘도록 만들었다.

뱀들, 올가미들, 미끌미끌. 삶은 이렇게 흘러갔다. 그녀의 사고는 삶처럼 흘러가기 시작했다. 손가락 끝은 음악의 폭포 속으로 잠겼다. 음악의 냇물바닥으로 뱀들과 올가미들이 가라앉았다. 그때 피난처를 제공하는 조용한 만(灣)처럼 모스브루거를 감춰 놓은 감옥이 열렸다. 클라리세의 사고는 전율하며 감방 안으로 들어섰다. "끝까지 음악을 연주해야 해!" 그녀는 격려하며 되뇌었지만 심장은 격렬히 떨고 있었다. 심장이 진정되자, 감방 전체가 그녀의 자아로 가득 찼다. 그것은 상처에 바르는 연고처럼 온화한 감정이었지만, 그녀가 이 감정을 영원히 붙잡아두려 하자 이것은 열리기 시작했고 동화나 꿈처럼 따로따로 펼쳐졌다. 모스브루거는 머리를 괴고 앉아 있었고 그녀는 그의 결박을 풀었다. 그녀의 손가락이 움직이는 동안 힘, 용기, 미덕, 선, 아름다움, 풍요가, 바람이 그녀 손가락의 부름을 받아 사방의 풀밭에서 불어오듯, 감방 안으로 들어왔다. '내가 왜 이 일을 하는지는 상관없어!'라고 그녀는 느꼈다. '중요한 것은 내가 지금 이 일을 한다는 것뿐이야!' 그녀는 손을, 자신의 육체의 일부를 그의 눈 위에 얹었고 그녀가 손가락을 떼자 모스브루거는 아름다운 소년이 되어 있었다. 그리고 그녀 자신도 눈부시게 아름다운 여인이 되어 그의 옆에 서 있었다. 그 여인의 육체는 남쪽의 포도주처럼 달콤하고 부드러웠고 평소 때 클라리세의 작은 육체처럼 반항적이지 않았다. '이건 우리의 죄 없는 형상이야!'라고 그녀는 의식의 아래쪽 깊은 사고층위에서 확정했다.

하지만 왜 발터는 그렇지 않지?! 음악 꿈의 심연에서 솟아오르면서 그녀는, 당시 열다섯 살에 벌써 발터를 사랑했을 때, 그의 천재성을 위협하는 모든 위험에서 용기, 강인함, 선으로 그를 구출하려 했을 때, 자신이 얼마나 유치했는지를 떠올렸다. 발터가 이 깊은 영혼의 위험을 도처에서 알아보았을 때는 얼마나 아름다웠던가! 그리고 그녀는 자문했다. 이 모든 것이 유치하기만 했던가? 결혼은 훼방하는 빛으로 이 모든 것을 덮어 버렸다. 결혼으로 인해 갑자기 사랑에는 큰 당혹감이 생겼다. 물론 최근의 그 시간들은 멋졌고 아마 그 전보다 더 내용이 풍부하고 더 구체적이었지만 거대한 화재, 하늘 위에서 불타던 것은 제대로 타지 않는 까다로운 아궁이불이 되어 버렸다. 클라리세는 발터와의 싸움이 정말로 위대했는지 확신할 수 없었다. 삶은 손아래서 사라지는 이 음악처럼 흘러갔다. 순식간에 지나가 버리리라! 절망적인 공포가 차츰 클라리세를 덮쳤다. 그리고 이 순간 그녀는 발터의 연주가 불안해진 것을 알아차렸다. 커다란 빗방울처럼 그의 감정이 건반을 때렸다. 그녀는 그가 무엇을 생각하는지 당장에 짐작했다. 아이였다. 그녀는 그가 아이를 가지고 그녀를 매어 두려 함을 알았다. 그들은 매일 그 문제로 다투었다. 그리고 음악은 한순간도 멈추지 않았다. 음악은 거부를 몰랐다. 눈치채지 못하는 새 그녀를 덮친 그물처럼 그것은 재빨리 올가미를 당겼다.

그때 연주 한가운데서 클라리세가 벌떡 일어나더니 피아노를 닫아 버렸고 발터는 가까스로 손가락을 빼냈다.

아야, 아파! 아직 깜짝 놀란 채 그는 모든 것을 파악했다. 통보만으로도 클라리세를 과도한 감정상태로 몰아간 것은 울리히의 방문이었다! 울리히는 발터 자신이 감히 건드릴 엄두도 못 내는 그것을 무지막지하게 자극함으로써 그녀를 해롭게 했다. 그것은 클라리세 안의 불행한 천재성, 비밀의 동굴이었다. 거기서는 어떤 재앙이 사슬을 잡아당기고 있었는데, 사슬은 언젠가는 느슨해질 수 있었다.

그는 꼼짝도 않고 그냥 클라리세를 망연자실해서 바라보았다.

클라리세는 아무 해명도 하지 않았고 거기 서서 거칠게 숨을 쉬었다.

발터가 말한 후, 그녀는 울리히를 전혀 사랑하지 않는다고 보증했다. 그를 사랑하면 곧장 말하겠다. 하지만 그녀는 그를 통해 마치 전등처럼 불이 켜진 느낌이다. 그가 곁에 있으면 그녀는 다시 훨씬 더 밝게 빛나고 더 중요한 느낌이 든다. 반대로 발터는 늘 창의 덧문을 닫으려고만 한다. 그녀가 느끼는 것은 그 누구와도, 울리히와도 발터와도 상관이 없다!

하지만 그래도 발터는 그녀의 말이 내뿜는 분노와 격노 사이에서 분노가 아닌 어떤 알갱이가 치명적이며 마취시키는 향기를 발산한다고 생각했다.

저녁이 되었다. 방은 검었다. 피아노는 검었다. 서로 사랑하는 두 인간의 그림자는 검었다. 클라리세의 눈은 켜진 전등처럼 어둠 속에서 빛을 발했고, 고통으로 인해 불안해진 발터의 입속에서는 이빨의 법랑질이 상아처럼 가물가물 빛났다. 바깥세상에서는 위대한 국가운동이 진행되고 있었겠지만 이 순간은, 탈이 많긴 해도, 신이 이 때문에 지구를 창조한 그런 순간인 듯했다.

39
특성 없는 남자는 남자 없는 특성들로 이루어진다

하지만 이날 저녁 울리히는 오지 않았다. 피셸 지점장이 서둘러 떠난 후 그는 다시 청소년 시절의 질문에 몰두했다. 왜 본래의 것이 아닌, 보다 높은 의미에서 참이 아닌 모든 발언이 섬뜩할 정도로 세상의 총애를 받을까. '거짓말을 해야만 늘 한 걸음 앞으로 나아가지!' 그는 생각했다. '이 말도 그에게 했어야 했는데.'

울리히는 열정적 인간이었지만 이때 열정이라는 말을 개별적으로 열정이라 부르는 것으로 이해해서는 안 된다. 그를 끊임없이 이 열정적 행동으로 내몬 뭔가가 분명 있었을 것이고 이것은 아마 열정이었겠지만 흥분상태나 흥분된 행위를 하는 상태에서조차 그의 태도는 열정적인 동시에 냉담했다. 그는 세상에 있는 일을 거의 다 해보았고, 그에게 아무 의미가 없는 일이라도 그의 행동충동을 자극한다면 지금도 당장 그 일에 뛰어들 수 있다고 느꼈다. 그래서 그는 자신의 생에 대해 약간 과장해서 이렇게 말할 수 있었다. 그의 삶에서는 모든 것이 그에게 속한다기보다 서로에게 속한 듯 그렇게 일어났다고. 싸움에서든 사랑에서든 A 다음에는 늘 B가 일어났다. 또 이때 그가 획득한 개인적 특성은 그에게 속한다기보다 특성들 서로에게 속하며, 정확히 살펴보면, 각각의 특성은 그보다는 이 특성을 또 소유하고 있을 다른 사람들과 더 밀접한 관계가 있다고 그는 믿어야 했다.

하지만, 한 사람이 특성들과 동일한 것은 아니라고 해도 특성들을 통해 규정되고 이루어져 있음은 의심의 여지가 없고 이로써 그는 가끔씩 평온한 태도일 때에도 감정적인 태도일 때와 마찬가지로 자신이 낯설게 여겨진다. 그가 원래 어떤 사람인지 말해야 했다면, 울리히는 당황했으리라. 많은 인간들처럼 그도 자신을 과제나 그 과제와의 관계로만 평가해 왔으니까. 그의 자의식은 손상되지도 않았고 유약하거나 허황되지도 않았으며 양심의 검토[16]라 부르는 그 분해하여 점검하기와 윤활유 바르기의 욕구가 없었다. 그는 강인한 인간이었나? 그는 알지 못했다. 이에 관해 그는 치명적인 오류를 범하고 있을지도 모른다. 하지만 분명 그는 늘 자신의 힘을 신뢰하는 인간이었다. 지금도 그는 자신의 체험과 특성을 소유하는 것과 그것을 낯설게 대하는 것의 차이는 태도의 차이일 뿐이며 어떤 의미에서는 의지의 결심이거나 살아가면서 취하는 보편성과 개인성의 정도 차이일 뿐임을 추호도 의심하지 않았다. 간단히 말해, 인간은 경험하거나 행하는 것에 대해 더 보편적인 태도를 취하거나 더 개인적인 태도를 취할 수 있다. 한방을 맞았을 때 개인적인 태도를 취한다면 통증 말고도 마음의 상처를 받을 수 있고 이로 인해 고통은 참을 수 없이 커진다. 하지만 이를 스포츠맨처럼, 주눅이 들거나 맹목적인 분노에 사로잡힐 필요가 없는 하나의 장애물로 받아들일 수도 있다. 그러면 이 고통을 전혀 알아차리지 못하는 일이 드물지 않다. 두 번째 경우에 일어난 일은 바로 고통을 보편적 연관성, 즉 싸움행위라는 연관성에 편입시킨 것일 뿐이다. 이때 고통의 본질은 그가 수행해야 하는 과제에 달려 있음이 입

---

16 과거의 생각, 말, 행동 등에 대한 검토로, 예를 들어 가톨릭교에서는 고해 전에 사적으로 행한다.

증된다. 그리고 체험이 행위들의 논리적 연쇄에서 차지하는 위치를 통해서 그 의미를, 아니 그 내용을 비로소 얻게 된다는 바로 이 현상은 체험을 개인적 사건이 아니라 정신적 힘에 대한 도전으로 보는 모든 인간들에게서 나타난다. 그러면 그는 자신이 행하는 것을 좀더 약하게 느낄 것이다. 하지만 놀랍게도 복싱에서는 우월한 정신력이라고 여겨지는 이러한 태도가 복싱과 관계없는 사람들의 어떤 정신적 삶의 자세에 대한 애호에서 생겨나면 그냥 냉정하다, 감정이 없다고 부른다. 앞서도 말했지만, 이때 상황에 따라 보편적 태도나 개인적 태도를 적용하고 요구하기 위해 여전히 온갖 구별이 행해진다. 아주 객관적으로 행동하는 살인자는 특히 잔혹하다고 해석된다. 아내의 팔에 안겨 과제를 계속 계산하는 교수는 뼈처럼 감정이 메말랐다고 해석된다. 수많은 인간을 말살하고 높은 자리에 오른 정치인은 성공 여부에 따라 비열하다거나 위대하다고 해석된다. 이에 반해 군인, 사형집행인, 외과 의사에게는 다른 사람들에게는 유죄일 바로 이 태연함이 요구된다. 이 예시들의 도덕을 계속 논할 필요도 없이, 객관적으로 올바른 태도와 개인적으로 올바른 태도 사이의 타협이 이루어질 때마다 늘 눈에 띄는 것은 불확실성이다.

이 불확실성은 울리히의 개인적 질문의 폭넓은 배경이 되었다. 예전에는 오늘날보다 더 떳떳한 양심으로 한 개인일 수 있었다. 인간은 곡식의 줄기와 비슷했다. 그는 신, 우박, 불타는 열정, 역병, 전쟁에 아마 지금보다 훨씬 더 격렬하게 이리저리 흔들렸겠지만 전체로, 도시 단위로, 지방 단위로, 밭으로서 그랬다. 개별 줄기에 그 밖에 아직 개인적 움직임의 여지로 남아 있는 것, 그것은 스스로 책임질 일이었고 분명한 경계가 있는 일이었다. 이에 반해 오늘날 책임은 그 무게 중심이 더 이상 인간 속에 있지 않고 일들의 연관성 속에 있다. 체험이 인간에게서 독립했다는 것을 알아차리지 못했는가? 체험들은 극장으로, 책 속으로, 연구소와 연구여행의 보고서 속으로, 신조 및 종교공동체 속으로 들어갔다. 이들은 사회적 실험에서처럼 특정 종류의 체험을 다른 체험들을 희생하여 만들어 낸다. 작업에 동원되지 않는 체험들은 그냥 대기한다. 그러니 오늘날 누가 아직도 자신의 분노가 정말로 자신의 분노라고 말할 수 있는가?! 너무나 많은 사람들이 간섭하고 그보다도 더 잘 그것을 이해하는 오늘날 말이다. 남자 없는 특성들의 세계, 체험하는 사람 없는 체험들의 세계가 생겨났다. 그리고 한 인간이 더 이상 아무것도 사적으로 체험하지 않고 개인적 책임감의 쾌적한 무게는 가능한 의미들의 공식체계로 해체되는 것이 이상적인 경우인 듯 보일 지경이다. 어쩌면 인간을 그토록 오랫동안 우주의 중심으로 여겼지만 이제 수백 년 전부터 차츰 사라지고 있는 인간 중심적 태도, 그것의 해체가 마침내 자아 자체에 도달했을 것이다. 체험에서 가장 중요한 것은 내가 체험한다는 것이며 행위에서 가장 중요한 것이 내가 행한다는 것이라는 믿음은 대부분의 인간들에게 순진함으로 비치기 시작하기 때문이다. 아마 아직도 아주 개인적으로 살아가는 사람들이 있을 것이다. 그들은 "우리는 어제 누구누구 집에 있었다"거나 "우리는 오늘 이것저것을 할 거야"라고 말하고 그것이 그밖에는 아무 의미나 내용을 가질 필요도 없이 이에 기뻐한다. 그들은 손가락에 닿는 모든 것을 사랑하며 가능한 한 순수하게 사적 개인이다. 그들과 관계하자마자 세계는 사적 세계가 되고 무지개처럼 빛난다. 아마 그들은 매우 행복할 것이다. 하지만 보통 이런 부류의 사람들은 다른 사람들에게는, 왜 그런지는 확실치 않지만, 벌써 허무맹랑해 보인다. 그리고 단번에 울리히는 이 사고와 관련하여 미소를 지으며 고백해야 했다. 이 모든 사실에도 불구하고, 그는 아무런 성격도 소유하지 않고도 성격 있는 남자라고.

40
모든 특성을 가졌지만 이에 무관심한 남자.
정신의 영주가 체포되고 평행운동은 명예비서를 얻다

이 서른두 살의 남자 울리히를 그의 기본특징들로 서술하는 것은 어렵지 않다. 물론 그가 자신에 대해 아는 것이라고는 그가 이 모든 특성들과 가까운 만큼 또 멀고, 이제 그의 것이 되었든 말든, 특이하게도 이것들에 무관심하다는 것이지만. 매우 다채로운 소질만 있으면 되는 영적 유연성은 그의 경우 또 어떤 공격 욕구와 연결된다. 그는 남성적 사고방식을 가지고 있다. 다른 인간들에게 감상적이지 않고 자신의 목적을 위해 사귈 때 말고는 그들에게 감정이입을 하는 경우도 드물었다. 권리를 가진 사람을 존중하지 않으면 권리도 존중하지 않았다. 그리고 이런 일은 드물었다. 시간이 흐르면서 그의 내면에는 점점 어떤 거부태세, 감정의 유연한 변증법이 발전했기 때문인데, 이 변증법은 그로 하여금 일반적으로 좋다고 하는 것에서 홈을 찾아내고 반대로 금지된 것을 옹호하고, 자신만의 의무를 창조하려는 의지에서 연유하는 불만을 느끼며 의무들을 거부하게 한다. 그러나 이 의지에도 불구하고 그는 스스로 허용한 몇몇 예외를 제외하고는 자신의 도덕적 지도를 그냥 기사도적 예절에 맡긴다. 이는 시민계급 사회에 살고 있는 거의 모든 남자들을, 그들이 잘 정돈된 상황에서 사는 한, 지도하는 바로 그 예절이다. 이런 식으로 그는 소명받은 행위를 하는 사람의 오만함, 가차 없음, 소홀함을 가지고, 자신의 성향과 능력을 다소 평범하고 유용하게 사회적으로 사용하는 사람의 삶을 영위한다. 그는 허영심이 아니라 자연스러운 충동에서 자기 자신을 중요한 목적을 위한 도구로 간주하는 데 익숙했고 이 목적이 무엇인지 늦기 전에 알아낼 작정이었다. 그리고 자신의 삶이 정처 없이 방랑하고 있음을 통찰한 후 모색의 불안한 한 해를 시작한 지금도, 길 위에 있다는 감정이 곧 다시 생겼고 자신의 계획을 실현하는 데 특별한 노력을 기울이지 않았다. 이런 천성에서 이 천성을 추진하는 열정을 알아보는 것이 그리 쉽지는 않다. 소질과 주변 환경이 이 천성을 애매모호한 형상으로 빚었고 이 천성의 운명을 드러내 줄 정말 가혹한 반대압력은 아직 없었다. 하지만 중요한 것은 결정을 내리기에는 이 천성에 아직 뭔가가, 그 천성이 모르는 뭔가가 결핍되어 있다는 것이다. 울리히는 겉보기에는 아무런 강요 없이 되는 대로 사는 듯하지만, 자신에 반해서 살도록 뭔가에 강요당하는 인간이다.

세계를 실험실과 비교함으로써 그의 마음속에는 옛 표상 하나가 되살아났다. 그는 예전에는 인간존재의 최선의 종류들을 실험해 보고 새로운 종류를 발견하는 커다란 실험실 같은 삶이 마음에 든다고 자주 생각했다. 전체 실험실이 약간 계획 없이 일하고 전체를 이끄는 지도자나 이론가가 없다는 것은 별개의 문제였다. 그 스스로 정신의 영주나 주인 같은 것이 되려 했다고 말할 수 있었다. 누가 그러지 않겠는가! 정신은 가장 높은 것이며 모든 것의 지배자로 여겨지는 것은 너무나 자연스러운 일이다. 그렇게 배운다. 할 수만 있다면 무엇이나 정신으로 자신을 치장하고 위장한다. 정신이란 어떤 것과의 연결을 통해 세상에서 가장 널리 퍼져 있는 것이다. 충성의 정신, 사랑의 정신, 남성적 정신, 교양 있는 정신, 현재의 가장 위대한 정신 등, 우리는 이런저런 일의 정신을 높이 평가하려 한다. 우리는 우리 운동의 정신 속에서 행동하고자 한다, 이 말은 그 최하위 단계에 이르기까지 얼마나 확고하며 비위에 맞게 들리는가. 그 외 모든 것들, 일상적 범죄, 지칠 줄 모르는 소유욕은 이에 비하면 보증되지 않은 것, 신이 발톱에서 제거한 때로 보인다.

하지만 정신 혼자 벌거벗은 단어로, 보자기라도 빌려주고 싶을 만큼 벌거숭이인 유령처럼 거기 서 있으면, 그러면 어떠한가? 문학작품을 읽고 철학자를 공부하고 그림을 사고 밤마다 대화할 수도 있지만 이때 얻는 것이 정신인가? 그렇다고 가정해 보자. 하지만 그럼 이를 소유하는가? 이 정신은 그것이 등장할 때 취하는 우연한 형상과 너무나 단단히 연결되어 있다! 정신은 그것을 받아들이고 싶은 인간을 통과해 가고 약간의 동요만을 남긴다. 이 모든 정신을 우리는 어떻게 이용할까? 정신은 종이, 돌, 화폭 더미 위에서 천문학적이라 할 만한 규모로 늘 새로이 생산되고, 마찬가지로 신경질적인 에너지를 거인처럼 소비하면서 끊임없이 수용되고 향유된다. 그러면 정신에 무슨 일이 일어나는가? 환영처럼 사라져 버리는가? 입자들로 해체되는가? 정신은 자기보존이라는 현세의 법칙을 벗어나는가? 우리 안으로 내려앉아 천천히 안정을 찾은 먼지알갱이들은 이 소모와는 아무 관계도 없다. 정신은 어디로 가며 어디에 있으며 무엇인가? 이에 관해 더 많은 것을 알게 되면, 이 정신이라는 단어 주변은 숨 막히게 고요해질까?

저녁이 되었다. 공간이 토해낸 듯한 집들, 아스팔트, 철로가 식어가는 조개, 도시를 구성했다. 엄마조개는 인간들의 천진난만하고 즐겁고 격분한 움직임으로 가득 차 있었다. 이곳에서 한 방울 인간은 모두 물을 흩뿌리고 내뿜는 작은 물방울로 시작한다. 작은 폭발로 시작해서 사방 벽에 붙들려 차가워지고 더 온화해지고 더 둔해지고 엄마조개의 품에 사랑스럽게 매달려 있다가 결국에는 그 벽에 붙은 작은 알갱이로 응고된다. '왜?' 울리히는 갑자기 생각했다. '나는 순례자가 되지 않았나?' 순수하고 무조건적인 생활방식이, 기력을 소진시키는 아주 맑은 공기처럼 신선하게 그의 감각 앞에 놓여 있었다. 삶을 긍정하지 않으려는 사람은 적어도 성자들처럼 '아니오!'라고 말해야 한다. 하지만 이를 진지하게 생각한다는 것은 그냥 불가능했다. 마찬가지로 그는 모험가도 될 수 없었다. 그러면 삶은 영원히 신혼 같을 테고 그의 사지와 용기는 이 욕구를 느꼈다. 그는 시인이 될 수도 없었고 환멸을 느낀 나머지 돈이나 폭력만 믿는 사람이 될 수도 없었다. 물론 둘 다 될 소질은 있었지만. 그는 지금의 나이를 잊었고 스무 살이라고 상상해 보았다. 그럼에도 불구하고 그가 아무것도 될 수 없다는 것은 명백했다. 뭔가가 존재했던 모든 것에게로 그를 이끌었고 더 강한 뭔가가 그를 그리로 가지 못하게 했다. 왜 그는 이렇게 막연하게, 결정하지 못하고 살아가는가? 그는 중얼거렸다. 의심할 바 없이, ─그는 자신에게 말했다─그를 미지의, 은둔의 존재형식으로 내쫓는 것은 세계를 풀어서 다시 묶으려는 바로 그 강박, 한마디로 정신이라 불리는 것으로서, 단둘이서 만나고 싶지 않은 것이었다. 왜 그런지 자신도 몰랐지만 울리히는 갑자기 슬퍼졌고 이렇게 생각했다. '나는 그냥 나 자신을 사랑하지 않아!' 화석이 된 얼어붙은 도시의 몸속에서 그는 자신의 심장이 뛰는 것을 마음속 깊이 느꼈다. 거기 그의 내면에 뭔가가 있었는데, 그것은 어느 곳에도 머무르려 하지 않았고 세계의 벽들을 줄줄이 느꼈고 아직 수백만 개의 벽이 더 있다고 생각했다. 천천히 식어 가는 가소로운 이 한 방울 자아(自我), 그것은 자신의 불, 아주 작은 불씨를 넘겨주려 하지 않았다.

아름다움이 좋게도, 나쁘게도, 어리석게도, 매혹적이게도 만든다는 것을 정신은 경험으로 알았다. 정신은 양과 회개자를 해부하고 이 둘 속에서 겸허와 인내를 발견한다. 어떤 물질을 연구하고 많은 양으로는 독이, 적은 양으로는 기호식품이 된다는 것을 안다. 입술 점막이 장(腸) 점막과 유사하다는 것을 알지만 이 입술의 겸허가 모든 성스러운 것의 겸허와 유사하다는 것도 안다. 정신은 뒤죽박죽 뒤섞고 해체하고 새로 연결시킨다. 정신에게 선과 악, 위와 아래는 회의적, 상대적 표상이 아니라 어떤 기능의 일부, 즉 현재의 연관성에 달린 가치일 뿐이다. 정신은 수백 년의 세월에서 악덕이 미덕이 되고 미덕이 악덕이 될 수 있음을 배웠으며, 범죄자를 평생 유용한 인간으로 만들지 못한 것은 근본적으로 솜씨가 부족했을 뿐이라고 여겼다. 정신은 금지된 것도, 허락된 것도 인정하지 않는다. 모든 것에는 어느 날 어떤 위대한 새로운 연관성에 참여할 수 있게 해주는 하나의 특성이 있을 수 있으니까. 정신은 위대한 이상, 법칙, 그들의 작고 화석화된 사본, 평화를 찾은 성격 등 영원히 확고한 척하는 모든 것을 은밀히 죽음처럼 미워한다. 정신은 어떤 것도, 어떤 자아도, 어떤 질서도 확고하다고 간주하지 않는다. 우리의 지식이 매일 달라질 수 있기 때문에 정신은 어떤 속박도 믿지 않는다. 그리고 모든 것은 지금의 가치를 다음 창조 행위 때까지만 보유한다. 말에 따라 변하는 청자(聽者)의 얼굴처럼.

이처럼 정신은 위대한 임기응변자지만 정신 그 자체는 어디에서도 붙잡을 수가 없고 정신의 작용으로는 오로지 붕괴만이 남는다고 믿을 수 있으리라. 모든 진보는 개별적으로는 이득이지만 전체로는 분리다. 이것은 권력의 증가지만 이 증가는 무력감의 점진적 증가로 이어진다. 그리고 우리는 이것을 그만둘 수가 없다. 울리히는 매시간 자라나는, 사실과 발견의 육체가 떠오름을 느꼈다. 오늘날 어떤 질문을 정확히 관찰하려면, 정신은 이 육체로부터 내다보아야 한다. 이 몸은 자라면서 내면에서 멀어진다. 수많은 견해와 의견, 모든 영역과 시대, 건강한 뇌와 병든 뇌, 깨어 있는 뇌와 꿈꾸는 뇌의 모든 형식을 정리하는 사고들이 수천 개의 작고 민감한 신경다발처럼 이 몸을 관통하지만 이것들이 합쳐질 수 있는 중심점이 없다. 인간은 위험이 닥쳐옴을 느낀다. 인간은 몸 크기 때문에 멸망한 선사시대 그 거대한 동물종족의 운명을 반복하게 될 것이다. 하지만 정신은 그만둘 수가 없다. 이를 통해 이제 울리히는 다시 매우 의심스러운 그 표상을 떠올렸다. 그것은 그가 오래전에 믿었고 오늘날까지도 완전히 내면에서 근절하지 못한 것으로, 세상은 지식인과 선구자로 구성된 원로원에 의해 통치되는 것이 최상이라는 표상이었다. 병이 들면 양치기가 아니라 전문교육을 받은 의사의 치료를 받는 인간이, 건강하면 양치기와 비슷한 수

다쟁이들에게 치료를 받을 이유가 없다고 생각하는 것은 너무나 자연스럽다. 그런데 그는 공적인 사안에서 이렇게 한다. 그래서 삶의 본질적 내용이 중요한 젊은 인간들은 처음에는 세상에서 참되지 않고 선하지 않고 아름답지 않은 모든 것, 예를 들어 재정 관청이나 국회 논쟁을 부차적이라고 간주한다. 적어도 당시에는 그랬다. 오늘날 젊은이들은 정치적이고 경제적인 교육 덕분에 다르다고 하니까. 하지만 당시에도 그들은 나이가 들어 가고 세계가 판매용 베이컨을 훈제하는 정신의 훈연실을 더 오래 알게 되면서, 현실에 적응하는 것을 배웠다. 그리고 정신적으로 조금 교육을 받은 인간의 최종 상태는 대략 다음과 같았다. 그는 활동을 자신의 '분야'에만 국한하고 그 밖의 그의 삶은, 전체는 사실 다르게 되어야겠지만 이에 대해 숙고하는 것은 소용이 없다는 확신을 가지고 살아간다. 정신적 성과를 내는 인간의 내적 균형은 대충 이런 모양새다. 갑자기 울리히는 이 전체를 우습게도 다음과 같은 질문으로 표현했다. 마지막에는 분명 정신이 충분히 많이 존재할 테지만 단 한 가지 부족한 것은 정신 자신에게 정신이 없다는 것이 아닐까?

그는 이를 웃어넘기려 했다. 그 스스로가 이렇게 포기하는 자들 가운데 한 명이었으니까. 하지만 실망은 했지만 아직 살아 있는 명예욕이 칼처럼 그를 찔렀다. 이 순간 두 명의 울리히가 걸어가고 있었다. 한 명은 미소를 지은 채 주위를 둘러보면서 생각했다. '그때 나는 언젠가 이것과 같은 무대장치 사이에서 어떤 역할을 하려고 했어. 어느 날 나는 깨어났고 어머니의 요람 안에서와 같이 연약하지 않았고 뭔가를 이루어야 한다는 굳은 확신이 있었어. 출연지시를 받았지만 나와는 상관없다고 느꼈어. 번쩍거리는 무대조명을 받은 듯 당시에는 모든 것이 나 자신의 계획과 기대로 가득 차 있었지. 하지만 그사이에 나도 모르게 바닥이 돌았고 나는 나의 길에서 약간 전진했고 어쩌면 이미 출구에 서 있을 거야. 곧 나는 내보내지고 내 위대한 역할에 대해 막 이렇게 말하겠지. '말에 안장이 얹혀졌다.' 빌어먹을!' 하지만 한 명이 이런 생각을 하면서 미소를 지은 채 부유하는 저녁을 뚫고 걸어가는 동안, 다른 한 명은 고통과 분노로 주먹을 불끈 쥐었다. 이는 상대적으로 눈에 띄지 않는 울리히였고 그는 하나의 주문, 붙잡을 수 있는 손잡이, 정신 본래의 정신, 빠진 조각, 깨어진 원을 붙일 수 있을 작은 조각을 찾는 것에 대해 생각했다. 이 두 번째 울리히는 사용할 수 있는 단어를 찾지 못했다. 말은 원숭이처럼 나무에서 나무로 건너뛴다. 우리가 뿌리를 내린 어두운 영역에서는 말의 친절한 중재가 없다. 바닥이 그의 발밑에서 흘러갔다. 그는 눈을 뜰 수조차 없었다. 감정이 마치 폭풍처럼 불어대도 전혀 폭풍 치는 감정이 아닐 수 있을까? 감정의 폭풍이라 하면 인간의 껍질이 신음하고 인간의 가지들이 부러질 듯 날아가는 폭풍을 생각한다. 하지만 그 폭풍의 표면은 아주 고요했다. 거의 전향, 전환의 상태일 뿐이었다. 표정 하나도 바뀌지 않았지만 내부에서는 원자 하나도 제자리에 있지 않은 듯했다. 울리히의 감각은 명료했지만 눈은 마주치는 모든 인간을 평소와는 달리 수용했다. 귀는 모든 소리를 달리 수용했다. '더 예리하게'라고 말할 수는 없었다. 사실 '더 깊이', '더 부드럽게', '더 자연스럽게' 또는 '더 부자연스럽게'라고도 말할 수 없었다. 울리히는 아무 말도 할 수 없었지만 이 순간 '정신'이라는 특별한 체험을, 평생을 속았지만 덜 사랑할 수 없는 연인처럼 생각했다. 그리고 이 체험은 그와 그가 마주치는 모든 것을 연결했다. 사랑에 빠지면 모든 것이, 고통이거나 혐오라 해도, 사랑이니까. 작은 나뭇가지와 창백한 유리창은 저녁 빛 속에서 그 고유의 본질 깊숙한 곳으로 가라앉혀진, 말로는 표현할 수 없는 체험이 되었다. 사물들은 나무와 돌이 아니라 웅장하고 무한히 부드러운 부도덕으로 이루어진 듯 보였다. 울리히와 맞닿은 순간 이 부도덕은 깊은 도덕적 충격이 되었다.

이것은 미소 짓는 동안 지속되었고 울리히가 막 '이제 그것이 나를 데려가는 그곳에 한번 머무르려 해'라고 생각했을 때, 불행히도 이 긴장상태는 장애물에 부딪혀 산산조각이 났다. 이때 일어난 일은 실제로 울리히가 방금 나무와 돌을 자기 육체의 감상적 연속체인 양 체험했던 그 세계와는 완전히 다른 세계에서 왔다.

라인스도르프 백작이 사용했을 법한 표현을 빌려 말하자면, 한 노동자신문이 위대한 이념에 대해 파괴적인 침을 뱉었다. 신문은 이 이념이 최근에 있었던 연쇄살인에 이어 지배층의 새로운 화젯거리일 뿐이라고 주장했고 약간 과음을 한 성실한 노동자 한 명이 이에 화가 났다. 그는 두 명의 시민과 가볍게 부딪혔는데, 이들은 하루의 일과에 만족감을 느꼈고 선한 신조는 늘 모습을 보이는 법임을 의식하며 꽤 큰 소리로 신문에서 읽은 이 애국운동에 동의한다는 말을 주고받고 있었다. 시비가 붙었고 선한 신조를 가진 자들은 경찰관 한 명이 근처에 있다는 사실에 더욱 고무되어 공격자를 자극했으므로 소동은 점점 더 격렬한 양상을 띠었다. 경찰관은 소동을 처음에는 어깨 너머로, 나중에는 앞에서, 이어 가까이에서 관찰했다. 그는 관찰하면서 국가라는 쇠지레장치의 툭 튀어나온 말단처럼 — 이 장치는 버튼과 다른 금속부품에서 끝난다 — 이 소동에 참석했다. 그런데 질서가 잘 잡힌 국가에 지속적으로 거주하는 것은 유령 같은 데가 있다. 거리에 나가거나 물을 한 잔 마시거나 전차를 탈 때마다 우리는 법과 관계들의 거대한 기구의 신중한 지렛대들을 건드리거나 작동시키거나 이것들 덕분에 현존재의 평온함을 누리며 살아간다. 이것들은 내면 깊숙이 파고들지만 우리는 이것들에 대해 아는 게 거의 없고, 이것들은 아직 어떤 인간도 그 전체 연관성을 푼 적이 없는 그물망 속으로 사라진다. 따라서 우리는 이것들을 부인한다. 마치 국민이 공기가 텅 비어 있다고 주장하면서 부인하듯이. 하지만 부인되는 모든 것들, 물, 공기, 공간, 돈, 시간의 흐름 등과 같은 색채 없는 것, 냄새 없는 것, 맛이 없는 것, 무게가 없는 것, 도덕이 없는 것이 사실 가장 중요한 것이라는 데에 바로 삶의 허깨비 같은 것이 있다. 때때로 공포가 인간을 의지 없는 꿈속에서처럼 사로잡기도 하고, 닥치는 대로 부수는 광란의 폭풍이 이해할 수 없는 그물의 메커니즘에 빠진 동물처럼 인간을 사로잡기도 한다. 경찰관의 옷에 달린 단추는 노동자에게 이런 작용을 했고, 이 순간 마땅한 방식으로 존중받지 못한다고 느낀 국가기관은 체포에 들어갔다.

체포는 저항을 받으며, 선동적 신조가 거듭 선언되는 가운데 진행되었다. 술 취한 자는 선풍을 일으킨 것에 우쭐했고 지금까지 숨겨왔던 인간에 대한 전적인 거부감이 고삐에서 풀려났다. 자신을 관철시키려는 열정적 투쟁이 시작되었다. 자아에 대한 보다 높은 감정이 마치 그가 자신의 피부 속에 단단히 들어 있지 않은 듯한 섬뜩한 감정과 대결했다. 세상도 확고하지 않았다. 세상은 늘 변형되고 모습을 바꾸는 불안정한 입김이었다. 집들은 공간에서 깨어져 나와 비딱하게 서 있었다. 가소롭고 우글거리는, 그래도 사이좋은 방울방울들이 그 사이에 있는 인간들이었다. 만취한 자는 이들에게 질서를 가져다주라는 사명을 받았다고 느꼈다. 전체 현장은 번쩍번쩍 빛나는 것들로 가득 찼고 그도 사건의 일부 진행은 분명히 이해했지만 그 후 다시 벽들이 돌았다. 안축은 손잡이처럼 머리에서 튀어나온 반면 발바닥은 단단히 땅을 붙들었다. 입에서 기묘한 물결이 흘러나오기 시작했다. 말들이 내면에서 솟아올랐지만 이해할 수 있는 것은 없었다. 그전에 쏟아져 들어간 말처럼 아마 욕이었을 것이다. 정확히 구별할 수가 없었다. 외부와 내부가 서로 뒤섞여 무너졌다. 분노는 내면의 분노가 아니었고 미쳐 날뛰도록 자극받은 분노의 육체적 껍데기에 불과했다. 경찰관의 얼굴이 꽉 쥔 주먹에 아주 천천히 접근했고 결국 피를 흘렸다.

하지만 경찰관도 그사이 3배로 늘어났다. 급히 달려오는 경관들과 함께 사람들도 달려왔다. 술 취한 자는 바닥에 몸을 던졌고 체포되지 않으려 했다. 이때 울리히는 경솔한 짓을 저질렀다. 그는 군중 속에서 "황제모욕"이라는 말을 알아들었고 이에, 이 남자는 모욕을 저지를 상태가 아니며 잠을 자도록 보내야 한다고 말했다. 많이 생각하고 한 말은 아니었지만 그는 상대를 잘못 만났다. 이제 그 남자는 "울리히나 황제나 모두…!"[17]라고 소리쳤다. 경찰관은 이 재범의 책임을

---

17 '엿 먹어라'가 생략되었다.

울리히의 간섭에 돌린 게 분명했고 울리히에게 가던 길이나 가라고 거칠게 요구했다. 하지만 국가를 정중한 서비스를 요구할 수 있는 호텔과 다르게 보는 데 익숙하지 않았던 울리히는 이제 그런 식으로 말하지 말라고 했다. 그런데 이는 뜻밖에도 경찰관들로 하여금, 경관이 3명이나 왔는데 술 취한 사람 **한 명**으로는 부족하다는 판단을 하도록 했고 그들은 울리히도 같이 데리고 갔다.

제복을 입은 사람의 손이 그의 팔을 감았다. 그의 팔은 모욕적으로 그를 잡고 있는 손보다 훨씬 더 강했지만 이 무장한 국가폭력과 승산 없는 복싱을 벌일 생각이 없다면 그는 이를 떨쳐 버려서는 안 되었다. 결국 그는 자진해서 따라가게 해달라고 정중하게 부탁하는 수밖에 없었다. 경찰서에 들어섰을 때 울리히는 바닥과 벽이 병영을 연상시킨다고 느꼈다. 끈질기게 따라 들어오는 더러움과 독한 청소세제 사이의, 병영에서와 동일한 암울한 싸움이 경찰서를 가득 채웠다. 다음으로 이 안에서 그는 뿌리를 내린 민간지배의 상징을 보았는데, 난간을 두른 두 개의 책상이었다. 난간에는 작은 기둥 몇 개가 빠져 있었고 사실 탁자라기보다는 찢어지고 불탄 천 덮개가 씌워진 상자에 불과했다. 상자는 공 모양의 아주 짧은 다리 위에 얹혀 있었고 페르디난트 황제 시절에 황갈색 니스로 광택을 냈지만 이제 니스의 마지막 몇 점만이 목재에 매달려 있었다. 세 번째로, 여기서는 질문하지 말고 기다려야 한다는 답답한 감정이 공간을 가득 채웠다. 경찰관은 체포사유를 보고한 후 기둥처럼 울리히 옆에 서 있었고 울리히는 당장 뭔가 해명을 하려고 시도했고 이 요새의 명령권자인 경사는 울리히가 호위를 받고 들어오자, 막 쓰고 있던 서류종이에서 눈을 들어 그를 훑어보더니 다시 눈을 내리깔았다. 이 공무원은 한마디 말도 없이 서류 쓰기를 계속했다. 울리히는 영원이라는 인상을 받았다. 그 후 경사는 종이를 한옆으로 밀어 놓고 선반에서 장부를 한 권 집더니 뭔가를 기록하고 그 위에 모래를 뿌리고 장부를 도로 꽂았고 다른 한 권을 집더니 기록하고 뿌렸으며 비슷한 서류철 더미에서 서류철 하나를 빼더니 여기서도 이 작업을 계속했다. 울리히는 두 번째 영원이 굴러가고 있다는 인상을 받았다. 그러는 동안 천체는 그가 세상에 없어도 규칙적으로 돌고 있었다.

열린 문을 통해 사무실을 나오면 복도가 있고 복도를 따라 감방들이 있다. 울리히의 피후견인은 곧장 그곳으로 끌려갔고 그의 목소리가 더 이상 들리지 않는 것으로 보아 아마도 취기가 그에게 잠이라는 축복을 선사한 모양이었다. 하지만 섬뜩한 다른 과정들이 감지되었다. 감방이 있는 복도에는 두 번째 입구가 있음이 틀림없었다. 울리히는 육중하게 왔다갔다하는 소리, 문이 꽝하고 닫히는 소리, 소리를 죽인 목소리들을 거듭 들었고 다시 한 사람이 끌려왔을 때 갑자기 누군가 목소리를 높였고 울리히는 절망적으로 탄원하는 소리를 들었다. "당신에게 일말의 인간적 감정이 있다면 나를 체포하지 마시오!" 말들은 새된 소리를 질렀고, 공무원을 향해 감정을 가지라고 외치는 이 각성 호소는 이상하게도 적절치 않게 들렸으며 거의 웃음이 날 지경이었다. 공무라는 것은 객관적으로만 수행되는 것이니까. 경사는 잠깐 동안 머리를 들었지만 서류에서 완전히 눈을 떼지는 않았다. 울리히는 여러 개의 발들이 격렬히 움직이는 소리를 들었는데, 그 발이 달린 몸들이 반항하는 몸을 잠자코 밀어붙이고 있음이 분명했다. 이

어 두 개의 발이 내는 소리만이 떠밀린 후처럼 비틀거렸다. 이어 문이
격하게 철컥 닫히더니 빗장이 덜거덕거렸고 책상 앞에 앉은 제복의
남자는 벌써 다시 머리를 숙였다. 임박한 것은 문장 끝 제자리에 찍힌
마침표의 침묵이었다.

하지만 울리히는 그 자신은 아직 경찰의 우주를 위해서 창조되지
않았다는 잘못된 가정을 한 듯했다. 다시 머리를 든 경사는 이제 그를
바라보았고 그가 마지막으로 쓴 몇 줄은 모래를 뿌리지 않아 축축하
게 빛나고 있었다. 갑자기 울리히 건은 이미 한참 전부터 이 관청의
존재 안으로 들어선 것으로 판명되었다. 이름은? 나이는? 직업은? 거
주지는? …. 울리히는 심문을 받았다.

그는 유무죄를 따지기도 전에 그를 비개인적이고 일반적인 구성요
소로 분해하는 기계 속에 빨려 든 느낌이었다. 그의 이름, 언어가 가
진 상상력은 제일 적지만 감정은 가장 풍부한 이 두 단어는 여기서는
아무 의미도 없었다. 보통 건전하다고 통하는 학문의 세계에서 명예
를 안겨 준 그의 작업들은 이 세계에는 존재하지 않았다. 그는 단 한
번도 이에 대한 질문을 받지 않았다. 그의 얼굴은 인상착의란의 기재
사항으로서만 유효했다. 그는 자신의 눈이 공공기관의 인가를 받은
네 개의 눈 가운데 하나인 회색 눈이며 이는 수백만 개가 존재한다는
사실을 예전에는 전혀 생각하지 못했다는 인상을 받았다. 머리카락
은 금발이고 체격은 크고 얼굴은 계란형이며 특별한 특징이 없었다.
물론 이에 대한 울리히 본인의 생각은 달랐다. 그의 느낌에 따르면,
그는 키가 컸고 어깨는 넓었고 흉곽은 돛대에서 부풀어 오른 돛처럼
자리 잡았으며 몸의 관절은 그가 화를 내거나 싸움을 하거나 보나데

아가 그에게 몸을 밀착시킬 때면 날씬한 강철 사지처럼 근육을 조였다. 반면에 감동적인 책을 읽거나 고향 없는 위대한 사랑의 숨결에 스칠 때면 ─ 이 사랑의 '세상 안에 존재하기'를 결코 이해할 수 없었지만 ─ 그는 물속을 떠다니는 해파리처럼 날씬하고 연약하고 어둡고 부드러웠다. 그 때문에 그는 이 순간에도 그의 인격의 통계적 탈마법화에 대한 감각을 소유하고 있었고 경찰조직이 그에게 사용한 측정 및 서술과정이 사탄이 발명한 사랑의 시처럼 그를 열광시켰다. 여기서 가장 감탄할 점은 경찰이 한 인간을 아무것도 남지 않을 정도로 분해할 수 있을 뿐만 아니라 이 사소한 구성요소들을 가지고 그를 다른 어느 누구와도 혼동할 수 없이 다시 조립하고 이 구성요소를 보고 그를 알아본다는 것이었다. 이런 성과를 내기 위해서는 그들이 '혐의'라고 부르는, 계량할 수 없는 뭔가가 들어서기만 하면 된다.

울리히는 자신의 어리석은 행동이 초래한 이 처지를 벗어나려면 아주 냉철하게 행동해야 함을 단번에 이해했다. 그는 계속 심문을 받았다. 그는 상상했다. 집이 어디냐는 물음에 '나의 집은 내가 모르는 사람의 집입니다'라고 대답하면 어떤 효과를 낼까? 또는 그렇게 행동한 이유가 무엇이냐는 질문에 그는 늘 그가 정말 중요하게 여기는 것과는 다른 것을 한다고 대답한다면? 하지만 그는 외부로는 성실하게 거리와 번지수를 댔고 자신의 행동을 사과하는 표현을 생각해 내려고 애썼다. 이때 너무나 창피하게도 정신의 내적 권위는 경사의 외적 권위 앞에서 무기력했다. 그럼에도 불구하고 마침내 그는 구원을 약속하는 어법을 탐지했다. 직업에 대한 질문을 받고 '무직'이라고 진술했을 때에도 ─ 개인연구자라는 말을 입에 올릴 수는 없었으리라 ─ 그는 시선이 자신의 얼굴 위에 멈추어 있음을 느꼈다. 그 시선은 마치 그가 '노숙자'라고 말하기라도 한 듯 그렇게 뚫어져라 그를 쳐다보았다. 하지만 이제 민족적 출신을 진술할 때 아버지가 언급되었고 아버지가 귀족원 의원이라는 사실이 드러나자 그것은 다른 시선이 되었다. 그 시선은 여전히 의심쩍어 하긴 했지만 뭔가가 당장 울리히에게, 대양의 파도에 이리저리 휩쓸리던 남자가 엄지발가락으로 단단한 바닥을 스친 것과 같은 감정이 들게 했다. 그는 재빨리 정신을 바짝 차렸고 이것을 이용했다. 그는 당장 자신이 이미 인정한 모든 것을 약화시켰고 직업선서를 한 권위적 두 귀에게 경감에게 직접 심문을 받게 해달라고 강력히 요구했다. 그리고 이것이 미소만 짓게 할 뿐이었으므로 그는 거짓말을 — 다행히 자연스럽게, 지나가는 투로, 정확한 진술을 요구하는 의문부호의 올가미를 만들어 걸 경우 이 주장을 당장 철회할 태세로— 했다. 자신은 라인스도르프 백작의 친구이며 신문에서 읽었을 그 위대한 애국 운동의 비서라고. 그는 이로써 자신의 존재에 대한 그때까지 없었던 진지한 심사숙고를 야기했음을 당장에 알아차렸고 이 장점을 고수했다. 그 결과 경사는 화가 나서 그를 훑어보았는데, 이 체포된 자를 더 오래 유치하는 데 대한 책임도, 그를 석방하는 데 대한 책임도 지고 싶지 않았기 때문이었다. 그리고 이 시간에는 더 높은 공무원이 건물 안에 없었기 때문에 그는 하나의 탈출구에 생각이 미쳤다. 이 탈출구는 일개 경사인 그가 상관인 경찰법무관으로부터 까다로운 서류를 다루는 방법을 조금 배웠다는 좋은 증거였다. 그는 짐짓 중요한 표정을 지었고, 울리히가 경찰관을 모욕하고 공무집행을 방해한 죄가 있을 뿐만 아니라 울리히가 갖고 있다고 주장하는 직책을 생각해 보면 더욱더 설명되지 않는, 정치적일 수 있는 선동의 혐의도 있다고 정색을 하고 말했다. 따라서 경찰청의 정치부에 넘겨질 각오를 해야 한다고.

이렇게 해서 울리히는 몇 분 후 그에게 제공된 차에 실려 과묵한 경관 옆에 앉아 그곳으로 밤길을 달렸다. 그들이 경찰청에 다가가자, 체포된 자는 화려하게 불을 밝힌 2층 창문을 보았다. 늦은 시간이었음에도 청장이 주재하는 중요한 회의가 있었기 때문이다. 경찰청은 음침한 마구간이 아니었고 정부의 행정부서와 비슷했고 울리히는 벌써 더 익숙한 공기를 숨 쉬고 있었다. 또 그는 곧 그를 넘겨받은 야간 근무 공무원이 과민한 변경(邊境) 조직이 고발로 야기한 터무니없는 짓거리를 재빨리 인식했음을 알아차렸다. 그럼에도 불구하고 그 공무원에게는 스스로 걸려들 만큼 거리낌이 없는 인간을 정의의 덫에서 놓아주는 것은 너무나 부적절해 보였다. 경찰청의 공무원도 얼굴에 철의 기계를 착용했고 체포된 자에게 울리히의 경솔함이 석방을 책임지는 것을 너무나 어렵게 한다고 단언했다. 울리히는 자신에게 유리하도록 경사에게 작용한 모든 것을 벌써 두 번이나 말했지만 직급이 더 높은 이 공무원을 상대로는 허사였다. 울리히가 졌다고 포기하려 했을 때, 갑자기 그의 재판관의 얼굴에 이상한, 거의 다행이라 할 변화가 나타났다. 그는 고소장을 한 번 더 정확히 살펴보았고 울리히의 이름을 다시 한번 말하게 했고 주소를 확인했고 자신이 방에 없는 동안 잠시만 기다려 달라고 정중하게 부탁했다. 10분 후 그는 뭔가 기분 좋은 일을 기억한 사람처럼 다시 돌아왔으며 체포된 자에게 따라오라고 이제 눈에 띄게 정중하게 청했다. 불이 켜져 있는 위층 방문

옆에서 그는 "청장님께서 직접 대화하고 싶어 하십니다"라고만 말했다. 다음 순간 울리히는 이웃한 회의실에서 나온, 양 뺨에만 구레나룻을 기른 신사 앞에 서 있었다. 그가 아는 사람이었다. 울리히는 자신이 여기 있는 것은 파출소의 실수라며 부드러운 비난을 담아 해명할 작정이었지만 청장은 선수를 치며 이런 말로 그를 맞았다. "오해입니다. 친애하는 박사님, 경감이 벌써 다 이야기했습니다. 그렇지만 박사님께 작은 벌을 주지 않을 수 없군요. 왜냐하면 …. " 이 말을 하면서 그는 울리히 스스로가 수수께끼를 풀게 하려는 듯 짓궂게(짓궂다는 말을 최고의 경찰공무원에게 해도 된다면) 그를 바라보았다.

그렇지만 울리히는 수수께끼를 풀 수 없었다.

"각하 말입니다!" 청장이 도와주었다.

"라인스도르프 백작 각하께서", 청장이 덧붙였다. "몇 시간 전에 너무나 다급하게 박사님에 대해 물어보셨습니다. "

울리히는 비로소 반쯤 이해했다. "성함이 주소록에 올라 있지 않더군요. 박사님!" 청장은 이것만이 울리히의 범죄라는 듯 농담 섞인 비난을 담아 설명했다.

울리히는 신중하게 미소를 지으면서 절을 했다.

"박사님께서는 내일 아주 중요한 공적 사안으로 각하를 방문하셔야 할 것 같으니, 박사님을 투옥하여 이를 방해할 수는 없는 노릇이지요." 이로써 철의 기계의 주인은 자신의 작은 농담을 마무리했다.

청장이 다른 경우라도 이 체포를 부당하다고 느꼈으리라고, 울리히의 이름이 이 건물 안에서 몇 시간 전 처음으로 거론된 정황을 우연히 기억해 낸 경감이 청장이 이 사건을 이런 목적으로 보도록 묘사했다고 생각해도 되리라. 그렇게 되면 자의적으로 사건의 진행에 개입한 사람은 아무도 없었다. 게다가 각하는 결코 이런 정황을 듣지 못했다. 울리히는 이 황제모욕의 밤 다음 날 그를 알현할 의무감을 느꼈고 이를 계기로 곧 위대한 애국운동의 명예비서가 되었다. 라인스도르프 백작이 이 정황을 알았더라면 꼭 이렇게 말했으리라. 기적 같은 일이 일어났구나.

41
라헬과 디오티마

이 일이 있은 후 곧 디오티마의 집에서는 애국운동의 첫 번째 대회의가 열렸다.

살롱 옆 식당은 회의실로 변신했다. 식탁은 확장되어 초록색 천으로 덮여 방 한가운데 서 있었다. 뼈처럼 흰 정부 종이와 다양한 강도의 연필이 자리마다 놓여 있었다. 찬장도 치워졌다. 이 공간의 네 구석은 텅 빈 채 엄하게 서 있었다. 사방의 벽은 디오티마가 걸어 놓은 황제 사진과 옛날 투치 씨가 영사였을 때 어디선가 집으로 가져온, 코르셋을 두른 부인 그림을 선조 그림이라 여겨도 무방하도록 남겨두고는 텅 비어 있어 경외심을 자아냈다. 디오티마는 탁자 머리맡에 십자가에 못 박힌 예수상도 하나 세워 두고 싶었지만 투치 국장이 놀리는 바람에 그만두었다. 그 후 그는 이날 모임을 배려하는 의미에서 집을 떠났다.

평행운동은 아주 사적으로 시작되어야 했으니까. 장관이나 고위공무원은 참석하지 않았다. 정치인도 없었다. 의도된 것이었다. 처음에는 사심 없이 사고에 이바지할 소수의 사람만 모여야 했다. 오스트리아 은행 총재, 홀츠코프와 비스니에츠키 남작, 명문 귀족 부인 몇 명, 시민계급 자선단체의 유명인 몇 사람, 라인스도르프 백작의 원칙인 '소유와 교양'에 충실하게 대학, 예술협회, 산업계, 지역 유지, 교회의 대표자들이 초대되었다. 정부 측 자리에는 평범한 젊은 공무원들이 위임을 받아 참석했는데, 신분적으로 이 모임에 어울리고 장관의 신임을 받는 사람들이었다. 이런 구성은 라인스도르프 백작의 소망에 들어맞았다. 그는 아무런 강요 없이 백성들 가운데서 일어나는 선언을 생각했지만, '점들'을 체험한 후라 누구를 상대하는지 안다는 것은 크게 안심이 되었다.

작은 몸종 라헬은(그녀의 이름을 여주인은 약간 자유롭게 프랑스어로 라쉘로 번역했다) 아침 6시부터 분주히 움직였다. 큰 식탁을 펼치고 카드놀이 탁자 두 개를 그 옆에 붙이고 초록색 천을 그 위에 펼치고 특별히 꼼꼼하게 먼지를 털었는데, 이 모든 번거로운 일을 환한 열광에 휩싸인 채 해냈다. 그 전날 저녁 디오티마가 그녀에게 "내일 우리 집에서는 세계사가 이루어질 거야!"라고 말했고 이런 사건이 일어나는 집의 거주자라는 행복감에 라헬의 온몸은 불탔다. 이는 이 사건에 아주 유리했다. 검은 원피스 아래 라헬의 몸은 마이센18 도자기처럼 매력적이었으니까.

라헬은 열아홉 살이었고 기적을 믿었다. 그녀는 갈리치아19의 홍

---

18 독일 작센주, 드레스덴 근교의 소도시로 도자기 생산지로 유명하다.

측한 오두막에서 태어났다. 문설주에는 모세 율법서 구절이 걸려 있었고 갈라진 방바닥 틈에서는 흙이 솟아올라 있었다. 그녀는 저주를 받고 문밖으로 내쳐졌다. 엄마는 하릴없다는 표정이었고 형제들은 겁먹은 얼굴로 히죽거렸다. 그녀는 무릎을 꿇고 애걸했다. 수치심으로 가슴이 미었지만 소용이 없었다. 어떤 양심 없는 놈이 그녀를 유혹했다. 어떻게 그렇게 되었는지 그녀는 더 이상 몰랐다. 그녀는 낯선 사람들 집에서 아이를 낳아야 했고 그 후 그 지방을 떠났다. 라헬은 여행길에 올랐다. 그녀를 태운 더러운 나무 상자 아래서는 절망도 함께 굴러갔다. 눈물이 다 마를 때까지 운 후 그녀는 수도를 보았다. 그녀가 어떤 본능에 이끌려 도망을 온 수도는 그저 불타는 거대한 벽처럼 그녀 앞에 서 있었고 그녀는 거기 뛰어들어 죽으려 했다. 하지만 오, 진짜 기적이 일어났다. 벽이 갈라지더니 그녀를 받아들였다. 그 후 라헬은 그냥 황금 불꽃 내부에 살고 있는 듯한 느낌이었다. 우연이 그녀를 디오티마의 집으로 이끌었고 디오티마는 자신에게 오기 위해서라면 갈리치아의 부모님 집에서 도망친 것이 너무나 당연하다고 생각했다. 좀 가까워진 후 때때로 디오티마는 소녀에게 '라쉘'이 일하는 영광을 누리는 이 집을 드나드는 유명인들과 고위직 인사들에 대해 이야기를 해 주었다. 평행운동에 관해서도 벌써 몇 가지를 털어놓았는데, 라헬의 반짝이는 눈을 즐기는 기쁨 때문이었다. 이 눈은 소식을 들을 때마다 불타올랐고 여주인의 상을 눈부시게 반사하는 황금거울 같았다.

---

19 오늘날의 우크라이나 서부와 폴란드 남동부에 걸친 지역이다.

작은 라헬은 양심 없는 놈 때문에 아버지에게 저주를 받긴 했지만 존경할 만한 소녀였고 그냥 디오티마의 모든 것을 사랑했던 것이다. 그녀가 아침저녁으로 빗질하도록 허락받은 부드럽고 검은 머리카락, 그녀가 입는 것을 도와주는 옷들, 중국산 칠 공예품들, 나무를 깎아 만든 인도산 작은 탁자들, 여기저기 놓여 있는, 그녀가 한마디도 이해하지 못하는 외국어 책들. 그녀는 투치 씨도 사랑했고 최근에는 도착한 지 이틀 만에 — 그녀는 이를 첫날로 만들어버렸다 — 존경하는 부인을 방문한 대부호도 사랑했다. 대기실에서 라헬은 황금으로 된 장(檣)에서 내린 구세주 그리스도라도 본 듯 환한 열광에 휩싸인 채 그를 응시했다. 단 하나 싫었던 것은 아른하임이 졸리만을 데려와 여주인께 알현시키지 않은 것이었다.

하지만 이런 세계사적 사건이 옆에서 일어나는 오늘, 그녀는 자신을 위해서도 무슨 일이 일어날 것임을 확신했고 이번에는 사건의 화려함에 걸맞게 어쩌면 졸리만이 주인을 모시고 올 것이라고 생각했다. 그렇지만 이 기대가 절대 요점은 아니었고 이에 딸린 갈등, 장애 또는 간계일 뿐이었다. 이것은 라헬이 배움을 얻는 소설에서 절대 빠지지 않는 것들이었다. 라헬은 디오티마가 더 이상 입지 않는 옷을 수선해서 입어도 되는 것처럼 디오티마가 옆으로 치워 버린 소설을 읽어도 되었다. 라헬은 옷을 재단했고 막힘없이 책을 읽었는데, 이는 그녀의 유대인적 유산이었다. 하지만 디오티마가 위대한 예술이라고 말한 소설 하나를 손에 잡으면 — 그녀는 이런 것을 읽는 것을 제일 좋아했다 — 그녀는 당연히 그 속의 사건을, 마치 아주 먼 곳에서 또는 낯선 나라에서 일어나는 생생한 사건을 지켜보듯, 그렇게 이해했다.

아무런 간섭을 할 수 없으면서도 그녀는 자신이 이해할 수 없는 움직임에 몰두했다, 아니 사로잡혔다. 그녀는 이를 너무나 사랑했다. 거리로 심부름을 나가거나 집으로 고상한 사람이 방문하면 그녀는 똑같은 방식으로 이 황제도시의 위대하고 흥미진진한 몸짓을 감상했다. 그것은 광채를 발하는 개별적인 것들로, 개념으로는 파악할 수 없을 정도로 많았다. 그녀는 오로지 그 한가운데, 모두가 선호하는 자리에 있다는 사실을 통해서 여기에 참여했다. 그녀는 이를 이보다 더 잘 이해하려 하지 않았다. 그녀는 유대인적 기본교육, 부모님 집의 현명한 속담들을 분노한 나머지 잊어버렸고, 꽃이 땅의 즙과 공기에서 양분을 얻는 데 숟가락과 포크가 필요하지 않듯, 이것들이 별로 필요하지도 않았다.

이렇게 그녀는 지금 다시 한번 연필을 다 모았고 잘 다듬어진 끝부분을 조심스럽게 작은 기계 안에 끼워 넣었다. 이 기계는 탁자 한 귀퉁이에 놓여 있었는데, 손잡이를 돌리면 연필을 너무나 완벽하게 깎아서 이 과정을 반복해도 더 이상 한 가닥도 떨어지지 않았다. 이어 그녀는 연필을 벨벳같이 부드러운 종이 옆에, 각 종이마다 세 개씩 다른 종류로 도로 갖다 놓았고 그녀가 방금 사용한 이 완벽한 기계는 황실 외무부에서 왔다는 생각을 했다. 어젯밤 하인이 연필과 종이와 함께 거기서 가져왔던 것이다. 그새 7시가 되었다. 라헬은 개별사항들의 정돈상태를 재빨리 한번 쭉 훑어보았고 디오티마를 깨우기 위해 방에서 나갔다. 10시 반이면 회의가 시작될 테고 디오티마는 남편이 나간 후 조금 더 침대에 머물렀기 때문이었다.

디오티마와 함께하는 이날 아침은 라헬에게는 특별한 기쁨이었다.

사랑이라는 단어는 이를 표현하지 못한다. 차라리 숭배라는 단어가 맞다. 만약 이 단어를 그 완전한 의미로 눈앞에 그려 본다면 말이다. 여기서는 전이된 명예가 한 인간을 너무나도 깊이 파고들어서 그는 내면 가장 깊은 곳까지 이 명예로 가득 채워져 흡사 내면의 자기 자리에서 몰아내진다. 라헬은 고향에서의 모험 이후 이제 한 살 반이 된 어린 딸이 있었고 보모에게 매월 첫 일요일에 꼬박꼬박 월급의 상당 부분을 떼어 주었고 그때 딸도 보았다. 엄마로서의 의무를 소홀히 하지는 않았지만 그녀는 이를 과거에서 연유한 벌로만 보았고 그녀의 느낌은 다시, 순결한 육체가 아직 사랑에 의해 열리지 않은 소녀의 느낌으로 되돌아가 있었다. 그녀는 디오티마의 침대로 다가갔다. 그녀의 눈은 등산가가, 새벽의 어둠 속에서 첫 빛을 받은 푸른 하늘 위로 솟아오르는 눈 덮인 산꼭대기를 쳐다보듯 경배하며 디오티마의 어깨 위로 미끄러졌다. 이어 그녀는 진주모(母) 같이 부드러운 피부의 온기를 손가락으로 건드렸다. 그 후 키스하라고 이불 아래로 나온 나른한 손의 아주 복잡한 냄새를 맛보았는데, 전날의 향수 냄새가 났지만 수면의 증기 냄새도 났다. 그녀는 더듬는 맨발에 아침용 슬리퍼를 대 주었고 잠에서 깬 시선을 맞았다. 그녀가 디오티마의 도덕적 중요성에 그렇게 완전히 감화되지 않았더라면, 멋진 여자의 몸을 감각적으로 만지는 것이 절대 그렇게 아름답지는 않았으리라.

"각하를 위해 팔걸이의자를 갖다 놓았니? 내 자리에는 작은 은색 종도? 서기 자리에는 열두 장의 종이를 놓았니? 여섯 개의 연필도, 라헬, 여섯 개, 세 개가 아니야, 서기 자리에?" 이번에 디오티마는 말했다. 라헬은 질문마다 속으로 다시 한번 자신이 한 일을 전부 손가락으로 세어 보았고 명예욕에 차서, 목숨이라도 걸린 듯 격렬하게 놀랐다. 여주인은 가운을 걸치고 회의실로 들어갔다. 그녀가 '라쉘'을 교육하는 방식은 라헬이 하거나 하지 않은 모든 일에서 그것을 단순히 개인적인 일로 보아서는 안 되고 그 보편적 의미를 생각해야 함을 상기시키는 것이었다. 유리잔을 하나 깨면 '라쉘'은 손해 그 자체는 아무 의미가 없으나 투명한 유리는 일상의 작은 의무의 상징임을 알게되었다. 이 의무를 눈은 거의 인지할 수 없는데, 눈은 언제나 드높은 곳을 향하고 싶어 하기 때문이다. 바로 그 때문에 의무에 특별히 주의를 기울여야 한다. … 행정부서에서와 같은 이런 공손한 대우를 받을 때면, 유리조각을 쓸고 있는 라헬의 눈에서는 후회와 행복의 눈물이흘렀다. 저지른 실수를 똑바로 생각하고 인식하라는 디오티마의 요구를 받는 요리사들은 라헬이 들어온 이후 벌써 여러 번 바뀌었지만 라헬은 이 멋진 구절들을 황제, 장례식, 가톨릭교회의 어둠 속에서 빛나는 초를 사랑하듯 온 마음으로 사랑했다. 그녀는 가끔씩 위기를 벗어나려고 거짓말도 했지만 그 후 자신이 아주 나쁜 사람인 듯 여겨졌다. 심지어 그녀는 작은 거짓말을 좋아했을 것이다. 이때 디오티마와 비교하면서 자신의 온갖 나쁜 점을 느낄 수 있었으니까. 하지만 그녀가 자신에게 거짓말을 허용하는 것은 보통, 잘못된 일을 은밀히 진실로 바꿀 수 있기를 바랄 때뿐이었다.

한 인간이 다른 한 인간을 그토록 모든 면에서 우러러보면 그의 육체는 정말 그에게서 빠져나가 작은 유성처럼 다른 육체의 태양 속으로 돌진하는 일이 일어난다. 디오티마는 나무랄 데를 발견하지 못했고 작은 하녀의 어깨를 친절하게 두들겼다. 그 후 그녀는 욕실로 갔고 위대한 날을 위한 몸단장을 시작했다. 따뜻한 물을 섞고 비누거품을 내고 수건으로 디오티마의 몸을 마치 자신의 몸인 양 꼼꼼히 닦노라면, 라헬은 그것이 정말 그냥 자기 몸인 것보다 더 큰 만족감을 느꼈다. 자신의 육체는 하찮고 믿을 수 없는 것으로 여겨졌다. 비교하면서라도 이 몸을 생각한다는 것은 있을 수 없는 일이었다. 석상같이 풍만한 디오티마의 몸을 만지면, 그녀는 자신이 눈부시게 아름다운 연대에 속한 촌뜨기 신병 같은 기분이 들었다.

이렇게 디오티마는 위대한 날을 위해 무장을 했다.

42
대회의

정해진 시간까지 남은 마지막 몇 분이 지났을 때, 라인스도르프 백작이 울리히를 대동하고 나타났다. 그때까지 끊임없이 손님들이 왔고 그들에게 문을 열어 주고 옷 벗는 것을 도와주느라 벌써 얼굴이 달아오른 라헬은 울리히를 단번에 다시 알아보았고 그도 임의의 방문자가 아니라 의미심장한 연관성이 여주인의 집으로 데려온 남자임을 — 이는 그가 지금 각하를 모시고 다시 왔다는 데서도 보였다 — 만족스럽게 마음에 새겼다. 그녀는 자신이 장엄하게 열었던 문으로 팔랑팔랑 다가가서는 무슨 일이 벌어지는지 보려고 열쇠구멍 앞에 쪼그리고 앉았다. 그것은 큰 열쇠구멍이었고 그녀는 총재의 면도한 턱과 니도만스키 주교의 보라색 목깃받침과 슈툼 폰 보르트베어 장군이 찬 군도(軍刀)의 황금색 장식용 술을 보았다. 장군은 국방부가 보낸 사람이었는데, 사실 국방부는 초대를 받지 못했다. 그럼에도 불구하고 국방부는 라인스도르프에게 보낸 편지에서, 비록 국방부가 평행운동의 시작과 현재의 진행에 직접적으로 관계되지는 않지만 이렇게 '너무나 애국적인 사안'에서 빠지고 싶지 않다고 해명했다. 디오티마가 라헬에게 이 사실을 알리는 것을 잊어버렸기 때문에 라헬은 장교의 참석으로 인해 회의 내내 아주 흥분해 있었지만 우선은 방 안에서 벌어지는 일을 더 이상은 알아낼 수가 없었다.

디오티마는 그사이 각하를 영접했고 울리히에게는 그다지 주의를 기울이지 않았는데, 참석자들을 소개했고 각하에게 먼저 파울 아른하임 박사를 선보였기 때문이었다. 그러면서 그녀는 이렇게 설명했다. 행복한 우연이 저희 집의 이 유명한 친구를 이리로 모셨고 외국인인 그가 어떤 형식으로든 회의에 참석하겠다는 요구를 해서는 안 되겠지만 그래도 그를 그녀의 개인적 조언자로 허락해 주시길 청한다. 왜냐하면 — 이 대목에 그녀는 곧장 부드러운 위협을 덧붙였다 — 국제적 문화 영역에서 그리고 이 영역의 질문과 경제적 질문의 연관성에서 그가 가진 엄청난 경험과 인맥은 그녀에게 너무나 소중한 지원이고 그녀는 지금까지 혼자서 이에 대해 보고해야 했고 아마 앞으로도 당장은 다른 사람이 그녀를 대체할 수도 없을 것이다. 그럼에도 불구하고 그녀의 힘이 충분치 못함을 너무나 잘 알고 있다.

라인스도르프 백작은 기습을 당한 것을 알았고 그들의 관계가 시작된 이후 처음으로 시민계급 여자 친구의 분별없는 행동에 놀라지 않을 수 없었다. 아른하임도 어울리는 절차 없이 들어온 군주처럼 당황했다. 그는 라인스도르프 백작이 그가 초대받은 것을 알고 있고 초대를 승낙했다고 단단히 확신했기 때문이었다. 하지만 이 순간 얼굴이 빨개지고 고집스럽게 보이는 디오티마는 고삐를 늦추지 않았다. 결혼의 도리에 관한 질문에서 너무나 깨끗한 양심을 가진 여자들이 모두 그렇듯, 그녀도 명예로운 사안에 관한 한 참을 수 없는 여성적 집요함을 보였다.

그녀는 당시 이미 그사이 몇 번 그녀의 집을 방문한 아른하임과 사랑에 빠져 있었지만 경험부족으로 자신의 감정의 본질에 대해 아무것도 몰랐다. 그들은 대화를 나누었고 이는 한 영혼을 움직여 발바닥과 머리털 사이의 육신을 고상하게 했고 문명의 어지러운 인상을 조화로운 정신의 약진으로 변화시켰다. 하지만 이것도 벌써 너무 많았다. 디오티마는 조심이 몸에 배어 있었고 자신을 웃음거리로 만들지 않으려고 평생 신경을 썼기 때문에 이 친밀함은 너무나 갑작스럽게 여겨졌다. 그래서 그녀는 정말 위대한 감정들을, 정말 오로지 위대한 감정들만을 동원해야 했다. 그리고 이 감정들을 가장 쉽게 발견할 수 있는 곳이 어디인가? 그곳, 모든 세계가 이 감정들을 옮겨 놓은 곳, 바로 역사적 사건 속에서였다. 평행운동은 디오티마와 아른하임에게는 교통량이 증가하는 그들의 영적 교통로에서 이른바 안전지대였다. 그들은 특별한 운명이 이렇게 중요한 순간 그들을 만나게 한 것이라고 생각했고 위대한 애국사업이 정신적 인간들에게 엄청난 기회이며 책임이라는 데 조금의 의견 차이도 없었다. 아른하임도 그렇게 말했다. 물론 그는 이때 일차적으로 중요한 것은 경제는 물론이고 이념 영역에서도 경험이 있는 강한 인간이며 그 다음이 조직의 규모라는 말을 덧붙이는 것을 결코 잊지 않았다. 디오티마의 내면에서 평행운동은 이렇게 아른하임과 뗄 수 없이 맺어졌고 처음에 이 사업과 연결되었던 내용적 공허함은 풍부함에 자리를 내주었다. 오스트리아에 보관된 감정의 보물이 프로이센의 사고훈련을 통해 강화될 수 있다는 기대는 가장 행복하게 정당화되었고 이 인상들은 너무나 강해서 이 모범적인 부인은 자신이 아른하임을 창립회의에 초대할 때 저지른 폭거에 대해 아무 느낌이 없을 정도였다. 다른 것을 생각해 내기에는 이제 너무 늦었다. 하지만 이 연관성을 어렴풋이 이해한 아른하임은 본인이 처한 상황이 너무나 언짢긴 했지만 속으로는 화가 풀렸다. 그리고 각하는 근본적으로 여자 친구를 너무나 좋게 생각하고 있었으므로 자신의 놀라움을 저절로 나오는 수준 이상으로 더 날을 세워 표현할수 없었다. 그는 디오티마의 해명에 침묵했고 곤혹스러운 짧은 휴지기가 지난 후에 아른하임 박사에게 사랑스럽게 손을 내밀었고 최대한 공손하게 그리고 알랑대면서 환영한다고 말했다. 참석자 대부분도 아마 이 작은 마찰을 알아차렸고 아른하임이 누구인지 알아차리자 그의 참석을 놀라워했지만 가정교육을 잘 받은 사람들 사이에서는 이 모든 것은 그럴 만한 이유가 있을 것이라고 전제되며 꼬치꼬치 그 이유를 캐묻는 것은 나쁜 습관으로 통한다.

그사이 디오티마는 그림 같은 안정을 되찾았고 잠시 후 개회를 선언했으며 각하에게 의장직을 맡는 영광을 그녀의 집에 내려 주십사 청했다.

각하는 연설을 했다. 벌써 며칠이나 준비했고 그의 사고는 성격상 마지막 순간에 뭔가를 바꾸기에는 너무나 확고했다. 그는 프로이센의 격침발사체계에 (이는 1866년 오스트리아의 전장총에 음흉하게 선수를 쳤다) 대한 아주 노골적인 암시를 가까스로 완화시킬 수 있었을 뿐이었다. "우리가 오늘 이 자리에 모인 것은", 라인스도르프 백작이 말했다. "백성들 한가운데서 일어나는 강력한 선언이 우연에 맡겨져서는 안 되며 널리 조망할 수 있는 자리에서 오는, 즉 위로부터 오는, 멀리 장래를 내다보는 개입을 요구한다는 데 의견의 일치를 보았기 때문입니다. 우리의 친애하는 황제폐하께서는 1918년에 70년간의 축복받은 재위라는 아주 보기 드문 축제를 맞이하시게 됩니다. 신께서 보호하사 우리가 늘 감탄해 마지않는 건강과 젊음을 유지하시면서 말입니다. 우리는 이 축제가 오스트리아의 감사하는 여러 민족들에 의해, 세계를 향한 우리의 깊은 사랑을 보여 줄 방식으로 치러질 것이라고, 또 오스트리아-헝가리 이중제국이 그 지도자를 중심으로 하나의 바위처럼 단단히 뭉쳐 있다고 확신합니다." 여기서 라인스도르프 백작은 이 바위 자체가 황제와 왕을 동시에 축하하는 자리에서 겪을 붕괴 현상에 대해 언급해야 할지 망설였다. 이때 왕만을 인정하는 헝가리의 저항을 계산에 넣지 않을 수 없었기 때문이었다. 따라서 각하는 원래 단단히 뭉쳐 있는 두 개의 바위에 대해 말하려고 했었다. 하지만 이것도 그의 오스트리아-헝가리 국가감정을 제대로 표현하지는 못했다.

이 오스트리아-헝가리 국가감정은 너무나 특이하게 생긴 존재여서 직접 체험하지 못한 사람에게 이를 설명하는 것은 거의 헛수고인 듯 보인다. 이것은 가령 하나의 오스트리아 부분과 하나의 헝가리 부분으로, 누구나 믿을 수 있는 것처럼 서로 보충하는 두 부분으로 이루어진 것이 아니라 하나의 전체와 하나의 부분, 즉 하나의 헝가리 국가

감정과 하나의 오스트리아 - 헝가리 국가감정으로 이루어졌다. 이 두 번째 감정은 오스트리아가 집이었고 따라서 오스트리아 국가감정은 사실 조국이 없었다. 오스트리아인은 헝가리에서만 등장했는데, 거부감의 대상으로서만 등장했다. 고향에서 오스트리아인은 자신을 제국의회에 대표를 보내는, 오스트리아 - 헝가리 군주국 내 여러 왕국들과 여러 주들의 국적자라고 말했지만, 이는 그가 오스트리아인 더하기 헝가리인이며 여기서 그 헝가리인을 뺀 것이라는 것과 같은 의미였다. 그리고 그는 예컨대 열광 때문이라기보다는 자신에게 거슬리는 어떤 이념을 위해 그렇게 했다. 헝가리인을 헝가리인이 그를 참을 수 없어 하는 것만큼 참을 수 없었으니까. 이렇게 해서 관계는 한층 더 복잡해졌다. 그래서 많은 사람들은 자신을 그저 체코인, 폴란드인, 슬로베니아인, 독일인이라고 불렀고 이로써 바로 그 계속적인 붕괴와 라인스도르프 백작이 말하는 그 유명한 "국내정치 본성의 달갑잖은 현상들"이 시작되었다. 백작에 따르면, 이는 "무책임하고 미성숙하며 화젯거리에 목마른 분자들의 작품"이었고 거부되어야 마땅했지만 정치적으로 제대로 훈련받지 못한 대중은 그러지 못했다. 이런 암시 후에 — 이 암시의 대상에 관해서는 지금까지 풍부한 지식을 담은 영리한 책들이 수없이 쓰였다 — 지금 이 자리에서는 물론이고 앞으로도 역사화(歷史畵)를 그리거나 현실과 경쟁하려는 그럴듯한 시도는 없을 것이라는 보장은 기꺼이 수용되리라 생각한다. 이중체제의(이것이 전문용어였다) 비밀이 적어도 삼위일체의 비밀만큼이나 통찰하기 어렵다는 것을 알아차린다면 그것만으로도 차고 넘친다. 어디서나 역사적 과정은 수백 개의 약관, 부록, 조정, 이의가 붙은 법률적

과정과 다소 비슷하고 이것들만이 주목을 받도록 해야 하니까. 평범한 인간은 아무것도 모르는 채 이것들 사이에서 살고 죽지만 이는 그를 위해서는 정말 다행인 일인데, 어떤 재판에 어떤 변호사와 얼마의 경비와 어떤 동기로 연루되었는지 따지려 들면 그는 어느 국가에서든 추적망상에 사로잡힐 것이기 때문이다. 현실을 이해하는 것은 오로지 역사정치 사상가의 일이다. 그에게 현재는, 수프 뒤에 구운 고기가 나오듯, 모하치 전투20나 뤼첸 전투21 뒤에 오는 것이다. 그는 프로토콜을 다 알고 있고 매 순간 과정상 타당한 필연성이라는 감정을 가진다. 만약 그가 라인스도르프 백작처럼 정치사적으로 훈련된 귀족 출신 사상가고 직계와 모계 할아버지들이 직접 이 예비협상에 참가했다면, 그는 그 결과를 상승하는 선처럼 쉽게 개관할 수 있다.

이 때문에 라인스도르프 백작 각하는 회의가 있기 전 스스로에게 이렇게 말했다. "우리는 백성에게 어느 정도 자기결정권을 선사하신 폐하의 자비로운 결심이 아직 그다지 오래된 것이 아님을 잊어서는 안 된다. 그래서 최고의 자리에서 관대하게 베풀어 주신 신뢰에 어느 모로 보나 합당할 그런 정치적 성숙이 벌써 모든 곳에서 나타날 수는 없으리라. 그러니까 그 악의적인 외국이 하듯, 유감스럽게도 우리가 같이 하고 있는, 그 자체로 저주받을 만한 이런 현상들에서 해체라는 노쇠의 표시를 보아서는 안 되고 오히려 아직 성숙하지 못한, 그래서

---

20 1526년 헝가리의 모하치에서 있었던 헝가리 왕국과 오스만 제국 간의 전투로, 여기서 승리한 오스만이 헝가리와 크로아티아의 대부분을 차지했다.
21 1632년 라이프치히 근교에서 있었던 구교와 신교 간의 전투로 30년 전쟁의 중요한 전투이다.

파괴할 수 없는 오스트리아 민족의 젊은 혈기의 표시를 보아야 한다!"
그는 회의에서도 여기에 주의를 환기시키려 했지만 아른하임이 있었
기 때문에 생각한 것을 다 말할 수 없었고 오스트리아의 참된 상황에
대한 외국의 무지와 달갑잖은 특정 현상에 대한 과대평가를 겨냥한
힌트로 만족했다. "왜냐하면", 이렇게 각하는 말을 맺었다. "우리가
아무도 간과할 수 없을 힘과 단결을 보여 주기를 원하는 것은 이것이
전적으로 국제적 차원에서도 이익이 되기 때문입니다. 유럽이라는
국가가족 내의 행복한 상황은 상대방의 권력에 대한 상호 존중과 배
려에 기인하니까요." 이어 그는 다시 한번 이런 일을 해낼 본연의 힘
은 정말 백성들 한가운데서 와야 하고 그 때문에 위로부터의 지도가
있어야 하며 그 길을 찾기 위해 바로 이 회의가 소집된 것이라고 말했
다. 라인스도르프 백작에게 얼마 전까지만 해도 일련의 이름 말고는
아무것도 더 떠오르지 않았다는 것을 상기하면 — 이를 위해 외부에
서는 '오스트리아의 해'라는 사고밖에 얻지 못했다 — 이는 커다란 진
전이라고 기록되어야 할 것이다. 비록 각하가 생각했던 것을 다 말하
지는 못했지만.

　이 연설 후 디오티마가 말을 받아 의장의 의도를 설명했다. 그녀는
위대한 애국운동은 위대한 목표를 찾아야 하며 각하께서 말씀하셨듯
이 이것은 백성들 한가운데서 솟아올라야 한다고 설명했다. "오늘 처
음으로 모인 우리는 이 목표를 벌써 확정할 소명을 받았다고 느끼지
않습니다. 우리는 우선 하나의 조직을 만들기 위해 모인 것뿐입니다.
이 조직은 이 목표를 달성하게 해줄 제안들을 모으는 데 이바지할 것
입니다." 이 말로 그녀는 토론의 장을 열었다.

우선은 침묵이 흘렀다. 고향과 언어가 다르고 자신들에게 무슨 일이 닥칠지 모르는 새들을 한 새장에 가두면 첫 순간에는 그들은 꼭 이렇게 침묵한다.

마침내 한 교수가 발언을 자청했다. 울리히가 모르는 사람이었다. 각하가 마지막 순간에 개인비서를 통해 초대한 모양이었다. 그는 역사의 길에 대해 이야기했다. 앞을 바라보면 — 그가 말했다 — 우리 앞에는 꿰뚫어 볼 수 없는 벽이 있다! 좌우를 둘러보면 중요한 사건이 부지기수로 많지만 방향은 알 수 없다! 몇 가지만 들어 보면, 목하 몬테네그로와의 갈등, 스페인이 모로코에서 겪는 어려운 싸움들, 오스트리아 제국의회에서 있었던 우크라이나인들의 의사진행 방해. 하지만 뒤를 돌아보면 놀라운 섭리를 통한 듯 모든 것이 질서와 목표가 되었다. … 따라서 이렇게 말해도 된다면, 우리는 매 순간 놀라운 인도(引導)의 비밀을 체험한다. 그리고 특별히 숭고한 어떤 사건이 있을 경우, 백성들이 이른바 이에 눈을 뜨도록 촉구하는 것, 그들이 의식적으로 이 하늘의 섭리를 보도록 촉구하는 것을 위대한 사고라 생각하며 환영하는 바이다. … 그는 이 말을 하고 싶었다. 이는 동시대 교육학에서 학생에게 완성된 결과를 내미는 대신 학생이 선생과 함께 작업하게 하는 것과 같다.

참석자들은 돌처럼 굳어져 멍하니 앞을, 친절하게 초록색 탁자보를 바라보았다. 대주교를 대신해서 온 주교조차도 한 평신도의 이 성직자적 행동에 공무원들과 똑같이 공손하게 기다리는 태도를 유지했을 뿐, 진심어린 동의에 대한 일말의 선언도 얼굴에서 새나가지 않게 했다. 길거리에서 갑자기 누군가 큰 소리로 모두를 향해 이야기하기 시작했을 때와 같은 감정인 듯했다. 이어 모두는, 방금 아무것도 생각하지 않았던 사람들도 갑자기 그들이 진지하고 객관적인 목적을 향해 가고 있거나 아니면 거리가 부적절한 목적에 이용되고 있다고 느꼈다. 교수는 말하는 동안 위축되지 않으려고 싸워야 했는데, 바람이 숨통을 막기라도 하듯 이에 맞서 말을 떼어 내어 겸손하게 밀어내야 했다. 하지만 이제 그는 대답이 있을까 기다렸고 얼굴 위의 이 기다리는 자세를 품위를 잃지 않고 다시 거두었다.

이 돌발사고 후 황실의 민간사무국 대리인이 재빨리 발언권을 청했고 기념해에 황제의 개인금고에서 나올 것으로 예상되는 헌금과 헌정을 참석자들에게 개관해 주자, 이는 모두에게 구원과 같은 작용을 했다. 이는 성지교회 건축을 위한 기부, 자금이 없는 협조자를 지원하기 위한 재단에서 시작했고 이어 카알 대공과 라데츠키 대공 퇴역군인협회, 1866년과 78년 원정으로 발생한 전쟁미망인과 고아들이 열거되었고 퇴역한 하급장교 지원을 위한 기금과 과학 아카데미가 뒤를 이었고 한참을 이렇게 계속되었다. 이 목록은 그 자체로는 전혀 흥미로운 것이 없었고 폐하의 선의를 공공에 알릴 때 늘 확고한 경과와 정해진 위치를 차지했다. 목록 낭독이 끝나자 곧 자선활동에 공로가 큰 공장주 벡후버 부인이 자리에서 일어났는데, 그녀가 돌보는 대상보다 더 중요한 것이 있을 수 있다는 생각은 안중에도 없었다. 그녀는 '위대한 오스트리아의 프란츠 요제프 수프 급여소'라는 제안으로 참석자들에게 호소했고 이들은 동의를 표하며 귀를 기울였다. 문화교육부 대리인만이 그의 관청에도 《프란츠 요제프 1세와 그의 시대》라는 기념집을 출판하자는 어느 정도 이와 유사한 제안이 들어왔다고 말했다. 하지만 이 행복한 도움닫기 이후 다시 침묵이 들어섰고 참석자 대부분은 곤혹스러운 처지에 놓였다고 느꼈다.

여기로 오는 도중 무엇이 역사적으로 위대한 사건인지 또는 그 비슷한 사건인지 아느냐는 질문을 받았더라면 그들은 분명 그렇다고 대답했으리라. 하지만 이런 사건을 발명하라는 가당찮은 요구에 직면하자 그들은 차츰 맥이 빠지는 느낌이었고 내면에서 아주 자연스럽게 불평 같은 것이 일었다.

이 위험한 순간에 눈치 빠른 디오티마는 음료를 준비했다며 회의를 중단했다.

43
울리히와 위대한 남자의 첫 만남.
세계사에서 비이성적인 일은 일어나지 않지만,
디오티마는 참된 오스트리아는 전 세계라는 주장을 내세우다

휴식시간에 아른하임은 이렇게 말했다. 조직이 크면 클수록 제안들은 더 심하게 분열될 것이다. 이는 오로지 이성 위에 세워진 현재 발전의 표시다. 하지만 바로 이 때문에 전 백성으로 하여금 의지, 영감, 이성보다 깊은 곳에 놓인 본질적인 것을 자각하도록 강요하는 것은 어마어마한 결단이다.

울리히는 이런 질문으로 응수했다. 그럼 이 운동에서 뭔가가 생겨나리라고 믿는가?

"당연하지요." 아른하임이 대답했다. "위대한 사건은 언제나 보편적 상황의 표현입니다!" 이 상황이 오늘 주어졌고, 오늘과 같은 모임이 어디선가 가능했다는 사실이 벌써 이 모임의 깊은 필연성을 증명한다.

하지만 거기에는 구별하기 어려운 것이 있다고 울리히가 말했다. 최근 오페레타로 세계적 성공을 거둔 작곡가가 모사꾼이고, 주제넘게도 세계대통령으로 자처한다고 가정해 보자. 어마어마한 그의 인기를 보면 불가능한 일도 아니다. 그러면 이는 역사에서 비약인가 아니면 정신적 상황의 표현인가?

"그건 완전히 불가능합니다!" 아른하임 박사가 진지하게 말했다. "그런 작곡가는 모사꾼일 수도, 정치인일 수도 없습니다. 그렇지 않다면 그의 희극적이고 음악적인 천재성은 나올 수 없을 것입니다. 그리고 세계사에서는 비이성적인 일은 일어나지 않습니다."

"하지만 세계에는 너무나 많이 일어나지요?"

"세계사에서는 결코 일어나지 않습니다!"

아른하임은 눈에 띄게 신경이 날카로워졌다. 가까이에 디오티마와 라인스도르프 백작이 나지막이 활발한 대화를 나누며 서 있었다. 각하는 여자 친구에게 이런 각별히 오스트리아적인 사안에서 프로이센인을 만난 데 대한 놀라움을 표현했다. 디오티마는 이렇게 정치적 이기주의에서 자유로운 것이 외국에 안심해도 된다는 좋은 인상을 심어줄 것이라고 지적했지만, 그는 타국인이 평행운동에서 지도적 역할을 할 수 있으리라는 것을 벌써 감정적 이유에서 전혀 있을 수 없는 일로 간주했다. 하지만 그때 그녀는 전투방법을 바꾸었고 갑자기 자신의 계획을 확대했다. 그녀는 여자의 직감을 거론했다. 이는 감정적으로 확실하고 사회의 선입견에는 전혀 신경 쓰지 않는다. 각하께서는 이 목소리를 한번 따라야 한다. 아른하임은 유럽인이며 전 유럽에 유명한 정신이다. 바로 그가 오스트리아인이 아니기 때문에 그의 참가는 그런 정신의 고향이 오스트리아임을 증명한다. 그리고 갑자기 그녀는 참된 오스트리아는 전 세계라는 주장을 내세웠다. 그녀는 설명했다. 오스트리아의 여러 민족들이 그들의 조국에서 그러하듯 여러 민족국가들이 보다 숭고한 통일체 속에서 살게 될 때 세계는 비로소 안정을 찾을 것이다. 이 행복한 순간에 각하 덕분에 그녀는 더 큰 오스트리아, 세계 오스트리아를 떠올릴 수 있었고, 이것이 지금까지 평행운동에 빠져 있던 화룡정점의 이념이다. 매혹적으로, 평화주의적인 요구를 내세우면서 아름다운 디오티마는 고귀한 친구 앞에 서 있었다. 라인스도르프 백작은 아직 이의제기를 포기할 결심을 할 수는 없었지만 이 여자의 불타오르는 이상주의와 폭넓은 시선에 다시 한번 감탄했고 중대한 결과를 초래할 제안들에 곧장 답하느니 아른하임과 대화하는 편이 어쩌면 더 이익이 되지 않을까 저울질했다.

아른하임은 이 대화를 눈치챘지만 아무 영향도 끼칠 수 없었기 때문에 안절부절못했다. 그와 울리히는 크로이소스22와 같은 인물에 이끌린 호기심 어린 사람들에 둘러싸여 있었고 울리히가 막 이렇게 말하고 있었다. "인간이 재능을 맘껏 펼치는 수천 개의 직업이 있습니다. 거기에 그들의 영리함이 들어 있지요. 하지만 그중에서 보편적으로 인간적인 것과 모두가 공통으로 가진 것을 찾아보면, 사실 세 가지만 남게 됩니다. 어리석음, 돈, 기껏해야 약간의 종교적 기억입니

---

22 기원전 6세기에 살았던 리디아의 마지막 왕으로, 큰 부자로 유명하다.

다!" "전적으로 옳습니다. 종교!" 아른하임이 강조하며 끼어들었고 울리히에게 물었다. 당신은 그럼 종교가 이미 완전히 그 뿌리까지 사라졌다고 믿는가? 그가 종교라는 말을 너무나 큰 소리로 강조했기 때문에 라인스도르프 백작이 들을 정도였다.

각하는 그새 디오티마와 화해한 듯 보였다. 그는 지금 여자 친구에게 이끌려 이 그룹에 다가왔고 사람들은 눈치 빠르게 흩어졌고 그는 아른하임에게 말을 걸었다.

울리히는 갑자기 혼자가 된 것을 알았고 입술을 깨물었다.

그는 ― 시간을 때우기 위해서인지 쓸쓸히 서 있지 않기 위해서인지 모르지만 ― 이 모임에 오던 길을 생각하기 시작했다. 그를 태워온 라인스도르프 백작은 현대적 정신으로서 자동차를 소유하고 있었지만 동시에 전통을 고수했기 때문에 가끔씩 멋진 갈색 말 한 쌍도 이용했다. 백작은 이 한 쌍을 마부와 4륜 경마차와 함께 보유하고 있었다. 집사가 지시를 받으러 왔을 때 각하는 평행운동 창립회의에 이런 두 마리의 아름답고 이제 거의 역사적이라고 할 창조물을 타고 가는 것이 적절하다고 생각했다. "이놈이 페피고 이놈이 한스일세." 라인스도르프 백작은 도중에 설명했다. 춤추는 말 엉덩이의 갈색 언덕과 이따금 끄덕이는 머리들 가운데 하나가 보였다. 이 머리는 율동 속에서 옆을 바라보았고 입에서는 거품이 날렸다. 이 동물들이 무슨 생각을 하는지 짐작하기는 어려웠다. 화창한 오전이었고 말들은 달렸다. 페피와 한스는 거세되었고 사랑을 이룰 수 있는 소망으로서가 아니라 그들의 세계상을 가끔씩 엷게 빛나는 구름으로 덮어 버리는 입김이나 광택으로 안다는 것을 고려하면 여물과 달리기가 유일하게 말들의 커다란 열정이었을 것이다. 여물에 대한 열정은 맛있는 귀리가 담긴 대리석 여물통 속에, 초록색 건초가 얹힌 시렁 위에, 고리에 걸린 외양간지기의 딱따기 속에 보존되어 있었다. 따뜻한 마구간에서 피어오르는 냄새에 집약된 암모니아성의 강한 자아감정이 바늘처럼 마구간의 맛있고 매끄러운 냄새를 파고들었다. 여기에 말들이 있다! 달리기는 이와는 약간 다를 것이다. 여기서는 이 가여운 영혼이 아직 무리와 연결되어 있다. 무리 속에서는 앞에 서 있는 우두머리 종마 속으로 또는 모든 말들 속으로 갑자기 어디선가 움직임 하나가 오고 무리는 태양과 바람을 향해 내달린다. 이 동물이 혼자이고 사방으로 넓은 공간이 열려 있으면 자주 미친 전율이 두개골을 뚫고 달린다. 그리고 그는 아무 목적도 없이 앞으로 돌격하고 이 방향으로나 저 방향으로나 텅 빈 끔찍한 자유 속으로 돌진한다. 결국 그는 어찌할 바를 모르고 멈춰서고 한 그릇 귀리에 유인되어 돌아온다. 페피와 한스는 잘 길들여진 말이었다. 그들은 성큼성큼 달렸고 태양이 비추고 집들이 늘어선 거리를 발굽으로 내리쳤다. 인간들은 그들에게는 우글거리는 회색덩어리였고 기쁨도, 경악도 주지 않았다. 가게의 알록달록한 진열창, 빛나는 색으로 치장한 여자들, 이것들은 먹을 수 없는 초지다. 거리에 늘어선 모자, 넥타이, 책, 보석, 이것들은 황야다. 마구간과 달리기라는 두 꿈의 섬만이 두드러진다. 가끔씩 한스와 페피는 꿈에서인 듯 또는 놀이에서인 듯 그림자에 놀라서 마차 채에 바싹 다가섰다가 가벼운 채찍을 맞고 다시 정신이 번쩍 들었고 감사하는 마음으로 고삐에 몸을 맡겼다.

갑자기 라인스도르프 백작은 쿠션 위에서 몸을 일으키더니 울리히에게 물었다. "슈탈부르크 말에 따르면, 박사께서 어떤 사람을 위해 나서고 있다는데?" 울리히가 깜짝 놀라서 금방 맥락을 파악하지 못하자 라인스도르프는 말을 계속했다. "아주 잘했네. 나는 모든 걸 알고 있네. 크게 손을 쓸 일은 없을 거라는 말일세. 정말 끔찍한 놈이야. 하지만 모든 기독교인이 내면에 갖고 있는 그 이해할 수 없는 개인적인 것과 은총이 필요한 것이 바로 그런 인간에게서 나타나는 경우가 많지. 스스로 위대한 일을 하고자 하면 가장 겸허하게, 의지가지없는 인간들을 잊지 않아야 해. 다시 한번 의사의 검진을 받도록 할 수는 있을 걸세." 라인스도르프 백작은 마차가 이리저리 흔들리는 가운데 몸을 곧추세운 채 이 긴 연설을 한 후 다시 쿠션에 몸을 푹 파묻더니 덧붙였다. "하지만 지금 이 순간 우리는 모든 힘을 역사적 사건에 쏟아야 함을 잊어서는 안 되네!"

울리히는 사실 여전히 디오티마와 아른하임과 대화하며 서 있는 이 순진한 늙은 귀족에게 약간의 호감을 느꼈고 약간의 질투심마저 느꼈다. 대화가 흥미진진하게 진행되는 듯 보였기 때문이었다. 디오티마는 미소를 짓고 있었고 라인스도르프 백작은 말을 따라가려고 놀란 눈을 크게 떴고 아른하임은 고상하고 침착하게 말을 이었다. 울리히는 "사고를 권력의 영역으로 나르기"와 같은 말을 주워들었다. 그는 아른하임을 참을 수가 없었다. 존재형식으로서 아예 참을 수 없었고 원칙적으로 아른하임이라는 유형을 참을 수 없었다. 정신, 사업, 부유함, 박학다식의 이런 연결은 그에게는 최고로 참을 수 없는 것이었다. 그는 아른하임이 전날 저녁에 벌써 다음 날 이 회의에 맨 처음으로도, 맨 마지막으로도 도착하지 않도록 모든 수를 썼다고 확신했다.

그럼에도 불구하고 그는 분명 출발 전에 시계를 보지 않았을 것이며 아마 아침 식사를 하기 위해 의자에 앉고 우편물을 가져온 비서의 보고를 받았을 때 마지막으로 시계를 보았을 거라고. 이때 그는 자신이 쓸 수 있는 시간을 출발할 때까지 하려 했던 내면의 활동으로 변화시켰다. 그 후 이 활동에 자신을 자유로이 내맡기면 이 활동이 정확히 그 시간을 채울 것임을 아른하임은 확신했다. 올바른 것과 그의 시간은 신비로운 힘을 통해 서로 연관되어 있으니까. 조형물과 그것이 놓인 공간처럼 또는 창을 던지는 사람과 보지 않고도 맞히는 목표물처럼. 울리히는 벌써 아른하임에 대해 많은 것을 들었고 많은 것을 읽었다. 그의 책에는 거울 속에서 양복을 점검하는 사람은 부러지지 않은 행동방식을 가질 수 없다고 씌어 있었다. 본디 즐거움을 주기 위해 만든 거울이 두려움의 도구가 되기 때문이라고 그는 상술했다. 우리의 활동이 더 이상 자연스럽게 교대할 수 없다는 데 대한 대용물인 시계처럼.

울리히는 옆의 그룹을 버릇없이 뚫어지게 쳐다보지 않기 위해 생각을 딴 데로 돌려야 했고 그의 눈은 작은 몸종에게 머물렀다. 그녀는 수다를 떠는 그룹들 사이를 돌아다니면서 경외심에 가득 찬 눈으로 음료수를 제공하고 있었다. 하지만 작은 라헬은 그를 알아차리지 못했다. 그녀는 그를 잊었고 심지어 쟁반을 들고 그에게 오는 것조차 소홀히 했다. 그녀는 아른하임에게 다가가서는 신에게 하듯 음료수를 바쳤다. 그녀는 그의 평온한 짧은 손에 키스하고 싶었으리라. 손은 레몬수를 집더니 멍하니 잔을 잡고만 있었고 대부호는 마시지 않았다. 이 절정을 넘어선 후 그녀는 어리둥절한 작은 자동기계처럼 맡은 일을 했고 다리와 대화로 가득 찬 세계사의 방에서 재빨리 빠져나와 대기실로 돌아갔다.

44
대회의의 계속과 끝.
울리히는 라헬에게 라헬은 졸리만에게 기쁨을 느끼다.
평행운동이 확고한 조직을 갖추다

울리히는 이런 부류의 소녀를 사랑했다. 그들은 명예욕이 있고 예의 바르고 잔뜩 겁을 먹도록 잘 교육받은 덕에 작은 과일나무와 비슷한데, 이 나무의 달콤하게 익은 과일은 어느 날 황송하게도 입술을 벌린 젊은 건달기사의 입속으로 떨어진다. '그들은 밤에는 막사에서 같이 자고 낮에는 전사의 무기와 가재도구를 들고 행군했던 석기시대 여자들처럼 용감하고 잘 단련되어 있을 거야.' 그는 생각했다. 물론 그 자신은 먼 옛날 처음으로 남성성이 깨어나던 때를 제외하고는 그렇게 전쟁터를 누빈 적이 전혀 없었다. 한숨을 쉬며 그는 자리에 앉았다. 회의가 다시 시작되었으니까.

기억을 더듬다 새삼 그의 눈에 띈 것은 이 소녀에게 입힌 흑백 제복이 수녀복과 같은 색이라는 것이었다. 그는 이를 처음으로 알아차렸으며 놀랐다. 하지만 이때 벌써 여신 같은 디오티마가 연설을 시작했고 이렇게 설명했다. 평행운동은 위대한 표시에서 정점을 이루어야 한다. 즉, 평행운동은 어디서나 보이는 임의의 목표를 가져서는 안된다. 비록 그것이 아주 애국적이라 하더라도. 이 목표는 세계의 심장을 사로잡아야 한다. 이는 실용적일 뿐 아니라 문학이어야 한다. 이정표여야 한다. 이는 세계가 들여다보고 얼굴을 붉힐 거울이어야 한다. 얼굴이 붉어질 뿐 아니라 동화에서처럼 자신의 참된 얼굴을 알아보고 더 이상 잊을 수 없어야 한다. 각하께서는 이를 위해 '평화의 황제'라는 제안을 하셨다.

이렇게 보면 지금까지 나온 제안들이 이에 상응하지 않는다는 것은 오인의 소지가 없다. 그녀가 회의 전반부에 '상징'이라는 말을 했을 때 당연히 수프 급여소를 염두에 둔 것이 아니었고 이것은 너무나 다양해진 인간의 관심사로 인해 사라져 버린 바로 그 인간의 통일성을 되찾는 것을 의미한다. 이때 물론 이런 질문이 떠오르실 것이다. 현재의 시대와 오늘날의 민족들에게 도대체 아직도 이런 아주 위대한 공통의 이념들이 가능할까? 제안하신 모든 것들은 정말 탁월하지만 서로 너무나 달라서, 보시다시피, 이 제안 가운데 어떤 것도 지금 관건이 되고 있는 그 통일시키는 힘을 가지지 못한다!

울리히는 디오티마가 말하는 동안 아른하임을 관찰했다. 하지만 거부감을 불러일으키는 것은 관상의 개별적인 부분들이 아니었고 전부 다였다. 물론 이 개별사항들도 — 페니키아 식의 단단한 대(大) 상인 두개골, 날카롭지만 재료가 너무 적어서인 듯 납작하게 빚어진 얼굴, 영국제 양복의 편안함을 지닌 체격, 인간이 양복 밖으로 내다보는 두 번째 자리에 있는, 손가락이 약간 짧은 손 — 충분히 독특하긴 했다. 모든 것이 서로서로 좋은 관계를 취하고 있다는 것, 이것이 울리히를 자극하는 것이었다. 이 안정을 아른하임의 책도 갖고 있었다. 세상은 아른하임이 관찰하자마자 정상이었다. 울리히의 내면에서 완벽함과 부유함 속에서 자란 이 인간에게 돌이나 길거리 오물을 던지고 싶은 불량소년의 욕구가 깨어났고 그동안 그는 아른하임이 얼마나 주의를 기울여서, 그들이 함께해야 하는 이 어리석은 과정을 쫓아가는 척하는지를 지켜보았다. 아른하임은 정말 전문가처럼 이 과정을 시음하고 있었다. 그의 얼굴은 이런 표정이었다. 난 너무 많은 말을 하지 않겠지만, 이건 정말 고상한 품종이군!

디오티마의 연설은 그사이 결말에 이르렀다. 휴식시간이 끝난 후 모든 참석자들이 다시 자리에 앉았을 때 그들에게는 어떤 결과가 도출될 것이라는 확신이 보였다. 그새 아무도 이에 대해 숙고해 보지 않았지만 모두 중요한 뭔가를 기대하는 자세를 취했다. 그리고 이제 디오티마가 말을 맺었다. 따라서 현재의 시대와 오늘날의 민족들에게 도대체 아직도 위대한 공통의 이념이 가능할까 라는 질문이 떠오른다면, '구원하는 힘을 가진 이념!'이라고 덧붙여야 하고 또 덧붙여도 된다. 구원이 문제이기 때문이다. 구원하는 약진이. 간단히 말해, 아직 정확히 상상할 수는 없다. 이는 전체로부터 오거나 아니면 아예 오지 않을 것이다. 그래서 감히, 각하와는 이미 상의를 했다, 다음과 같은 제안으로 오늘의 회의를 마무리하고 싶다. 각하께서 옳게 보셨듯이, 사실 벌써 정부의 고위 행정부서들이 종교, 교육, 무역, 산업, 법률 등 주안점에 따른 세계의 분할이다. 따라서 위원회들을 발족시킬 것을 결의하고 그 장은 이 정부부서의 위임자에게 맡기고 그를 보좌하기 위해 관할단체들 및 각 민족 대표자들을 선출한다면 세계의 주요 도덕적 힘들이 이미 질서정연하게 담긴 하나의 조직이 만들어질 것이며, 이 조직을 통해 도덕적 힘들이 흘러들고 이 조직 속에서 걸러질 수 있을 것이다. 최종 요약은 그 후 중앙위원회에서 이루어질 것이며 이 조직은 홍보위원회, 재정조달위원회와 같은 몇몇 특별위원회와 하위위원회를 통해 보완될 것이다. 그녀 개인적으로는, 기본이념들을 후속 처리할 정신적 위원회의 설립을 유보해 두고 싶다. 여기에 대해서는 당연히 다른 모든 위원회들과 합의를 보겠다.

다시 모두가 침묵했지만 이번에는 마음이 가벼웠다. 라인스도르프 백작은 여러 번 고개를 끄덕였다. 누군가가 이해를 돕기 위한 질문을 했다. 이렇게 고안된 운동에 어떻게 특히 오스트리아적인 것이 흘러 들어 가겠는가?

이에 대답하기 위해 슈툼 폰 보르트베어 장군이 자리에서 일어섰는데, 그 전의 다른 연설자들은 모두 자리에 앉아서 말을 했다. 그는 잘 알고 있다 ― 그가 말했다 ― 회의실에서는 군인에게 사소한 역할만이 주어져 있음을. 그럼에도 불구하고 그가 발언한다면, 지금까지 나온 훌륭한 제안들에 대한 탁월한 비판에 참견하기 위해서가 아니다. 그럼에도 불구하고 그는 마지막으로 다음과 같은 생각을 선의의 검증에 맡기고 싶다. 지금 계획되고 있는 선언은 외부로 영향을 미쳐야 한다. 하지만 외부로 영향을 미치고자 하는 것은 백성의 힘이다. 유럽 국가 가족 내의 상황도, 각하께서 언급하셨듯이, 그런 선언이 분명 쓸모없지 않을 상황이다. 트라이치케23가 말했듯이, 국가에 대한 생각은 힘에 대한 생각이다. 국가는 민족들의 싸움에서 스스로를 보존하는 힘

---

23 하인리히 폰 트라이치케(Heinrich von Treitschke, 1834~1896): 드레스덴 출신의 역사가, 정치적 출판인, 프로이센 제국의회 의원이다.

이다. 이미 잘 알려진 상처를 건드릴 뿐이겠지만, 국회의 무관심으로 인해 우리 포병대와 해군의 증강이 처하게 된 불만스러운 상태를 상기시키고 싶다. 따라서 어떤 다른 목표가 발견되지 않을 경우, 물론 그런 일은 아직 일어나지 않았지만, 그러면 군대와 그 무장의 문제에 백성이 폭넓은 관심이 가지도록 하는 것이 아주 합당한 목표가 될 수 있을지 숙고해 보시기를 바란다. *Si vis pacem para bellum!*24 평화 시에 전개한 힘은 전쟁을 멀리하거나 적어도 단축시킨다. 그는 이런 조치가 또 민족들을 화해시키는 작용을 할 것이며 평화로운 신조의 인상 깊은 선언이라고 장담할 수 있다.

이 순간 방 안에서 특이한 일이 일어났다. 대부분의 참석자들은 처음에는 이 연설이 모임의 원래 취지에 맞지 않는다는 인상을 받았다. 하지만 장군의 목소리가 점점 더 넓게 퍼져 나가자, 이는 마치 잘 정열한 대대의 행진소리처럼 들려 마음을 진정시켰다. '프로이센보다 더 낫게'라는 평행운동 원래의 의미가 수줍게 고개를 들었다. 마치 멀리서 연대 군악대가 터키인에 대항해서 출정한 오이겐 공25의 행진곡 또는 〈신이 보살피사 … 〉를 연주하기라도 하듯. 하지만 이때 각하가, 물론 그는 그럴 뜻이 전혀 없었지만, 일어서서 프로이센 형제 아른하임을 군악대의 선두에 세워야 한다고 제안했다면, 그들은 자신들이 처한 막연한 내적인 고양상태에서 〈월계관을 쓴 그대 만세〉26

---

24 평화를 원하면 전쟁을 대비하라!

25 오이겐 프란츠, 사보옌-카리그농 공자(Eugen Franz, Prinz von Savoyen-Carignan, 1663~1736) : 오스만 터키와의 전쟁에서 승리함으로써 동남부 유럽에서 오스트리아의 패권을 지켰다.

를 듣는다고 생각했을 것이며 이에 대해 아무 이의도 제기할 수 없었
으리라.

열쇠구멍 옆에서 '라쉘'은 신호를 보냈다. "이제 그들은 전쟁을 이
야기하고 있어요!"

그녀가 휴식시간이 끝나 갈 때 대기실로 되돌아간 것은 조금은 아
른하임이 이번에는 정말 그의 졸리만이 뒤따라오도록 했기 때문이기
도 했다. 날씨가 나빠졌기 때문에 그 작은 흑인은 외투를 들고 주인을
뒤따라왔다. 라헬이 문을 열어 주자 그는 건방지게 조금 입을 삐죽였
다. 그는 타락한 베를린 젊은이였고 여자들이 그의 버릇을 망쳐 놓았
지만 그는 아직 제대로 된 것은 시작할 줄도 몰랐다. 하지만 라헬은
그와는 흑인의 언어로 이야기해야 한다고 생각했고 독일어로 이를 시
도해 볼 생각은 전혀 하지 못했다. 무조건 자신의 생각을 전달해야 했
기 때문에 그녀는 열여섯 살짜리 소년의 어깨 위에 단호히 팔을 얹었
고 부엌 쪽을 가리켰고 의자를 놓아 주었고 근처에 있던 케이크와 음
료를 밀어 주었다. 그녀는 살면서 여태 한 번도 이런 일을 해본 적이
없었다. 그녀가 탁자에서 몸을 일으켰을 때, 절구에서 설탕을 빻을
때처럼 그녀의 심장이 방망이질 쳤다.

"이름이 뭡니까?" 졸리만이 물었다. 그가 독일어를 했다!

"라쉘!" 라헬은 이렇게 말하고는 달아났다.

졸리만은 그사이 부엌에서 케이크, 포도주, 빵을 먹었고 담배에 불
을 붙였고 요리하는 여자와 대화를 시작했다. 라헬이 시중을 들고 돌

---

26 프로이센의 국가(國歌)이다.

아왔을 때, 이것이 그녀의 마음을 콕 찔렀다. 그녀가 말했다. "저 안에서 지금 곧 다시 매우 중요한 일이 논의될 거예요!" 하지만 이 말은 졸리만에게 아무런 인상도 주지 못했고 중년의 요리사는 웃었다. "전쟁이 일어날 수도 있어요!" 라헬은 흥분해서 덧붙였고, 거의 그 정도로 일이 진척되었다는 열쇠구멍 보고로 정점을 찍었다.

졸리만이 귀를 기울였다. "오스트리아 장군들도 있어요?" 그가 물었다.

"직접 가서 보세요!" 라헬이 말했다. "한 명은 벌써 와 있으니까요." 그리고 그들은 함께 열쇠구멍으로 다가갔다.

거기서 시선은 흰색 종이 위에 떨어지기도 했고 코 위에 떨어지기도 했고 큰 그늘이 지나가기도 했고 반지가 하나 반짝이기도 했다. 삶은 환한 개별사항들로 붕괴되었다. 초록색 천이 잔디처럼 펼쳐져 있는 것이 보였다. 하얀 손 하나가 아무런 배경 없이 어딘가에 놓여 있었는데, 밀랍인형 전시실에서처럼 창백했다. 아주 비스듬히 들여다보면, 한구석에서 장군의 군도(軍刀)의 황금색 장식술이 반짝이는 것이 보였다. 버릇없는 졸리만조차도 감동을 받은 모습이었다. 문틈으로 그리고 상상을 통해 본 삶은 동화처럼 비밀스럽게 부풀어 올랐다. 구부린 자세 때문에 피가 귓속에서 윙윙거렸고 문 뒤의 목소리들은 가끔은 바윗덩어리처럼 쿵쿵거렸고 가끔은 비누칠한 널빤지 위에서처럼 미끄러졌다. 라헬은 천천히 몸을 일으켰다. 바닥이 발아래에서 들고 일어나는 것 같았다. 마술사나 사진사가 사용하는 그런 검은 천 아래 머리를 박고 있었던 듯 사건의 유령이 그녀를 둘러쌌다. 이어 졸리만도 몸을 일으켰고 피는 떨면서 그들의 머리에서 빠져나와 가라앉았다. 작은 흑인이 미소를 지었고 푸른 입술 뒤에서 진홍색 잇몸이 빛났다.

대기실에서의 이 순간이 벽에 걸린 영향력 있는 인물들의 외투 사이에서 트럼펫에 불려 가듯 천천히 사라지는 동안, 방 안에서는 모두가 결의를 위해 자리에서 일어났다. 그 전에 라인스도르프 백작은 이렇게 말했다. 너무나 중요한 장군의 제안에 깊은 감사를 표하지만 우선은 본격적인 일에 착수하지 않고 조직적으로 기본적인 것을 결정하고자 한다. 이에 필요한 것은 행정부서의 주안점에 따른 세계에 계획을 맞추는 것을 제외하고는 최종결의뿐이었는데, 결의의 내용은 이 운동을 통해 백성의 소원이 드러나자마자 이를 즉시 백성의 청원으로 폐하께 제시하고 그때까지 모인 돈을 폐하의 은총에 힘입어 이 소원을 물질적으로 수행하는 데 사용하기로 참석자들이 만장일치로 합의했다는 것이었다. 이는 가장 합당하다고 인식된 목표를 백성이 스스로, 그렇지만 군주의 의지의 중재를 통해서 설정할 수 있다는 장점이 있었으므로 각하의 특별한 소망에 따라 결의되었다. 형식적 문제일 뿐이었지만 백작은 백성이 혼자 힘으로는 그리고 두 번째 헌법적 요소 없이는, 이 요소에 경의를 표하기 위해서라도, 아무것도 못한다는 것이 중요하다고 생각했던 것이다.

나머지 참석자들은 이를 이처럼 정확히 받아들이지는 않았으리라. 하지만 바로 그 때문에 그들은 아무런 이의도 제기하지 않았다. 그리고 회의가 결의로 끝난다는 것은 정상이었다. 싸움질에서 칼로 마침표를 찍든, 곡의 끝에 열 개의 손가락이 동시에 두어 번 건반을 치든, 무용수가 귀부인 앞에서 절을 하든, 결의를 채택하든 간에, 사건들이 그냥 슬그머니 도망쳐 버리고 마지막에 다시 한번 그 사건이 일어났다는 응분의 확인이 없다면 그것은 섬뜩한 세계일 테니까. 그래서 다들 그렇게 한다.

— 2권에서 계속

《특성 없는 남자》 – "가능성의 가장자리로의 여행"1

1. 어떤 소설인가?

현시대에서의 실존의 복잡성을 파악하기 위해서는, 내 견해로는, 생략의 기술이 요구됩니다. 응축의 기술이지요. 그렇지 않으면 끝없이 길어진다는 덫에 빠지게 됩니다. 《특성 없는 남자》는 내가 가장 좋아하는 두세 소설 중 하나입니다. 하지만 이 말은 내가 이 소설의 어마어마한 규모와 이 책이 미완성이라는 사실까지 감탄한다는 뜻은 아닙니다. 2

밀란 쿤데라가 〈구성의 기술에 대한 대화〉(1986)에서 한 이 평은 로베르트 무질(Robert Musil)의 대표작 《특성 없는 남자》(*Der Mann*

---

1 이 글은 네이버의 '열린연단' 강연 시리즈, '문화의 안과 밖: 문화와 문화 정전'의 일환으로 2021년 6월 12일 발표된 강연문 〈로베르트 무질과 유럽 문화〉를 대폭 수정하고 보완한 글이다.

2 밀란 쿤데라(Milan Kundera), 《소설의 기술》(*Kunst des Romans*), Fischer 1989, 81쪽.

ohne Eigenschaften, 1930~1932)를 너무나 적확하게 표현한다. 이 평은 근대적 실존의 복잡성을 다룬다는 소설의 주제, 이 소설이 쿤데라 뿐 아니라 잉에보르크 바흐만(Ingeborg Bachmann) 등 수많은 작가에게 영감을 준 근대의 고전이라는 점, 그럼에도 불구하고 무질이 가장 덜 알려지고 가장 어려운 작가인 이유, 즉 소설이 그 엄청난 규모에도 불구하고 미완성이라는 점을 잘 지적한다.

이후 쿤데라는 또 다른 에세이집 《배신당한 유언》(1993)에서 《특성 없는 남자》를 무질의 동시대인인 토마스 만(Thomas Mann)의 소설 《마의 산》(*Der Zauberberg*, 1924)과 비교하면서 구체적으로 평가한다. 두 소설은 1913년을 배경으로 하는 장편이며 관념적 대화와 사유가 등장하는 "이념 소설"이라는 공통점이 있지만, 쿤데라는 만의 소설을 "묘사 소설", 무질의 소설을 "사유 소설"로 명명한다. 전자에서는 관념적 대화가 사실주의적인 장식을 배경으로 등장하는 반면 후자는 "사고를 바탕에 둔 소설"이기 때문이다. 예를 들어, 만의 소설에서 소설의 공간적 무대인 다보스는 사실적으로 상세하게 묘사되지만 무질의 소설에서 오스트리아-헝가리 제국과 빈은 "소설의 배경이 아니라 소설 테마들 중 하나이다. 묘사되는 것이 아니라 분석되고 사유된다".

만과는 달리 무질에게서는 모든 것이 테마(실존적 질문)가 된다. 모든 것이 테마가 되면 배경은 사라지며, 입체파 화폭에서처럼 전경만 있을 뿐이다. 바로 이 배경의 제거에서 나는 무질이 이룩한 구조적 혁명을 본다. [3]

---

3   쿤데라, 《배신당한 유언》, 김병욱 옮김, 민음사 2013, 246쪽.

그렇다면 쿤데라가 말하는 《특성 없는 남자》의 '실존적' 주제와 '구조적 혁명'을 소설의 제1장을 통해 직접 느껴보자.

2. 무엇에 관한 이야기이며 어떻게 이야기하는가?

1) 무엇에 관한 이야기인가?

소설의 제1장 내용을 간단히 요약해 보면, 제1차 세계대전이 발발하기 1년 전인 1913년 8월, 오스트리아-헝가리 제국의 수도 빈에서 상류층으로 보이는 두 남녀가 속도와 소음으로 가득 찬 대로를 걸어가다 교통사고를 목격하고, 트럭에 치인 부상자는 구급차에 실려 간다.

시간과 장소, 등장인물과 사건이 등장하면서 전형적인 소설의 시작인 듯 보이는 이 장의 특이점, 즉 "주목할 만한" 점은 "1913년 8월 어느 화창한 날"이라는 역사적이고 개인적인 '삶의 사실'이 "고기압, 저기압, 등온선, 등서선, 일몰과 일출뿐만 아니라 금성, 토성 고리의 조도 변화, 수분 증발량" 등 수많은 과학적 설명들과 대립되어 제시된다는 것이다. "붉다"에는 "파장", "마이크로밀리미터"라는 물리학적 용어가 제시된다. 심지어 프로이트의 정신분석을 상기시키는 "의식의 고급 속옷 층위"라는 심리학 용어도 등장한다.

삶의 사실들이 개인적이고 일회적인 반면에 과학적 사실은 날씨가 "정상이었다", "예고와 일치했다"에서 보이듯이 보편적이고 합법칙적이며 반복 가능하다. 마지막으로, 부상자를 보고 귀부인이 느끼는

"불쾌감", "연민", 즉 개인적 체험도 "제동 거리", "구급차" 또는 "통계"를 통해 개인이 더 이상 관여할 필요가 없는 기술적, 사회적, 통계적 문제가 된다. 이로써 예외적 사건은 다시 "합법칙적이고 질서에 맞는 사건"으로 되고 "특별한 것을 체험했다"는 귀부인의 감정은 "부당한 감정"으로 남는다. 무질은 이를 소설의 다른 장에서 "체험이 인간에게서 독립했다"고 표현한다.

오늘날 책임은 그 무게중심이 더 이상 인간 속에 있지 않고 일들의 연관성 속에 있다. 체험이 인간에게서 독립했다는 것을 알아차리지 못했는가? 체험들은 극장으로, 책 속으로, 연구소와 연구여행의 보고서 속으로, 신조 및 종교공동체 속으로 들어갔다. 이들은 사회적 실험에서처럼 특정 종류의 체험을 다른 체험들을 희생하여 만들어 낸다. 작업에 동원되지 않는 체험들은 그냥 대기한다. 그러니 오늘날 누가 아직도 자신의 분노가 정말로 자신의 분노라고 말할 수 있는가?! 너무나 많은 사람들이 간섭하고 그보다도 더 잘 그것을 이해하는 오늘날 말이다. 남자 없는 특성들의 세계, 체험하는 사람 없는 체험들의 세계가 생겨났다. 그리고 한 인간이 더 이상 아무것도 사적으로 체험하지 않고 개인적 책임감의 쾌적한 무게는 가능한 의미들의 공식체계로 해체되는 것이 이상적인 경우인 듯 보일 지경이다. 어쩌면 인간을 그토록 오랫동안 우주의 중심으로 여겼지만 이제 수백 년 전부터 차츰 사라지고 있는 인간중심적 태도, 그것의 해체가 마침내 자아 자체에 도달했을 것이다.

— 《특성 없는 남자 1》, 240쪽

소설의 또 다른 대목에서 "삶의 추상화"라고도 명명된 이런 현상을 무질은 편지에서 "우리의 현재 세계에서는 대부분 그냥 도식적인 일(똑같은 일), 즉 전형적인 것, 개념적인 것, 게다가 본질이 빨려나간 것만 일어난다"[4]고 설명한다.

다시 제1장으로 돌아가 보면, 두 남녀가 에르멜린다 투치인지 아른하임인지는 별로 상관이 없다. 개인도 사회학, 심리학과 같은 학문을 통해 "전형적 태도의 전형적 꾸러미"[5]로 해체되었기 때문이다. 이들은 더 이상 개성을 가진 개인이 아니라 "옷과 자세" 등 외적인 특성으로 평가되고, 심리학적으로도 "몇몇 반복되는 타입들의 변형들"[6]일 뿐이다. 이러한 "자아의 해체"를 무질은 소설의 또 다른 대목에서 "인격의 통계적 탈마법화"라는 명칭으로 희화화한다. 주인공 울리히가 길거리에서 두 남자의 싸움을 말리려다 같이 체포되어 경찰서에 끌려가 심문을 받는 대목이다.

이름은? 나이는? 직업은? 거주지는? …. 울리히는 심문을 받았다.

그는 유무죄를 따지기도 전에 그를 비개인적이고 일반적인 구성요소로 분해하는 기계 속에 빨려 든 느낌이었다. 〔…〕 그 때문에 그는 이 순간에도 그의 인격의 통계적 탈마법화에 대한 감각을 소유하고 있었고 경찰조

---

4 무질, 《편지 1901~1942》(*Briefe* 1901~1942), 아돌프 프리제(Adolf Frisé) 편, Rowohlt 1981, 498쪽.

5 무질, 《유고》(*Aus dem Nachlaß*), 무질 전집 1권(*Gesammelte Werke in zwei Bänden. Band I*), 프리제 편, Rowohlt 1978, 1575쪽.

6 무질, 《편지 1901~1942》, 459쪽.

직이 그에게 사용한 측정 및 서술과정이 사탄이 발명한 사랑의 시처럼 그를 열광시켰다. 여기서 가장 감탄할 점은 경찰이 한 인간을 아무것도 남지 않을 정도로 분해할 수 있을 뿐만 아니라 이 사소한 구성요소들을 가지고 그를 다른 어느 누구와도 혼동할 수 없이 다시 조립하고 이 구성요소를 보고 그를 알아본다는 것이었다.

— 《특성 없는 남자 1》, 254~255쪽

그렇다면, 앞서 언급한 "남자 없는 특성들의 세계"는 곧 "특성 있는" 남자들의 세계와 동의어다. 여기서 우리는 실존적 질문이라는 소설의 테마와 관련된 첫 번째 키워드, "특성 있음"(또는 "특성 없음")에 도달했다. 무질은 1927년 〈성격 없는 인간〉(*Ein Mensch ohne Charakter*)이라는 짧은 글(《생전유고》에 수록)을 쓸 무렵 소설의 제목을 최종적으로 "특성 없는 남자"로 바꾼 것으로 보이는데, 여기서 '특성'(*Eigenschaft*)은 '성격'(*Charakter*)과 구별해서 생각해야 한다. '특성'은 개성이라는 말이 아니고 일반적으로 나타나는 반복적인 성질이며, 오히려 '성격'이 고유한 것이라 보아야 한다. 그리고 문제는, 위 인용문에서도 보이듯이, 이런 특성들이 우리 고유의 것이 아니라 하더라도 우리는 이것들로 이루어지고 또 이것들로 평가받는다는 데 있다.

울리히가 "특성 없는 남자"인 것은 그가 외부에서 주어지는 특성들에 무관심하고 이 특성들과 자신을 동일시하지 않기 때문이다. 반면에 다른 인물들, 예를 들어 발터나 울리히의 아버지는 외부에서 주어진 특성들을 받아들이고 또 이를 반복적으로 보여 줌으로써 "특성 있는" 남자들이다. 따라서 "특성 없음"은 완성되어 주어진 세상에 대한 거부인 동시에 '나'에 대한 요구, 개인적 체험에 대한 요구, 궁극적으로 나의 삶에 대한 요구라 할 수 있다. 앞서 쿤데라도 언급했듯이, 이 소설의 주제는 근대인의 실존의 문제다. 이 말이 거창하다면, 울리히가 누이 아가테에게 말하듯이, "난 어떻게 살아야 하지"라는 문제다. 소설의 시작 무렵, 울리히가 자신의 삶의 의미를 찾지 못하고 "삶으로부터 휴가"를 내거나 이 휴가의 시간 중 절반이 지난 제1권의 끝 무렵에는 자살을 생각하고, 아가테 역시 울리히를 만나기 전까지 늘 약간 죽어 있는 것처럼 살았다고 하는 점 등은 지식의 시대 인간이 처한 실존의 위기를 보여 준다.

점점 더 증가하는 과학적 지식과 더불어 그 어느 때보다 더 많이 질서 잡힌 세상에서 개인적이고 우연적인 것, 즉 감정과 체험은 점점 설 곳을 잃게 되고 (귀부인이 느끼는 감정이 "부당한 감정"이 되는 것을 생각해 보라), 질서 잡힌 삶의 "비합리화된 잔여물"로 남는다. 이것이 과학적 설명이 메울 수 없는 삶의 "틈", "구멍"이다. 소설에서 이런 잔여물은 이른바 "마이너스 유형들"인 인물, 즉 바리에테 가수이자 창녀인 레오나와 색정증 환자인 보나데아에게서 보인다. 이 잔여물은 직업이나 결혼으로 질서 잡힌 그들의 삶에서 설 자리가 없는 감정, 즉 레오나에게서는 "모든 과잉, 허영, 낭비, 자부심, 질투, 쾌락, 명예욕, 헌신", 보나데아에게서는 "심장"이고, 이것들은 폭식 또는 간통 등 정기적으로 일어나는 병적인 행동으로 그 탈출구를 찾는다. 특히 정신병자이자 창녀 연쇄 살해인 모스브루거는 그 범죄와 광기를 통해, 바타유 식으로 말하면, 동질화된 사회에서 "이질적인 존재", 7 즉 이성의 타자 그 자체다. 그러나 이런 부도덕하고 병적인 인물들뿐만 아니라 디오티마와 같은 유형에게서도 이 잔여물은 "영혼"이라는 이름으로 존재하고, 이것은 아른하임과의 사랑에서 탈출구를 모색한다.

소설에서 '비합리적인 잔여물'에 대한 체험은 술 취한 자의 체험, 데모 행렬에 선 발터의 체험, 보나데아의 성적 도취, 디오티마와 아른하임의 사랑의 도취, 모스부르거의 피의 도취와 감옥에서의 체험까지 다양한 양상으로 등장하고, "다른 상태"라는 명칭을 얻는다. 울리히도 이 상태를 소령부인과의 사랑에서 "삶의 완전히 변화된 형상"으로 체험한 바 있고, 누이 아가테에게 이를 "우리가 우리 자신을 잃고 갑자기 자신에게로 오는" 상태로 묘사한다.

내가 나 자신에게로 돌아오고 삶이 완전히 다른 형상을 띠게 되는 이 "다른 상태"의 체험은 기존의 삶과는 다른 삶의 가능성이고, 울리히는 아버지의 죽음을 계기로 또는 아가테와의 만남을 계기로 이 새로운 삶의 가능성이 열리는 것을 본다. 물론 이 상태는 무질의 발명품은 아니고 서구의 역사에서 이미 오래전부터 철학, 종교, 문학 등에서 수없이 다루어진 것이며, 소설에서도 이 맥락을 충분히 지시한다. 즉, 이 "다른 상태"는 울리히를 통해서는 마이스터 에크하르트 등 기독교 신비주의 전통의 맥락에서 신과의 합일로 묘사되고, 디오티마를 통해서는 "마테를링크의 날염된 형이상학"으로 소개되고, 클라리세를 통해서는 니체의 '디오니소스적 상태'와 비교된다.

---

7   조르주 바타유(Georges Bataille), 《파시즘의 심리학적 구조. 자주성》(*Die psychologische Struktur des Faschismus. Die Souveränität*), Matthes & Seitz 1978, 18쪽.

소설 《특성 없는 남자》를 관통하는 실존적 주제는 이상과 같이 "특성 있음"(또는 "특성 없음")과 "다른 상태"라는 두 핵심어로 요약될 수 있다. 대중과 개인, 이성과 감정, 지식과 삶의 문제, 무질의 말로 하자면, "지식의 획득과 삶의 상실"8 그리고 이에 따라 증가하는 비합리적인 것에 대한 욕구가 근대인의 실존적 숙명이다. 무질은 일기에서 자신의 시대의 특징을 "합리성과 신비주의"9의 모순적 공존으로 보았고, 소설 작업이 한창이던 1926년, 소설을 통한 "세계의 정신적 극복"10을 선언한다. "여기서는 근대인의 실존의 의미에 대한 물음이 [⋯] 제기되고 나아가 아주 새로운 그렇지만 가볍고 반어적이면서도 철학적으로 심오한 방식으로 답변되고 있다."11 이제 실존적 질문이 철학이 아니라 고스란히 소설의 몫이 되었다.

2) 어떻게 이야기하는가?

이제 "배경의 제거", "모든 것이 테마"라는 소설의 구조적 혁명으로 돌아가 보자. 보통 "늘 소설의 첫머리에 들어서는 상황은 이미 일어났

---

8 무질, 〈무기력한 유럽〉(*Das hilflose Europa*), 무질 전집 2권 《단편과 드라마. 짧은 산문, 아포리즘, 자전적 글. 에세이와 연설, 비평》(*Prosa und Stücke, Kleine Prosa, Aphorismen, Autobiographisches, Essays und Reden, Kritik*) 프리제 편, Rowohlt 2001, 1083쪽.

9 무질, 《일기》(*Tagebücher*), 프리제 편, Rowohlt 1983, 389쪽.

10 무질, 〈어떤 작품을 쓰고 있나요? 로베르트 무질과의 대화〉(*Was arbeiten Sie? Gespräch mit Robert Musil*), 무질 전집 2권, 942쪽.

11 무질, 〈이력서〉(*Curriculum vitae*), 무질 전집 2권, 950쪽.

거나 또는 곧 일어나게 될 다른 일을 지시한다".12 그러나 이 소설의
제 1장 제목, "주목할 만하게도, 여기서는 아무 일도 더 일어나지 않
는다"는 이러한 고정관념에 정면으로 도전한다. 이 장에서 일단은 소
설의 기법에 맞게 이야기의 시간, 장소, 인물, 심지어 사건까지 제시
되지만 이것들은 곧, 말하자면, 회수된다. "1913년 8월의 어느 화창
한 날"은 이미 "구식"이고, 장소에 집착하는 것도 "유목 시대의 산물"
이며, 도시 이름에 특별한 가치를 부여해서는 안 되며, 이 속에서 개
인은 그 의미를 잃고 대중 속으로 사라진다. 이 제목이 밝히는 대로,
앞으로 전개될 이야기에서도 이 두 남녀가 누구인지는 더 이상 밝혀
지지 않으며, 부상자의 운명도 더 이상 언급되지 않는다.

〈소설의 위기〉라는 에세이에서 무질은 "이야기할 가치가 있는 것은
(겉보기에) 일반적이지 않은 것, 개인적인 것, 그리고 우연적인 것"13
이라고 말하는데, 소설의 제 1장이 서술하는 대로 모든 것이 "정상"이
고, "예보"에 맞고, 우연적이지 않고, 개인의 감정이 "부당한" 시대에
는 이야기할 거리가 없다. 무질은 "소설이라는 형식은 이야기를 요구
하지만 더 이상 아무것도 이야기할 수 없다"14는 역설적인 상황을 소

---

12 이탈로 칼비노(Italo Calvino), 《한 여행자가 겨울밤에》(Wenn ein Reisender in
     einer Winternacht), dtv 1983, 20쪽.
13 무질, 〈소설의 위기〉(Die Krisis des Romans), 무질 전집 2권, 1409쪽.
14 Th. W. 아도르노(Adorno), 〈동시대 소설에서 서술자의 위치〉(Standort des
     Erzählers im zeitgenössischen Roman), 아도르노 전집(Gesammelte Schriften) 11
     권 《문학에 대한 메모》(Noten zur Literatur), 그레텔 아도르노/ 롤프 티데만
     (Gretel Adorno/ Rolf Tiedemann) 편, Suhrkamp 1997, 41쪽.

설의 제 1장을 통해 형상화하였다. 이로써 우리는 쿤데라가 말하는 "구조적 혁명"에 다다랐다. 무질은 소설의 제 1장에서 소설의 위기 자체를 테마화하고 나아가 "이야기를 지어내지 않기"[15]라는 자신의 의도를 간접적으로 드러냄으로써 이 장은 독자에게 소설에 대한 "일종의 사용설명서"[16]가 된다.

그러나 소설이 이야기를 하지 않을 수는 없기 때문에, "이야기를 지어내지 않겠다"는 것은 실상은 "이야기하는 문체를 포기한다"[17]는 말이다. 왜냐하면 이야기의 역할이라는 것이 사건의 연대기적 나열을 통해 삶이 질서를 가진다는, 즉 빈틈이 없고 완결되었다는 인상을 주는 것이기 때문이다.

우리가 부담에 힘겨워하며 그리고 단순함을 꿈꾸며 동경하는 이 삶의 법칙은 다름 아니라 이야기의 질서의 법칙이라는 것이었다! 이것은 '그것이 일어났을 때 저것이 일어났다!'고 말할 수 있다는 단순한 질서다. 이것은 압도적인 삶의 다양성을, 수학자는 이렇게 말하리라, 일차원적 다양성으로 묘사하는 단순한 나열이며 우리를 진정시키는 것이다. 이것은 시간과 공간 속에서 일어나는 모든 일을 한 가닥 실 위에, 바로 그 유명한 '이야기의 실' 위에 배열하는 것이며 삶의 실도 이것으로 이루어진다. [⋯] 소설이 인위적으로 이용한 것이 이것이다. 방랑자는 퍼붓는

---

15 무질, 《일기》, 597쪽.

16 헬무트 아른첸(Helmut Arntzen), 《소설 '특성 없는 남자'에 대한 주석》(*Musil-Kommentar zu dem Roman "Der Mann ohne Eigenschaften"*), Winkler 1982, 82쪽.

17 무질, 《편지 1901~1942》, 496쪽.

빗속에서 말을 타고 시골길을 달리거나 영하 20도의 추위에 눈을 바삭 바삭 밟으며 걷겠지만 독자는 안락한 느낌이고 이는 유모가 아이를 달 랠 때 사용하는 그 영원한 서사 기술, 그 검증된 '오성의 원근법적 감소' 가 삶 자체에 속하지 않는다면 이해하기 어려우리라. 대개의 인간은 자 신과의 기본관계에서 화자다. 그들은 서정시를 사랑하지 않거나 어쩌다 잠시 사랑한다. 그리고 삶의 실 속으로 약간의 '왜냐하면'과 '그래서'가 엮여 들어가면 그들은 이를 넘어서는 모든 숙고를 혐오한다. 그들은 사 실의 정돈된 배열을, 이것이 필연성과 비슷하므로, 사랑하며 그들의 삶 이 '진행'한다는 인상을 통해 아무튼 혼돈 속에서도 안전하다고 느낀다. 그런데 이제 울리히는 비록 공적으로는 모든 것이 벌써 비(非)서사적이 되어 버렸고, 하나의 '실'을 쫓지 않고 무한히 뒤얽힌 표면 속에서 확장 된다 할지라도 사적 삶이 아직도 매달려 있는 이 원시적 서사가 그에게 서 없어졌음을 알아차렸다.　　　　　 — 《특성 없는 남자 4》, 88~89쪽

소설의 주인공 울리히는 "이야기", 즉 "특정하게 의미가 있고, 〔…〕 윤리적으로 완전한 행위"[18]를 찾아가는 자이고, 이러한 소설의 내용 적 차원은 형식적 차원에도 그대로 반영된다. 무질은 편지에서 이를 "내가 어떻게 이야기에 이를까 하는 문제는 나의 문체의 문제인 동시 에 주인공의 삶의 문제"[19]라고 표현한다. 결론적으로 무질은 소설에 서 "시간의 차원, 진행의 차원, 시간적인 〔…〕 전개"[20]를 의식적으로

18　무질, 《유고》, 1844쪽.
19　무질, 《편지 1901~1942》, 498쪽.

배제함으로써 전통적인 이야기 기법을 포기하고, 이로써 이야기의 단초는 끊임없이 에세이적인 것에 의해 중단되고 "내용은 무시간적으로 퍼져 나간다."21 이런 맥락에서 소설에는 "읽지 않아도 되는 장"(28. 사고에 몰두하는 것을 높이 평가하지 않은 사람은 읽지 않아도 되는 장)이 있고 "여담"(68. 여담. 인간은 자신의 육체와 일치해야 하는가?)이라는 장도 있다. 독자가 이 소설의 어떤 장을 펼쳐서 읽기 시작해도 무방할 정도로 줄거리의 진행은 별로 중요하지 않다. 또한 무질은 장의 제목을 통해 사건의 진행을 요약해 줌으로써(예를 들어 12. 스포츠와 신비주의에 관한 대화 후 울리히를 사랑하게 된 부인) 이야기에 대한 독자의 흥미를 감소시키거나 제3부에서 아가테의 유언장 위조라는 '사건'은 울리히의 회상으로 묘사함으로써 긴장감을 떨어뜨린다.

무질이 고백하듯이, "'잉여적인 것', '장광설 같은' 설명, 이것 때문에 나는 자주 비난을 받지만 〔…〕 내게는 이 설명이 주안점!"22이다 보니, 결과적으로 소설은 "아예 소설이 아니고 엄청난 규모의 에세이, 마이스터 에세이"23가 될 위험을 노정한다. 그러나 루카치가 근대의 소설에서는 (서사시에서와는 달리) "역사적 상황이 갖고 있는 모든 균열과 심연이 형상화에 끌어들여져야 하고 구성이라는 수단으로 덮여서는 안 된다"24고 한다면, 무질 소설의 에세이적 형식은 근대의

---

20 같은 곳.

21 같은 곳, 496쪽.

22 무질, 《유고》, 1820쪽.

23 무질, 〈소설의 위기〉, 1410쪽.

24 게오르크 루카치(Georg Lukács), 《소설의 이론》(*Die Theorie des Romans*),

실존을 형상화하기 위한 수단이라고 보아야 한다.

1952년 로볼트 출판사의 무질 전집 출간에 즈음하여 오스트리아 작가 잉에보르크 바흐만은 〈특성 없는 남자—라디오 에세이〉를 쓰는데, 여기서 바흐만은 "실제로 이 책은 이야기를 들려주는 산문과는 별로 관계가 없다. 엄청난 양의 사고와 묘사의 간접성이 이 책을 짓누른다. 이 책은 에세이와 아포리즘, 울리히와 이십여 명의 인물들의 내적 독백으로 이루어진 집합체"라고 평한다. 그러나 (앞으로 살펴보겠지만) 이 소설은, 다시 한번 바흐만을 인용하자면, "20세기의 어떤 다른 작품보다 더 철저하게 구상되었고 더 정밀하게 짜여졌다. 무질은 매혹적인 지성으로 (…) 자신의 계획을 실현시키는 정신의 전략가"25다.

3. 로베르트 무질(1880~1942)은 누구인가?

무질이 사망한 지 7년 뒤인 1949년, 〈더 타임스〉(The Times)는 무질을 "20세기 전반부의 가장 중요한 독일 소설가이자 이 시대에 가장 덜 알려진 작가"라고 칭한다. 무질은 토마스 만, 카프카와 더불어 20세

Luchterhand 1971, 51쪽.

25 잉에보르크 바흐만, 〈특성 없는 남자. 라디오 에세이〉(Der Mann ohne Eigen schaften. Radio-Essay), 바흐만 작품집(Werke) 4권 《에세이, 연설, 그 외 글들》(Essays, Reden, Vermischte Schriften). 크리스티네 코쉘/ 잉게 폰 바이덴바움/ 클레멘스 뮌스터(Christine Koschel/ Inge von Weidenbaum/ Clemens Münster) 편, Piper 1982, 94~95쪽.

기 독일문학을 대표하는 소설가지만, 정확히 말하면 (카프카와 더불어) 오스트리아-헝가리 제국의 작가다. 이 제국은 《특성 없는 남자》의 배경인 동시에 테마가 되는 곳으로, '형제전쟁'(오스트리아와 프로이센의 전쟁)에서 패한 오스트리아가 1867년 헝가리와 연합하여 세운 국가이며, 1918년 제1차 세계대전 패배로 몰락했다.

카프카보다 세 살이 많고 토마스 만보다는 다섯 살이 적은 로베르트 무질은 1880년 오스트리아-헝가리 제국의 클라겐푸르트(Klagenfurt)에서 오스트리아 독일인 아버지와 보헤미아 독일인 어머니의 외아들로 태어났다. 지금의 오스트리아와 슬로베니아의 국경에 있는 이 오스트리아 중소 도시는 무질의 이력에서 출생지라는 곳 이외에 다른 의미는 없지만 현재 클라겐푸르트 중앙역 앞에 있는 무질 생가는 "무질의 집"이라는 이름으로 무질 박물관으로 운영되고 있다.

엔지니어였던 아버지는 무질이 11세 되던 해에 브륀(Brünn) 공대 기계제작과 교수로 임명되고 가족은 브륀으로 이주한다. 소설 제3부, 첫 장에서 울리히가 아버지의 부고를 받고 도착한 고향도시는 지금의 체코 소재 도시인 브륀을 가리킨다. 무질은 12세라는 어린 나이에 부모를 떠나 군사기숙학교에 입학하는데, 무질이 이렇게 어린 나이에 부모를 떠나 독립하게 된 데는 가족 내의 상황도 작용을 한 것으로 보인다. 이성적이고 실용적인 아버지와 신경질적이고 격정적인 어머니는 기질상으로 서로 맞지 않았고, 결혼 7년째에 아들 로베르트가 출생한 이후 무질 가정에는 늘 하인리히 라이터(Heinrich Reiter)라는 제3의 인물이 암묵적인 가족의 일원으로 존재했다. 아버지의 친구인 라이터는 아버지의 묵인하에 가족의 여름휴가에도 동행했고, 죽어 가는 어머니의 병상을 지킨 것도 아버지가 아닌 라이터였다. 어머니의 연인 또는 정신적인 동반자라 할 수 있는 이 남자의 존재는 아들에게 부모의 불행한 결혼생활을 짐작하게 하기에 충분했을 것이다.

"결혼한 영혼의 괴로움"은 《특성 없는 남자》에서 여러 불행한 결혼들, 보나데아, 디오티마, 클레멘티네 피셸, 아가테의 결혼생활에서 묘사된다. 무질의 부자관계 역시 소설에서 울리히와 아버지의 관계를 통해 짐작할 수 있다. 소설에서 울리히의 어머니는 아예 등장하지 않는다. 하지만 무질의 다른 작품들, 〈통카〉(Tonka, 《세 여인》에 수록)나 〈지빠귀〉(Die Amsel, 《생전 유고》에 수록)를 보면 무질과 어머니의 관계를 단편적으로나마 짐작할 수 있다.

12세에서 17세까지의 청소년기를 차지한 군사기숙학교 시절의 경험은 나중에 그의 데뷔 소설 《생도 퇴얼레스의 혼란》(Die Verwirrungen des Zöglings Törleß)의 소재가 된다. 이 소설은 학교 폭력이라는 충격적인 소재, 날카로운 심리묘사, 지도자에 대한 맹목적인 복종과 인간의 야만성이라는 측면에서 나치즘의 출현을 예언한 것으로 유명하며, 분량 또한 중편 정도의 수준이라 현재도 많이 읽히는 작품이다. 또한 이 소설은 '뉴 저먼 시네마'를 대표하는, 〈양철북〉의 감독 폴커 쉴뢴도르프(Volker Schlöndorff)가 〈어린 퇴얼레스〉(Der junge Törless, 1966)라는 제목으로 영화화하여 칸 영화제 비평가상을 수상하기도 했다.

무질은 상급군사학교 시절 공학에 관심을 느끼고 재능도 발견하면서 군인에서 공학도로 진로를 바꾼다. 18세에는 브륀 공대, 이후 빈 공대를 거쳐 22세에는 독일의 슈투트가르트 공대로 대학을 옮긴다.

슈투트가르트 공대 시절 《생도 퇴얼레스의 혼란》을 집필하면서 자신의 지적 능력이 불충분하다고 느낀 무질은 1년 후 베를린대학으로 옮겨 철학, 실험심리학(부전공은 수학과 물리학)을 전공한다. 이러한 무질의 이력은 《특성 없는 남자》에서 군인, 공학도를 거쳐 수학자가 되는 울리히의 이력에도 그대로 반영된다. "영혼"의 문제를 "정확성"을 가지고 해결하려는 무질의 독특한 문학세계는 공학도라는 그의 특이한 이력 또는 그 아래에 깔린 과학적 사고방식의 산물이기도 한다.

1906년 발표한 《생도 퇴얼레스의 혼란》이 성공을 거두고 무질은 1908년 〈마흐 학설의 평가에 대한 논문〉으로 박사학위를 취득한다. 당시 지성계에 큰 파문을 불러일으켰던 에른스트 마흐(Ernst Mach)의 경험비판론(Empiriokritizismus)은 자아를 본질적인 단일체가 아니라 감각과 인상들의 집합체, 즉 '관념적 단일체'로 보는 이론으로 《특성 없는 남자》의 기본 구상에 영향을 끼쳤다.

베를린대학에 재학 중이던 1907년, 무질은 6살 연상의, 두 아이를 둔 유부녀 마르타 마르코발디(Martha Marcovaldi)를 만나게 된다. 마르타는 21세의 나이에 첫 남편과 결혼했지만 2년 후 사별하고 마르코발디와 결혼했다. 무질과 만날 당시 그녀는 남편과 별거 중이었고 이후 이혼하고 1910년 무질과 결혼한다. 《특성 없는 남자》에서 울리히의 누이동생 아가테에게서 마르타의 모습이 보이고 제3부의 주요사건인 아가테의 이혼이 마르타의 전기와 일치한다. 무질은 자신의 생에서 마르타의 의미를 이렇게 평가한다. "그녀는 내가 얻거나 달성한 것이 아니다. 그녀는 내가 된 그것이고 나는 그녀가 된 그것이다."[26] 소설 제3부에서 "삼쌍둥이" 은유는 나이면서도 내가 아니고 내가 아니면서도 나인 둘의 관계를 잘 표현한다.

부모님의 지원 아래 학업을 마친 무질은 아버지의 주선으로 빈 공대 도서관 사서로 취업한다. 그러나 문학과 경제적 안정 사이에서 고민하던 무질은 2년 남짓 후 이 자리를 그만두고 1914년 베를린에서 피셔 출판사(Fischer)의 신간 문학잡지 〈노이에 룬트샤우〉(Neue Rundschau)의 편집자 자리를 맡게 된다. 당시 무질은 카프카의 《변신》 원고를 접수받지만 분량을 줄이라는 출판사의 요구에 결국 카프카는 원고를 회수했다는 일화도 있다. 그러나 이것도 잠시, 5개월 만에 제1차 세계대전이 발발하고 무질은 자원입대하여 군복무라는 "5년간의 노예생활"27을 보낸다.

전쟁이 끝난 후 1920년대 《특성 없는 남자》의 집필이 시작된다. 1921년 무질은 빈의 라주모프스키가세(Rasumofskygasse) 20번지로 이사하는데, 비더마이어식으로 지어진 5층짜리 건물의 3층, 거실 없이 방 2개인 너무나 소박한 집 바로 앞에 소설의 제1부, 제2장에서 "특성 없는 남자의 집과 방"으로 묘사된 울리히의 성이 있다. 현재는 무질이 살았던 3층 바로 아래 2층을 일반에게 공개하여 무질의 작업 환경을 엿볼 수 있게 해놓았다. 무질은 나치의 빈 입성으로 오스트리아를 떠나기 전까지 여기서 17년을 거주하면서 소설작업에 몰두한다. 소설작업이 본격화되던 1923년 군사학교의 공무원 자리를 거절

---

26 빌프리트 베르크한(Wilfried Berghahn), 《로베르트 무질》, Rowohlt 1963, 47쪽에서 재인용.

27 같은 곳, 74쪽에서 재인용.

한 이후 무질은 죽을 때까지 19년 동안 문학작업(소설의 원고료와 주로 신문 기고료)에서 나오는 불안정한 수입으로, 마지막에는 '무질협회'와 지인들의 후원금으로 살아가게 된다.

1931년 소설의 제1권이 나온 지 6개월 남짓 무렵 로볼트(Rowohlt) 출판사가 파산하고 작가들에게 원고료 지급이 중단되면서 무질의 경제적 위기는 최고조에 달한다. 1932년 가을 무질은 "돈이 없다는 것은 지난 몇 년 동안 몇 번이나 자살을 생각하게 했다"[28]고 적고 있다. 1933년 나치 집권 이후에 대다수가 유대인이었던 '무질협회'는 해산되고 그의 경제적 어려움은 가중된다. 오스트리아가 나치 독일에 병합된 1938년 무질의 책이 오스트리아에서도 금서로 지정되고 나치가 빈에 입성하자 무질은 무일푼으로 스위스 제네바로 망명한다. 아내 마르타가 유대인이라는 것도 망명의 원인이었을 것이다. 나치의 빈 진격 직전 무질은 제3부에 이어지는 8개의 장을(물론 이것이 소설의 완성은 아니다) 출판사에 넘기지만 정치적인 상황으로 인해 출판이 불가능해지자 원고를 회수하고, 망명지에서 이 장들의 수정 및 소설의 마무리 작업을 이어간다. 1942년 무질은 제네바에서 뇌졸중으로 급작스레 사망한다. 1943년 마르타가 소설의 미완성 유고를 자비로 출간하지만 반향을 얻지 못하고, 1950년대 아돌프 프리제(Adolf Frisé)의 무질 전집 출간으로 비로소 무질의 작품은 주목을 받게 된다.

무질은《특성 없는 남자》작업 전이나 작업 중에 단편집《합일》(Vereinigungen, 1911),《세 여인》(Drei Frauen, 1924)을 발표하고, 드

---

28 무질,〈유언 구상〉(Vermächtnis-Entwürfe), 무질 전집 2권, 952쪽.

라마 《몽상가들》(*Schwärmer*, 1921, 1929년 초연), 《빈첸츠와 중요한 남자들의 여자 친구》(*Vinzenz und die Freundin bedeutender Männer*, 1924)를 집필하기도 하고, 전후에는 생계를 위해 연극비평을 비롯해 신문에 많은 글을 기고하기도 하지만(나중에 그 일부가 《생전유고》 (*Nachlaß zu Lebzeiten*, 1935)로 출판된다), 그의 대표작은 그가 죽을 때까지 작업하고도 미완성으로 남은 《특성 없는 남자》다.

4. 무슨 이야기인가?

앞서 소설의 주제를 근대인의 실존적 문제, 소설의 과제를 현시대의 정신적 극복이라고 했다면, 소설은 이를 어떤 이야기에 녹여 내는가? 이제 소설의 이야기 속으로 들어가 보자.

"모든 노선은 전쟁에 이른다"[29]라는 소설 구상에서 알 수 있듯이, 무질은 1913년 8월에 시작하는 소설의 결말을 1914년 7월, 제1차 세계대전의 발발로 설정했다. 무질은 전쟁 직후에 쓴 에세이 〈전쟁의 끝〉(1918)에서 이 전쟁의 원인을 정치적, 사회적 측면이 아니라 심리적 측면에서 관찰하는데, 전쟁이 "보다 고귀한 삶의 내용의 결핍"[30]으로 인해 촉발되는 것으로 보았다. 우리가 마지못해 견뎌 내고 있는 삶의 균형이 깨어지기를 은밀히 바라는 것, 소설에서 슈툼 장군이

---

29 무질, 《유고》, 1902쪽.
30 무질, 〈전쟁의 끝〉(*Das Ende des Krieges*), 무질 전집 2권, 1343쪽.

"질서 과잉의 역설"이라고 부른 것, 이것이 전쟁 전 인간들이 처한 보편적 상황이었다.

전쟁은 모험의 도취로 그리고 멀리에 있는 아직 발견되지 않은 해안의 광채를 띠고 인간을 덮친다. 그 때문에 믿음을 갖지 못했던 사람들은 이를 종교적 체험이라고 불렀으며, 소견이 좁은 사람들은 이를 합일시키는 체험이라고 불렀다. 내부 깊은 곳에서 마지못해 견뎌 내고 있던 삶의 조직 형태들이 전쟁 속에서 깨어지고 인간은 인간들과 용해되며 불분명함은 불분명함과 용해된다. 사람들은 더 이상 어떤 당파도 짓지 않게 된 것을 신에게 감사드리며, 곧 나와 너 그리고 그 주위에 매달려 있는 모든 형성물 또한 더 이상 알지 못하기를 희망한다. 31

실제로도 "전쟁이 소수의 〔…〕 예외를 제외하고는 모든 사람들을 열광시켰다"32고 한다면, 무질에게 전쟁은 합일과 도취의 상태, 종교적 체험, 즉 "다른 상태"이다. 이처럼 무질은 제1차 세계대전이라는 역사적 사실도 소설의 주제와 관련된 실존적 테마로 다루고, 《특성 없는 남자》가 "'역사' 소설"33이면서도 역사소설, 즉 과거의 이야기가 아닌 이유가 여기에 있다.

그러나 소설 작업이 진행되던 중에 쓴 에세이 〈무기력한 유럽〉

---

31 같은 곳, 1344쪽.
32 같은 곳, 1342쪽.
33 무질, 〈어떤 작품을 쓰고 있나요? 로베르트 무질과의 대화〉, 무질 전집 2권, 939쪽.

(1922)에서 무질은 전쟁 전의 상황이 전쟁 후에도 전혀 달라지지 않았다고 진단한다. "삶은 그 전과 똑같이 진행된다. 그냥 조금 더 약해지고 병자의 조심성이 있을 뿐, 전쟁은 디오니소스적으로가 아니라 카니발적으로 작용했고 혁명은 의회로 들어왔다. 우리는 그러니까 많은 것이었지만 그러면서도 변하지 않았다. 우리는 많은 것을 보았지만 어떤 것도 인지하지 못했다."[34] 이렇게 본다면, 무질은 1913년을 배경으로 하는 소설에서 이미 몰락해 버린 한 시기를 그렸다기보다는 앞으로 올 미래, 또 하나의 전쟁(제2차 세계대전)을 예견한 것이다.

쿤데라는 여기서 한 걸음 더 나아가 이 작품이 "1914년에 시작되어 지금〔1990년대〕 우리 눈앞에서 막을 내리는 듯 보이는 근대의 이 최종 시기의 인간적 상황"을 묘사하고 있다고 보았다.

인간을 통계 수치로 바꿔 버리는, 아무도 제어하지 못하는 기술의 통치 〔…〕 기술에 도취된 세계 최고 가치로서의 속도, 도처에 널린 불투명한 관료 계급(무질의 관료들은 카프카의 관료들의 둘도 없는 짝꿍이다), 아무것도 이해하지 못하고 아무것도 이끌지 못하는 이념들의 희극적 불모성, 예전에 문화라 불렸던 것의 상속자인 저널리즘 〔…〕[35]

그리고 쿤데라는 언급하고 있지 않지만, 돈의 지배다.

---

34 무질, 〈무기력한 유럽〉, 1075쪽.
35 쿤데라, 《배신당한 유언》, 247쪽.

1) 카카니아, 특성 없는 나라

오스트리아-헝가리 제국, 무질이 "카카니아"(Kakanien)라는 동화 같은 이름으로 부르는 이 나라는 유럽의 다른 나라들에 견주어 모든 점에서 최고가 되지는 못하지만 한 가지 점에서만 "가장 진보한 국가"다. 개개인이 심리적으로 마지못해 견뎌 내고 있는 삶이 카카니아에서 처음으로 가시화되었기 때문이다. 그 사정은 이러하다. 오스트리아-헝가리 이중 제국은 1867년에 생긴 다민족 국가다.

오늘날 마치 민족주의가 오로지 군대 납품업자들의 발명품인 척하지만 확장된 설명도 한번 시도해 보아야 했고 이런 설명을 제공하는 데 카카니아는 중요한 기여를 했다. 황제이자 왕이 다스리는 제국이자 왕국인 이 이중군주국의 거주자들은 자신들이 어려운 과제에 직면했음을 알았다. 그들은 스스로를 제국이자 왕국인 오스트리아-헝가리의 애국자로 느껴야 했지만 동시에 헝가리 왕국의 애국자 또는 오스트리아 제국의 애국자로도 느껴야 했다. 이런 어려움에 직면해서 그들의 모토가 "통일된 힘으로!"였음은 수긍이 간다. 이는 *viribus unitis*라는 말이다. 하지만 오스트리아인은 헝가리인보다 이에 훨씬 더 큰 힘이 들었다. 헝가리인은 처음부터 끝까지 헝가리인일 뿐이고 그저 부수적으로, 그들의 언어를 이해하지 못하는 다른 사람들에게 오스트리아-헝가리인으로 통했으니까. 반대로 오스트리아인은 우선 그리고 원래 아무것도 아니었고, 고위층의 견해에 따르면, 동시에 오스트리아-헝가리인 또는 헝가리-오스트리아인으로 느껴야 했다. 이에 대해서는 심지어 올바른 말조차 없었다. 오스트

리아도 없었다. 〔…〕 따라서 오스트리아인에게 어느 나라 사람이냐고 물
으면 그는 물론 '나는 더 이상 존재하지 않는, 제국의회에 대표자를 보내
는 왕국들과 주들에서 왔습니다'라고 대답할 수는 없었다. 이런 이유로
그들은 '나는 폴란드인입니다, 체코인입니다, 이탈리아인입니다, 프리
아울인입니다, 라딘인입니다, 슬로베니아인입니다, 크로아티아인입니
다, 세르비아인입니다, 슬로바키아인입니다, 루테니아인입니다, 왈라
키아인입니다'라고 말하는 것을 선호했다. 그리고 이것이 이른바 민족주
의였다. 자신이 다람쥐인지, 떡갈나무고양이인지 모르는 다람쥐를, 자
신에 대해 어떤 개념도 가지지 못한 존재를 한번 상상해 보라. 그러면 이
존재가 경우에 따라 자신의 꼬리 앞에서 엄청난 두려움을 느낀다는 것이
이해가 될 것이다. 카카니아인들은 서로 이런 관계였고 통일된 힘으로
서로 어떤 존재이기를 방해하는 구성원들에 대해 발작적 공포심을 느끼
며 자신을 바라보았다.　　　　— 《특성 없는 남자 3》, 102~104쪽

다민족 국가를 유지하는 실제적인 고리는 오스트리아 황제인 동시
에 헝가리 왕인 프란츠 요제프 1세였지만 그는 제국을 결속시키는 힘
을 오래전에 상실했고 카카니아에서 "사람들은 소극적 자유만 누렸고
끊임없이, 자신의 존재 근거가 불충분하다는 감정"에 시달린다.

그들은 더 이상 알 수 없었다. 그들의 미소, 그들의 한숨, 그들의 사고
가 어디로 향했는지? 왜 그들은 사고했고 미소 지었을까? 그들의 견해
는 우연이었고 그들의 취향은 이미 오래전부터 존재했고 어째서인지 모
든 것은 그들이 달려 들어간 공기 중에 도식으로서 떠돌고 있었고 그들

은 어떤 것도 진심으로 행하거나 그만둘 수 없었다. 통일하는 법칙이 없었기 때문이었다.　　　　　　　　　－《특성 없는 남자 3》, 226~227쪽

이처럼 소설에서 파편화된 민족주의에 시달리는 카카니아는 근대 이후 합리화되어 가는 세계, 전통적인, 단일 종교의 세계상과 의미 질서를 붕괴시켰지만(니체의 표현대로 하면, '신은 죽었다') 이에 대한 대안을 제시하지 못하는 시대에 대한 비유이며, 카카니아인은 자신의 실존의 충분한 근거를 갖지 못한 근대인에 대한 비유다. 이런 의미에서 오스트리아-헝가리 제국은 앞서 전쟁과 마찬가지로 소설의 배경이 아니라 실존적 질문과 연관된 테마가 된다.

2) 평행운동, "영원한 믿음의 전쟁"

제 2부의 중심 사건인 "평행운동"(Parallelaktion)은 분열된 카카니아를 "통일시키는" 하나의 "위대한 이념"을 찾으려는 카카니아의 애국사업이다. 프로이센이 1918년 빌헬름 2세 재위 30주년에 독일의 힘을 알리는 기념행사를 계획하는 것과 나란히, 같은 해 오스트리아가 프란츠 요제프 재위 70주년 기념행사를 준비한다는 것이 사업의 내용이다. 그래서 "평행"운동이다. 하지만 다름 아닌 1918년이 오스트리아-헝가리 제국의 몰락의 해라는 것을 생각하면 이는 엄청난 아이러니가 아닐 수 없다. 그러나 카카니아의 "구원받지 못한 민족들"에게 평행운동은 구원하는 힘처럼 작용하고 큰 관심을 불러일으킨다. 파편화되어 가는 시대는, 하버마스의 표현대로, "종교의 통일하는 힘에

대한 등가물을 찾으려는 욕구를 불러일으키기"[36] 때문이다.

평행운동의 창시자 라인스도르프 백작은 귀족을 표면에 내세우지 않기 위해 운동의 중심지를 시민계급 출신 외무부 국장의 아내이자 울리히의 사촌인 에르멜린다 투치(디오티마)의 살롱으로 옮기고 울리히를 명예비서로 삼는다. 이제 현실을 지배하는 여러 정신적인 힘들이 디오티마의 살롱으로 모여들고 이로써 평행운동은 "근대의 담론들"을 보여 줄 서사적 장치로도 기능한다.

그리고 이런 담론들은, 앞서 언급했듯이, "합리성과 신비주의라는 시대의 양극"[37] 사이에 포진해 있다. 소설에서 울리히는 이를 주식시장 용어를 빌려 "정신적 약세시장과 강세시장에서 투기"로 설명한다.

"인간 내면의 약세시장과 강세시장에서 투기해 온 것이 세계사이니까요. 약세시장에서는 간계와 폭력을 통해서, 강세시장에서는 대충 국장님의 부인께서 여기서 시도하고 있듯이 이념의 힘에 대한 믿음을 통해서 말입니다."　　　　　　　　　　　—《특성 없는 남자 3》, 42쪽

우선 약세시장 투기자는 "현실정치"를 표방하는 라인스도르프 백작, "관료주의"를 대변하는 외교관인 투치 국장, 자본의 증식과 인류의 진보를 동일한 것으로 보는 레오 피셸, 돈을 "가장 믿을 만한 것,

---

36　위르겐 하버마스(Jürgen Habermas),《근대의 철학적 담론》(Philosophischer Diskurs der Moderne), Suhrkamp 1988, 31쪽.
37　무질,《일기》, 389쪽.

가장 질서 잡힌 이기심"으로 보는 대자본가 아른하임이다. 이들은 사회의 현대화, 기술적 진보, 경제적 성장 등을 믿으며 사랑이나 평화, 선 등은 "문학일 뿐"이라고 치부하고 이것들에 삶을 이끌어 갈 힘을 부여하지 않는 합리적인 조류들이다.

이에 맞서 에르멜린다 투치(디오티마)는 울리히가 붙여 준 이름에 걸맞게(디오티마는 플라톤의 《대화》의 〈향연〉 편에서 소크라테스에게 사랑의 본질에 대해 가르치는 여자다) 강세시장 투기자이다. 디오티마는 평행운동을 통해, 합리적인 이성이 지배하는 시대(개인적으로는 감정이 메마른 남편 투치와의 불행한 결혼생활)를 구원할 수 있는 하나의 이념, "아주 위대한 이념"을 실현시키려 한다. 지식과 자본주의에 반대하고 사랑과 공동체를 주장하는 한스 젭의 "신비적 반유대주의" 역시 강세시장 투기의 한 예다. 이들은 사랑, 공동체, 선 등 비합리적인 것을 추구하는 조류들이다.

그렇다면 평행운동이 "하나의" 통일하는 이념을 찾고 실현시킬 수 있을까? 이른바 "소유와 교양"의 모든 위대한 남자들을 초대한 평의회 회의에서 디오티마는 위대한 이념의 본질에 대해 독특한 경험을 하게 되는데, "모든 영원한 진리는 이중으로, 다중으로 존재한다"는 것이다.

현시대에는 다수의 위대한 이념이 선사되었고 운명의 특별한 선의에 힘입어 개개의 이념에는 똑같이 그 반대이념이 선사되어 개인주의와 집단주의, 국수주의와 국제주의, 사회주의와 자본주의, 제국주의와 평화주의, 합리주의와 미신이 똑같이 안주하고 있다.
— 《특성 없는 남자 2》, 310쪽

막스 베버는 이러한 파편화된 이념의 상황을 니체의 표현을 빌려 근대의 "다신주의"(*Polytheismus*)[38]라고 부르며 이렇게 설명한다.

수많은 옛 신들이 탈마법화되고 그래서 비인격적인 권력의 형태를 띠고 이제 그들의 무덤에서 솟아올라 우리의 삶을 지배하려 하고 서로 다시 그들의 영원한 싸움을 시작한다.[39]

제 2부의 끝 무렵에 라인스도르프 백작의 궁전 앞에서는 평행운동에 반대하는 데모가 벌어진다. 평행운동이 보여 주는 것은 아무것도 바꾸지 못하는 "이상주의의 무기력"[40] 그리고 "영원한 믿음의 전쟁"이다. 결국 평행운동의 마지막 대회의는 "정신병원"의 모습과 병치된다.

이는 그들이 각자 자신만을 위해 존재하는 공간 안에서 소리를 지른다는 인상을 주었지만 그래도 모두는 미쳐 날뛰는 대화에 사로잡혀 있는 듯 보였다. 한 새장 안에 갇힌 서로 낯선 새들이 각자 다른 섬의 언어로 말하듯이.　　　　　　　　　 ─《특성 없는 남자 5》, 265쪽

38　막스 베버(Max Weber), 〈직업으로서의 과학〉(*Wissenschaft als Beruf*), 《과학 이론에 관한 논문집》(*Gesammelte Aufsätze zur Wissenschaftslehre*), 요한네스 빙켈만(Johannes Winckelmann) 편, Mohr 1982, 603쪽.
39　같은 곳, 605쪽.
40　무질, 〈무기력한 유럽〉, 1086쪽.

이렇게 해서 평행운동을 통해서는, 소설 제 2부의 제목 "늘 똑같은 일만 일어난다"가 암시하듯이, 아무 일도 일어나지 않고 평행운동은 "시대의 정신적 무질서"[41]를 보여 주는 계기로만 작용한다.

3) 울리히, "가능성감각"과 "에세이주의의 유토피아"

카카니아는 근대 세계의 문제를 가장 잘 보여 준다는 점에서 "가장 진보한 국가"일 뿐만 아니라 "천재들을 위한 나라"이기도 한데, "일어나지 않은 일이나 아직 돌이킬 수 있는 일의 큰 환상"에 시달리기 때문이다. 달리 될 수도 있으리라는 그들의 "환상"은 변화를 위한 동력이될 수 있다. 자신의 존재 근거의 불확실성에 시달리는 나라, 그렇지만 변화에의 여지를 가진 나라인 '특성 없는 나라'의 대응물이 "특성 없는 남자" 울리히다.

울리히는 군인, 공학자의 길을 거쳐 수학자가 되었고 32세인 지금 수학자라는 직업을 그만두고 오랫동안 떠나 있던 고향에 돌아왔다. 토마스 만의 《마의 산》의 주인공 한스 카스토르프(Hans Castorp)가 평범한 지적 수준을 가진 단순한 젊은이인 것과는 대조적으로 울리히는 "시대가 선호하는 모든 능력과 특성"을 가진 남자다. "정신 그 자체", "변혁의 근원"이라고 표현되는 수학이 직업이라는 것은 그가 "정신의 영주"라고 할 만큼 뛰어난 지적 능력을 소유하고 있음을 나타낸

---

41 무질, 《《생전유고》의 실리지 않은 서문》(Fallengelassenes Vorwort zu: Nachlass zu Lebzeiten), 무질 전집 2권, 961쪽.

다. 그러나 울리히는 자신이 가진 특성들에 무관심한 사람, "자신과의 관계에서도 현실감각을 불러일으키지 못하는 사람", 즉 특성 없는 남자다. 그는 "현실감각" 대신에 모든 것이 "어쩌면 다르게 될 수도 있으리라" 생각하는 "가능성감각"(Möglichkeitssinn)을 갖고 있다. 이는 "현실적 가능성을 보는 감각"이 아니라 "가능한 현실을 보는 감각"으로, 합리주의적인 이성과는 구별되는 창조적 이성이다.

울리히는 소설의 시작 무렵, "1년간 삶으로부터의 휴가"를 내는데, 이로써 그가 삶에서 "하나의 지속적인 이념"을 찾으려 한다는 점에서 이는 울리히의 '평행운동'이라 볼 수 있다. 울리히에게는 "한 가지 질문만이 정말 사고할 가치가 있고 그것은 바로 올바른 삶에 대한 질문"이다. 그가 스포츠로 몸을 단련하는 것도, 수학으로 이성을 단련하는 것도 모두 '올바른' 삶을 위한 준비과정이다. 울리히의 평행운동은 "삶의 두 나무", 즉 "정확성과 영혼"을 합치는 것이다. 달리 말하면, 합리성과 신비주의, 종교와 이성, 지성과 감정이라는 양극으로 나누어진 시대와 삶의 "종합"42을 모색하는 것이다. 우선, 울리히는 평행운동이 보여 주는 "믿음의 전쟁" 또는 "정신적 무질서"를 다음과 같이 묘사한다.

"옛날에는 가령 특정한 전제에서 출발하면서 연역적으로 느꼈는데, 이 시대는 지나갔습니다. 오늘날은 주도하는 이념 없이, 또 의식적 귀납과 정도 없이 살고 있습니다. 원숭이처럼 닥치는 대로 시도하지요!"

—《특성 없는 남자 4》, 66쪽

---

42 무질, 〈어떤 작품을 쓰고 있나요? 로베르트 무질과의 대화〉, 942쪽.

이에 대한 울리히의 해결책은 "에세이주의의 유토피아" 구상에서 구체화된다.

그는 에세이가 사물을 전체로 파악하지 않고 단락의 순서에 따라 여러 측면에서 보는 것처럼 — 전체로 파악된 사물은 단번에 그 규모를 상실하고 하나의 개념으로 용해되니까 — 대충 그렇게 세계와 자신의 삶을 가장 올바르게 보고 다룰 수 있다고 믿었다. 어떤 행위와 어떤 특성의 가치, 심지어 그 본질과 본성조차도 그에게는 그것들을 둘러싼 주변 환경, 그것들이 이바지하는 목적, 한마디로, 그것들이 속해 있는 때로는 이렇고 때로는 저런 전체에 달려 있는 듯 보였다. 〔…〕 그에게 모든 도덕적 사건의 의미는 다른 것들의 의존적 기능인 것으로 보였다. 이런 식으로 연관성의 무한한 체계가 생겨났고, 이 속에서는 평범한 삶이 첫눈에 어림잡아 행위와 특성에 부여하는 독립적 의미는 아예 더 이상 없었다. 〔…〕 그리고 인간은 자신의 가능성의 총체, 잠재적 인간, 아직 쓰이지 않은 자기 존재의 시로서, 기록, 현실, 성격으로서의 인간과 대립했다. 근본적으로 울리히는 이런 세계관에 따라 선한 일도, 나쁜 일도 할 수 있다고 느꼈다. 〔…〕 평범한 의미의 도덕은 울리히에게는 힘의 체계가 노화된 형식에 불과했는데, 이 체계는 그 윤리적 힘을 상실하지 않고는 이 형식과 혼동되지 않는다.   ─《특성 없는 남자 2》, 118~120쪽

에세이주의적인 삶은 우선 감정의 질서인 기존의 도덕을 해체하고 도덕을 "삶의 무한한 가능성 전체"로 열어 놓는다. 나아가 이는 평행 운동이 보여 주는 "믿음의 전쟁" 또는 "정신적 무질서"에 맞서, "과학

적 연구에서와 유사한 끝없는 협업"을 통해 개별 이념들을 "계획적으로 연결"하여 "올바른 삶의 법칙"에 도달하고자 한다. 에세이주의의 유토피아는 앞서 울리히가 현시대에 결핍되었다고 본 "귀납적 신조"에 바탕을 둔 유토피아다.

그러나 에세이주의적 삶의 방식은 울리히는 행복하게 하지도 못하고, 행동하게 하지도 못한다. 그가 "다음 발걸음의 도덕"이라고 명명한 이런 도덕을 가진 인간은 "끝도 없이, 결정 없이, 현실 없이 살아야" 하기 때문이다. 이런 상태에서 울리히는 자신에게 예기치 않은 일이 일어나기를 바라고 그 일은 아버지의 죽음과 함께 찾아온다.

4) 아가테, "천년왕국으로(범죄자들)"

라인스도르프 백작의 성 앞에서 데모가 벌어지는 시점, 울리히는 갑작스러운 아버지의 부고를 받고 어린 시절을 보낸 지방의 소도시로 가고, 상갓집에서 오랫동안 잊고 있던 누이 아가테를 만난다.

1926년까지만 해도 소설이 "쌍둥이누이"라는 제목으로 구상되었다는 점을 감안하면, 울리히와 아가테의 만남으로 시작되는 제3부 "천년왕국으로(범죄자들)"가 작품의 중심 내용이라 보아도 무방하다. 제1권에서도 평행운동을 중심으로 외적으로는 많은 일이 일어나지만 이 소설의 진짜 이야기, 즉 "사건"은 제2권의 이야기다. 울리히는 아가테와 함께 있으면서 처음으로 "사건이라는 감정"을 가진다. 달리 말하면, 제2권 오누이 이야기는 이 작품에서 긍정적이고 생산적인 부분이고 제1권은 이를 정당화할 비판적 시대 고찰과 풍자라 할 수 있다.

27세인 아가테는 22세의 나이에 결혼한 첫 번째 남편이 신혼여행에서 병으로 죽은 후, 몇 년 전 두 번째 남편인 하가우어와 결혼했지만 아버지의 죽음과 함께 하가우어에게 돌아가지 않겠다고 결심한다. "범죄자들"이라는 제목에서도 보이듯이, 제3부의 중심 사건은 아가테의 범죄, 유언장 위조다. 울리히와 마찬가지로 현실("강한 남성들에 의해 너무나 탁월하게 지어진 세계")에 "병적일 정도로 무관심하고" "무관여"로 일관한 아가테는 "특성 없는" 여자다. 울리히와 아가테는 "쌍둥이"라고 할 정도로 외적으로도 내면적으로도 닮았지만 그들의 외모가 "파스텔화와 목판화처럼" 다르듯이 그들은 서로에게 각자 자신에게 결핍된 다른 반쪽을 체현한다. 이 반쪽들은 "샴쌍둥이"처럼 합쳐져야 완전한 하나가 될 수 있다. 전체의 질서를 숙고하며 이론을 내세우고 섣불리 믿지 않는 울리히와는 반대로, "이론을 허용하지 않고", "명료하게 사고하거나 도덕적으로 각성되지 않은" 아가테는 "손을 뻗는 인간"이며 그녀를 통해 "현실 세계의 육체와 형성물"이 드러난다.

따라서 올바른 삶에 대한 해결책 역시 다르게 나타난다. 울리히의 해결책인 에세이주의의 유토피아가 "실용적 개량"이라면, 아가테의 해결책은 "미지의 모험"이다. 아가테는 아버지의 죽음, 울리히와의 재회와 더불어 삶에로 깨어난다. 자신의 생에 대한 후회와 울리히에 대한 사랑에서 그녀는 아버지의 유언장을 자신에게 불리하게(따라서 하가우어에게 불리하게) 울리히에게 유리하게 위조한다. "난 한 번은 아주 나 자신과 하나가 되고 나 자신과 동의하고 싶다"는 '윤리적으로 완전한 행위'에 대한 동경에서 비롯된 행동이다. 울리히는 아가테의 범죄의 순간을 이렇게 묘사한다.

논리 대신 정의가 불꽃을 내며 그녀를 감싸고 아른거렸다. 그녀가 아는 인간들에게서 아는, 더욱이 하가우어 교수에게서 배운 미덕들인 선, 올바름, 합법성은 그녀에게는 늘 그냥 마치 사람들이 원피스에서 얼룩을 지운 듯 그렇게 여겨졌었다. 하지만 이 순간 그녀 자신을 둘러싸고 아른거리는 부당함은 마치 세계가 일출의 빛 속에서 익사할 때와 같았다. 정당함과 부당함은 더 이상 보편적인 개념, 수백만 명의 인간들을 위해 만들어진 타협이 아니라 나와 너의 마법 같은 만남, 아직 그 무엇과도 비교되지 않고 어떤 척도로도 잴 수 없는 첫 번째 창조의 망상인 듯 여겨졌다.

— 《특성 없는 남자 4》, 313쪽

아가테가 선과 악의 피안에서 생에 대한 긍정을 보여 주는 이 장면은 니체의 디오니소스적인 상태, "다른 상태"다. 이 상태에서는 오로지 "상승할 것인지 추락할 것인지", 즉 "내가 그것을 통해 삶에로 깨어나는지, 아닌지"만이 중요하다. 니체는 《차라투스트라는 이렇게 말했다》에서 범죄자를 "가치의 석판을 부숴 버리는 자, 깨뜨리는 자, 범죄자 — 하지만 […] 창조하는 자"[43]로 규정한 바 있다.

이제 질문은 "울리히가 정말로 모든 것을 불 속에 던지게 될까?"이다. 울리히는 아가테의 행동에 매료되고 심지어 이를 조장하기도 하지만 전적으로 긍정하지는 않는다. 작가가 전쟁이 디오니소스적으로 작

---

43 샤를로테 드레슬러-브루메(Charlotte Dresler-Brumme), 《무질의 소설 '특성 없는 남자'에 나타난 니체 철학. 이해를 위한 비교 고찰》(*Nietzsches Philosophie im Musils Roman "Der Mann ohne Eigenschaften", Eine vergleichende Betrachtung als Beitrag zum Verständnis*), Böhlau 1993, 83쪽.

용하지 않고 카니발적으로 작용한 것을 보았기 때문일까? 달리 말하면, "다른 상태"는, 모스브루거의 예에서도 보듯이, 폭력성을 담고 있다. 무질은 아가테의 범죄를 "시대 상징적"[44]이라고 보는데, 모든 사람들을 열광시켰다는 의미에서 전쟁도 범죄처럼 일어났기 때문이다. 울리히의 유년 시절 친구이자 니체 숭배자인 클라리세는 울리히와는 달리 "다른 상태"를 전적으로 긍정한다. 즉, 그녀는 범죄자 모스브루거에게서 "우리 삶의 보다 높은 가능성"을 보고, "우리는 광기에 몸을 맡겨야 한다"는 입장이고 모스브루거를 보기 위해 정신병원으로 간다.

또 하나 울리히가 아가테와 함께 "미지의 모험"으로 들어가기를 망설이는 것은 이러한 순간의 영감에 따라 행동하는 것이 옳은가, 아니면 소모되지 않는 영원한 감정은 없는가 하는 질문 때문이다. 울리히는 아가테와의 삶에서 "선을 향한 욕구"를 느끼며 그는 아가테를 위해서 자신이 할 수 있는 모든 것을 하겠다고 결심하지만, 그가 동경하는 사랑은 아가테의 불같은 사랑보다는 "개울처럼 하나의 목표를 향해 흐르지 않고 바다처럼 하나의 상태를 이루는 그런 사랑"이다. 울리히는 소모되지 않고 "최후까지 가는", 감정의 이런 다른, 정적인 전개 양상에서 "천년왕국"의 비전을 본다.

"넌〔아가테〕이제 이 바다가 수정처럼 순수하고 항상적인 사건들로 가득 채워진 부동성과 은거라고 상상해야 해. 옛 시대들이 벌써 지상에서의 이런 삶을 상상해 보려고 시도했고 그게 천년왕국이야. 그건 우리 자신의

---

44 무질, 《유고》, 1858쪽.

모양에 따라 빚어졌지만 우리가 알고 있는 어떤 제국도 아니지! 우리는 이렇게 살게 될 거야! 우리는 모든 이기심을 버리게 될 거야. 우리는 선도, 인식도, 연인도, 친구도, 원칙도, 우리 자신마저 모으지 않을 거야. 그러면 우리의 감각이 인간과 동물을 향해 열리고 풀어지고, 우리가 더 이상 우리 자신으로 머무를 수 없고 전 세계와 얽혀서만 우리 자신을 유지할 수 있는 그런 방식으로 열릴 거야!"

— 《특성 없는 남자 4》, 318~319쪽

나아가 울리히가 "아마 천년왕국의 내용은 처음에는 두 사람에게 나타났다가 나중에서야 모두의 공동체에서 나타나는 이 힘의 팽창에 다름 아닐까?"라고 말한다면, 감정의 이런 전개 양상은 둘만의 이기심이 아닌 이웃사랑이라는 공동체의 비전도 담고 있다. "천년왕국"의 유토피아는 무질 생전에 출판된 부분에서는 체험되지 않는 유토피아이지만, 제 3부 마지막 장의 제목, "위대한 사건이 일어나는 중이다. 하지만 아무도 이를 알아차리지 못하다"로 암시된다고 볼 수 있다.

5. 못다 한 이야기

무질은 1942년 죽을 때까지, 제 2차 세계대전 직전인 1937년, 1938년 두 번에 걸쳐 피셔 출판사에 넘긴 8개의 장을 포함하여 총 25개의 장을 더 작업하였다. 장의 번호로 보면, 제 3부 38장에서 끝난 장의 번호가 63장까지 이어지고 쪽수로는 (물론 몇 개의 장은 중복되기도 하지만) 제3부의 3분의 2 정도이다. 유고로 남겨진 이 장들에서는 아가테와 린트너의 만남의 진행, 외무부 투치 국장에게 주도권이 넘어가고 세계평화회의가 결의된다는 평행운동의 결말, 감정의 두 가지 전개양상에 대한 울리히의 이론이 있고, 특히 "여름날의 호흡들"이라는 장에서는 아가테가 한여름의 정원에서 "천년왕국"을 체험한다.

그러나 무질이 여름날의 정원을 소설의 결말로 정했다고 단정할 수는 없다. 1938년 이전의 원고들이 이미 "다른 상태"가 정원에서의 정적인 전개가 아니라 동적인 전개를 가질 여지도 보여 주기 때문이다. 여기서는 "천국으로의 여행"이라는 제목으로 울리히와 아가테의 섬으로의 여행에 대한 스케치도 있고 (이로써 근친상간 모티브가 등장한다) 클라리세가 모스브루거를 감옥에서 탈출시키는 구상도 있다.

어떤 결말이든 이 소설의 이야기는 삶의 전체 가능성을 타진해 보는 것, 소설의 한 대목을 인용하자면, "가능성의 가장자리로의 여행, 불가능한 것과 부자연스러운 것, 심지어 혐오스러운 것의 위험을 지나가는, 어쩌면 항상 지나가지는 못하는 여행"이다.

로베르트 무질 연보

1880
11월 6일, 오스트리아-헝가리 제국의 클라겐푸르트(Klagenfurt)에서 엔지니어인 알프레드 무질(Alfred Musil)과 헤르미네 무질(Hermine Musil)의 외아들로 태어났다. 아버지는 옛 오스트리아 가문 출신이고 어머니는 뵈멘 독일인이다.

1882
슈타이어(Steyr)로 이주. 알프레드 무질은 9월 1일 자로 '국립 철강 및 제철산업 전문학교 및 실험소' 소장으로 부임한다.

1886
슈타이어에서 초등학교에 입학한다.

1890
슈타이어 실업김나지움(Realgymnasium)에 입학한다.

1891

1월 말, 지금의 체코 소재 브륀(Brünn)으로 이주한다. 아버지가 '브륀 독일 공대'(Deutsche Technische Hochschule Brünn) 기계제작과 교수로 임명된다.

1892~1894

아이젠슈타트(Eisenstadt) 군사하급실업학교(Militär-Unterrealschule)에 입학한다.

1894~1897

매리쉬-바이쓰키르헨(Mährisch-Weißkirchen) 군사상급실업학교(Militär-Oberrealschule)에 입학한다. 포병대에서 일하면서 기계에 대한 관심이 생기고 재능도 발견한다.

1897

8월에 빈에 있는 기술군사아카데미(Technische Militärakademie)에 입학하지만 같은 해 12월에 자퇴한다.

1898

아버지가 교수로 재직 중이던 '브륀 독일 공대'에 입학한다. 1899년 첫 번째 기술자 시험에 합격하고 1901년 두 번째 기술자 시험에 합격한다.

1901

10월 1일부터 1902년 9월 30일까지 1년간 브륀의 k. k. 보병연대에서 자원복무한다. 겨울에 브륀의 포목점 직원 헤르미네 디에츠(Hermine Diez, 헤르마라 불림)를 알게 된다. 1902년 3월 2일에 처음으로 성병 감염을 일기에 기록했다.

1902

헤르마와 함께 독일 슈투트가르트(Stuttgart)로 이주한다. 슈투트가르트
공과대학에서 다음 해 4월까지 실습생으로 일한다. 1906년 헤르마가 성병
으로 인해 유산하고, 헤르마와 헤어질 것을 요구하는 부모님과 갈등한다.
헤르마는 1907년 베를린에서 사망한다. 이 체험은 단편 〈통카〉의 소재가
되었다. 《생도 퇴얼레스의 혼란》 집필을 시작해 1905년 2월에 집필을 완
료한다.

1903

10월, 베를린대학으로 편입한다. 전공은 철학과 실험심리학, 부전공은 수
학과 물리학이었다.

1905

4월 26일, 개개인의 색채 지각을 조사하는 기구 "무질 색환"(Musilscher
Farbkreisel)을 제작한다.

1906

10월, 《생도 퇴얼레스의 혼란》(*Die Verwirrungen des Zöglings Törleß*)을 빈
출판사(Wiener Verlag)에서 출간한다. 이듬해 4월에 제 5쇄가 나올 정도
로 큰 성공을 거두나 1907년 여름 빈 출판사가 파산하면서 서점가에서 사
라진다.

1907

3월 11일, 일기에 처음으로 나중에 부인이 된 마르타(Martha)를 언급한다. 마르타는 그해 11월 1일 로마의 법원에서 엔리코 마르코발디(Enrico Marcovlaldi)와 이혼하고 판결은 1년 후인 1908년 11월부터 효력을 발생한다.

1908

1월 31일, 학위논문 〈마흐 학설의 평가에 대한 논문〉(*Beiträge zur Beurteilung der Lehren Machs*)을 제출한다. 3월 14일 박사학위를 취득한다.

1911

빈 공대(Technische Hochschule Wien) 도서관에서 사서 실습생으로 임명된다. 4월, 빈에서 마르타와 결혼한다. 5월 말 〈조용한 베로니카의 유혹〉(*Versuchung der stillen Veronika*)과 〈사랑의 완성〉(*Die Vollendung der Liebe*)을 묶은 단편집 《합일》(*Vereinigungen*)을 뮌헨의 게오르그 뮐러(Georg Müller) 출판사에서 발간한다. 같은 출판사에서 《생도 퇴얼레스의 혼란》이 재출간된다.

1912

1월 1일, 2급 사서가 된다. 〈데어 로제 포겔〉(*Der lose Vogel*), 〈노이에 룬트샤우〉(*Neue Rundschau*) 등 문학잡지에 글을 기고한다.

1914

2월, 베를린 소재 피셔(Fischer) 출판사의 문학잡지 〈노이에 룬트샤우〉의 편집자가 된다. 빈 공대의 사서 자리를 사직한다. 3월, 피셔 출판사가 게오르그 뮐러 출판사로부터 《생도 퇴얼레스의 혼란》과 《합일》의 판권을 넘겨받는다. 3월 9일 릴케(Reiner Maria Rilke)를 만난다. 6월 28일, 오스트리아-헝가리 이중제국의 황태자 프란츠 페르디난트(Franz Ferdinand)가 사라예보에서 피살되고, 7월 28일 오스트리아가 세르비아에 선전포고를 한다. 8월 초에 베를린의 오스트리아 대사관에 입대를 신청해 8월 20일에 린츠(Linz)로 출발한다. 이후 이탈리아 전선에 배치되었다.

1916
3월 1일부터 3월 20일경까지 잇몸 및 구강 내 염증을 비롯한 심한 질병을 앓아 여러 병원에서 치료한다. 4월 6~8일, 프라하-카롤리넨탈(Prag-Karolinenthal)로 여행을 떠난다. 막스 브로트(Max Brod)와 프란츠 카프카(Franz Kafka)를 만난다. 6월, 〈티롤 군인 신문〉의 편집자로 배치된다.

1917
10월 22일, 아버지 알프레드 무질이 귀족칭호를 받는다. 세습귀족이므로 무질의 공식 이름은 "Edler von Musil"이 된다.

1918
3월, 새로운 군인 신문인 〈고향〉의 편집자로 재배치된다. 12월 15일 전역한다.

1919
1월 15일, 외무부의 홍보실에 취업한다. 2월 중순 피셔 출판사의 사무엘 피셔(Samuel Fischer)가 〈노이에 룬트샤우〉의 편집자 자리로 돌아올 것을 제안하고 무질은 잡지의 변신을 위한 프로그램을 구상하지만 결국 협상은 결렬된다. 12월 5일~12일, 토마스 만(Thomas Mann)을 만난다.

1920

9월 초, "오스트리아 국방부"의 전문자문위원이 된다. "장교들에게 교양 및 직업교육 방법론을 가르치는" 업무를 맡았다.

1921

3월, 〈프라그 프레세〉(*Prager Presse*)에 첫 연극비평을 기고한다. 8월 1일, 드레스덴의 지빌렌(Sybillen) 출판사에서 드라마 《몽상가들》(*Die Schwär-mer*)을 출간한다. 1921년 후반부에 〈레오나(소설 준비작업에서)〉를 〈문학연감〉에 발표한다. 《특성 없는 남자》 작업이 한층 활발해졌다는 간접증거이다. 11월, 빈의 라주모프스키가세(Rasumofskygasse) 20번지 3층 8호로 이사한다. 이후 스위스로 망명할 때까지 17년간 거주한다. 12월, 노벨레 〈그리지아〉(*Grigia*)가 〈데어 노이에 메르쿠어〉(*Der Neue Merkur*)에 실린다.

1922

11월 14일, 국방부 전문위원을 사직하였으나 1923년 2월 말까지 근무한다.

1923

2월 말 또는 3월 초, 노벨레 〈통카〉(*Tonka*)를 〈새로운 소설〉 시리즈로 출간한다. 10월 19일, 빌헬름 레만(Wilhelm Lehmann)과 공동으로 클라이스트 상(Kleist-Preis)을 수상한다. 11월 17일, 노벨레 〈포르투갈 여인〉(*Die Portugiesin*)을 로볼트(Rowohlt) 출판사에서 200부 출간한다. 12월 3~5일, 베를린에서 3막 익살극 〈빈첸츠와 중요한 남자들의 여자 친구〉(*Vinzenz und die Freundin bedeutender Männer*)를 초연한다.

1924

1월 5일, 《빈첸츠와 중요한 남자들의 여자 친구》를 로볼트 출판사에서 출간한다. 1월 24일, 〈그리지아〉를 포츠담의 뮐러(Müller) & Co. 에서 출간한다. 2월 28일, 〈그리지아〉, 〈통카〉, 〈포르투갈 여인〉을 묶은 노벨레집 《세 여인》(*Drei Frauen*) 을 로볼트 출판사에서 출간한다. 지빌렌 출판사에서 《몽상가들》의 판권도 로볼트에 넘어오고, 작업 중이던 소설 《쌍둥이누이》(*Die Zwillingsschwester*, 나중에 《특성 없는 남자》로 제목을 변경했다)에 매달 250RM(Reichsmark, 독일 제국 마르크) 를 지급하는 계약을 로볼트와 맺는다. 이후 《생도 퇴얼레스의 혼란》과 《합일》의 판권도 로볼트로 넘어간다. 5월 1일, 다섯 명의 다른 작가들과 함께 "빈 예술상"(Kunstpreis der Stadt Wien) 을 수상한다. 이해 1월 25일 어머니가 사망하고, 이후 10월 1일 아버지가 사망한다.

1925

4월 2일, 소설 《쌍둥이누이》가 가을에 출간될 것이라고 〈뷔네〉(Bühne) 지에 알린다.

1926

4월 30일, 오스카 마우루스 폰타나(Oskar Maurus Fontana) 와의 인터뷰에서 《쌍둥이누이》 작업에 대한 정보를 처음으로 언론에 제공한다.

1927

1월 16일, 베를린 르네상스극장에서 열린 릴케 추모연에서(릴케는 1926년 12월 29일에 사망했다) 연설한다. 2월 6일, 라디오 작품낭독회에서 처음으로 "특성 없는 남자"라는 소설 제목을 공식적으로 언급한다.

1928

1월, 〈노이에 룬트샤우〉에 〈지빠귀〉(*Die Amsel*) 가 실린다.

1929

4월 3일, 코만단텐가(街) 극장에서 〈몽상가들〉이 초연되나 비평가와 관객에게 혹평을 받는다. 여름, 로볼트와의 불화와 어려워진 경제적인 여건 때문에 무질은 《특성 없는 남자》를 빈의 촐나이(Zsolnay) 출판사에 제공하지만 거절당한다.

1930

10월 6일, 《특성 없는 남자》 제 1권을 로볼트 출판사에서 출간한다.

1931

3월 23일, 오스트리아 펜 클럽에서 무질의 50번째 생일을 추후에 축하한다. 7월 21일, 로볼트 파산으로 작가들에게 원고료 지급이 연기된다.

1932

9월 중순에 예술사가인 쿠르트 글라저(Curt Glaser)가 2만 RM을 기부한 쿠르트 핀쿠스(Kurt Pinkus)와 함께 "무질 협회"를 결성한다. 1933년 1월 30일에 대부분이 유대인이었던 회원들이 뿔뿔이 흩어짐으로써 해산된다. 12월 19일, 《특성 없는 남자》 제 2권의 제 1부를 로볼트 출판사에서 출간한다.

1933

5월 10일 나치에 의한 분서 사건 이후 5월 21일, 무질은 나치 독일을 떠난다. 12월, 무질은 역사가 브루노 퓨어스트(Bruno Fürst)를 알게 되고 자신의 절망적인 경제적 상황을 알린다. 이미 자살을 준비하던 상황이었다.

1934

브루노 퓨어스트, 오토 페히트(Otto Pächt) 등 친구들이 〈로베르트 무질 기금〉창립을 호소한다. 1년간 매달 400실링(하급공무원 월급 정도)의 돈이 지급되었다.

1935

7월 말, 파리에서 열린 "문화 보호를 위한 국제 저술가 총회"에서 강연한다. 파리에 거주하던 미국인 헨리와 바버라 처치(Henry Church, Barbara Church)를 알게 된다. 이들은 나중에 무질이 스위스로 망명한 후 경제적인 도움을 준다. 9월 초에는 오토 페히트가 무질을 설득하여 취리히의 후마니타스(Humanitas) 출판사에서 《생전유고》(Nachlaß zu Lebzeiten)를 출판하기로 결정한다. 12월 중순, 《생전유고》를 출간한다. 인쇄된 3천 권 중 몇백 권만이 팔린다.

1936

2월 9일, 나치에 의해 《생전유고》가 금서로 지정된다. 5월 20일경, 빈에서 수영 연습 도중 뇌졸중 발작을 일으킨다.

1937

3월 11일과 17일, 오스트리아 베르크분트(Werkbund)에서 〈어리석음에 대하여〉(Über die Dummheit)라는 제목으로 연설하고 연설문은 5월 3일에 빈의 베르만-피셔(Bermann-Fischer) 출판사에서 출간된다. 6월 29일, 베르만-피셔 출판사는 로볼트가 가진 무질의 작품 전체에 대한 판권을 인수했다고 공지한다.

1938

3월 13일, 오스트리아가 나치 독일에 합병되고 14일에 히틀러가 빈에 입성한다. 무질은 9월 4일부터 취리히로 망명한다. 10월 20일, 《특성 없는 남자》가 전 독일에서 금서로 지정된다. 10월 28일, 무질은 토마스 만에게 경제적 도움을 요청해 11월 말에 도움을 받는다.

1939

7월 11일에 제네바로 이주한다. 9월 1일, 히틀러가 폴란드를 공격함으로써 제2차 세계대전이 발발한다.

1942

4월 15일, 제네바에서 뇌졸중으로 사망한다. 4월 17일에 제네바 화장장에서 장례식을 했으며 8명이 참석했다.

1943

마르타 무질이 《특성 없는 남자》의 미완성 유고를 자비로 출간한다.

1952~1957

아돌프 프리제(Adolf Frisé)가 편집한 《특성 없는 남자》의 3권짜리 전집이 로볼트에서 출간된다.

지은이 · 옮긴이 소개

지은이_로베르트 무질 (Robert Musil, 1880~1942)

로베르트 무질은 오스트리아의 클라겐푸르트에서 태어났고, 작가로서는 이례적으로 군사학교와 공과대학을 거쳐 철학으로 박사학위를 받았다. 슈투트가르트 공대 재학 중 집필한 자전적 소설 《생도 퇴얼레스의 혼란》(1906) 이 성공을 거두어 작가의 길로 들어선다. 5년간의 제1차 세계대전 참전 후 1920년대 초 《특성 없는 남자》 집필을 시작한다. 1930년 제1권, 1932년 제2권이 출간되지만 이후 경제적 어려움, 건강 악화, 1938년 나치의 오스트리아 병합, 망명 등으로 인해 소설의 마무리 작업은 진척을 보지 못하고 결국 1942년 작가가 망명지 스위스 제네바에서 뇌졸중으로 급작스레 사망함으로써 이 대작은 미완성으로 남는다. 무질은 데뷔작과 대표작 외에 단편집 《합일》(1911), 《세 여인》(1924) 과 드라마 《몽상가들》(1921), 《빈첸츠와 중요한 남자들의 여자 친구》(1924) 를 발표했으며, 그 외 신문이나 잡지에 기고한 많은 글들 가운데 일부는 이후 《생전 유고》(1935) 라는 제목의 책으로 출간되었다.

옮긴이_신지영

서울대 독어독문학과를 졸업하고 독일 쾰른대에서 로베르트 무질의 《특성 없는 남자》에 관한 논문으로 박사학위를 받았다. 덕성여대를 거쳐 현재 고려대 독어독문학과 교수로 재직하고 있다. 저서로는 *Der 'bewußte Utopismus' im Mann ohne Eigenschaften von Robert Musil* (Königshausen & Neumann 2008), 번역서로는 《생전유고/어리석음에 대하여》(로베르트 무질 지음, 워크룸프레스 2015) 가 있다.